चर्चित एवं लोकप्रिय कहानियाँ,
"प्रेमचंद"

चर्चित एवं लोकप्रिय कहानियाँ, "प्रेमचन्द"

प्रेमचन्द

प्रशांत बुक डिस्ट्रीब्यूटर्स
नई दिल्ली-110002

आईएसबीएन : 978-93-83963-33-1

प्रकाशक : **प्रशांत बुक डिस्ट्रीब्यूटर्स**
मकान नं. 213, 7/28, महावीर गली,
अंसारी रोड, दरियागंज, दिल्ली-110002
ई-मेल : prashant_pbd@yahoo.co.in
दूरभाष : 011-43586184, 9811734184

संस्करण : प्रथम संस्करण, 2026
आवरण : अमित

मुद्रक : इंप्रेशन्स प्रिंटिंग एंड पैकेजिंग लिमिटेड, नोएडा, (उ.प्र.)

Charchit Evam Lokpriya Kahaniyaan

By: Premchand

अनुक्रम

1

ईदगाह

रमज़ान के पूरे तीस रोज़ों के बाद आज ईद आयी है। कितना मनोहर, कितना सुहावना प्रभात है। वृक्षों पर कुछ अजीब हरियाली है, खेतों में कुछ अजीब रौनक है, आसमान पर कुछ अजीब लालिमा है। आज का सूर्य देखो, कितना प्यारा, कितना शीतल है, मानो संसार को ईद की बधाई दे रहा है। गाँव में कितनी हलचल है। ईदगाह जाने की तैयारियाँ हो रही हैं। किसी के कुरते में बटन नहीं है। पड़ोस के घर से सुई-धागा लेने दौड़ा जा रहा है। किसी के जूते कड़े हो गये हैं। उनमें तेल डालने के लिए तेली के घर भागा जाता है। जल्दी-जल्दी बैलों को सानी-पानी दे दें। ईदगाह से लौटते-लौटते दोपहर हो जायेगी। तीन कोस का पैदल रास्ता, फिर सैकड़ों आदमियों से मिलना-भेंटना। दोपहर के पहले लौटना असंभव है। लड़के सबसे ज्यादा प्रसन्न हैं। किसी ने एक रोज़ा रखा है, वह भी दोपहर तक, किसी ने वह भी नहीं; लेकिन ईदगाह जाने की खुशी उनके हिस्से की चीज है। रोज़े बड़े-बूढ़ों के लिए होंगे। उनके लिए तो ईद है। रोज़ ईद का नाम रटते थे। आज वह आ गयी। अब जल्दी पड़ी है कि लोग ईदगाह क्यों नहीं चलते। इन्हें गृहस्थी की चिंताओं से क्या प्रयोजन ! सेवैयों के लिए दूध और शक्कर घर में है या नहीं, इनकी बला से, ये तो सेवैयाँ खायेंगे। वह क्या जाने कि अब्बाजान क्यों बदहवास चौधरी कायमअली के घर दौड़े जा रहे हैं। उन्हें क्या ख़बर कि चौधरी आज आँखें बदल लें, तो यह सारी ईद मुहर्रम हो जाय। उनकी अपनी जेबों में तो कुबेर का धन भरा हुआ है। बार-बार जेब से अपना खजाना निकालकर गिनते हैं और खुश होकर फिर रख लेते हैं। महमूद गिनता है, एक-दो, दस-बारह। उसके पास बारह पैसे हैं। मोहसिन के पास एक,

दो, तीन, आठ, नौ, पन्द्रह पैसे हैं। इन्हीं अनगिनती पैसों में अनगिनती चीजें लायेंगे–खिलौने, मिठाइयाँ, बिगुल, गेंद और न जाने क्या-क्या और सबसे ज्यादा प्रसन्न है हामिद। वह चार-पाँच साल का गरीब-सूरत, दुबला-पतला लड़का, जिसका बाप गत वर्ष हैजे की भेंट हो गया और माँ न जाने क्यों पीली होती-होती एक दिन मर गयी। किसी को पता न चला, क्या बीमारी है। कहती भी तो कौन सुनने वाला था। दिल पर जो कुछ बीतती थी, वह दिल में ही सहती थी और जब न सहा गया तो संसार से बिदा हो गयी।

अब हामिद अपनी बूढ़ी दादी अमीना की गोद में सोता है और उतना ही प्रसन्न है। उसके अब्बाजान रुपये कमाने गये हैं। बहुत-सी थैलियाँ लेकर आयेंगे। अम्मीजान अल्लाह मियाँ के घर से उसके लिए बड़ी अच्छी-अच्छी चीजें लाने गयी हैं; इसलिए हामिद प्रसन्न है। आशा तो बड़ी चीज है और फिर बच्चों की आशा ! उनकी कल्पना तो राई का पर्वत बना लेती है। हामिद के पाँव में जूते नहीं हैं, सिर पर एक पुरानी-धुरानी टोपी है, जिसका गोट काला पड़ गया है, फिर भी वह प्रसन्न है। जब उसके अब्बाजान थैलियाँ और अम्मीजान नियामतें लेकर आयेंगी, तो वह दिल के अरमान निकाल लेगा। तब देखेगा महमूद, मोहसिन, नूरे और सम्मी कहाँ से उतने पैसे निकालेंगे। अभागिन अमीना अपनी कोठरी में बैठी रो रही है। आज ईद का दिन और उसके घर में दाना नहीं! आज आबिद होता तो क्या इसी तरह ईद आती और चली जाती ! इस अंधकार और निराशा में वह डूबी जा रही थी। किसने बुलाया था इस निगोड़ी ईद को। इस घर में उसका काम नहीं है, लेकिन हामिद! उसे किसी के मरने-जीने से क्या मतलब ? उसके अन्दर प्रकाश है, बाहर आशा। विपत्ति अपना सारा दल-बल लेकर आये, हामिद की आनन्द-भरी चितवन उसका विध्वंस कर देगी।

हामिद भीतर जाकर दादी से कहता है–तुम डरना नहीं अम्माँ, मैं सबसे पहले आऊँगा। बिलकुल न डरना !

अमीना का दिल कचोट रहा है। गाँव के बच्चे अपने-अपने बाप के साथ जा रहे हैं। हामिद के बाप अमीना के सिवा और कौन है ? उसे कैसे अकेले मेले जाने दे। उस भीड़-भाड़ में बच्चा कहीं खो जाय तो क्या हो। नहीं; अमीना उसे यों न जाने देगी। नन्ही-सी जान ! तीन कोस चलेगा कैसे ! पैर में छाले पड़ जायेंगे। जूते भी तो नहीं हैं। वह थोड़ी-थोड़ी दूर पर उसे गोद ले लेगी; लेकिन यहाँ सेवैयाँ कौन पकायेगा ? पैसे होते तो लौटते-लौटते सब सामग्री जमा करके चटपट बना लेती। यहाँ तो घण्टों चीजें जमा करते लगेंगे। माँगे ही का तो भरोसा ठहरा। उस दिन

फहीमन के कपड़े सिये थे। आठ आने पैसे मिले थे। उस अठन्नी को ईमान की तरह बचाती चली आती थी इसी ईद के लिए, लेकिन कल ग्वालन सिर पर सवार हो गयी तो क्या करती। हामिद के लिए कुछ नहीं है, तो दो पैसे का दूध तो चाहिए ही। अब तो कुल दो आने पैसे बच रहे हैं। तीन पैसे हामिद की जेब में, पाँच अमीना के बटवे में। यही तो बिसात है और ईद का त्योहार ! अल्लाह ही बेड़ा पार लगावे। धोबन और नाइन और मेहतरानी और चूड़िहारिन सभी तो आयेंगी। सभी को सेवैयाँ चाहिए और थोड़ा किसी की आँखों नहीं लगता। किस-किस से मुँह चुरायेगी और मुँह क्या चुराये ? साल भर का त्यौहार है। ज़िन्दगी ख़ैरियत से रहे, उनकी तकदीर भी तो उसी के साथ है। बच्चे को खुदा सलामत रखे, ये दिन भी कट जायँगे।

गाँव से मेला चला और बच्चों के साथ हामिद भी जा रहा था। कभी सबके सब दौड़कर आगे निकल जाते। फिर किसी पेड़ के नीचे खड़े होकर साथवालों का इन्तज़ार करते। ये लोग क्यों इतना धीरे-धीरे चल रहे हैं। हामिद के पैरों में तो जैसे पर लग गये हैं। वह कभी थक सकता है ! शहर का दामन आ गया। सड़क के दोनों ओर अमीरों के बगीचे हैं। पक्की चारदीवारी बनी हुई है। पेड़ों में आम और लीचियाँ लगी हुई हैं। कभी-कभी कोई लड़का कँकड़ी उठाकर आम पर निशाना लगता है। माली अन्दर से गाली देता हुआ निकलता है। लड़के वहाँ से एक फर्लांग पर हैं। खूब हँस रहे हैं। माली को कैसे उल्लू बनाया है।

बड़ी-बड़ी इमारतें आने लगीं; यह अदालत है, यह कालेज है, यह क्लब-घर है। इतने बड़े कालेज में कितने लड़के पढ़ते होंगे ? सब लड़के नहीं हैं जी ! बड़े-बड़े आदमी हैं, सच उनकी बड़ी-बड़ी मूँछे हैं। इतने बड़े हो गये, अभी तक पढ़ने जाते हैं। न जाने कब तक पढ़ेंगे और क्या करेंगे इतना पढ़कर। हामिद के मदरसे में दो-तीन बड़े-बड़े लड़के हैं, बिलकुल तीन कौड़ी के, रोज़ मार खाते हैं, काम से जी चुरानेवाले। इस जगह भी उसी तरह के लोग होंगे और क्या। क्लब-घर में जादू होता है। सुना है, यहाँ मुरदे की खोपड़ियाँ दौड़ती हैं और बड़े-बड़े तमाशे होते हैं, पर किसी को अन्दर नहीं जाने देते और यहाँ शाम को साहब लोग खेलते हैं। बड़े-बड़े आदमी खेलते हैं, मूँछों-दाढ़ीवाले और मेमें खेलती हैं, सच ! हमारी अम्माँ को वह दे दो, क्या नाम है, बैट, तो उसे पकड़ ही न सकें। घुमाते ही लुढ़क न जायँ।

महमूद ने कहा—हमारी अम्मीजान का तो हाथ काँपने लगे, अल्ला कसम।

मोहसिन बोला—अम्मी मनों आटा पीस डालती हैं। जरा-सा बैट पकड़ लेंगी, तो हाथ काँपने लगे। सैकड़ों घड़े पानी रोज़ निकालती हैं। पाँच घड़े तो मेरी भैंस पी जाती है। किसी मेम को एक घड़ा पानी भरना पड़े तो आँखों तले अँधेरा आ जाय।

महमूद लेकिन दौड़तीं तो नहीं, उछल-कूद तो नहीं सकतीं।

मोहसिन–हाँ, उछल-कूद नहीं सकतीं; लेकिन उस दिन मेरी गाय खुल गयी थी और चौधरी के खेत में जा पड़ी थी, तो अम्माँ इतनी तेज दौड़ीं कि मैं उन्हें न पा सका, सच ?

आगे चले। हलवाइयों की दुकानें शुरू हुईं। आज खूब सजी हुई थीं। इतनी मिठाइयाँ कौन खाता है। देखो न, एक-एक दुकान पर मनों होंगी। सुना है, रात को जिन्नात आकर खरीद ले जाते हैं। अब्बा कहते थे कि आधी रात को एक आदमी हर दुकान पर जाता है और जितना माल बचा होता है, वह तुलवा लेता है और सचमुच के रुपये देता है, बिलकुल ऐसे ही रुपये।

हामिद को यकीन न आया–ऐसे रुपये जिन्नात को कहाँ से मिल जायेंगे ?

मोहसिन ने कहा–जिन्नात को रुपये की क्या कमी ? जिस खजाने में चाहें, चले जायँ। लोहे के दरवाजे तक उन्हें नहीं रोक सकते जनाब, आप हैं किस फेर में। हीरे-जवाहरात तक उनके पास रहते हैं, जिससे खुश हो गये, उसे टोकरों जवाहरात दे दिये। अभी यहीं बैठे हैं, पाँच मिनट में कहो कलकत्ता पहुँच जायँ।

हामिद ने फिर पूछा–जिन्नात बहुत बड़े-बड़े होते होंगे ?

मोहसिन–एक-एक आसमान के बराबर होता है जी। जमीन पर खड़ा हो जाय तो उसका सिर आसमान से जा लगे, मगर चाहें तो एक लोटे में घुस जायँ।

हामिद–लोग उन्हें खुश करते होंगे ? कोई मुझे वह मन्तर बता दे, तो एक जिन्न को खुश कर लूँ।

मोहसिन–अब यह तो मैं नहीं जानता, लेकिन चौधरी साहब के काबू में बहुत से जिन्नात हैं। कोई चीज चोरी चली जाय, चौधरी साहब उसका पता लगा देंगे और चोर का नाम भी बता देंगे। जुमराती का बछवा उस दिन खो गया था। तीस दिन हैरान हुए, कहीं न मिला। तब झख मारकर चौधरी के पास गये। चौधरी ने तुरन्त बता दिया कि मवेशीखाने में है और वहीं मिला। जिन्नात आकर उन्हें सारे जहान की खबरें दे जाते हैं।

अब उसकी समझ में आ गया कि चौधरी के पास क्यों इतना धन है और क्यों उनका इतना सम्मान है।

आगे चले। यह पुलिस लाइन है। यहीं सब कानिसटिबल कवायद करते हैं। रैटन ! फाय फो ! रात को बेचारे घूम-घूमकर पहरा देते हैं, नहीं चोरियाँ हो जायँ। मोहसिन ने प्रतिवाद किया–यह कानिसटिबल पहरा देते हैं ? तभी तुम बहुत जानते हो। अजी हजरत, यही चोरी कराते हैं। शहर के जितने चोर- डाकू हैं, सब इनसे

मिले रहते हैं। रात को ये लोग चोरों से तो कहते हैं, चोरी करो और आप दूसरे मुहल्ले में जाकर 'जागते रहो ! जागते रहो !' पुकारते हैं। जभी इन लोगों के पास इतने रुपये आते हैं। मेरे मामूँ एक थाने में कानिसटिबल हैं। बीस रुपया महीना पाते हैं; लेकिन पचास रुपये घर भेजते हैं। अल्ला कसम ! मैंने एक बार पूछा था कि मामूँ, आप इतने रुपये कहाँ से पाते हैं ? हँसकर कहने लगे–बेटा, अल्लाह देता है। फिर आप ही बोले–लोग चाहें तो एक दिन में लाखों मार लायें। हम तो इतना ही लेते हैं, जिसमें अपनी बदनामी न हो और नौकरी न चली जाय।

हामिद ने पूछा–यह लोग चोरी करवाते हैं तो कोई इन्हें पकड़ता नहीं ?

मोहसिन उसकी नादानी पर दया दिखाकर बोला–अरे पागल, इन्हें कौन पकड़ेगा। पकड़नेवाला तो यह खुद हैं; लेकिन अल्लाह इन्हें सजा भी खूब देता है। हराम का माल हराम में जाता है। थोड़े ही दिन हुए, मामूँ के घर में आग लग गयी। सारी लेई-पूँजी जल गयी। एक बरतन तक न बचा। कई दिन पेड़ के नीचे सोये, अल्ला कसम, पेड़ के नीचे। फिर न जाने कहाँ से एक सौ कर्ज लाये तो बरतन-भांडे आये।

हामिद–एक सौ तो पचास से ज्यादा होते हैं ?

'कहाँ पचास कहाँ एक सौ। पचास एक थैली-भर होता है। सौ तो दो थैलियों में भी न आवे।'

अब बस्ती घनी होने लगी थी। ईदगाह जानेवालों की टोलियाँ नजर आने लगीं। एक-से-एक भड़कीले वस्त्र पहने हुए। कोई इक्के-ताँगे पर सवार, कोई मोटर पर, सभी इत्र में बसे; सभी के दिलों में उमंग। ग्रामीणों का यह छोटा-सा दल अपनी विपन्नता से बेखबर, सन्तोष और धैर्य में मगन चला जा रहा था। बच्चों के लिए नगर की सभी चीजें अनोखी थीं। जिस चीज की ओर ताकते, ताकते ही रह जाते और पीछे से बार-बार हॉर्न की आवाज होने पर भी न चेतते। हामिद तो मोटर के नीचे आते-आते बचा।

सहसा ईदगाह नजर आया। ऊपर इमली के घने वृक्षों की छाया। नीचे पक्का फर्श है, जिस पर जाजिम बिछा हुआ है और रोज़ेदारों की पंक्तियाँ एक के पीछे एक न जाने कहाँ तक चली गयी हैं, पक्के जगत के नीचे तक, जहाँ जाजिम भी नहीं है। नये आनेवाले आकर पीछे की कतार में खड़े हो जाते हैं। आगे जगह नहीं है। यहाँ कोई धन और पद नहीं देखता। इस्लाम की निगाह में सब बराबर हैं। इन ग्रामीणों ने भी वजू किया और पिछली पंक्ति में खड़े हो गये। कितना सुन्दर संचालन है, कितनी सुन्दर व्यवस्था ! लाखों सिर एक साथ सिजदे में झुक जाते हैं, फिर

सब-के-सब एक साथ खड़े हो जाते हैं, एक साथ झुकते हैं और एक साथ घुटनों के बल बैठ जाते हैं। कई बार यही क्रिया होती है, जैसे बिजली की लाखों बत्तियाँ एक साथ प्रदीप्त हों और एक साथ बुझ जायँ और यही क्रम चलता रहा। कितना अपूर्व दृश्य था, जिसकी सामूहिक क्रियाएँ, विस्तार और अनन्तता हृदय को श्रद्धा, गर्व और आत्मानन्द से भर देती थीं, मानो भ्रातृत्व का एक सूत्र इन समस्त आत्माओं को एक लड़ी में पिरोये हुए है।

नमाज़ खत्म हो गयी है। लोग आपस में गले मिल रहे हैं। तब मिठाई और खिलौने की दुकानों पर धावा होता है। ग्रामीणों का यह दल इस विषय में बालकों से कम उत्साही नहीं है। यह देखो, हिंडोला है। एक पैसा देकर चढ़ जाओ। कभी आसमान पर जाते हुए मालूम होंगे, कभी जमीन पर गिरते हुए। यह चर्खी है, लकड़ी के हाथी, घोड़े, ऊँट छड़ों से लटके हुए हैं। एक पैसा देकर बैठ जाओ और पच्चीस चक्करों का मजा लो। महमूद और मोहसिन और नूरे और सम्मी इन घोड़ों और ऊँटों पर बैठते हैं। हामिद दूर खड़ा है। तीन ही पैसे तो उसके पास हैं। अपने कोष का तिहाई जरा-सा चक्कर खाने के लिए नहीं दे सकता।

सब चर्खियों से उतरते हैं। अब खिलौने लेंगे। इधर दुकानों की कतार लगी हुई है। तरह-तरह के खिलौने हैं—सिपाही और गुजरिया, राजा और वकील, भिश्ती और धोबिन और साधू। वाह ! कितने सुन्दर खिलौने हैं। अब बोला ही चाहते हैं। महमूद सिपाही लेता है, खाकी वर्दी और लाल पगड़ीवाला, कन्धे पर बन्दूक रखे हुए। मालूम होता है, अभी कवायद किये चला आ रहा है। मोहसिन को भिश्ती पसन्द आया। कमर झुकी है, ऊपर मशक रखे हुए है। मशक का मुँह एक हाथ से पकड़े हुए है। कितना प्रसन्न है। शायद कोई गीत गा रहा है। बस, मशक से पानी उँडेला ही चाहता है। नूरे को वकील से प्रेम है। कैसी विद्वत्ता है उसके मुख पर ! काला चोगा, नीचे सफेद अचकन, अचकन के सामने की जेब में घड़ी, सुनहरी जंजीर, एक हाथ में कानून का पोथा लिए हुए। मालूम होता है, अभी किसी अदालत से जिरह या बहस किये चला आ रहा है। यह सब दो-दो पैसे के खिलौने हैं। हामिद के पास कुल तीन पैसे हैं; इतने महँगे खिलौने वह कैसे ले ? खिलौना कहीं हाथ से छूट पड़े, तो चूर-चूर हो जाय। जरा पानी पड़े तो सारा रंग धुल जाय। ऐसे खिलौने लेकर वह क्या करेगा; किस काम के !

मोहसिन—मेरा भिश्ती रोज पानी दे जायगा; साँझ-सबेरे।

महमूद—और मेरा सिपाही घर का पहरा देगा। कोई चोर आवेगा, तो फौरन बन्दूक से फैर कर देगा !

नूरे—और मेरा वकील खूब मुकदमा लड़ेगा।

सम्मी—और मेरी धोबिन रोज कपड़े धोयेगी।

हामिद खिलौनों की निन्दा करता है—मिट्टी ही के तो हैं, गिरें तो चकनाचूर हो जायँ, लेकिन ललचाई हुई आँखों से खिलौनों को देख रहा है और चाहता है कि जरा देर के लिए उन्हें हाथ में ले सकता। उसके हाथ अनायास ही लपकते हैं : लेकिन लड़के इतने त्यागी नहीं होते, विशेषकर जब अभी नया शौक है। हामिद ललचता रह जाता है।

खिलौने के बाद मिठाइयाँ आती हैं। किसी ने रेवड़ियाँ ली हैं, किसी ने गुलाबजामुन, किसी ने सोहनहलुआ। मजे से खा रहे हैं। हामिद उनकी बिरादरी से पृथक है। अभागे के पास तीन पैसे हैं। क्यों नहीं कुछ लेकर खाता ? ललचायी आँखों से सबकी ओर देखता है।

मोहसिन कहता है—हामिद, रेवड़ी ले जा, कितनी खुशबूदार है।

हामिद को सन्देह हुआ, यह केवल क्रूर विनोद है, मोहसिन इतना उदार नहीं है; लेकिन यह जानकर भी वह उसके पास जाता है। मोहसिन दोने से एक रेवड़ी निकालकर हामिद की ओर बढ़ाता है। हामिद हाथ फैलाता है। मोहसिन रेवड़ी अपने मुँह में रख लेता है। महमूद, नूरे और सम्मी खूब तालियाँ बजा-बजाकर हँसते हैं। हामिद खिसिया जाता है।

मोहसिन—अच्छा, अबकी जरूर देंगे हामिद, अल्ला कसम, ले जाव।

हामिद—रखे रहो। क्या मेरे पास पैसे नहीं हैं ?

सम्मी—तीन ही पैसे तो हैं। तीन पैसे में क्या-क्या लोगे ?

महमूद—हमसे गुलाबजामुन ले जाव हामिद। मोहसिन बदमाश है।

हामिद—मिठाई कौन बड़ी नेमत है। किताब में इसकी कितनी बुराइयाँ लिखी हैं।

मोहसिन—लेकिन दिल में कह रहे होंगे कि मिले तो खा लें। अपने पैसे क्यों नहीं निकालते ?

महमूद—हम समझते हैं इसकी चालाकी। जब हमारे सारे पैसे खर्च हो जायेंगे, तो हमें ललचा-ललचाकर खायगा।

मिठाइयों के बाद कुछ दुकानें लोहे की चीजों की हैं। कुछ गिलट और कुछ नकली गहनों की। लड़कों के लिए यहाँ कोई आकर्षण न था। वह सब आगे बढ़ जाते हैं। हामिद लोहे की दुकान पर रुक जाता है। कई चिमटे रखे हुए थे। उसे खयाल आया, दादी के पास चिमटा नहीं है। तवे से रोटियाँ उतारती है, तो हाथ जल

जाता है; अगर वह चिमटा ले जाकर दादी को दे दे, तो वह कितनी प्रसन्न होंगी ? फिर उनकी उंगलियाँ कभी न जलेंगी। घर में एक काम की चीज हो जायगी। खिलौने से क्या फायदा। व्यर्थ में पैसे खराब होते हैं। जरा देर ही तो ख़ुशी होती है। फिर तो खिलौनों को कोई आँख उठा कर नहीं देखता। या तो घर पहुँचते-पहुँचते टूट-फूट बराबर हो जायेंगे, या छोटे बच्चे जो मेले में नहीं आए हैं, ज़िद करके ले लेंगे और तोड़ डालेंगे। चिमटा कितने काम की चीज है। रोटियाँ तवे से उतार लो, चूल्हें में सेंक लो। कोई आग माँगने आवे तो चटपट चूल्हे से आग निकालकर उसे दे दो। अम्माँ बेचारी को कहाँ फुर्सत है कि बाजार आयें और इतने पैसे ही कहाँ मिलते हैं। रोज हाथ जला लेती हैं। हामिद के साथी आगे बढ़ गये हैं। सबील पर सब-के-सब शर्बत पी रहे हैं। देखो, सब कितने लालची हैं। इतनी मिठाइयाँ लीं, मुझे किसी ने एक भी न दी। उस पर कहते हैं, मेरे साथ खेलो। मेरा यह काम करो। अब अगर किसी ने कोई काम करने को कहा, तो पूछूँगा। खायें मिठाइयाँ, आप मुँह सड़ेगा, फोड़े-फुन्सियाँ निकलेंगी, आप ही जबान चटोरी हो जायगी। तब घर के पैसे चुरायेंगे और मार खायेंगे। किताब में झूठी बातें थोड़े ही लिखी हैं। मेरी ज़बान क्यों खराब होगी ? अम्मा चिमटा देखते ही दौड़कर मेरे हाथ से ले लेंगी और कहेंगी—मेरा बच्चा अम्माँ के लिए चिमटा लाया है ! हजारों दुआएँ देंगी। फिर पड़ोस की औरतों को दिखायेंगी। सारे गाँव में चरचा होने लगेगी, हामिद चिमटा लाया है। कितना अच्छा लड़का है। इन लोगों के खिलौनों पर कौन इन्हें दुआएँ देगा। बड़ों की दुआएँ सीधे अल्लाह के दरबार में पहुँचती हैं और तुरन्त सुनी जाती हैं। मेरे पास पैसे नहीं हैं। तभी तो मोहसिन और महमूद यों मिजाज दिखाते हैं। मैं भी इनसे मिजाज दिखाऊँगा। खेलें खिलौने और खायें मिठाइयाँ। मैं नहीं खेलता खिलौने, किसी का मिजाज क्यों सहूँ। मैं गरीब सही, किसी से कुछ माँगने तो नहीं जाता। आखिर अब्बाजान कभी-न-कभी आयेंगे। अम्माँ भी आयेंगी ही। फिर इन लोगों से पूछूँगा कितने खिलौने लोगे ? एक-एक को टोकरियों खिलौने दूँ और दिखा दूँ कि दोस्तों के साथ इस तरह सलूक किया जाता है। यह नहीं कि एक पैसे की रेवड़ियाँ लीं तो चिढ़ा-चिढ़ाकर खाने लगे। सब-के-सब खूब हँसेंगे कि हामिद ने चिमटा लिया है। हँसें। मेरी बला से। उसने दुकानदार से पूछा—यह चिमटा कितने का है ?

दुकानदार ने उसकी ओर देखा और कोई आदमी साथ न देखकर कहा—यह तुम्हारे काम का नहीं है जी ?

'बिकाऊ क्यों नहीं है और यहाँ क्यों लाद लाये हैं ?'

'बिकाऊ है, क्यों नहीं ?'

'तो बताते क्यों नहीं, कै पैसे का है ?'

'छै पैसे लगेंगे।'

हामिद का दिल बैठ गया।

'ठीक-ठीक पाँच पैसे लगेंगे, लेना हो लो, नहीं चलते बनो।'

हामिद ने कलेजा मजबूत करके कहा—तीन पैसे लोगे ?

यह कहता हुआ वह आगे बढ़ गया कि दुकानदार की घुड़कियाँ न सुने लेकिन दुकानदार ने घुड़कियाँ नहीं दीं। बुलाकर चिमटा दे दिया। हामिद ने उसे इस तरह कन्धे पर रखा, मानो बन्दूक है और शान से अकड़ता हुआ संगियों के पास आया। जरा सुनें, सब-के-सब क्या-क्या आलोचनाएँ करते हैं।

मोहसिन ने हँसकर कहा—यह चिमटा क्यों लाया पगले; इसे क्या करेगा ? हामिद ने चिमटे को जमीन पर पटककर कहा—जरा अपना भिश्ती जमीन पर गिरा दो। सारी पसलियाँ चूर-चूर हो जायँ बच्चू की।

महमूद बोला—तो यह चिमटा कोई खिलौना है ?

हामिद—खिलौना क्यों नहीं ? अभी कन्धे पर रखा, बन्दूक हो गयी। हाथ में लिया, फकीरों का चिमटा हो गया। चाहूँ तो इससे मजीरे का काम ले सकता हूँ। एक चिमटा जमा दूँ तो तुम लोगों के सारे खिलौनों की जान निकल जाय। तुम्हारे खिलौने कितना ही जोर लगावें, वे मेरे चिमटे का बाल भी बाँका नहीं कर सकते। मेरा बहादुर शेर है—चिमटा।

सम्मी ने खँजरी ली थी। प्रभावित होकर बोला—मेरी खँजरी से बदलोगे ? दो आने की है।

हामिद ने खँजरी की ओर उपेक्षा से देखा—मेरा चिमटा चाहे तो तुम्हारी खँजरी का पेट फाड़ डाले। बस, एक चमड़े की झिल्ली लगा दी, ढब-ढब बोलने लगी। जरा-सा पानी लग जाय तो खतम हो जाय। मेरा बहादुर चिमटा आग में, पानी में, तूफान में बराबर डटा खड़ा रहेगा।

चिमटे ने सभी को मोहित कर लिया; लेकिन अब पैसे किसके पास धरे हैं ! फिर मेले से दूर निकल आये हैं, नौ कब के बज गये, धूप तेज हो रही है। घर पहुँचने की जल्दी हो रही है। बाप से जिद भी करें, तो चिमटा नहीं मिल सकता है। हामिद है बड़ा चालाक। इसीलिए बदमाश ने अपने पैसे बचा रखे थे !

अब बालकों के दो दल हो गये हैं। मोहसिन, महमूद, सम्मी और नूर एक तरफ हैं, हामिद अकेला दूसरी तरफ। शास्त्रार्थ हो रहा है। सम्मी तो विधर्मी हो गया। दूसरे पक्ष से जा मिला; लेकिन मोहसिन, महमूद और नूरे भी, हामिद से एक-एक,

दो-दो साल बड़े होने पर भी हामिद के आघातों से आतंकित हो उठे हैं। उसके पास न्याय का बल है और नीति की शक्ति। एक ओर मिट्टी है, दूसरी ओर लोहा, जो इस वक्त अपने को फौलाद कह रहा है। वह अजेय है, घातक है। अगर कोई शेर आ जाय, तो मियाँ भिश्ती के छक्के छूट जायँ, मियाँ सिपाही मिट्टी की बन्दूक छोड़कर भागें, वकील साहब की नानी मर जाय, चोगे में मुँह छिपाकर जमीन पर लेट जायँ। मगर यह चिमटा, यह बहादुर, यह रुस्तमे-हिन्द लपककर शेर की गरदन पर सवार हो जायगा और उसकी आँखें निकाल लेगा।

मोहसिन ने एड़ी-चोटी का जोर लगाकर कहा–अच्छा, पानी तो नहीं भर सकता।

हामिद ने चिमटे को सीधा खड़ा करके कहा–भिश्ती को एक डाँट बतायेगा, तो दौड़ा हुआ पानी लाकर उसके द्वार पर छिड़कने लगेगा।

मोहसिन परास्त हो गया; पर महमूद ने कुमक पहुँचाई–अगर बच्चा पकड़ा जाये तो अदालत में बँधे-बँधे फिरेंगे। तब तो वकील साहब के ही पैरों पड़ेंगे।

हामिद इस प्रबल तर्क का जवाब न दे सका। उसने पूछा–हमें पकड़ने कौन आयेगा ?

नूरे ने अकड़कर कहा–यह सिपाही बन्दूक वाला।

हामिद ने मुँह चिढ़ाकर कहा–यह बेचारे हम बहादुर रुस्तमे-हिन्द को पकड़ेंगे ! अच्छा लाओ, अभी जरा कुश्ती हो जाय। इसकी सूरत देखकर दूर से भागेंगे। पकड़ेंगे क्या बेचारे !

मोहसिन को एक नयी चोट सूझ गयी–तुम्हारे चिमटे का मुँह रोज आग में जलेगा।

उसने समझा था कि हामिद लाजवाब हो जायगा; लेकिन यह बात न हुई। हामिद ने तुरन्त जवाब दिया–आग में बहादुर ही कूदते हैं जनाब, तुम्हारे यह वकील, सिपाही और भिश्ती लौंडियों की तरह घर में घुस जायँगे। आग में कूदना वह काम है, जो रुस्तमे-हिन्द ही कर सकता है।

महमूद ने एक जोर लगाया–वकील साहब कुर्सी-मेज पर बैठेंगे, तुम्हारा चिमटा तो बावरचीखाने में जमीन पर पड़ा रहेगा।

इस तर्क ने सम्मी और नूरे को भी सजीव कर दिया। कितने ठिकाने की बात कही है पट्ठे ने। चिमटा बावरचीखाने में पड़े रहने के सिवा और क्या कर सकता है ?

हामिद को कोई फड़कता हुआ जवाब न सूझा तो उसने धाँधली शुरू की–मेरा चिमटा बावरचीखाने में नहीं रहेगा। वकील साहब कुरसी पर बैठेंगे तो जाकर उन्हें जमीन पर पटक देगा और उनका कानून उनके पेट में डाल देगा।

बात कुछ बनी नहीं। खासी गाली-गलौच थी; कानून को पेट में डालने वाली बात छा गयी। ऐसी छा गयी थी कि तीनों सूरमा मुँह ताकते रह गये, मानो कोई धेलचा कनकौआ किसी गण्डेवाले कनकौए को काट गया हो। कानून मुँह से बाहर निकलनेवाली चीज है। उसको पेट के अन्दर डाल दिया जावे, बेतुकी-सी बात होने पर भी कुछ नयापन रखती है। हामिद ने मैदान मार लिया। उसका चिमटा रुस्तमे-हिन्द है। अब इसमें मोहसिन, महमूद, नूरे, सम्मी किसी को भी आपत्ति नहीं हो सकती।

विजेता को हारनेवालों से जो सत्कार मिलना स्वाभाविक है, वह हामिद को भी मिला। औरों ने तीन-तीन, चार-चार आने पैसे खर्च किये; पर कोई काम की चीज न ले सके। हामिद ने तीन पैसे में रंग जमा लिया। सच ही तो है, खिलौनों का क्या भरोसा ? टूट-फूट जायँगे। हामिद का चिमटा बना रहेगा बरसों !

सन्धि की शर्त तय होने लगी। मोहसिन ने कहा–जरा अपना चिमटा दो, हम भी देखें, तुम हमारा भिश्ती लेकर देखो।

महमूद और नूरे ने भी अपने-अपने खिलौने पेश किये।

हामिद को इन शर्तों के मानने में कोई आपत्ति न थी। चिमटा बारी-बारी से सबके हाथ में गया; और उनके खिलौने बारी-बारी से हामिद के हाथ में आये। कितने खूबसूरत खिलौने हैं !

हामिद ने हारनेवाले के आँसू पोंछे–मैं तुम्हें चिढ़ा रहा था, सच। यह लोहे का चिमटा भला इन खिलौनों की क्या बराबरी करेगा; मालूम होता है, अब बोले, अब बोले।

लेकिन मोहसिन की पार्टी को इस दिलासे से संतोष नहीं होता। चिमटे का सिक्का खूब बैठ गया है। चिपका हुआ टिकट अब पानी से नहीं छूट रहा है।

मोहसिन–लेकिन इन खिलौनों के लिए कोई हमें दुआ तो न देगा।

महमूद–दुआ को लिए फिरते हो। उलटे मार न पड़े। अम्माँ जरूर कहेंगी कि मेले में मिट्टी के खिलौने तुम्हें मिले ?

हामिद को स्वीकार करना पड़ा कि खिलौनों को देखकर किसी की माँ इतनी खुश न होंगी, जितनी दादी चिमटे को देखकर होंगी। तीन पैसों ही में तो उसे सब कुछ करना था और उन पैसों के इस उपयोग पर पछतावे की बिलकुल जरूरत न थी। फिर अब तो चिमटा रुस्तमे-हिन्द है और सभी खिलौनों का बादशाह।

रास्ते में महमूद को भूख लगी। उसके बाप ने केले खाने को दिये। महमूद ने केवल हामिद को साझी बनाया। उसके अन्य मित्र मुँह ताकते रह गये। यह उस चिमटे का प्रसाद था।

ग्यारह बजे सारे गाँव में हलचल मच गयी। मेलेवाले आ गये। मोहसिन की छोटी बहन ने दौड़कर भिश्ती उसके हाथ से छीन लिया और मारे खुशी के जो उछली, तो मियाँ भिश्ती नीचे आ रहे और सुरलोक सिधारे। इस पर भाई-बहन में मार-पीट हुई। दोनों खूब रोये। उनकी अम्माँ यह शोर सुनकर बिगड़ीं और दोनों को ऊपर से दो-दो चाँटे और लगाये।

मियाँ नूरे के वकील का अन्त उसकी प्रतिष्ठानुकूल इससे ज्यादा गौरवमय हुआ। वकील जमीन पर या ताक पर तो नहीं बैठ सकता। उसकी मर्यादा का विचार तो रखना ही होगा। दीवार में दो खूटियाँ गाड़ी गयीं। उन पर लकड़ी का एक पटरा रखा गया। पटरे पर कागज का कालीन बिछाया गया। वकील साहब राजा भोज की भाँति सिंहासन पर विराजे। नूरे ने उन्हें पंखा झलना शुरू किया। अदालतों में खस की टट्टियाँ और बिजली के पंखे रहते हैं। क्या यहाँ मामूली पंखा भी न हो। कानून की गर्मी दिमाग पर चढ़ जायगी कि नहीं। बाँस का पंखा आया और नूरे हवा करने लगे। मालूम नहीं, पंखे की हवा से या पंखे की चोट से वकील साहब स्वर्गलोक से मृत्युलोक में आ रहे और उनका माटी का चोला माटी में मिल गया। फिर बड़े जोर-शोर से मातम हुआ और वकील साहब की अस्थि घूर पर डाल दी गयी।

अब रहा महमूद का सिपाही। उसे चटपट गाँव का पहरा देने का चार्ज मिल गया; लेकिन पुलिस का सिपाही कोई साधारण व्यक्ति तो था नहीं; जो अपने पैरों चले। वह पालकी पर चलेगा। एक टोकरी आयी, उसमें कुछ लाल रंग के फटे-पुराने चिथड़े बिछाये गये, जिसमें सिपाही साहब आराम से लेटे। नूरे ने यह टोकरी उठायी और अपने द्वार का चक्कर लगाने लगे। उनके दोनों छोटे भाई सिपाही की तरफ से 'छोनेवाले, जागते लहो' पुकारते चलते हैं। मगर रात तो अँधेरी ही होनी चाहिए। महमूद को ठोकर लग जाती है। टोकरी उसके हाथ से छूटकर गिर पड़ती है और मियाँ सिपाही अपनी बन्दूक लिए जमीन पर आ जाते हैं और उनकी एक टाँग में विकार आ जाता है। महमूद को आज ज्ञात हुआ कि वह अच्छा डाक्टर है। उसको ऐसा मरहम मिल गया है, जिससे वह टूटी टाँग को आनन-फानन जोड़ सकता है। केवल गूलर का दूध चाहिए। गूलर का दूध आता है। टाँग जोड़ दी जाती है; लेकिन सिपाही को ज्यों ही खड़ा किया जाता है, टाँग जवाब दे जाती है। शल्यक्रिया असफल हुई, तब उसकी दूसरी टाँग भी तोड़ दी जाती है। अब कम-से-कम एक जगह आराम से बैठ तो सकता है। एक टाँग से तो न चल सकता था न बैठ सकता था। अब वह सिपाही संन्यासी हो गया है। अपनी जगह पर बैठा-बैठा पहरा देता है।

कभी-कभी देवता भी बन जाता है। उसके सिर का झालरदार साफा खुरच दिया गया है। अब उसका जितना रूपान्तर चाहो, कर सकते हो। कभी-कभी तो उससे बाट का काम भी लिया जाता है।

अब मियाँ हामिद का हाल सुनिए। अमीना उसकी आवाज सुनते ही दौड़ी और उसे गोद में उठाकर प्यार करने लगी। सहसा उसके हाथ में चिमटा देखकर वह चौंकी।

'यह चिमटा कहाँ था ?'

'मैंने मोल लिया है।'

'कै पैसे में ?'

'तीन पैसे दिये।'

अमीना ने छाती पीट ली। यह कैसा बेसमझ लड़का है कि दोपहर हुआ, कुछ खाया न पिया। लाया क्या यह चिमटा ! सारे मेले में तुझे और कोई चीज न मिली, जो यह लोहे का चिमटा उठा लाया।

हामिद ने अपराधी भाव से कहा–तुम्हारी उँगलियाँ तवे से जल जाती थीं, इसलिए मैंने इसे ले लिया।

बुढ़िया का क्रोध तुरन्त स्नेह में बदल गया और स्नेह भी वह नहीं, जो प्रगल्भ होता है और अपनी सारी कसक शब्दों में बिखेर देता है। यह मूक स्नेह था, खूब ठोस, रस और स्वाद से भरा हुआ। बच्चे में कितना त्याग, कितना सद्भाव और कितना विवेक है ! दूसरों को खिलौने लेते और मिठाई खाते देखकर उसका मन कितना ललचाया होगा। इतना जब्त इससे हुआ कैसे ? वहाँ भी उसे अपनी बुढ़िया दादी की याद बनी रही। अमीना का मन गद्गद हो गया।

और अब एक बड़ी विचित्र बात हुई। हामिद के इस चिमटे से भी विचित्र। बच्चे हामिद ने बूढ़े हामिद का पार्ट खेला था। बुढ़िया अमीना बालिका अमीना बन गयी। वह रोने लगी। दामन फैलाकर हामिद को दुआएँ देती जाती थी और आँसू की बड़ी-बड़ी बूँदें गिराती जाती थी। हामिद इसका रहस्य क्या समझता !

2

कफ़न

झोपड़े के द्वार पर बाप और बेटा दोनों एक बुझे हुए अलाव के सामने चुपचाप बैठे हुए हैं और अन्दर बेटे की जवान बीबी बुधिया प्रसव-वेदना में पछाड़ खा रही थी। रह-रहकर उसके मुँह से ऐसी दिल हिला देने वाली आवाज निकलती थी, कि दोनों कलेजा थाम लेते थे। जाड़ों की रात थी, प्रकृति सन्नाटे में डूबी हुई, सारा गाँव अन्धकार में लय हो गया था।

घीसू ने कहा-मालूम होता है, बचेगी नहीं। सारा दिन दौड़ते हो गया, जा देख तो आ।

माधव चिढकर बोला-मरना ही तो है जल्दी मर क्यों नहीं जाती? देखकर क्या करूँ?

'तू बड़ा बेदर्द है बे! साल-भर जिसके साथ सुख-चौन से रहा, उसी के साथ इतनी बेवफाई!'

'तो मुझसे तो उसका तड़पना और हाथ-पाँव पटकना नहीं देखा जाता।'

चमारों का कुनबा था और सारे गाँव में बदनाम। घीसू एक दिन काम करता तो तीन दिन आराम करता। माधव इतना काम-चोर था कि आध घण्टे काम करता तो घण्टे भर चिलम पीता। इसलिए उन्हें कहीं मजदूरी नहीं मिलती थी। घर में मुठ्ठी-भर भी अनाज मौजूद हो, तो उनके लिए काम करने की कसम थी। जब दो-चार फाके हो जाते तो घीसू पेड़ पर चढकर लकडियाँ तोड़ लाता और माधव बाजार से बेच लाता और जब तक वह पैसे रहते, दोनों इधर-उधर मारे-मारे फिरते। गाँव में काम की कमी न थी। किसानों का गाँव था, मेहनती आदमी के लिए पचास काम

थे। मगर इन दोनों को उसी वक्त बुलाते, जब दो आदमियों से एक का काम पाकर भी सन्तोष कर लेने के सिवा और कोई चारा न होता। अगर दोनो साधु होते, तो उन्हें सन्तोष और धैर्य के लिए, संयम और नियम की बिलकुल जरूरत न होती। यह तो इनकी प्रकृति थी। विचित्र जीवन था इनका! घर में मिट्टी के दो-चार बर्तन के सिवा कोई सम्पत्ति नहीं। फटे चीथड़ों से अपनी नग्नता को ढाँके हुए जिये जाते थे। संसार की चिन्ताओं से मुक्त कर्जध से लदे हुए। गालियाँ भी खाते, मार भी खाते, मगर कोई गम नहीं। दीन इतने कि वसूली की बिलकुल आशा न रहने पर भी लोग इन्हें कुछ-न-कुछ कर्जध दे देते थे। मटर, आलू की फसल में दूसरों के खेतों से मटर या आलू उखाड़ लाते और भून-भानकर खा लेते या दस-पाँच ऊख उखाड़ लाते और रात को चूसते। घीसू ने इसी आकाश-वृत्ति से साठ साल की उम्र काट दी और माधव भी सपूत बेटे की तरह बाप ही के पद-चिह्नों पर चल रहा था, बल्कि उसका नाम और भी उजागर कर रहा था। इस वक्त भी दोनों अलाव के सामने बैठकर आलू भून रहे थे, जो कि किसी खेत से खोद लाये थे। घीसू की स्त्री का तो बहुत दिन हुए, देहान्त हो गया था। माधव का ब्याह पिछले साल हुआ था। जब से यह औरत आयी थी, उसने इस खानदान में व्यवस्था की नींव डाली थी और इन दोनों बे-गैरतों का दोजख भरती रहती थी। जब से वह आयी, यह दोनों और भी आरामतलब हो गये थे। बल्कि कुछ अकडने भी लगे थे। कोई कार्य करने को बुलाता, तो निर्ब्याज भाव से दुगुनी मजदूरी माँगते। वही औरत आज प्रसव-वेदना से मर रही थी और यह दोनों इसी इन्तजार में थे कि वह मर जाये, तो आराम से सोयें।

घीसू ने आलू निकालकर छीलते हुए कहा-जाकर देख तो, क्या दशा है उसकी? चुड़ैल का फिसाद होगा और क्या? यहाँ तो ओझा भी एक रुपया माँगता है!

माधव को भय था, कि वह कोठरी में गया, तो घीसू आलुओं का बड़ा भाग साफ कर देगा। बोला-मुझे वहाँ जाते डर लगता है।

'डर किस बात का है, मैं तो यहाँ हूँ ही।'

'तो तुम्हीं जाकर देखो न?'

'मेरी औरत जब मरी थी, तो मैं तीन दिन तक उसके पास से हिला तक नहीं और फिर मुझसे लजायेगी कि नहीं? जिसका कभी मुँह नहीं देखा, आज उसका उघड़ा हुआ बदन देखूँ! उसे तन की सुध भी तो न होगी? मुझे देख लेगी तो खुलकर हाथ-पाँव भी न पटक सकेगी!'

'मैं सोचता हूँ कोई बाल-बच्चा हुआ, तो क्या होगा? सोंठ, गुड़, तेल, कुछ भी तो नहीं है घर में!'

'सब कुछ आ जायेगा। भगवान् दें तो! जो लोग अभी एक पैसा नहीं दे रहे हैं, वे ही कल बुलाकर रुपये देंगे। मेरे नौ लड़के हुए, घर में कभी कुछ न थाय मगर भगवान् ने किसी-न-किसी तरह बेड़ा पार ही लगाया।'

जिस समाज में रात-दिन मेहनत करने वालों की हालत उनकी हालत से कुछ बहुत अच्छी न थी और किसानों के मुकाबले में वे लोग, जो किसानों की दुर्बलताओं से लाभ उठाना जानते थे, कहीं ज्यादा सम्पन्न थे, वहाँ इस तरह की मनोवृत्ति का पैदा हो जाना कोई अचरज की बात न थी। हम तो कहेंगे, घीसू किसानों से कहीं ज्यादा विचारवान् था और किसानों के विचार-शून्य समूह में शामिल होने के बदले बैठकबाजों की कुत्सित मण्डली में जा मिला था। हाँ, उसमें यह शक्ति न थी, कि बैठकबाजों के नियम और नीति का पालन करता। इसलिए जहाँ उसकी मण्डली के और लोग गाँव के सरगना और मुखिया बने हुए थे, उस पर सारा गाँव उँगली उठाता था। फिर भी उसे यह तसकीन तो थी ही कि अगर वह फटेहाल है तो कम-से-कम उसे किसानों की-सी जी-तोड़ मेहनत तो नहीं करनी पड़ती और उसकी सरलता और निरीहता से दूसरे लोग बेजा फायदा तो नहीं उठाते! दोनों आलू निकाल-निकालकर जलते-जलते खाने लगे। कल से कुछ नहीं खाया था। इतना सब्र न था कि ठण्डा हो जाने दें। कई बार दोनों की जबानें जल गयीं। छिल जाने पर आलू का बाहरी हिस्सा जबान, हलक और तालू को जला देता था और उस अंगारे को मुँह में रखने से ज्यादा खैरियत इसी में थी कि वह अन्दर पहुँच जाये। वहाँ उसे ठण्डा करने के लिए काफी सामान थे। इसलिए दोनों जल्द-जल्द निगल जाते। हालाँकि इस कोशिश में उनकी आँखों से आँसू निकल आते।

घीसू को उस वक्त ठाकुर की बरात याद आयी, जिसमें बीस साल पहले वह गया था। उस दावत में उसे जो तृप्ति मिली थी, वह उसके जीवन में एक याद रखने लायक बात थी और आज भी उसकी याद ताजी थी, बोला-वह भोज नहीं भूलता। तब से फिर उस तरह का खाना और भरपेट नहीं मिला। लडकी वालों ने सबको भर पेट पूडियाँ खिलाई थीं, सबको! छोटे-बड़े सबने पूडियाँ खायीं और असली घी की! चटनी, रायता, तीन तरह के सूखे साग, एक रसेदार तरकारी, दही, चटनी, मिठाई, अब क्या बताऊँ कि उस भोज में क्या स्वाद मिला, कोई रोक-टोक नहीं थी, जो चीज चाहो, माँगो, जितना चाहो, खाओ। लोगों ने ऐसा खाया, ऐसा खाया, कि किसी से पानी न पिया गया। मगर परोसने वाले हैं कि पत्तल में गर्म-गर्म, गोल-गोल सुवासित कचौडियाँ डाल देते हैं। मना करते हैं कि नहीं चाहिए, पत्तल पर हाथ रोके हुए हैं, मगर वह हैं कि दिये जाते हैं और जब सबने मुँह धो लिया, तो पान-इलायची भी

मिली। मगर मुझे पान लेने की कहाँ सुध थी? खड़ा हुआ न जाता था। चटपट जाकर अपने कम्बल पर लेट गया। ऐसा दिल-दरियाव था वह ठाकुर!

माधव ने इन पदार्थों का मन-ही-मन मजा लेते हुए कहा-अब हमें कोई ऐसा भोज नहीं खिलाता।

'अब कोई क्या खिलाएगा? वह जमाना दूसरा था। अब तो सबको किफायत सूझती है। सादी-ब्याह में मत खर्च करो, क्रिया-कर्म में मत खर्च करो। पूछो, गरीबों का माल बटोर-बटोरकर कहाँ रखोगे? बटोरने में तो कमी नहीं है। हाँ, खर्च में किफायत सूझती है!'

'तुमने एक बीस पूरियाँ खायी होंगी?'

'बीस से ज्यादा खायी थीं!'

'मैं पचास खा जाता!'

'पचास से कम मैंने न खायी होंगी। अच्छा पका था। तू तो मेरा आधा भी नहीं है।'

आलू खाकर दोनों ने पानी पिया और वहीं अलाव के सामने अपनी धोतियाँ ओढ़कर पाँव पेट में डाले सो रहे। जैसे दो बड़े-बड़े अजगर गेंडुलिया मारे पड़े हों।

और बुधिया अभी तक कराह रही थी।

2

सबेरे माधव ने कोठरी में जाकर देखा, तो उसकी स्त्री ठण्डी हो गयी थी। उसके मुँह पर मक्खियाँ भिनक रही थीं। पथराई हुई आँखें ऊपर टँगी हुई थीं। सारी देह धूल से लथपथ हो रही थी। उसके पेट में बच्चा मर गया था।

माधव भागा हुआ घीसू के पास आया। फिर दोनों जोर-जोर से हाय-हाय करने और छाती पीटने लगे। पड़ोस वालों ने यह रोना-धोना सुना, तो दौड़े हुए आये और पुरानी मर्यादा के अनुसार इन अभागों को समझाने लगे।

मगर ज्यादा रोने-पीटने का अवसर न था। कफन की और लकड़ी की फिक्रि करनी थी। घर में तो पैसा इस तरह गायब था, जैसे चील के घोंसले में माँस?

बाप-बेटे रोते हुए गाँव के जमींदार के पास गये। वह इन दोनों की सूरत से नफरत करते थे। कई बार इन्हें अपने हाथों से पीट चुके थे। चोरी करने के लिए, वादे पर काम पर न आने के लिए। पूछा-क्या है बे घिसुआ, रोता क्यों है? अब तो तू कहीं दिखलाई भी नहीं देता! मालूम होता है, इस गाँव में रहना नहीं चाहता।

घीसू ने जमीन पर सिर रखकर आँखों में आँसू भरे हुए कहा-सरकार! बड़ी विपत्ति में हूँ। माधव की घरवाली रात को गुजर गयी। रात-भर तड़पती रही सरकार!

हम दोनों उसके सिरहाने बैठे रहे। दवा-दारू जो कुछ हो सका, सब कुछ किया, मुदा वह हमें दगा दे गयी। अब कोई एक रोटी देने वाला भी न रहा मालिक! तबाह हो गये। घर उजड़ गया। आपका गुलाम हूँ, अब आपके सिवा कौन उसकी मिट्टी पार लगाएगा। हमारे हाथ में तो जो कुछ था, वह सब तो दवा-दारू में उठ गया। सरकार ही की दया होगी, तो उसकी मिट्टी उठेगी। आपके सिवा किसके द्वार पर जाऊँ।

जमींदार साहब दयालु थे। मगर घीसू पर दया करना काले कम्बल पर रंग चढ़ाना था। जी में तो आया, कह दें, चल, दूर हो यहाँ से। यों तो बुलाने से भी नहीं आता, आज जब गरज पड़ी तो आकर खुशामद कर रहा है। हरामखोर कहीं का, बदमाश! लेकिन यह क्रोध या दण्ड देने का अवसर न था। जी में कुढ़ते हुए दो रुपये निकालकर फेंक दिए। मगर सान्त्वना का एक शब्द भी मुँह से न निकला। उसकी तरफ ताका तक नहीं। जैसे सिर का बोझ उतारा हो।

जब जमींदार साहब ने दो रुपये दिये, तो गाँव के बनिये-महाजनों को इनकार का साहस कैसे होता? घीसू जमींदार के नाम का ढिंढोरा भी पीटना जानता था। किसी ने दो आने दिये, किसी ने चारे आने। एक घण्टे में घीसू के पास पाँच रुपये की अच्छी रकम जमा हो गयी। कहीं से अनाज मिल गया, कहीं से लकड़ी और दोपहर को घीसू और माधव बाजार से कफन लाने चले। इधर लोग बाँस-वाँस काटने लगे।

गाँव की नर्मदिल स्त्रियाँ आ-आकर लाश देखती थीं और उसकी बेकसी पर दो बूँद आँसू गिराकर चली जाती थीं।

3

बाजार में पहुँचकर घीसू बोला-लकड़ी तो उसे जलाने-भर को मिल गयी है, क्यों माधव!

माधव बोला-हाँ, लकड़ी तो बहुत है, अब कफन चाहिए।

'तो चलो, कोई हलका-सा कफन ले लें।'

'हाँ और क्या! लाश उठते-उठते रात हो जायेगी। रात को कफन कौन देखता है?'

'कैसा बुरा रिवाज है कि जिसे जीते जी तन ढाँकने को चीथड़ा भी न मिले, उसे मरने पर नया कफन चाहिए।'

'कफन लाश के साथ जल ही तो जाता है।'

'और क्या रखा रहता है? यही पाँच रुपये पहले मिलते, तो कुछ दवा-दारू कर लेते।'

दोनों एक-दूसरे के मन की बात ताड़ रहे थे। बाजार में इधर-उधर घूमते रहे। कभी इस बजाज की दूकान पर गये, कभी उसकी दूकान पर! तरह-तरह के कपड़े,

रेशमी और सूती देखे, मगर कुछ जँचा नहीं। यहाँ तक कि शाम हो गयी। तब दोनों न जाने किस दैवी प्रेरणा से एक मधुशाला के सामने जा पहुँचे और जैसे किसी पूर्व निश्चित व्यवस्था से अन्दर चले गये। वहाँ जरा देर तक दोनों असमंजस में खड़े रहे। फिर घीसू ने गद्दी के सामने जाकर कहा-साहूजी, एक बोतल हमें भी देना।

उसके बाद कुछ चिखौना आया, तली हुई मछली आयी और दोनों बरामदे में बैठकर शान्तिपूर्वक पीने लगे।

कई कुज्जियाँ ताबड़तोड़ पीने के बाद दोनों सरूर में आ गये।

घीसू बोला-कफन लगाने से क्या मिलता? आखिर जल ही तो जाता। कुछ बहू के साथ तो न जाता।

माधव आसमान की तरफ देखकर बोला, मानों देवताओं को अपनी निष्पापता का साक्षी बना रहा हो-दुनिया का दस्तूर है, नहीं लोग बाँभनों को हजारों रुपये क्यों दे देते हैं? कौन देखता है, परलोक में मिलता है या नहीं!

'बड़े आदमियों के पास धन है, फूँके। हमारे पास फूँकने को क्या है?'

'लेकिन लोगों को जवाब क्या दोगे? लोग पूछेंगे नहीं, कफन कहाँ है?'

घीसू हँसा-अबे, कह देंगे कि रुपये कमर से खिसक गये। बहुत ढूँढ़ा, मिले नहीं। लोगों को विश्वास न आएगा, लेकिन फिर वही रुपये देंगे।

माधव भी हँसा-इस अनपेक्षित सौभाग्य पर। बोला-बड़ी अच्छी थी बेचारी! मरी तो खूब खिला-पिलाकर!

आधी बोतल से ज्यादा उड़ गयी। घीसू ने दो सेर पूडियाँ मँगाई। चटनी, अचार, कलेजियाँ। शराबखाने के सामने ही दूकान थी। माधव लपककर दो पत्तलों में सारे सामान ले आया। पूरा डेढ़ रुपया खर्च हो गया। सिर्फ थोड़े से पैसे बच रहे।

दोनों इस वक्त इस शान में बैठे पूडियाँ खा रहे थे जैसे जंगल में कोई शेर अपना शिकार उड़ा रहा हो। न जवाबदेही का खौफ था, न बदनामी की फिक्रि। इन सब भावनाओं को उन्होंने बहुत पहले ही जीत लिया था।

घीसू दार्शनिक भाव से बोला-हमारी आत्मा प्रसन्न हो रही है तो क्या उसे पुन्न न होगा?

माधव ने श्रद्धा से सिर झुकाकर तसदीक की-जरूर-से-जरूर होगा। भगवान्, तुम अन्तर्यामी हो। उसे बैकुण्ठ ले जाना। हम दोनों हृदय से आशीर्वाद दे रहे हैं। आज जो भोजन मिला वह कभी उम्र-भर न मिला था।

एक क्षण के बाद माधव के मन में एक शंका जागी। बोला-क्यों दादा, हम लोग भी एक-न-एक दिन वहाँ जायँगे ही?

घीसू ने इस भोले-भाले सवाल का कुछ उत्तर न दिया। वह परलोक की बातें सोचकर इस आनन्द में बाधा न डालना चाहता था।

'जो वहाँ हम लोगों से पूछे कि तुमने हमें कफन क्यों नहीं दिया तो क्या कहोगे?'

'कहेंगे तुम्हारा सिर!'

'पूछेगी तो जरूर!'

'तू कैसे जानता है कि उसे कफन न मिलेगा? तू मुझे ऐसा गधा समझता है? साठ साल क्या दुनिया में घास खोदता रहा हूँ? उसको कफन मिलेगा और बहुत अच्छा मिलेगा!'

माधव को विश्वास न आया। बोला-कौन देगा? रुपये तो तुमने चट कर दिये। वह तो मुझसे पूछेगी। उसकी माँग में तो सेंदुर मैंने डाला था।

'कौन देगा, बताते क्यों नहीं?'

'वही लोग देंगे, जिन्होंने अबकी दिया। हाँ, अबकी रुपये हमारे हाथ न आएँगे।'

'ज्यों-ज्यों अँधेरा बढ़ता था और सितारों की चमक तेज होती थी, मधुशाला की रौनक भी बढ़ती जाती थी। कोई गाता था, कोई डींग मारता था, कोई अपने संगी के गले लिपटा जाता था। कोई अपने दोस्त के मुँह में कुल्हड़ लगाये देता था।

वहाँ के वातावरण में सरूर था, हवा में नशा। कितने तो यहाँ आकर एक चुल्लू में मस्त हो जाते थे। शराब से ज्यादा यहाँ की हवा उन पर नशा करती थी। जीवन की बाधाएँ यहाँ खींच लाती थीं और कुछ देर के लिए यह भूल जाते थे कि वे जीते हैं या मरते हैं। या न जीते हैं, न मरते हैं।

और यह दोनों बाप-बेटे अब भी मजे ले-लेकर चुसकियाँ ले रहे थे। सबकी निगाहें इनकी ओर जमी हुई थीं। दोनों कितने भाग्य के बली हैं! पूरी बोतल बीच में है।

भरपेट खाकर माधव ने बची हुई पूडियों का पत्तल उठाकर एक भिखारी को दे दिया, जो खड़ा इनकी ओर भूखी आँखों से देख रहा था और देने के गौरव, आनन्द और उल्लास का अपने जीवन में पहली बार अनुभव किया।

घीसू ने कहा-ले जा, खूब खा और आशीर्वाद दे! जिसकी कमाई है, वह तो मर गयी। मगर तेरा आशीर्वाद उसे जरूर पहुँचेगा। रोयें-रोयें से आशीर्वाद दो, बड़ी गाढ़ी कमाई के पैसे हैं!

माधव ने फिर आसमान की तरफ देखकर कहा-वह बैकुण्ठ में जायेगी दादा, बैकुण्ठ की रानी बनेगी।

घीसू खड़ा हो गया और जैसे उल्लास की लहरों में तैरता हुआ बोला-हाँ, बेटा बैकुण्ठ में जायेगी। किसी को सताया नहीं, किसी को दबाया नहीं। मरते-मरते हमारी जिन्दगी की सबसे बड़ी लालसा पूरी कर गयी। वह न बैकुण्ठ जायेगी तो क्या ये मोटे-मोटे लोग जायँगे, जो गरीबों को दोनों हाथों से लूटते हैं और अपने पाप को धोने के लिए गंगा में नहाते हैं और मन्दिरों में जल चढ़ाते हैं?

श्रद्धालुता का यह रंग तुरन्त ही बदल गया। अस्थिरता नशे की खासियत है। दुःख और निराशा का दौरा हुआ।

माधव बोला-मगर दादा, बेचारी ने जिन्दगी में बड़ा दुःख भोगा। कितना दुःख झेलकर मरी!

वह आँखों पर हाथ रखकर रोने लगा। चीखें मार-मारकर।

घीसू ने समझाया-क्यों रोता है बेटा, खुश हो कि वह माया-जाल से मुक्त हो गयी, जंजाल से छूट गयी। बड़ी भाग्यवान थी, जो इतनी जल्द माया-मोह के बन्धन तोड़ दिये।

और दोनों खड़े होकर गाने लगे-

'ठगिनी क्यों नैना झमकावे! ठगिनी।

पियक्कड़ों की आँखें इनकी ओर लगी हुई थीं और यह दोनों अपने दिल में मस्त गाये जाते थे। फिर दोनों नाचने लगे। उछले भी, कूदे भी। गिरे भी, मटके भी। भाव भी बताये, अभिनय भी किये और आखिर नशे में मदमस्त होकर वहीं गिर पड़े।

3

नमक का दारोगा

जब नमक का नया विभाग बना और ईश्वरप्रदत्त वस्तु के व्यवहार करने का निषेध हो गया तो लोग चोरी-छिपे इसका व्यापार करने लगे। अनेक प्रकार के छल-प्रपंचों का सूत्रपात हुआ, कोई घूस से काम निकालता था, कोई चालाकी से। अधिकारियों के पौ-बारह थे। पटवारीगिरी का सर्वसम्मानित पद छोड़-छोड़कर लोग इस विभाग की बरकंदाजी करते थे। इसके दारोगा पद के लिए तो वकीलों का भी जी ललचाता था।

यह वह समय था जब अग्रेजी शिक्षा और ईसाई मत को लोग एक ही वस्तु समझते थे। फारसी का प्राबल्य था। प्रेम की कथाएँ और शृंगार रस के काव्य पढकर फारसीदाँ लोग सर्वोच्च पदों पर नियुक्त हो जाया करते थे।

मुंशी वंशीधर भी जुलेखा की विरह-कथा समाप्त करके सीरी और फरहाद के प्रेम-वृत्तांत को नल और नील की लडाई और अमेरिका के आविष्कार से अधिक महत्त्व की बातें समझते हुए रोजगार की खोज में निकले।

उनके पिता एक अनुभवी पुरुष थे। समझाने लगे, श्बेटा! घर की दुर्दशा देख रहे हो। घ्ण के बोझ से दबे हुए हैं। लड़कियाँ हैं, वे घास-फूस की तरह बढती चली जाती हैं। मैं कगारे पर का वृक्ष हो रहा हूँ, न मालूम कब गिर पड़ूँ! अब तुम्हीं घर के मालिक-मुख्तार हो।

नौकरी में ओहदे की ओर ध्यान मत देना, यह तो पीर का मजार है। निगाह चढावे और चादर पर रखनी चाहिए। ऐसा काम ढूँढना जहाँ कुछ ऊपरी आय हो। मासिक वेतन तो पूर्णमासी का चाँद है, जो एक दिन दिखाई देता है और घटते-घटते

लुप्त हो जाता है। ऊपरी आय बहता हुआ स्रोत है जिससे सदैव प्यास बुझती है। वेतन है, इसी से उसमें वृध्दि नहीं होती। ऊपरी आमदनी ईश्वर देता है, इसी से उसकी बरकत होती हैं, तुम स्वयं विद्वान हो, तुम्हें क्या समझाऊँ।

इस विषय में विवेक की बडी आवश्यकता है। मनुष्य को देखो, उसकी आवश्यकता को देखो और अवसर को देखो, उसके उपरांत जो उचित समझो, करो। गरजवाले आदमी के साथ कठोरता करने में लाभ ही लाभ है लेकिन बेगरज को दाँव पर पाना जरा कठिन है। इन बातों को निगाह में बाँध लो यह मेरी जन्म भर की कमाई है।

इस उपदेश के बाद पिताजी ने आशीर्वाद दिया। वंशीधर आज्ञाकारी पुत्र थे। ये बातें ध्यान से सुनीं और तब घर से चल खडे हुए। इस विस्तृत संसार में उनके लिए धैर्य अपना मित्र, बुद्धि अपनी पथप्रदर्शक और आत्मावलम्बन ही अपना सहायक था लेकिन अच्छे शकुन से चले थे, जाते ही जाते नमक विभाग के दारोगा पद पर प्रतिष्ठित हो गये। वेतन अच्छा और ऊपरी आय का तो ठिकाना ही न था। वृद्ध मुंशीजी को सुख-संवाद मिला तो फूले न समाए। महाजन कुछ नरम पडे, कलवार की आशालता लहलहाई। पड़ोसियों के हृदय में शूल उठने लगे।

जाडे के दिन थे और रात का समय। नमक के सिपाही, चौकीदार नशे में मस्त थे। मुंशी वंशीधर को यहाँ आए अभी छह महीनों से अधिक न हुए थे, लेकिन इस थोडे समय में ही उन्होंने अपनी कार्यकुशलता और उत्तम आचार से अफसरों को मोहित कर लिया था। अफसर लोग उन पर बहुत विश्वास करने लगे।

नमक के दफ्तर से एक मील पूर्व की ओर जमुना बहती थी, उस पर नावों का एक पुल बना हुआ था। दारोगाजी किवाड़ बंद किये मीठी नींद सो रहे थे। अचानक अगंख खुली तो नदी के प्रवाह की जगह गाड़ियों की गड़गड़ाहट तथा मल्लाहों का कोलाहल सुनाई दिया। उठ बैठे।

इतनी रात गये गाडियाँ क्यों नदी के पार जाती हैं? अवश्य कुछ न कुछ गोलमाल है। तर्क ने भ्रम को पुष्ट किया। वरदी पहनी, तमंचा जेब में रखा और बात की बात में घोड़ा बढ़ाए हुए पुल पर आ पहुँचे। गाड़ियों की एक लम्बी कतार पुल के पार जाती देखी। डाँटकर पूछा, श्किसकी गाडियाँ हैं।

थोडी देर तक सन्नाटा रहा। आदमियों में कुछ कानाफूसी हुई तब आगे वाले ने कहा-श्पंडित अलोपीदीन की।

कौन पंडित अलोपीदीन?

दातागंज के।

मुंशी वंशीधर चौंके। पंडित अलोपीदीन इस इलाके के सबसे प्रतिष्ठित जमींदार थे। लाखों रुपए का लेन-देन करते थे, इधर छोटे से बड़े कौन ऐसे थे जो उनके ऋणी न हों। व्यापार भी बड़ा लम्बा-चौड़ा था। बडे चलते-पुरजे आदमी थे। अंगरेज अफसर उनके इलाके में शिकार खेलने आते और उनके मेहमान होते। बारहों मास सदाव्रत चलता था।

मुंशी ने पूछा, श्गाडियाँ कहाँ जायँगी? उत्तर मिला, कानपुर लेकिन इस प्रश्न पर कि इनमें क्या है, सन्नाटा छा गया। दारोगा साहब का संदेह और भी बढ़ा। कुछ देर तक उत्तर की बाट देखकर वह जोर से बोले, क्या तुम सब गूँगे हो गये हो? हम पूछते हैं इनमें क्या लदा है?

जब इस बार भी कोई उत्तर न मिला तो उन्होंने घोडे को एक गाड़ी से मिलाकर बोरे को टटोला। भ्रम दूर हो गया। यह नमक के डेले थे।

पंडित अलोपीदीन अपने सजीले रथ पर सवार, कुछ सोते, कुछ जागते चले आते थे। अचानक कई गाड़ीवानों ने घबराए हुए आकर जगाया और बोले-महाराज! दारोगा ने गाड़ियाँ रोक दी हैं और घाट पर खडे आपको बुलाते हैं।

पंडित अलोपीदीन का लक्ष्मीजी पर अखंड विश्वास था। वह कहा करते थे कि संसार का तो कहना ही क्या, स्वर्ग में भी लक्ष्मी का ही राज्य है। उनका यह कहना यथार्थ ही था। न्याय और नीति सब लक्ष्मी के ही खिलौने हैं, इन्हें वह जैसे चाहती हैं नचाती हैं। लेटे ही लेटे गर्व से बोले, चलो हम आते हैं। यह कहकर पंडितजी ने बडी निश्ंचितता से पान के बीडे लगाकर खाए। फिर लिहाफ ओढे हुए दारोगा के पास आकर बोले, बाबूजी आशीर्वाद! कहिए, हमसे ऐसा कौन सा अपराध हुआ कि गाडियाँ रोक दी गईं। हम ब्राह्मणों पर तो आपकी कृपा-दृष्टि रहनी चाहिए।

वंशीधर रुखाई से बोले, सरकारी हुक्म।

पं. अलोपीदीन ने हँसकर कहा, श्हम सरकारी हुक्म को नहीं जानते और न सरकार को। हमारे सरकार तो आप ही हैं। हमारा और आपका तो घर का मामला है, हम कभी आपसे बाहर हो सकते हैं? आपने व्यर्थ का कष्ट उठाया। यह हो नहीं सकता कि इधर से जायँ और इस घाट के देवता को भेंट न चढ़ावें। मैं तो आपकी सेवा में स्वयं ही आ रहा था। वंशीधर पर ऐश्वर्य की मोहिनी वंशी का कुछ प्रभाव न पडा। ईमानदारी की नई उमंग थी। कड़ककर बोले, हम उन नमकहरामों में नहीं है जो कौड़ियों पर अपना ईमान बेचते फिरते हैं। आप इस समय हिरासत में हैं। आपको कायदे के अनुसार चालान होगा। बस, मुझे अधिक बातों की फुर्सत नहीं है। जमादार बदलूसिंह! तुम इन्हें हिरासत में ले चलो, मैं हुक्म देता हूँ।

पं. अलोपीदीन स्तम्भित हो गये। गाड़ीवानों में हलचल मच गई। पंडितजी के जीवन में कदाचित यह पहला ही अवसर था कि पंडितजी को ऐसी कठोर बातें सुननी पडीं। बदलूसिंह आगे बढ़ा, किन्तु रोब के मारे यह साहस न हुआ कि उनका हाथ पकड सके। पंडितजी ने धर्म को धन का ऐसा निरादर करते कभी न देखा था। विचार किया कि यह अभी उद्दंड लड़का है। माया-मोह के जाल में अभी नहीं पडा। अल्हड है, झिझकता है। बहुत दीनभाव से बोले, श्बाबू साहब, ऐसा न कीजिए, हम मिट जायँगें। इज्जत धूल में मिल जायेगी। हमारा अपमान करने से आपके हाथ क्या आएगा। हम किसी तरह आपसे बाहर थोडे ही हैं।

वंशीधर ने कठोर स्वर में कहा, हम ऐसी बातें नहीं सुनना चाहते।

अलोपीदीन ने जिस सहारे को चट्टान समझ रखा था, वह पैरों के नीचे खिसकता हुआ मालूम हुआ। स्वाभिमान और धन-ऐश्वर्य की कडी चोट लगी। किन्तु अभी तक धन की सांख्यिक शक्ति का पूरा भरोसा था। अपने मुख्तार से बोले, लालाजी, एक हजार के नोट बाबू साहब की भेंट करो, आप इस समय भूखे सिंह हो रहे हैं।

वंशीधर ने गरम होकर कहा, एक हजार नहीं, एक लाख भी मुझे सच्चे मार्ग से नहीं हटा सकते।

धर्म की इस बुद्धिहीन दृढता और देव-दुर्लभ त्याग पर मन बहुत झुँझलाया। अब दोनों शक्तियों में संग्राम होने लगा। धन ने उछल-उछलकर आक्रमण करने शुरू किये। एक से पाँच, पाँच से दस, दस से पंद्रह और पंद्रह से बीस हजार तक नौबत पहुँची, किन्तु धर्म अलौकिक वीरता के साथ बहुसंख्यक सेना के सम्मुख अकेला पर्वत की भाँति अटल, अविचलित खडा था।

अलोपीदीन निराश होकर बोले, अब इससे अधिक मेरा साहस नहीं। आगे आपको अधिकार है।

वंशीधर ने अपने जमादार को ललकारा। बदलूसिंह मन में दारोगाजी को गालियाँ देता हुआ पंडित अलोपीदीन की ओर बढा। पंडितजी घबड़ाकर दो-तीन कदम पीछे हट गये। अत्यंत दीनता से बोले, श्बाबू साहब, ईश्वर के लिए मुझ पर दया कीजिए, मैं पच्चीस हजार पर निपटारा करने का तैयार हूँ।

असम्भव बात है।

तीस हजार पर?

किसी तरह भी सम्भव नहीं।

क्या चालीस हजार पर भी नहीं।

चालीस हजार नहीं, चालीस लाख पर भी असम्भव है।

बदलूसिंह, इस आदमी को हिरासत में ले लो। अब मैं एक शब्द भी नहीं सुनना चाहता।

धर्म ने धन को पैरों तले कुचल डाला। अलोपीदीन ने एक हृष्ट-पुष्ट मनुष्य को हथकडियाँ लिए हुए अपनी तरफ आते देखा। चारों ओर निराश और कातर दृष्टि से देखने लगे। इसके बाद मूर्छित होकर गिर पडे।

दुनिया सोती थी पर दुनिया की जीभ जागती थी। सवेरे देखिए तो बालक-वृद्ध सबके मुहँ से यही बात सुनाई देती थी। जिसे देखिए वही पंडितजी के इस व्यवहार पर टीका-टिप्पणी कर रहा था, निंदा की बौछारें हो रही थीं, मानो संसार से अब पापी का पाप कट गया।

पानी को दूध के नाम से बेचने वाला ग्वाला, कल्पित रोजनामचे भरने वाले अधिकारी वर्ग, रेल में बिना टिकट सफर करने वाले बाबू लोग, जाली दस्तावेज बनाने वाले सेठ और साकार यह सब के सब देवताओं की भाँति गर्दनें चला रहे थे।

जब दूसरे दिन पंडित अलोपीदीन अभियुक्त होकर कांस्टेबलों के साथ, हाथों में हथकड़ियाँ, हृदय में ग्लानि और क्षोभ भरे, लज्जा से गर्दन झुकाए अदालत की तरफ चले तो सारे शहर में हलचल मच गई। मेलों में कदाचित आंखें इतनी व्यग्र न होती होंगी। भीड़ के मारे छत और दीवार में कोई भेद न रहा।

किंतु अदालत में पहुँचने की देर थी। पं. अलोपीदीन इस अगाध वन के सिंह थे। अधिकारी वर्ग उनके भक्त, अमले उनके सेवक, वकील-मुख्तार उनके आज्ञा पालक और अरदली, चपरासी तथा चौकीदार तो उनके बिना मोल के गुलाम थे।

उन्हें देखते ही लोग चारों तरफ से दौडे। सभी लोग विस्मित हो रहे थे। इसलिए नहीं कि अलोपीदीन ने यह कर्म किया, बल्कि इसलिए कि वह कानून के पंजे में कैसे आए? ऐसा मनुष्य जिसके पास असाध्य साधन करने वाला धन और अनन्य वाचालता हो, वह क्यों कानून के पंजे में आए? प्रत्येक मनुष्य उनसे सहानुभूति प्रकट करता था।

बडी तत्परता से इस आक्रमण को रोकने के निमित्त वकीलों की एक सेना तैयार की गई। न्याय के मैदान में धर्म और धन में युद्ध ठन गया। वंशीधर चुपचाप खडे थे। उनके पास सत्य के सिवा न कोई बल था, न स्पष्ट भाषण के अतिरिक्त कोई शस्त्र। गवाह थे, किंतु लोभ से डाँवाडोल।

यहाँ तक कि मुंशीजी को न्याय भी अपनी ओर कुछ खिंचा हुआ दीख पडता था। वह न्याय का दरबार था, परंतु उसके कर्मचारियों पर पक्षपात का नशा छाया हुआ था। किंतु पक्षपात और न्याय का क्या मेल? जहाँ पक्षपात हो, वहाँ न्याय की कल्पना नहीं की जा सकती। मुकदमा शीघ्र ही समाप्त हो गया।

डिप्टी मजिस्ट्रेट ने अपनी तजवीज में लिखा, पं. अलोपीदीन के विरुद्ध दिए गये प्रमाण निर्मूल और भ्रमात्मक हैं। वह एक बड़े भारी आदमी हैं। यह बात कल्पना के बाहर है कि उन्होंने थोड़े लाभ के लिए ऐसा दुस्साहस किया हो। यद्यपि नमक के दरोगा मुंशी वंशीधर का अधिक दोष नहीं है, लेकिन यह बड़े खेद की बात है कि उसकी उद्दंडता और विचारहीनता के कारण एक भलेमानुस को कष्ट झेलना पड़ा। हम प्रसन्न हैं कि वह अपने काम में सजग और सचेत रहता है, किंतु नमक के मुकदमे की बढी हुई नमक से हलाली ने उसके विवेक और बुद्धि को भ्रष्ट कर दिया। भविष्य में उसे होशियार रहना चाहिए।

वकीलों ने यह फैसला सुना और उछल पडे। पं. अलोपीदीन मुस्कुराते हुए बाहर निकले। स्वजन बाँधवों ने रुपए की लूट की। उदारता का सागर उमड पडा। उसकी लहरों ने अदालत की नींव तक हिला दी।

जब वंशीधर बाहर निकले तो चारों ओर उनके ऊपर व्यंग्यबाणों की वर्षा होने लगी। चपरासियों ने झुक-झुककर सलाम किये। किंतु इस समय एक कटु वाक्य, एक-एक संकेत उनकी गर्वाग्नि को प्रज्ज्वलित कर रहा था।

कदाचित इस मुकदमे में सफल होकर वह इस तरह अकडते हुए न चलते। आज उन्हें संसार का एक खेदजनक विचित्र अनुभव हुआ। न्याय और विद्वत्ता, लंबी-चौडी उपाधियाँ, बड़ी-बड़ी दाढ़ियाँ, ढीले चोगे एक भी सच्चे आदर का पात्र नहीं है।

वंशीधर ने धन से बैर मोल लिया था, उसका मूल्य चुकाना अनिवार्य था। कठिनता से एक सप्ताह बीता होगा कि मुअत्तली का परवाना आ पहुँचा। कार्य-परायणता का दंड मिला। बेचारे भग्न हृदय, शोक और खेद से व्यथित घर को चले। बूढे मुंशीजी तो पहले ही से कुड़बुड़ा रहे थे कि चलते-चलते इस लडके को समझाया था, लेकिन इसने एक न सुनी। सब मनमानी करता है। हम तो कलवार और कसाई के तगादे सहें, बुढ़ापे में भगत बनकर बैठें और वहाँ बस वही सूखी तनख्वाह! हमने भी तो नौकरी की है और कोई ओहदेदार नहीं थे लेकिन काम किया, दिल खोलकर किया और आप ईमानदार बनने चले हैं। घर में चाहे अंधेरा हो, मस्जिद में अवश्य दिया जलाएँगे। खेद ऐसी समझ पर! पढना-लिखना सब अकारथ गया।

इसके थोड़े ही दिनों बाद, जब मुंशी वंशीधर इस दुरावस्था में घर पहुँचे और बूढ़े पिताजी ने समाचार सुना तो सिर पीट लिया। बोले- जी चाहता है कि तुम्हारा और अपना सिर फोड़ लूँ। बहुत देर तक पछता-पछताकर हाथ मलते रहे। क्रोध में कुछ कठोर बातें भी कहीं और यदि वंशीधर वहाँ से टल न जाता तो अवश्य ही यह

क्रोध विकट रूप धारण करता। वृद्ध माता को भी दुःख हुआ। जगन्नाथ और रामेश्वर यात्रा की कामनाएँ मिट्टी में मिल गईं। पत्नी ने कई दिनों तक सीधे मुँह बात तक नहीं की।

इसी प्रकार एक सप्ताह बीत गया। सांध्य का समय था। बूढ़े मुंशीजी बैठे-बैठे राम नाम की माला जप रहे थे। इसी समय उनके द्वार पर सजा हुआ रथ आकर रुका। हरे और गुलाबी परदे, पछहिए बैलों की जोडी, उनकी गर्दन में नीले धागे, सींग पीतल से जड़े हुए। कई नौकर लाठियाँ कंधों पर रखे साथ थे।

मुंशीजी अगवानी को दौडे देखा तो पंडित अलोपीदीन हैं। झुककर दंडवत की और लल्लो-चप्पो की बातें करने लगे- हमारा भाग्य उदय हुआ, जो आपके चरण इस द्वार पर आए। आप हमारे पूज्य देवता हैं, आपको कौन सा मुँह दिखावें, मुँह में तो कालिख लगी हुई है। किंतु क्या करें, लड़का अभागा कपूत है, नहीं तो आपसे क्या मुँह छिपाना पडता? ईश्वर निस्संतान चाहे रक्खे पर ऐसी संतान न दे।

अलोपीदीन ने कहा- नहीं भाई साहब, ऐसा न कहिए।

मुंशीजी ने चकित होकर कहा- ऐसी संतान को और क्या कँ?

अलोपीदीन ने वात्सल्यपूर्ण स्वर में कहा- कुलतिलक और पुरुखों की कीर्ति उज्ज्वल करने वाले संसार में ऐसे कितने धर्मपरायण मनुष्य हैं जो धर्म पर अपना सब कुछ अर्पण कर सकें!

पं. अलोपीदीन ने वंशीधर से कहा- दरोगाजी, इसे खुशामद न समझिए, खुशामद करने के लिए मुझे इतना कष्ट उठाने की जरूरत न थी। उस रात को आपने अपने अधिकार-बल से अपनी हिरासत में लिया था, किंतु आज मैं स्वेच्छा से आपकी हिरासत में आया हूँ। मैंने हजारों रईस और अमीर देखे, हजारों उच्च पदाधिकारियों से काम पड़ा किंतु परास्त किया तो आपने। मैंने सबको अपना और अपने धन का गुलाम बनाकर छोड़ दिया। मुझे आज्ञा दीजिए कि आपसे कुछ विनय करूँ।

वंशीधर ने अलोपीदीन को आते देखा तो उठकर सत्कार किया, किंतु स्वाभिमान सहित। समझ गये कि यह महाशय मुझे लज्जित करने और जलाने आए हैं। क्षमा-प्रार्थना की चेष्टा नहीं की, वरन् उन्हें अपने पिता की यह ठकुरसुहाती की बात असह्य सी प्रतीत हुई। पर पंडितजी की बातें सुनी तो मन की मैल मिट गई।

पंडितजी की ओर उडती हुई दृष्टि से देखा। सद्भाव झलक रहा था। गर्व ने अब लज्जा के सामने सिर झुका दिया। शर्माते हुए बोले- यह आपकी उदारता है जो ऐसा कहते हैं। मुझसे जो कुछ अविनय हुई है, उसे क्षमा कीजिए। मैं धर्म की बेड़ी में जकड़ा हुआ था, नहीं तो वैसे मैं आपका दास हूँ। जो आज्ञा होगी वह मेरे सिर-माथे पर।

अलोपीदीन ने विनीत भाव से कहा- नदी तट पर आपने मेरी प्रार्थना नहीं स्वीकार की थी, किंतु आज स्वीकार करनी पडेगी।

वंशीधर बोलेमैं किस योग्य हूँ, किंतु जो कुछ सेवा मुझसे हो सकती है, उसमें त्रुटि न होगी।

अलोपीदीन ने एक स्टाम्प लगा हुआ पत्र निकाला और उसे वंशीधर के सामने रखकर बोले- इस पद को स्वीकार कीजिए और अपने हस्ताक्षर कर दीजिए। मैं ब्राह्मण हूँ, जब तक यह सवाल पूरा न कीजिएगा, द्वार से न हटूँगा।

मुंशी वंशीधर ने उस कागज को पढा तो कृतज्ञता से आंखों में आंसू भर आए। पं. अलोपीदीन ने उनको अपनी सारी जायदाद का स्थायी मैनेजर नियत किया था। छह हजार वाषक वेतन के अतिरिक्त रोजाना खर्च अलग, सवारी के लिए घोड़ा, रहने को बँगला, नौकर-चाकर मुफ्त। कम्पित स्वर में बोले- पंडितजी मुझमें इतनी सामर्श्य नहीं है कि आपकी उदारता की प्रशंसा कर सकूँ! किंतु ऐसे उच्च पद के योग्य नहीं हूँ।

अलोपीदीन हँसकर बोले- मुझे इस समय एक अयोग्य मनुष्य की ही जरूरत है।

वंशीधर ने गंभीर भाव से कहायों मैं आपका दास हूँ। आप जैसे कीर्तिवान, सज्जन पुरुष की सेवा करना मेरे लिए सौभाग्य की बात है। किंतु मुझमें न विद्या है, न बुद्धि, न वह स्वभाव जो इन त्रुटियों की पूर्ति कर देता है। ऐसे महान कार्य के लिए एक बडे मर्मज्ञ अनुभवी मनुष्य की जरूरत है।

अलोपीदीन ने कलमदान से कलम निकाली और उसे वंशीधर के हाथ में देकर बोले- न मुझे विद्वत्ता की चाह है, न अनुभव की, न मर्मज्ञता की, न कार्यकुशलता की। इन गुणों के महत्त्व को खूब पा चुका हूँ। अब सौभाग्य और सुअवसर ने मुझे वह मोती दे दिया जिसके सामने योग्यता और विद्वत्ता की चमक फीकी पड़ जाती है। यह कलम लीजिए, अधिक सोच-विचार न कीजिए, दस्तखत कर दीजिए। परमात्मा से यही प्रार्थना है कि वह आपको सदैव वही नदी के किनारे वाला, बेमुरौवत, उद्दंड, कठोर परंतु धर्मनिष्ठ दारोगा बनाये रखे।

वंशीधर की आंखें डबडबा आईं। हृदय के संकुचित पात्र में इतना एहसान न समा सका। एक बार फिर पंडितजी की ओर भक्ति और श्रद्धा की दृष्टि से देखा और काँपते हुए हाथ से मैनेजरी के कागज पर हस्ताक्षर कर दिए।

अलोपीदीन ने प्रफुल्लित होकर उन्हें गले लगा लिया।

4

दो बैलों की कथा

जनवरों में गधा सबसे ज्यादा बुद्धिहीन समझा जाता है। हम जब किसी आदमी को पल्ले दरजे का बेवकूफ कहना चाहते हैं, तो उसे गधा कहते हैं। गधा सचमुच बेवकूफ है, या उसके सीधेपन, उसकी निरापद सहिष्णुता ने उसे यह पदवी दे दी है, इसका निश्चय नहीं किया जा सकता। गायें सींग मारती हैं, ब्यायी हुई गाय तो अनायास ही सिंहनी का रूप धारण कर लेती है। कुत्ता भी बहुत गरीब जानवर है, लेकिन कभी-कभी उसे भी क्रोध आ ही जाता है; किन्तु गधे को कभी क्रोध करते नहीं सुना, न देखा। जितना चाहो गरीब को मारो, चाहे जैसी खराब, सड़ी हुई घास सामने डाल दो, उसके चेहरे पर कभी असन्तोष की छाया भी न दिखायी देगी। वैशाख में चाहे एकाध बार कुलेल कर लेता हो; पर हमने तो उसे कभी खुश होते नहीं देखा। उसके चेहरे पर एक स्थायी विषाद स्थायी रूप से छाया रहता है। सुख-दुःख, हानि-लाभ, किसी भी दशा में उसे बदलते नहीं देखा। ऋषियों-मुनियों के जितने गुण हैं, वे सभी उसमें पराकाष्ठा को पहुँच गये हैं; पर आदमी उसे बेवकूफ कहता है। सद्गुणों का इतना अनादर कहीं नहीं देखा। कदाचित् सीधापन संसार के लिए उपयुक्त नहीं है। देखिये न, भारतवासियों की अफ्रीका में क्या दुर्दशा हो रही है ? क्यों अमरीका में उन्हें घुसने नहीं दिया जाता ? बेचारे शराब नहीं पीते, चार पैसे कुसमय के लिए बचाकर रखते हैं, जी तोड़कर काम करते हैं, किसी से लड़ाई-झगड़ा नहीं करते, चार बातें सुनकर गम खा जाते हैं फिर भी बदनाम हैं। कहा जाता है, वे जीवन के आदर्श को नीचा करते हैं। अगर वे भी ईंट का जवाब पत्थर से देना सीख जाते, तो शायद सभ्य कहलाने लगते। जापान की मिसाल सामने है। एक ही विजय ने उसे संसार की सभ्य जातियों में गण्य बना दिया।

लेकिन गधे का एक छोटा भाई और भी है, जो उससे कम ही गधा है और वह है 'बैल'। जिस अर्थ में हम गधा का प्रयोग करते हैं, कुछ उसी से मिलते-जुलते अर्थ में 'बछिया के ताऊ' का भी प्रयोग करते हैं। कुछ लोग बैल को शायद बेवकूफों में सर्वश्रेष्ठ कहेंगे; मगर हमारा विचार ऐसा नहीं है। बैल कभी-कभी मारता भी है, कभी-कभी अड़ियल बैल भी देखने में आता है और भी कई रीतियों से अपना असन्तोष प्रकट कर देता है; अतएव उसका स्थान गधे से नीचा है।

झूरी काछी के दोनों बैलों के नाम थे हीरा और मोती। दोनों पछाईं जाति के थे—देखने में सुन्दर, काम में चौकस, डील में ऊँचे। बहुत दिनों साथ रहते-रहते दोनों में भाईचारा हो गया था। दोनों आमने-सामने या आस-पास बैठे हुए एक-दूसरे से मूक-भाषा में विचार-विनिमय करते थे। एक, दूसरे के मन की बात कैसे समझ जाता था, हम नहीं कह सकते। अवश्य ही उनमें कोई ऐसी गुप्त शक्ति थी, जिससे जीवों में श्रेष्ठता का दावा करनेवाला मनुष्य वंचित है। दोनों एक-दूसरे को चाटकर और सूँघकर अपना प्रेम प्रकट करते, कभी-कभी दोनों सींग भी मिला लिया करते थे—विग्रह के नाते से नहीं, केवल विनोद के भाव से, आत्मीयता के भाव से, जैसे दोस्तों में घनिष्ठता होते ही धौल-धप्पा होने लगता है। इसके बिना दोस्ती कुछ फुसफुसी, कुछ हलकी-सी रहती है, जिस पर ज्यादा विश्वास नहीं किया जा सकता। जिस वक्त ये दोनों बैल हल या गाड़ी में जोत दिये जाते और गरदन हिला-हिलाकर चलते, उस वक्त हर एक की यही चेष्टा होती थी कि ज्यादा-से-ज्यादा बोझ मेरी ही गरदन पर रहे। दिन-भर के बाद दोपहर या सन्ध्या को दोनों खुलते, तो एक-दूसरे को चाट-चूटकर अपनी थकान मिटा लिया करते। नाँद में खली-भूसा पड़ जाने के बाद दोनों साथ उठते, साथ नाँद में मुँह डालते और साथ ही बैठते थे। एक मुँह हटा लेता, तो दूसरा भी हटा लेता था।

संयोग की बात, झूरी ने एक बार गोईं को ससुराल भेज दिया। बैलों को क्या मालूम, वे क्यों भेजे जा रहे हैं। समझे, मालिक ने हमें बेच दिया। अपना यों बेचा जाना उन्हें अच्छा लगा या बुरा, कौन जाने, पर झूरी के साले गया को घर तक गोईं ले जाने में दाँतों पसीना आ गया। पीछे से हाँकता तो दोनों दाँयें-बाँयें भागते; पगहिया पकड़कर आगे से खींचता, तो दोनों पीछे को जोर लगाते। मारता तो दोनों सींग नीचे करके हुँकारते। अगर ईश्वर ने उन्हें वाणी दी होती, तो झूरी से पूछते—तुम हम गरीबों को क्यों निकाल रहे हो ? हमने तो तुम्हारी सेवा करने में कोई कसर नहीं उठा रखी। अगर इतनी मेहनत से काम न चलता था तो और काम ले लेते। हमें तो तुम्हारी चाकरी में मर जाना कबूल था। हमने कभी दाने-चारे की शिकायत नहीं की। तुमने

जो कुछ खिलाया, वह सिर झुकाकर खा लिया, फिर तुमने हमें इस जालिम के हाथ क्यों बेच दिया ?

संध्या समय दोनों बैल अपने नये स्थान पर पहुँचे। दिन-भर के भूखे थे, लेकिन जब नाँद में लगाये गये, तो एक ने भी उसमें मुँह न डाला। दिल भारी हो रहा था। जिसे उन्होंने अपना घर समझ रखा था, वह आज उनसे छूट गया था। यह नया घर, नया गाँव, नये आदमी, उन्हें बेगानों-से लगते थे।

दोनों ने अपनी मूक-भाषा में सलाह की, एक-दूसरे को कनखियों से देखा और लेट गये। जब गाँव में सोता पड़ गया, तो दोनों ने जोर मारकर पगहे तुड़ा डाले और घर की तरफ चले। पगहे बहुत मजबूत थे। अनुमान न हो सकता था कि कोई बैल उन्हें तोड़ सकेगा; पर इन दोनों में इस समय दूनी शक्ति आ गयी थी। एक-एक झटके में रस्सियाँ टूट गयीं।

झूरी प्रातःकाल सोकर उठा, तो देखा कि दोनों बैल चरनी पर खड़े हैं। दोनों की गरदनों में आधा-आधा गराँव लटक रहा है। घुटने तक पाँव कीचड़ से भरे हैं और दोनों की आँखों में विद्रोहमय स्नेह झलक रहा है।

झूरी बैलों को देखकर स्नेह से गद्गद हो गया। दौड़कर उन्हें गले लगा लिया। प्रेमालिंगन और चुम्बन का वह दृश्य बड़ा ही मनोहर था।

घर और गाँव के लड़के जमा हो गये और तालियाँ बजा-बजाकर उनका स्वागत करने लगे। गाँव के इतिहास में यह घटना अभूतपूर्व न होने पर भी महत्त्वपूर्ण थी। बाल-सभा ने निश्चय किया, दोनों पशु-वीरों को अभिनन्दनपत्र देना चाहिए। कोई अपने घर से रोटियाँ लाया, कोई गुड़, कोई चोकर, कोई भूसी।

एक बालक ने कहा—ऐसे बैल किसी के पास न होंगे।

दूसरे ने समर्थन किया—इतनी दूर से दोनों अकेले चले आये।

तीसरा बोला—बैल नहीं हैं वे, उस जनम के आदमी हैं।

इसका प्रतिवाद करने का किसी को साहस न हुआ।

झूरी की स्त्री ने बैलों को द्वार पर देखा, तो जल उठी। बोली—कैसे नमक-हराम बैल हैं कि एक दिन वहाँ काम न किया; भाग खड़े हुए।

झूरी अपने बैलों पर यह आक्षेप न सुन सका—नमकहराम क्यों हैं ? चारा-दाना न दिया होगा, तो क्या करते ?

स्त्री ने रोब के साथ कहा—बस, तुम्हीं तो बैलों को खिलाना जानते हो और तो सभी पानी पिला-पिलाकर रखते हैं।

झूरी ने चिढ़ाया—चारा मिलता तो क्यों भागते ?

स्त्री चिढ़ी–भागे इसलिए कि वे लोग तुम-जैसे बुद्धुओं की तरह बैलों को सहलाते नहीं। खिलाते हैं, तो रगड़कर जोतते भी हैं। ये दोनों ठहरे कामचोर, भाग निकले। अब देखूँ, कहाँ से खली और चोकर मिलता है ! सूखे भूसे के सिवा कुछ न दूँगी, खायें चाहें मरें।

वही हुआ। मजूर को कड़ी ताकीद कर दी गयी कि बैलों को खाली सूखा भूसा दिया जाय।

बैलों ने नाँद में मुँह डाला, तो फीका-फीका। न कोई चिकनाहट, न कोई रस ! क्या खायँ ? आशा-भरी आँखों से द्वार की ओर ताकने लगे।

झूरी ने मजूर से कहा–थोड़ी-सी खली क्यों नहीं डाल देता बे ?

'मालकिन मुझे मार ही डालेंगी।'

'चुराकर डाल आ।'

'ना दादा, पीछे से तुम भी उन्हीं की-सी कहोगे।'

दूसरे दिन झूरी का साला फिर आया और बैलों को ले चला। अबकी उसने दोनों को गाड़ी में जोता।

दो-चार बार मोती ने गाड़ी को सड़क की खाई में गिराना चाहा; पर हीरा ने सँभाल लिया। वह ज्यादा सहनशील था।

संध्या-समय घर पहुँचकर उसने दोनों को मोटी रस्सियों से बाँधा और कल की शरारत का मजा चखाया। फिर वही सूखा भूसा डाल दिया। अपने दोनों बैलों को खली, चूनी सब कुछ दी।

दोनों बैलों का ऐसा अपमान कभी न हुआ था। झूरी इन्हें फूल की छड़ी से भी न छूता था। उसकी टिटकार पर दोनों उड़ने लगते थे। यहाँ मार पड़ी। आहत-सम्मान की व्यथा तो थी ही, उस पर मिला सूखा भूसा !

नाँद की तरफ आँखें तक न उठायीं।

दूसरे दिन गया ने बैलों को हल में जोता, पर इन दोनों ने जैसे पाँव न उठाने की कसम खा ली थी। वह मारते-मारते थक गया; पर दोनों ने पाँव न उठाया। एक बार जब उस निर्दयी ने हीरा की नाक पर खूब डण्डे जमाये, तो मोती का गुस्सा काबू के बाहर हो गया। हल लेकर भागा। हल, रस्सी, जुआ, जोत, सब टूट-टाट कर बराबर हो गया। गले में बड़ी-बड़ी रस्सियाँ न होतीं, तो दोनों पकड़ाई में न आते।

हीरा ने मूक-भाषा में कहा–भागना व्यर्थ है।

मोती ने उत्तर दिया–तुम्हारी तो इसने जान ही ले ली थी।

अबकी बड़ी मार पड़ेगी।

'पड़ने दो, बैल का जन्म लिया है, तो मार से कहाँ तक बचेंगे ?'

'गया दो आदमियों के साथ दौड़ा आ रहा है। दोनों के हाथों में लाठियाँ हैं।'

मोती बोला—कहो तो दिखा दूँ कुछ मजा मैं भी। लाठी लेकर आ रहा है।

हीरा ने समझाया—नहीं भाई ! खड़े हो जाओ।

'मुझे मारेगा, तो मैं भी एक-दो को गिरा दूँगा !'

'नहीं। हमारी जाति का यह धर्म नहीं है।'

मोती दिल में ऐंठकर रह गया। गया आ पहुँचा और दोनों को पकड़कर ले चला। कुशल हुई कि उसने इस वक्त मारपीट न की, नहीं तो मोती भी पलट पड़ता। उसके तेवर देखकर गया और उसके सहायक समझ गये कि इस वक्त टाल जाना ही मसलहत है।

आज दोनों के सामने फिर वही सूखा भूसा लाया गया। दोनों चुपचाप खड़े रहे। घर के लोग भोजन करने लगे। उस वक्त छोटी-सी लड़की दो रोटियाँ लिए निकली और दोनों के मुँह में देकर चली गयी। उस एक रोटी से इनकी भूख तो क्या शान्त होती; पर दोनों के हृदय को मानो भोजन मिल गया। यहाँ भी किसी सज्जन का वास है। लड़की भैरो की थी। उसकी माँ मर चुकी थी। सौतेली माँ उसे मारती रहती थी, इसलिए इन बैलों से उसे एक प्रकार की आत्मीयता हो गयी थी।

दोनों दिन-भर जोते जाते, डण्डे खाते, अड़ते। शाम को थान पर बाँध दिये जाते और रात को वही बालिका उन्हें दो रोटियाँ खिला जाती। प्रेम के इस प्रसाद की यह बरकत थी कि दो-दो गाल सूखा भूसा खाकर भी दोनों दुर्बल न होते थे, मगर दोनों की आँखों में रोम-रोम में विद्रोह भरा हुआ था।

एक दिन मोती ने मूक-भाषा में कहा—अब तो नहीं सहा जाता, हीरा !

'क्या करना चाहते हो ?'

'एकाध को सींगों पर उठाकर फेंक दूँगा।'

'लेकिन जानते हो, वह प्यारी लड़की, जो हमें रोटियाँ खिलाती है, उसी की लड़की है, जो इस घर का मालिक है। यह बेचारी अनाथ न हो जायगी ?'

'तो मालकिन को न फेंक दूँ। वही तो उस लड़की को मारती है।'

'लेकिन औरत जात पर सींग चलाना मना है, यह भूले जाते हो।'

'तुम तो किसी तरह निकलने ही नहीं देते। बताओ, तुड़ाकर भाग चलें।'

'हाँ, यह मैं स्वीकार करता हूँ, लेकिन इतनी मोटी रस्सी टूटेगी कैसे ?'

'इसका एक उपाय है। पहले रस्सी को थोड़ा-सा चबा लो। फिर एक झटके में जाती है।'

रात को जब बालिका रोटियाँ खिलाकर चली गयी, दोनों रस्सियाँ चबाने लगे, पर मोटी रस्सी मुँह में न आती थी। बेचारे बार-बार जोर लगाकर रह जाते थे।

सहसा घर का द्वार खुला और वही लड़की निकली। दोनों सिर झुकाकर उसका हाथ चाटने लगे। दोनों की पूँछें खड़ी हो गयीं। उसने उनके माथे सहलाये और बोली–खोले देती हूँ। चुपके से भाग जाओ, नहीं तो यहाँ लोग मार डालेंगे। आज घर में सलाह हो रही है कि इनकी नाकों में नाथ डाल दी जायँ।

उसने गराँव खोल दिया, पर दोनों चुपचाप खड़े रहे।

मोती ने अपनी भाषा में पूछा–अब चलते क्यों नहीं।

हीरा ने कहा–चलें तो लेकिन कल इस अनाथ पर आफत आयेगी। सब इसी पर सन्देह करेंगे। सहसा बालिका चिल्लायी–दोनों फूफावाले बैल भागे जा रहे हैं। ओ दादा ! दादा ! दोनों बैल भागे जा रहे हैं, जल्दी दौड़ो।

गया हड़बड़ाकर भीतर से निकला और बैलों को पकड़ने चला। वे दोनों भागे। गया ने पीछा किया और भी तेज हुए। गया ने शोर मचाया। फिर गाँव के कुछ आदमियों को भी साथ लेने के लिए लौटा। दोनों मित्रों को भागने का मौका मिल गया। सीधे दौड़ते चले गये। यहाँ तक कि मार्ग का ज्ञान न रहा। जिस परिचित मार्ग से आये थे, उसका यहाँ पता न था। नये-नये गाँव मिलने लगे। तब दोनों एक खेत के किनारे खड़े होकर सोचने लगे, अब क्या करना चाहिए।

हीरा ने कहा–मालूम होता है, राह भूल गये।

'तुम भी बेतहाशा भागे। वहीं उसे मार गिराना था।'

'उसे मार गिराते, तो दुनिया क्या कहती ? वह अपना धर्म छोड़ दे, लेकिन हम अपना धर्म क्यों छोड़ें ?'

दोनों भूख से व्याकुल हो रहे थे। खेत में मटर खड़ी थी। चरने लगे। रह-रहकर आहट ले लेते थे, कोई आता तो नहीं है।

जब पेट भर गया, दोनों ने आजादी का अनुभव किया, तो मस्त होकर उछलने-कूदने लगे। पहले दोनों ने डकार ली। फिर सींग मिलाये और एक-दूसरे को ठेलने लगे। मोती ने हीरा को कई कदम पीछे हटा दिया, यहाँ तक कि वह खाई में गिर गया। तब उसे भी क्रोध आया। सँभलकर उठा और फिर मोती से मिल गया। मोती ने देखा–खेल में झगड़ा हुआ चाहता है, तो किनारे हट गया।

अरे ! यह क्या ? कोई साँड़ डौंकता चला आ रहा है। हाँ, साँड़ ही है। वह सामने आ पहुँचा। दोनों मित्र बगलें झाँक रहे हैं। साँड़ पूरा हाथी है। उससे भिड़ना

जान से हाथ धोना है; लेकिन न भिड़ने पर भी जान बचती नहीं नजर आती। इन्हीं की तरफ आ भी रहा है। कितनी भयंकर सूरत है !

मोती ने मूक-भाषा में कहा—बुरे फँसे। जान बचेगी ? कोई उपाय सोचो।

हीरा ने चिन्तित स्वर में कहा—अपने घमंड में भूला हुआ है। आरजू-विनती न सुनेगा।

'भाग क्यों न चलें ?'

'भागना कायरता है।'

'तो फिर यहीं मरो। बन्दा तो नौ-दो-ग्यारह होता है।'

'और जो दौड़ाये ?'

'तो फिर कोई उपाय सोचो जल्द !'

'उपाय यही है कि उस पर दोनों जने एक साथ चोट करें ? मैं आगे से रगेदता हूँ, तुम पीछे से रगेदो, दोहरी मार पड़ेगी, तो भाग खड़ा होगा। मेरी ओर झपटे, तुम बगल से उसके पेट में सींग घुसेड़ देना। जान जोखिम है; पर दूसरा उपाय नहीं है।'

दोनों मित्र जान हथेलियों पर लेकर लपके। साँड़ को भी संगठित शत्रुओं से लड़ने का तजरबा न था। वह तो एक शत्रु से मल्लयुद्ध करने का आदी था। ज्यों ही हीरा पर झपटा, मोती ने पीछे से दौड़ाया। साँड़ उसकी तरफ मुड़ा, तो हीरा ने रगेदा। साँड़ चाहता था कि एक-एक करके दोनों को गिरा ले; पर ये दोनों भी उस्ताद थे। उसे वह अवसर न देते थे। एक बार साँड़ झल्लाकर हीरा का अन्त कर देने के लिए चला कि मोती ने बगल से आकर पेट में सींग भोंक दिया। साँड़ क्रोध में आकर पीछे फिरा तो हीरा ने दूसरे पहलू में सींग चुभा दिया। आखिर बेचारा जख्मी होकर भागा और दोनों मित्रों ने दूर तक उसका पीछा किया। यहाँ तक कि साँड़ बेदम होकर गिर पड़ा। तब दोनों ने उसे छोड़ दिया।

दोनों मित्र विजय के नशे में झूमते चले जाते थे।

मोती ने अपनी सांकेतिक भाषा में कहा—मेरा जी तो चाहता था कि बच्चा को मार ही डालूँ।

हीरा ने तिरस्कार किया—गिरे हुए बैरी पर सींग न चलाना चाहिए।

'यह सब ढोंग है। बैरी को ऐसा मारना चाहिए कि फिर न उठे।'

'अब घर कैसे पहुँचेंगे, वह सोचो।'

'पहले कुछ खा लें, तो सोचें।'

सामने मटर का खेत था ही। मोती उसमें घुस गया। हीरा मना करता रहा, पर उसने एक न सुनी। अभी दो ही चार ग्रास खाये थे कि दो आदमी लाठियाँ लिए

दौड़ पड़े और दोनों मित्रों को घेर लिया। हीरा तो मेड़ पर था, निकल गया। मोती सींचे हुए खेत में था। उसके खुर कीचड़ में धँसने लगे। न भाग सका। पकड़ लिया। हीरा ने देखा, संगी संकट में है, तो लौट पड़ा। फँसेंगे तो दोनों फँसेंगे। रखवालों ने उसे भी पकड़ लिया।

प्रातःकाल दोनों मित्र काँजीहौस में बन्द कर दिये गये।

दोनों मित्रों को जीवन में पहली बार ऐसा साबिका पड़ा कि सारा दिन बीत गया और खाने को एक तिनका भी न मिला। समझ ही में न आता था, यह कैसा स्वामी है। इससे तो गया फिर भी अच्छा था। यहाँ कई भैंसें थीं, कई बकरियाँ, कई घोड़े, कई गधे; पर किसी के सामने चारा न था, सब जमीन पर मुरदों की तरह पड़े थे। कई तो इतने कमजोर हो गये थे कि खड़े भी न हो सकते थे। सारा दिन दोनों मित्र फाटक की ओर टकटकी लगाये ताकते रहे; पर कोई चारा लेकर आता न दिखायी दिया। तब दोनों ने दीवार की नमकीन मिट्टी चाटनी शुरू की, पर इससे क्या तृप्ति होती ?

रात को भी जब कुछ भोजन न मिला, तो हीरा के दिल में विद्रोह की ज्वाला दहक उठी। मोती से बोला–अब तो नहीं रहा जाता मोती !

मोती ने सिर लटकाये हुए जवाब दिया–मुझे तो मालूम होता है, प्राण निकल रहे हैं।

'इतनी जल्द हिम्मत न हारो भाई ! यहाँ से भागने का कोई उपाय निकालना चाहिए।'

'आओ दीवार तोड़ डालें।

'मुझसे तो अब कुछ नहीं होगा।'

'बस इसी बूते पर अकड़ते थे !'

'सारी अकड़ निकल गयी।'

बाड़े की दीवार कच्ची थी। हीरा मजबूत तो था ही, अपने नुकीले सींग दीवार में गड़ा दिये और जोर मारा, तो मिट्टी का एक चिप्पड़ निकल आया। फिर तो उसका साहस बढ़ा। इसने दौड़-दौड़कर दीवार पर चोटें कीं और हर चोट में थोड़ी-थोड़ी मिट्टी गिराने लगा।

उसी समय काँजीहौस का चौकीदार लालटेन लेकर जानवरों की हाजिरी लेने आ निकला। हीरा का उजड्डपन देखकर उसने उसे कई डंडे रसीद किये और मोटी-सी रस्सी से बाँध दिया।

मोती ने पड़े-पड़े कहा—आखिर मार खायी, क्या मिला ?

'अपने बूते-भर जोर तो मार दिया।'

'ऐसा जोर मारना किस काम का कि और बंधन में पड़ गये।'

'जोर तो मारता ही जाऊँगा, चाहे कितने ही बंधन पड़ते जायँ।'

'जान से हाथ धोना पड़ेगा।'

'कुछ परवाह नहीं। यों भी तो मरना ही है। सोचो, दीवार खुद जाती, तो कितनी जानें बच जातीं। इतने भाई यहाँ बन्द हैं। किसी की देह में जान नहीं है। दो-चार दिन और यही हाल रहा, तो सब मर जायेंगे।'

'हाँ, यह बात तो है। अच्छा, तो ला, फिर मैं भी जोर लगाता हूँ।'

मोती ने भी दीवार में उसी जगह सींग मारा। थोड़ी-सी मिट्टी गिरी और फिर हिम्मत बढ़ी। फिर तो वह दीवार में सींग लगाकर इस तरह जोर करने लगा, मानो किसी प्रतिद्वन्द्वी से लड़ रहा है। आखिर कोई दो घंटे की जोर-आजमाई के बाद दीवार ऊपर से लगभग एक हाथ गिर गयी। उसने दूनी शक्ति से दूसरा धक्का मारा, तो आधी दीवार गिर पड़ी।

दीवार का गिरना था कि अधमरे-से पड़े हुए सभी जानवर चेत उठे। तीनों घोड़ियाँ सरपट भाग निकलीं। फिर बकरियाँ निकलीं। इसके बाद भैंसें भी खिसक गयीं; पर गधे अभी तक ज्यों-के-त्यों खड़े थे।

हीरा ने पूछा—तुम दोनों क्यों नहीं भाग जाते ?

एक गधे ने कहा—जो कहीं फिर पकड़ लिए जायँ।

'तो क्या हरज है। अभी तो भागने का अवसर है।'

'हमें तो डर लगता है, हम यहीं पड़े रहेंगे।'

आधी रात से ऊपर जा चुकी थी। दोनों गधे अभी तक खड़े सोच रहे थे कि भागें या न भागें और मोती अपने मित्र की रस्सी तोड़ने में लगा हुआ था। जब वह हार गया, तो हीरा ने कहा—तुम जाओ, मुझे यहीं पड़ा रहने दो। शायद कहीं भेंट हो जाय।

मोती ने आँखों में आँसू लाकर कहा—तुम मुझे इतना स्वार्थी समझते हो, हीरा ? हम और तुम इतने दिनों एक साथ रहे हैं। आज तुम विपत्ति में पड़ गये, तो मैं तुम्हें छोड़कर अलग हो जाऊँ।

हीरा ने कहा—बहुत मार पड़ेगी। लोग समझ जायँगे, यह तुम्हारी शरारत है।

मोती गर्व से बोला—जिस अपराध के लिए तुम्हारे गले में बन्धन पड़ा, उसके लिए अगर मुझ पर मार पड़े, तो क्या चिन्ता। इतना तो हो ही गया कि नौ-दस प्राणियों की जान बच गयी। वे सब तो आशीर्वाद देंगे।

यह कहते हुए मोती ने दोनों गधों को सींगों से मार-मारकर बाड़े के बाहर निकाला और तब अपने बन्धु के पास आकर सो रहा।

भोर होते ही मुंशी और चौकीदार तथा अन्य कर्मचारियों में कैसी खलबली मची, इसके लिखने की जरूरत नहीं। बस, इतना ही काफी है कि मोती की खूब मरम्मत हुई और उसे भी मोटी रस्सी से बाँध दिया गया।

एक सप्ताह तक दोनों मित्र वहाँ बँधे पड़े रहे। किसी ने चारे का एक तृण भी न डाला। हाँ, एक बार पानी दिखा दिया जाता था। यही उनका आधार था। दोनों इतने दुर्बल हो गये थे कि उठा तक न जाता था; ठठरियाँ निकल आयी थीं।

एक दिन बाड़े के सामने डुग्गी बजने लगी और दोपहर होते-होते वहाँ पचास-साठ आदमी जमा हो गये। तब दोनों मित्र निकाले गये और उनकी देखभाल होने लगी। लोग आ-आकर उनकी सूरत देखते और मन फीका करके चले जाते। ऐसे मृतक बैलों का कौन खरीदार होता ?

सहसा एक दढ़ियल आदमी, जिसकी आँखें लाल थीं और मुद्रा अत्यन्त कठोर, आया और दोनों मित्रों के कूल्हों में उँगली गोदकर मुंशीजी से बातें करने लगा। उसका चेहरा देखकर अन्तर्ज्ञान से दोनों मित्रों के दिल काँप उठे। वह कौन है और उन्हें क्यों टटोल रहा है, इस विषय में उन्हें कोई सन्देह न हुआ। दोनों ने एक-दूसरे को भीत नेत्रों से देखा और सिर झुका लिया।

हीरा ने कहा—गया के घर से नाहक भागे। अब जान न बचेगी।

मोती ने अश्रद्धा के भाव से उत्तर दिया—कहते हैं, भगवान् सबके ऊपर दया करते हैं। उन्हें हमारे ऊपर क्यों दया नहीं आती ?

'भगवान् के लिए हमारा मरना-जीना दोनों बराबर है। चलो, अच्छा ही है, कुछ दिन उसके पास तो रहेंगे। एक बार भगवान् ने उस लड़की के रूप में हमें बचाया था। क्या अब न बचायेंगे ?'

'यह आदमी छुरी चलायेगा। देख लेना।'

'तो क्या चिन्ता है ? मांस, खाल, सींग, हड्डी सब किसी-न-किसी काम आ जायँगे।'

नीलाम हो जाने के बाद दोनों मित्र उस दढ़ियल के साथ चले। दोनों की बोटी-बोटी काँप रही थी। बेचारे पाँव तक न उठा सकते थे, पर भय के मारे गिरते-पड़ते भागे जाते थे; क्योंकि वह जरा भी चाल धीमी हो जाने पर जोर से डंडा जमा देता था।राह में गाय-बैलों का एक रेवड़ हरे-हरे हार में चरता नजर आया। सभी जानवर प्रसन्न थे, चिकने, चपल। कोई उछलता था, कोई आनन्द से बैठा पागुर

करता था। कितना सुखी जीवन था इनका; पर कितने स्वार्थी हैं सब। किसी को चिन्ता नहीं कि उनके दो भाई बधिक के हाथ पड़े कैसे दुःखी हैं।

सहसा दोनों को ऐसा मालूम हुआ कि यह परिचित राह है। हाँ, इसी रास्ते से गया उन्हें ले गया था। वही खेत, वही बाग, वही गाँव मिलने लगे। प्रतिक्षण उनकी चाल तेज होने लगी। सारी थकान, सारी दुर्बलता गायब हो गयी। आह ? यह लो ! अपना ही हार आ गया। इसी कुएँ पर हम पुर चलाने आया करते थे; यही कुआँ है।

मोती ने कहा—हमारा घर नगीच आ गया।

हीरा बोला—भगवान् की दया है।

'मैं तो अब घर भागता हूँ।'

'यह जाने देगा ?'

'इसे मैं मार गिराता हूँ।'

'नहीं-नहीं, दौड़कर थान पर चलो। वहाँ से हम आगे न जायँगे।'

दोनों उन्मत्त होकर बछड़ों की भाँति कुलेलें करते हुए घर की ओर दौड़े। वह हमारा थान है। दोनों दौड़कर अपने थान पर आये और खड़े हो गये। दढ़ियल भी पीछे-पीछे दौड़ा चला आता था।

झूरी द्वार पर बैठा धूप खा रहा था। बैलों को देखते ही दौड़ा और उन्हें बारी-बारी से गले लगाने लगा। मित्रों की आँखों से आनन्द के आँसू बहने लगे। एक झूरी का हाथ चाट रहा था।

दढ़ियल ने जाकर बैलों की रस्सियाँ पकड़ लीं।

झूरी ने कहा—मेरे बैल हैं।

'तुम्हारे बैल कैसे ? मैं मवेशीखाने से नीलाम लिए आता हूँ।'

'मैं तो समझता हूँ चुराये लिए आते हो ! चुपके से चले जाओ। मेरे बैल हैं। मैं बेचूँगा तो बिकेंगे। किसी को मेरे बैल नीलाम करने का क्या अख्तियार है ?'

'जाकर थाने में रपट कर दूँगा।'

'मेरे बैल हैं। इसका सबूत यह है कि मेरे द्वार पर खड़े हैं।'

दढ़ियल झल्लाकर बैलों को जबरदस्ती पकड़ ले जाने के लिए बढ़ा। उसी वक्त मोती ने सींग चलाया। दढ़ियल पीछे हटा। मोती ने पीछा किया। दढ़ियल भागा। मोती पीछे दौड़ा। गाँव के बाहर निकल जाने पर वह रुका; पर खड़ा दढ़ियल का रास्ता देख रहा था। दढ़ियल दूर खड़ा धमकियाँ दे रहा था, गालियाँ निकाल रहा था, पत्थर फेंक रहा था और मोती विजयी शूर की भाँति उसका रास्ता रोके खड़ा था। गाँव के लोग यह तमाशा देखते थे और हँसते थे।

जब दढ़ियल हारकर चला गया, तो मोती अकड़ता हुआ लौटा।

हीरा ने कहा—मैं डर रहा था कि कहीं तुम गुस्से में आकर मार न बैठो।

'अगर वह मुझे पकड़ता, तो मैं बे-मारे न छोड़ता।'

'अब न आयेगा।'

'आयेगा तो दूर ही से खबर लूँगा। देखूँ, कैसे ले जाता है।'

'जो गोली मरवा दे ?'

'मर जाऊँगा; पर उसके काम तो न आऊँगा।'

'हमारी जान को कोई जान ही नहीं समझता।'

'इसीलिए कि हम इतने सीधे हैं।'

जरा देर में नाँदों में खली, भूसा, चोकर और दाना भर दिया गया और दोनों मित्र खाने लगे। झूरी खड़ा दोनों को सहला रहा था और बीसों लड़के तमाशा देख रहे थे। सारे गाँव में उछाह-सा मालूम होता था।

उसी समय मालकिन ने आकर दोनों के माथे चूम लिए।

5

शतरंज के खिलाड़ी

वाजिदअली शाह का समय था। लखनऊ विलासिता के रंग में डूबा हुआ था। छोटे-बड़े, गरीब-अमीर सभी विलासिता में डूबे हुए थे। कोई नृत्य और गान की मजलिस सजाता था, तो कोई अफीम की पीनक ही में मजे लेता था। जीवन के प्रत्येक विभाग में आमोद-प्रमोद का प्राधान्य था। शासन-विभाग में, साहित्य-क्षेत्र में, सामाजिक अवस्था में, कला-कौशल में, उद्योग-धंधों में, आहार-व्यवहार में सर्वत्र विलासिता व्याप्त हो रही थी। राजकर्मचारी विषय-वासना में, कविगण प्रेम और विरह के वर्णन में, कारीगर कलाबत्तू और चिकन बनाने में, व्यवसायी सुरमे, इत्र, मिस्सी और उबटन का रोजगार करने में लिप्त थे। सभी की आँखों में विलासिता का मद छाया हुआ था। संसार में क्या हो रहा है, इसकी किसी को खबर न थी। बटेर लड़ रहे हैं। तीतरों की लड़ाई के लिए पाली बदी जा रही है। कहीं चौसर बिछी हुई है; पौ-बारह का शोर मचा हुआ है। कही शतरंज का घोर संग्राम छिड़ा हुआ है। राजा से लेकर रंक तक इसी धुन में मस्त थे। यहाँ तक कि फकीरों को पैसे मिलते तो वे रोटियाँ न लेकर अफीम खाते या मदक पीते। शतरंज, ताश, गंजीफ़ा खेलने से बुद्धि तीव्र होती है, विचार-शक्ति का विकास होता है, पेंचीदा मसलों को सुलझाने की आदत पड़ती है। ये दलीलें जोरों के साथ पेश की जाती थीं (इस सम्प्रदाय के लोगों से दुनिया अब भी खाली नहीं है)। इसलिए अगर मिरज़ा सज्जादअली और मीर रौशनअली अपना अधिकांश समय बुद्धि तीव्र करने में व्यतीत करते थे, तो किसी विचारशील पुरुष को क्या आपत्ति हो सकती थी ? दोनों के पास मौरूसी जागीरें

थीं; जीविका की कोई चिंता न थी; कि घर में बैठे चखौतियाँ करते थे। आखिर और करते ही क्या ? प्रातःकाल दोनों मित्र नाश्ता करके बिसात बिछा कर बैठ जाते, मुहरे सज जाते और लड़ाई के दाव-पेंच होने लगते। फिर खबर न होती थी कि कब दोपहर हुई, कब तीसरा पहर, कब शाम ! घर के भीतर से बार-बार बुलावा आता कि खाना तैयार है। यहाँ से जवाब मिलता—चलो, आते हैं, दस्तरख्वान बिछाओ। यहाँ तक कि बावरची विवश हो कि कमरे ही में खाना रख जाता था और दोनों मित्र दोनों काम साथ-साथ करते थे। मिरज़ा सज्जाद अली के घर में कोई बड़ा-बूढ़ा न था, इसलिए उन्हीं के दीवानखाने में बाजियाँ होती थीं। मगर यह बात न थी मिरज़ा के घर के और लोग उनसे इस व्यवहार से खुश हों। घरवालों का तो कहना ही क्या, मुहल्लेवाले, घर के नौकर-चाकर तक नित्य द्वेषपूर्ण टिप्पणियाँ किया करते थे—बड़ा मनहूस खेल है। घर को तबाह कर देता है। खुदा न करे, किसी को इसकी चाट पड़े, आदमी दीन-दुनिया किसी के काम का नहीं रहता, न घर का, न घाट का। बुरा रोग है। यहाँ तक कि मिरज़ा की बेगम साहबा को इससे इतना द्वेष था कि अवसर खोज-खोजकर पति को लताड़ती थीं। पर उन्हें इसका अवसर मुश्किल से मिलता था। वह सोती रहती थीं, तब तक बाजी बिछ जाती थी और रात को जब सो जाती थीं, तब कही मिरज़ाजी घर में आते थे। हाँ, नौकरों पर वह अपना गुस्सा उतारती रहती थीं—क्या पान माँगे हैं ? कह दो, आकर ले जायँ। खाने की फुरसत नहीं है ? ले जाकर खाना सिर पर पटक दो, खायँ चाहे कुत्ते को खिलायें। पर रूबरू वह भी कुछ न कह सकती थीं। उनको अपने पति से उतना मलाल न था, जितना मीर साहब से। उन्होंने उनका, नाम मीर बिगाड़ू रख छोड़ा था। शायद मिरज़ाजी अपनी सफाई देने के लिए सारा इलजाम मीर साहब ही के सर थोप देते थे।

एक दिन बेगम साहबा के सिर में दर्द होने लगा। उन्होंने लौंडी से कहा—जाकर मिरज़ा साहब को बुला लो। किसी हकीम के यहाँ से दवा लायें। दौड़, जल्दी कर। लौंडी गयी तो मिरज़ाजी ने कहा—चल, अभी आते हैं। बेगम साहबा का मिजाज गरम था। इतनी ताब कहाँ कि उनके सिर में दर्द हो और पति शतरंज खेलता रहे। चेहरा सुर्ख हो गया। लौंडी से कहा—जाकर कह, अभी चलिए, नहीं तो वह आप ही हकीम के यहाँ चली जायेंगी। मिरज़ाजी बड़ी दिलचस्प बाजी खेल रहे थे, दो ही किस्तों में मीर साहब की मात हुई जाती थी। झुंझलाकर बोले—क्या ऐसा दम लबों पर है ? जरा सब्र नहीं होता ?

मीर–अरे, तो जाकर सुन ही आइए न। औरतें नाजुक-मिजाज होती ही हैं।

मिरज़ा–जी हाँ, चला क्यों न जाऊँ ! दो किस्तों में आपकी मात होती है।

मीर–जनाब, इस भरोसे न रहिएगा। वह चाल सोची है कि आपके मुहरे धरे रहें और मात हो जाय। पर जाइए, सुन आइए। क्यों खामख्वाह उनका दिल दुखाइएगा ?

मिरज़ा–इसी बात पर मात ही करके जाऊँगा।

मीर–मैं खेलूँगा ही नहीं। आप जाकर सुन आइए।

मिरज़ा–अरे यार, जाना पड़ेगा हकीम के यहाँ। सिर-दर्द खाक नहीं है, मुझे परेशान करने का बहाना है।

मीर–कुछ भी हो, उनकी खातिर तो करनी ही पड़ेगी।

मिरज़ा–अच्छा, एक चाल और चल लूँ।

मीर–हरगिज़ नहीं, जब तक आप सुन न आयेंगे, मैं मुहरे में हाथ ही न लगाऊँगा।

मिरज़ा साहब मजबूर होकर अंदर गये तो बेगम साहबा ने त्योरियाँ बदलकर, लेकिन कराहते हुए कहा–तुम्हें निगोड़ी शतरंज इतनी प्यारी है! चाहे कोई मर ही जाय, पर उठने का नाम नहीं लेते ! नौज, कोई तुम-जैसा आदमी हो !

मिरज़ा–क्या कहूँ, मीर साहबा मानते ही न थे। बड़ी मुश्किल से पीछा छुड़ाकर आया हूँ।

बेगम–क्या जैसे वह खुद निखट्टू हैं, वैसे ही सबको समझते हैं। उनके भी तो बाल-बच्चे हैं; या सबका सफाया कर डाला ?

मिरज़ा–बड़ा लती आदमी है। जब आ जाता है, तब मजबूर होकर मुझे भी खेलना पड़ता है।

बेगम–दुत्कार क्यों नहीं देते ?

मिरज़ा–बराबर के आदमी हैं; उम्र में, दर्जे में मुझसे दो अंगुल ऊँचे। मुलाहिज़ा करना ही पड़ता है।

बेगम–तो मैं ही दुत्कारे देती हूँ। नाराज हो जायँगे, हो जायँ। कौन किसी की रोटियाँ चला देता है। रानी रूठेंगी, अपना सुहाग लेंगी। हरिया; जा बाहर से शतरंज उठा ला। मीर साहब से कहना, मियाँ अब न खेलेंगे; आप तशरीफ ले जाइए।

मिरज़ा–हाँ-हाँ, कहीं ऐसा गजब भी न करना ! जलील करना चाहती हो क्या ? ठहर हरिया, कहाँ जाती है।

बेगम—जाने क्यों नहीं देते ? मेरा ही खून पिये, जो उसे रोके। अच्छा, उसे रोका, मुझे रोको, तो जानूँ ?

यह कहकर बेगम साहबा झल्लाई हुई दीवानखाने की तरफ चलीं। मिरज़ा बेचारे का रंग उड़ गया। बीबी की मिन्नतें करने लगे—खुदा के लिए, तुम्हें हजरत हुसेन की कसम है। मेरी ही मैयत देखे, जो उधर जाय लेकिन बेगम ने एक न मानी। दीवानखाने के द्वार तक गयीं, पर एकाएक पर-पुरुष के सामने जाते हुए पाँव बँध-से गये। भीतर झाँका, संयोग से कमरा खाली था। मीर साहब ने दो-एक मुहरे इधर-उधर कर दिये थे और अपनी सफाई जताने के लिए बाहर टहल रहे थे। फिर क्या था, बेगम ने अंदर पहुँचकर बाजी उलट दी, मुहरे कुछ तख्त के नीचे फेंक दिये, कुछ बाहर और किवाड़ अंदर से बंद करके कुंडी लगा दी। मीर साहब दरवाजे पर तो थे ही, मुहरे बाहर फेंके जाते देखे, चूड़ियों की झनक भी कान में पड़ी। फिर दरवाजा बंद हुआ, तो समझ गये, बेगम साहबा बिगड़ गयीं। चुपके से घर की राह ली।

मिरज़ा ने कहा—तुमने गजब किया।

बेगम—अब मीर साहब इधर आये, तो खड़े-खड़े निकलवा दूँगी। इतनी लौ खुदा से लगाते, तो वली हो जाते ! आप तो शतरंज खेलें और मैं यहाँ चूल्हे-चक्की की फिक्र में सिर खपाऊँ ! जाते हो हकीम साहब के यहाँ कि अब भी ताम्मुल है।

मिरज़ा घर से निकले, तो हकीम के घर जाने के बदले मीर साहब के घर पहुँचे और सारा वृत्तांत कहा। मीर साहब बोले—मैंने तो जब मुहरे बाहर आते देखे, तभी ताड़ गया। फौरन भागा। बड़ी गुस्सेवर मालूम होती हैं। मगर आपने उन्हें यों सिर चढ़ा रखा है, यह मुनासिब नहीं। उन्हें इससे क्या मतलब कि आप बाहर क्या करते हैं। घर का इंतजाम करना उनका काम है; दूसरी बातों से उन्हें क्या सरोकार ?

मिरज़ा—खैर, यह तो बताइए, अब कहाँ जमाव होगा ?

मीर—इसका क्या गम है। इतना बड़ा घर पड़ा हुआ है। बस यहीं जमें।

मिरज़ा—लेकिन बेगम सहिबा को कैसे मनाऊँगा ? घर पर बैठा रहता था, तब तो वह इतना बिगड़ती थीं; यहाँ बैठक होगी, तो शायद जिंदा न छोड़ेंगी।

मीर—अजी बकने भी दीजिए, दो-चार रोज में आप ही ठीक हो जायेंगी। हाँ, आप इतना कीजिए कि आज से जरा तन जाइए।

मीर साहब की बेगम किसी अज्ञात कारण से मीर साहब का घर से दूर रहना ही उपयुक्त समझती थीं। इसलिए वह उनके शतरंज-प्रेम की कभी आलोचना न

करती थीं; बल्कि कभी-कभी मीर साहब को देर हो जाती, तो याद दिला देती थीं। इन कारणों से मीर साहब को भ्रम हो गया था कि मेरी स्त्री अत्यन्त विनयशील और गंभीर है लेकिन जब दीवानखाने में बिसात बिछने लगी और मीर साहब दिन-भर घर में रहने लगे, तो बेगम सहिबा को बड़ा कष्ट होने लगा। उनकी स्वाधीनता में बाधा पड़ गयी। दिन-भर दरवाजे पर झाँकने को तरस जातीं।

उधर नौकरों में भी कानाफूसी होने लगी। अब तक दिन-भर पड़े-पड़े मक्खियाँ मारा करते थे। घर में कोई आये, कोई जाये, उनसे कुछ मतलब न था। अब आठों पहर की धौंस हो गयी। पान लाने का हुक्म होता, कभी मिठाई का और हुक्का तो किसी प्रेमी के हृदय की भाँति नित्य जलता ही रहता था। वे बेगम सहिबा से जा-जाकर कहते—हुजूर, मियाँ की शतरंज तो हमारे जी का जंजाल हो गयी। दिन-भर दौड़ते-दौड़ते पैरों में छाले पड़ गये। यह भी कोई खेल कि सुबह को बैठे तो शाम कर दी। घड़ी आध घड़ी दिल-बहलाव के लिए खेल खेलना बहुत है। खैर, हमें तो कोई शिकायत नहीं; हुजूर के गुलाम हैं, जो हुक्म होगा, बजा ही लायेंगे; मगर यह खेल मनहूस है। इसको खेलनेवाला कभी पनपता नहीं; घर पर कोई न कोई आफत जरूर आती है। यहाँ तक कि एक के पीछे महल्ले-के-महल्ले तबाह होते देखे गये हैं। सारे मुहल्ले में यही चरचा रहती है। हुजूर का नमक खाते हैं, अपने आक़ा की बुराई सुन-सुनकर रंज होता है ? मगर क्या करें ? इस पर बेगम सहिबा कहती हैं—मैं तो खुद इसको पसंद नहीं करती। पर वह किसी की सुनते ही नहीं, क्या किया जाय।

मुहल्ले में भी जो दो-चार पुराने जमाने के लोग थे, आपस में भाँति-भाँति की अमंगल कल्पनाएँ करने लगे—अब खैरियत नहीं। जब हमारे रईसों का यह हाल है, तो मुल्क का खुदा ही हाफ़िज है। यह बादशाहत शतरंज के हाथों तबाह होगी। आसार बुरे हैं।

राज्य में हाहाकार मचा हुआ था। प्रजा दिन-दहाड़े लूटी जाती थी। कोई फरियाद सुननेवाला न था। देहातों की सारी दौलत लखनऊ में खिंची आती थी और वह वेश्याओं में, भाँडों में और विलासिता के अन्य अंगों की पूर्ति में उड़ जाती थी। अंग्रेज कम्पनी का ऋण दिन-दिन बढ़ता जाता था। कमली दिन-दिन भीगकर भारी होती जाती थी। देश में सुव्यवस्था न होने के कारण वार्षिक कर भी वसूल न होता था। रेजीडेंट बार-बार चेतावनी देता था, पर यहाँ तो लोग विलासिता के नशे में चूर थे, किसी के कानों पर जूँ न रेंगती थी।

खैर, मीर साहब के दीवानखाने में शतरंज होते कई महीने गुजर गये। नये-नये नक्शे हल किये जाते; नये-नये किले बनाये जाते; नित्य नयी व्यूह-रचना होती; कभी-कभी खेलते-खेलते झौड़ हो जाती; तू-तू मैं-मैं तक की नौबत आ जाती; पर शीघ्र ही दोनों मित्रों में मेल हो जाता। कभी-कभी ऐसा भी होता कि बाजी उठा दी जाती; मिरज़ाजी रूठकर अपने घर चले जाते। मीर साहब अपने घर में जा बैठते। पर रात भर की निद्रा के साथ सारा मनोमालिन्य शांत हो जाता था। प्रातःकाल दोनों मित्र दीवानखाने में आ पहुँचते थे।

एक दिन दोनों मित्र बैठे हुए शतरंज की दलदल में गोते खा रहे थे कि इतने में घोड़े पर सवार एक बादशाही फौज का अफसर मीर साहब का नाम पूछता हुआ आ पहुँचा। मीर साहब के होश उड़ गये। यह क्या बला सिर पर आयी ! यह तलबी किस लिए हुई है ? अब खैरियत नहीं नजर आती। घर के दरवाजे बंद कर लिए। नौकरों से बोले—कह दो, घर में नहीं हैं।

सवार—घर में नहीं, तो कहाँ हैं ?

नौकर—यह मैं नहीं जानता। क्या काम है ?

सवार—काम तुझे क्या बताऊँगा ? हुजूर में तलबी है। शायद फौज के लिए कुछ सिपाही माँगे गये हैं। जागीरदार हैं कि दिल्लगी ! मोरचे पर जाना पड़ेगा, तो आटे-दाल का भाव मालूम हो जायगा !

नौकर—अच्छा, तो जाइए, कह दिया जायगा ?

सवार—कहने की बात नहीं है। मैं कल खुद आऊँगा, साथ ले जाने का हुक्म हुआ है।

सवार चला गया। मीर साहब की आत्मा काँप उठी। मिरज़ा जी से बोले—कहिए जनाब, अब क्या होगा ?

मिरज़ा—बड़ी मुसीबत है। कहीं मेरी तलबी भी न हो।

मीर—कम्बख्त कल फिर आने को कह गया है।

मिरज़ा—आफत है और क्या। कहीं मोरचे पर जाना पड़ा, तो बेमौत मरे।

मीर—बस, यही एक तदबीर है कि घर पर मिलो ही नहीं। कल से गोमती पर कहीं वीराने में नख्शा जमे। वहाँ किसे खबर होगी। हजरत आकर आप लौट जायँगे।

मिरज़ा—वल्लाह, आपको खूब सूझी ! इसके सिवाय और कोई तदबीर ही नहीं है।

इधर मीर साहब की बेगम उस सवार से कह रही थी, तुमने खूब धता बताया।

उसने जवाब दिया–ऐसे गावदियों को तो चुटकियों पर नचाता हूँ। इनकी सारी अक्ल और हिम्मत तो शतरंज ने चर ली। अब भूल कर भी घर पर न रहेंगे।

दूसरे दिन से दोनों मित्र मुँह अँधेरे घर से निकल खड़े होते। बगल में एक छोटी-सी दरी दबाये, डिब्बे में गिलौरियाँ भरे, गोमती पार की एक पुरानी वीरान मस्जिद में चले जाते, जिसे शायद नवाब आसफ़उद्दौला ने बनवाया था। रास्ते में तम्बाकू, चिलम और मदरिया ले लेते और मस्जिद में पहुँच, दरी बिछा, हुक्का भरकर शतरंज खेलने बैठ जाते थे। फिर उन्हें दीन-दुनिया की फिक्र न रहती थी। किश्त, शह आदि दो-एक शब्दों के सिवा उनके मुँह से और कोई वाक्य नहीं निकलता था। कोई योगी भी समाधि में इतना एकाग्र न होता होगा। दोपहर को जब भूख मालूम होती तो दोनों मित्र किसी नानबाई की दूकान पर जाकर खाना खाते और एक चिलम हुक्का पीकर फिर संग्राम-क्षेत्र में डट जाते। कभी-कभी तो उन्हें भोजन का भी ख्याल न रहता था।

इधर देश की राजनीतिक दशा भयंकर होती जा रही थी। कम्पनी की फौजें लखनऊ की तरफ बढ़ी चली आती थीं। शहर में हलचल मची हुई थी। लोग बाल-बच्चों को लेकर देहातों में भाग रहे थे। पर हमारे दोनों खिलाड़ियों को इनकी ज़रा भी फ़िक्र न थी। वे घर से आते तो गलियों में होकर। डर था कि कहीं किसी बादशाही मुलाजिम की निगाह न पड़ जाय, जो बेकार में पकड़ जायँ। हजारों रुपये सालाना की जागीर मुफ्त ही हजम करना चाहते थे।

एक दिन दोनों मित्र मस्जिद के खंडहर में बैठे हुए शतरंज खेल रहे थे। मिरज़ा की बाजी कुछ कमजोर थी। मीर साहब उन्हें किश्त-पर-किश्त दे रहे थे। इतने में कम्पनी के सैनिक आते हुए दिखायी दिये। वह गोरों की फौज थी, जो लखनऊ पर अधिकार जमाने के लिए आ रही थी।

मीर साहब बोले–अंग्रेजी फौज आ रही है; खुदा खैर करे।

मिरज़ा–आने दीजिए, किश्त बचाइए। यह किश्त।

मीर–जरा देखना चाहिए, यहीं आड़ में खड़े हो जायँ !

मिरज़ा–देख लीजिएगा, जल्दी क्या है, फिर किश्त !

मीर–तोपखाना भी है। कोई पाँच हजार आदमी होंगे कैसे-कैसे जवान हैं। लाल बन्दरों के-से मुँह। सूरत देखकर खौफ मालूम होता है।

मिरज़ा–जनाब, हीले न कीजिए। ये चकमे किसी और को दीजिएगा। यह किश्त !

मीर–आप भी अजीब आदमी हैं। यहाँ तो शहर पर आफत आयी हुई है और आपको किश्त की सूझी है ! कुछ इसकी भी खबर है कि शहर घिर गया, तो घर कैसे चलेंगे ?

मिरज़ा–जब घर चलने का वक्त आयेगा, तो देखा जायगा–यह किश्त ! बस, अबकी शह में मात है।

फौज निकल गयी। दस बजे का समय था। फिर बाजी बिछ गयी।

मिरज़ा–आज खाने की कैसे ठहरेगी ?

मीर–अजी, आज तो रोज़ा है। क्या आपको ज्यादा भूख मालूम होती है ?

मिरज़ा–जी नहीं। शहर में न जाने क्या हो रहा है !

मीर–शहर में कुछ न हो रहा होगा। लोग खाना खा-खाकर आराम से सो रहे होंगे। हुजूर नवाब साहब भी ऐशगाह में होंगे।

दोनों सज्जन फिर जो खेलने बैठे, तो तीन बज गये। अबकी मिरज़ा जी की बाजी कमजोर थी। चार का गजर बज ही रहा था कि फौज की वापसी की आहट मिली। नवाब वाजिदअली पकड़ लिए गये थे और सेना उन्हें किसी अज्ञात स्थान को लिए जा रही थी। शहर में न कोई हलचल थी, न मार-काट। एक बूँद भी खून नहीं गिरा था। आज तक किसी स्वाधीन देश के राजा की पराजय इतनी शांति से, इस तरह खून बहे बिना न हुई होगी। यह वह अहिंसा न थी, जिस पर देवगण प्रसन्न होते हैं। यह वह कायरपन था, जिस पर बड़े-बड़े कायर भी आँसू बहाते हैं। अवध के विशाल देश का नवाब बन्दी चला जाता था और लखनऊ ऐश की नींद में मस्त था। यह राजनीतिक अधःपतन की चरम सीमा थी।

मिरज़ा ने कहा–हुजूर नवाब साहब को जालिमों ने कैद कर लिया है।

मीर–होगा, यह लीजिए शह।

मिरज़ा–जनाब जरा ठहरिए। इस वक्त इधर तबीयत नहीं लगती। बेचारे नवाब साहब इस वक्त खून के आँसू रो रहे होंगे।

मीर–रोया ही चाहें। यह ऐश वहाँ कहाँ नसीब होगा। यह किश्त !

मिरज़ा–किसी के दिन बराबर नहीं जाते। कितनी दर्दनाक हालत है।

मीर–हाँ, सो तो है ही–यह लो, फिर किश्त ! बस, अबकी किश्त में मात है, बच नहीं सकते।

मिरज़ा–खुदा की कसम, आप बड़े बेदर्द हैं। इतना बड़ा हादसा देखकर भी आपको दुःख नहीं होता। हाय, गरीब वाजिदअली शाह !

मीर–पहले अपने बादशाह को तो बचाइए फिर नवाब साहब का मातम कीजिएगा। यह किश्त और यह मात ! लाना हाथ !

बादशाह को लिए हुए सेना सामने से निकल गयी। उनके जाते ही मिरज़ा ने फिर बाजी बिछा दी। हार की चोट बुरी होती है। मीर ने कहा–आइए, नवाब साहब के मातम में एक मरसिया कह डालें लेकिन मिरज़ा की राजभक्ति अपनी हार के साथ लुप्त हो चुकी थी। वह हार का बदला चुकाने के लिए अधीर हो रहे थे।

शाम हो गयी। खंडहर में चमगादड़ों ने चीखना शुरू किया। अबाबीलें आ-आकर अपने-अपने घोसलों में चिमटीं। पर दोनों खिलाड़ी डटे हुए थे, मानो दो खून के प्यासे सूरमा आपस में लड़ रहे हों। मिरज़ाजी तीन बाजियाँ लगातार हार चुके थे; इस चौथी बाजी का रंग भी अच्छा न था। वह बार-बार जीतने का दृढ़ निश्चय करके सँभलकर खेलते थे लेकिन एक-न-एक चाल ऐसी बेढब आ पड़ती थी, जिससे बाजी खराब हो जाती थी। हर बार हार के साथ प्रतिकार की भावना और भी उग्र होती थी। उधर मीर साहब मारे उमंग के गजलें गाते थे, चुटकियाँ लेते थे, मानो कोई गुप्त धन पा गये हों। मिरज़ाजी सुन-सुनकर झुँझलाते और हार की झेंप को मिटाने के लिए उनकी दाद देते थे। पर ज्यों-ज्यों बाजी कमजोर पड़ती थी, धैर्य हाथ से निकला जाता था। यहाँ तक कि वह बात-बात पर झुँझलाने लगे–जनाब, आप चाल बदला न कीजिए। यह क्या कि एक चाल चले और फिर उसे बदल दिया। जो कुछ चलना हो एक बार चल दीजिए; यह आप मुहरे पर हाथ क्यों रखते हैं ? मुहरे को छोड़ दीजिए। जब तक आपको चाल न सूझे, मुहरा छुइये ही नहीं। आप एक-एक चाल आधे घंटे में चलते हैं। इसकी सनद नहीं। जिसे एक चाल चलने में पाँच मिनट से ज्यादा लगे, उसकी मात समझी जाय। फिर आपने चाल बदली ! चुपके से मुहरा वहीं रख दीजिए।

मीर साहब का फरजी पिटता था। बोले–मैंने चाल चली ही कब थी ?

मिरज़ा–आप चाल चल चुके हैं। मुहरा वहीं रख दीजिए–उसी घर में !

मीर–उस घर में क्यों रखूँ ? मैंने हाथ से मुहरा छोड़ा ही कब था ?

मिरज़ा–मुहरा आप कयामत तक न छोड़ें, तो क्या चाल ही न होगी ? फरजी पिटते देखा तो धाँधली करने लगे।

मीर–धाँधली आप करते हैं। हार-जीत तकदीर से होती है, धाँधली करने से कोई नहीं जीतता ?

मिरज़ा–तो इस बाजी में तो आपकी मात हो गयी।

मीर–मुझे क्यों मात होने लगी ?

मिरज़ा–तो आप मुहरा उसी घर में रख दीजिए, जहाँ पहले रक्खा था।

मीर–वहाँ क्यों रखूँ ? नहीं रखता।

मिरज़ा–क्यों न रखिएगा ? आपको रखना होगा।

तकरार बढ़ने लगी। दोनों अपनी-अपनी टेक पर अड़े थे। न यह दबता था न वह। अप्रासंगिक बातें होने लगीं, मिरज़ा बोले–किसी ने खानदान में शतरंज खेली होती, तब तो इसके कायदे जानते। वे तो हमेशा, घास छीला करते, आप शतरंज क्या खेलिएगा। रियासत और ही चीज है। जागीर मिल जाने से ही कोई रईस नहीं हो जाता।

मीर–क्या ? घास आपके अब्बाजान छीलते होंगे। यहाँ तो पीढ़ियों से शतरंज खेलते चले आ रहे हैं।

मिरज़ा–अजी, जाइए भी, गाजीउद्दीन हैदर के यहाँ बावरची का काम करते-करते उम्र गुजर गयी आज रईस बनने चले हैं। रईस बनना कुछ दिल्लगी नहीं है।

मीर–क्यों अपने बुजुर्गों के मुँह में कालिख लगाते हो–वे ही बावरची का काम करते होंगे। यहाँ तो हमेशा बादशाह के दस्तरख्वान पर खाना खाते चले आये हैं।

मिरज़ा–अरे चल चरकटे, बहुत बढ़-बढ़कर बातें न कर।

मीर–जबान सँभालिए, वरना बुरा होगा। मैं ऐसी बातें सुनने का आदी नहीं हूँ। यहाँ तो किसी ने आँखें दिखायीं कि उसकी आँखें निकालीं। है हौसला ?

मिरज़ा–आप मेरा हौसला देखना चाहते हैं, तो फिर, आइए। आज दो-दो हाथ हो जायँ, इधर या उधर।

मीर–तो यहाँ तुमसे दबनेवाला कौन ?

दोनों दोस्तों ने कमर से तलवारें निकाल लीं। नवाबी जमाना था; सभी तलवार, पेशकब्ज, कटार वगैरह बाँधते थे। दोनों विलासी थे, पर कायर न थे। उनमें राजनीतिक भावों का अधःपतन हो गया था–बादशाह के लिए, बादशाहत के लिए क्यों मरें; पर व्यक्तिगत वीरता का अभाव न था। दोनों जख्म खाकर गिरे और दोनों ने वहीं तड़प-तड़पकर जानें दे दीं। अपने बादशाह के लिए जिनकी आँखों से एक बूँद आँसू न निकला, उन्हीं दोनों प्राणियों ने शतरंज के वजीर की रक्षा में प्राण दे दिये।

अँधेरा हो चला था। बाजी बिछी हुई थी। दोनों बादशाह अपने-अपने सिंहासनों पर बैठे हुए मानो इन दोनों वीरों की मृत्यु पर रो रहे थे !

चारों तरफ सन्नाटा छाया हुआ था। खंडहर की टूटी हुई मेहराबें, गिरी हुई दीवारें और धूल-धूसरित मीनारें इन लाशों को देखतीं और सिर धुनती थीं।

6

ठाकुर का कुआँ

जोखू ने लोटा मुँह से लगाया तो पानी में सख्त बदबू आयी। गंगी से बोला–यह कैसा पानी है ? मारे बास के पिया नहीं जाता। गला सूखा जा रहा है और तू सड़ा हुआ पानी पिलाए देती है।

गंगी प्रतिदिन शाम को पानी भर लिया करती थी। कुआँ दूर था; बार-बार जाना मुश्किल था। कल वह पानी लायी, तो उसमें बू बिल्कुल न थी; आज पानी में बदबू कैसी ? लोटा नाक से लगाया, तो सचमुच बदबू थी। जरूर कोई जानवर कुएँ में गिरकर मर गया होगा, मगर दूसरा पानी आवे कहाँ से ?

ठाकुर के कुएँ पर कौन चढ़ने देगा। दूर से लोग डाँट बताएँगे। साहू का कुआँ गाँव के उस सिरे पर है; परन्तु वहाँ भी कौन पानी भरने देगा ? चौथा कुआँ गाँव में है नहीं।

जोखू कई दिन से बीमार है। कुछ देर तक तो प्यास रोके चुप पड़ा रहा, फिर बोला–अब तो मारे प्यास के रहा नहीं जाता। ला, थोड़ा पानी नाक बन्द करके पी लूँ।

गंगी ने पानी न दिया। खराब पानी पीने से बीमारी बढ़ जायगी–इतना जानती थी; परन्तु यह न जानती थी कि पानी को उबाल देने से उसकी खराबी जाती रहती है। बोली यह पानी कैसे पियोगे ? न जाने कौन जानवर मरा है। कुएँ से मैं दूसरा पानी लाये देती हूँ।

जोखू ने आश्चर्य से उसकी ओर देखा–दूसरा पानी कहाँ से लायेगी ?

'ठाकुर और साहू के दो कुएँ तो हैं। क्या एक लोटा पानी न भरने देंगे ?'

'हाथ-पाँव तुड़वा आयेगी और कुछ न होगा। बैठ चुपके से। ब्रह्म-देवता आशीर्वाद देंगे, ठाकुर लाठी मारेंगे, साहूजी एक के पाँच लेंगे। गरीबों का दर्द कौन समझता है ! हम तो मर भी जाते हैं, तो कोई दुआर पर झाँकने नहीं आता, कंधा देना तो बड़ी बात है। ऐसे लोग कुएँ से पानी भरने देंगे ?'

इन शब्दों में कड़ुवा सत्य था। गंगी क्या जवाब देती; किन्तु उसने वह बदबूदार पानी पीने को न दिया।

रात के नौ बजे थे। थके-माँदे मजदूर तो सो चुके थे, ठाकुर के दरवाजे पर दस-पाँच बेफिक्रे जमा थे। मैदानी बहादुरी का तो अब न जमाना रहा है, न मौका। कानूनी बहादुरी की बातें हो रही थीं; कितनी होशियारी से ठाकुर ने थानेदार को एक खास मुकद्दमे में रिश्वत दे दी और साफ निकल गये। कितनी अक्लमन्दी से एक मार्के के मुकद्दमे की नकल ले आये। नाजिर और मोहतमिम, सभी कहते थे, नकल नहीं मिल सकती। कोई पचास माँगता; कोई सौ। यहाँ बेपैसे-कौड़ी नकल उड़ा दी। काम करने का ढंग चाहिए।

इसी समय गंगी कुएँ से पानी लेने पहुँची।

कुप्पी की धुँधली रोशनी कुएँ पर आ रही थी। गंगी जगत की आड़ में बैठी मौके का इन्तजार करने लगी। इस कुएँ का पानी सारा गाँव पीता है। किसी के लिए रोक नहीं; सिर्फ ये बदनसीब नहीं भर सकते।

गंगी का विद्रोही दिल रिवाजी पाबन्दियों और मजबूरियों पर चोटें करने लगा—हम क्यों नीच हैं और यह लोग क्यों ऊँच हैं ? इसलिए कि ये लोग गले में तागा डाल लेते हैं ? यहाँ तो जितने हैं, एक-से-एक छँटे हैं ? चोरी ये करें, जाल-फरेब ये करें, झूठे मुकद्दमे ये करें। अभी इस ठाकुर ने तो उस दिन बेचारे गडेरिये की एक भेड़ चुरा ली थी और बाद में मारकर खा गया। इन्हीं पण्डितजी के घर में बारहों मासा जुआ होता है। यही साहूजी तो घी में तेल मिलाकर बेचते हैं। काम करा लेते हैं, मजूरी देते नानी मरती है। किस बात में हैं हमसे ऊँचे। हाँ, मुँह में हमसे ऊँचे हैं। हम गली-गली चिल्लाते नहीं कि हम ऊँचे हैं, हम ऊँचे हैं ! कभी गाँव में आ जाती हूँ, तो रसभरी आँखों से देखने लगते हैं। जैसे सबकी छाती पर साँप लोटने लगता है, परन्तु घमण्ड यह कि हम ऊँचे हैं।

कुएँ पर किसी के आने की आहट हुई। गंगी की छाती धक-धक करने लगी। कहीं देख ले, तो गजब हो जाय।

एक लात भी तो नीचे न पड़े। उसने घड़ा और रस्सी उठा ली और झुककर चलती हुई एक वृक्ष के अंधेरे साये में जा खड़ी हुई। कब इन लोगों को दया आती है किसी पर। बेचारे महँगू को इतना मारा कि महीनों लहू थूकता रहा। इसलिए कि उसने बेगार न दी थी ! उस पर ये लोग ऊँचे बनते हैं।

कुएँ पर दो स्त्रियाँ पानी भरने आयी थीं। इनमें बातें हो रही थीं।

'खाना खाने चले और हुक्म हुआ कि ताजा पानी भर लाओ। घड़े के लिए पैसे नहीं है।'

'हम लोगों को आराम से बैठे देखकर जैसे मरदों को जलन होती है।'

'हाँ, यह तो न हुआ कि कलसिया उठाकर भर लाते। बस, हुकुम चला दिया कि ताजा पानी लाओ, जैसे हम लौंडियाँ ही तो हैं।'

'लौंडिया नहीं तो और क्या हो तुम ? रोटी-कपड़ा नहीं पातीं ? दस-पाँच रुपये छीन-झपट कर ले ही लेती हो और लौंडिया कैसी होती है।'

'मत लजाओ दीदी ! छिन भर आराम करने को जी तरस कर रह जाता है। इतना काम किसी दूसरे के घर कर देती, तो इससे कहीं आराम से रहती। ऊपर से वह एहसान मानता। यहाँ काम करते-करते मर जाओ; पर किसी का मुँह ही नहीं सीधा होता।'

दोनों पानी भरकर चली गयीं, तो गंगी वृक्ष की छाया से निकली और कुएँ के जगत के पास आयी। बेफिक्रे चले गये थे। ठाकुर भी दरवाजा बन्द कर अन्दर आँगन में सोने जा रहे थे। गंगी ने क्षणिक सुख की साँस ली। किसी तरह मैदान तो साफ हुआ। अमृत चुरा लाने के लिए जो राजकुमार किसी जमाने में गया था, वह भी शायद इतनी सावधानी के साथ और समझ-बूझकर न गया होगा। गंगी दबे पाँव कुएँ के जगत पर चढ़ी। विजय का ऐसा अनुभव उसे पहले कभी न हुआ था।

उसने रस्सी का फंदा घड़े में ढाला। दायें-बायें चौकन्नी दृष्टि से देखा, जैसे कोई सिपाही रात को शत्रु के किले में सुराख कर रहा हो। अगर इस समय वह पकड़ ली गयी, तो फिर उसके लिए माफी या रिआयत की रत्ती-भर उम्मीद नहीं। अन्त में देवताओं को याद करके उसने कलेजा मजबूत किया और घड़ा कुएँ में डाल दिया।

घड़े ने पानी में गोता लगाया, बहुत ही आहिस्ता। जरा भी आवाज न हुई। गंगी ने दो चार हाथ जल्दी-जल्दी मारे। घड़ा कुएँ से मुँह तक आ पहुँचा। कोई बड़ा शहज़ोर पहलवान भी इतनी तेजी से उसे न खींच सकता था।

गंगी झुकी कि घड़े को पकड़कर जगत पर रखे, कि एकाएक ठाकुर साहब का दरवाजा खुल गया। शेर का मुँह इससे अधिक भयानक न होगा।

गंगी के हाथ से रस्सी छूट गयी। रस्सी के साथ घड़ा धड़ाम से पानी में गिरा और कई क्षण तक पानी में हलकोरे की आवाजें सुनाई देती रहीं।

ठाकुर, 'कौन है, कौन है ?' पुकारते हुए कुएँ की तरफ आ रहे थे और गंगी जगत से कूदकर भागी जा रही थी।

घर पहुँचकर देखा कि जोखू लोटा मुँह से लगाये वही मैला-गंदा पानी पी रहा है।

7

पूस की रात

हल्कू ने आकर स्त्री से कहा—सहना आया है, लाओ, जो रुपये रखे हैं, उसे दे दूँ, किसी तरह गला तो छूटे।

मुन्नी झाड़ू लगा रही थी। पीछे फिरकर बोली—तीन ही तो रुपये हैं; दे दोगे तो कम्मल कहाँ से आवेगा ? माघ-पूस की रात हार में कैसे कटेगी। उससे कह दो, फसल पर रुपये दे देंगे। अभी नहीं।

हल्कू एक क्षण अनिश्चित दशा में खड़ा रहा। पूस सिर पर आ गया, कम्मल के बिना हार में रात को वह किसी तरह नहीं जा सकता। मगर सहना मानेगा नहीं, घुड़कियाँ जमावेगा, गालियाँ देगा। बला से जाड़ों मरेंगे, बला सिर से टल जायगी। यह सोचता हुआ वह अपना भारी-भरकम डील लिए हुए (जो उसके नाम को झूठ सिद्ध करता था) स्त्री के समीप आ गया और खुशामद करके बोला—ला दे दे, गला तो छूटे। कम्मल के लिए कोई दूसरा उपाय सोचूँगा।

मुन्नी उसके पास से दूर हट गयी और आँखें तरेरती हुई बोली—कर चुके दूसरा उपाय ! जरा सुनूँ, कौन उपाय करोगे ? कोई खैरात दे देगा कम्मल ? न जाने कितनी बाकी है जो किसी तरह चुकने ही नहीं आती। मैं कहती हूँ, तुम क्यों नहीं खेती छोड़ देते ? मर-मर काम करो, उपज हो तो बाकी दे दो, चलो छुट्टी हुई। बाकी चुकाने के लिए ही तो हमारा जनम हुआ है। पेट के लिए मजूरी करो। ऐसी खेती से बाज आये। मैं रुपये न दूँगी—न दूँगी।

हल्कू उदास होकर बोला—तो क्या गाली खाऊँ ?

मुन्नी ने तड़पकर कहा—गाली क्यों देगा, क्या उसका राज है ?

मगर यह कहने के साथ उसकी तनी हुई भौंहें ढीली पड़ गयीं। हल्कू के उस वाक्य में जो कठोर सत्य था, वह मानो एक भीषण जन्तु की भाँति उसे घूर रहा था।

उसने जाकर आले पर से रुपये निकाले और लाकर हल्कू के हाथ पर रख दिये। फिर बोली—तुम छोड़ दो अबकी से खेती। मजूरी में सुख से एक रोटी खाने को तो मिलेगी। किसी की धौंस तो न रहेगी। अच्छी खेती है ! मजूरी करके लाओ, वह उसी में झोंक दो, उस पर से धौंस।

हल्कू ने रुपये लिए और इस तरह बाहर चला मानो अपना हृदय निकालकर देने जा रहा हो। उसने मजूरी से एक-एक पैसा काट-कपटकर तीन रुपये कम्मल के लिए जमा किये थे। वह आज निकले जा रहे थे। एक-एक पग के साथ उसका मस्तक अपनी दीनता के भार से दबा जा रहा था।पूस की अँधेरी रात ! आकाश पर तारे ठिठुरते हुए मालूम होते थे। हल्कू अपने खेत के किनारे ऊख के पत्तों की एक छतरी के नीचे बाँस के खटोले पर अपनी पुरानी गाढ़े की चादर ओढ़े काँप रहा था। खाट के नीचे उसका संगी कुत्ता जबरा पेट में मुँह डाले सर्दी से कूँ-कूँ कर रहा था। दो में से एक को भी नींद न आती थी।

हल्कू ने घुटनियों को गर्दन में चिपकाते हुए कहा—क्यों जबरा, जाड़ा लगता है ? कहता तो था, घर में पुआल पर लेट रह, तो यहाँ क्या लेने आये थे। अब खाओ ठण्ड, मैं क्या करूँ ? जानते थे, मैं यहाँ हलुवा-पूरी खाने आ रहा हूँ, दौड़े-दौड़े आगे-आगे चले आये। अब रोओ नानी के नाम को।

जबरा ने पड़े-पड़े दुम हिलाई और अपनी कूँ-कूँ को दीर्घ बनाता हुआ एक बार जम्हाई लेकर चुप हो गया। उसकी श्वान-बुद्धि ने शायद ताड़ लिया, स्वामी को मेरी कूँ-कूँ से नींद नहीं आ रही है।

हल्कू ने हाथ निकालकर जबरा की ठंडी पीठ सहलाते हुए कहा—कल से मत आना मेरे साथ, नहीं तो ठंडे हो जाओगे। यह राँड पछुआ न जाने कहाँ से बरफ लिए आ रही है। उठूँ, फिर एक चिलम भरूँ। किसी तरह रात तो कटे ! आठ चिलम तो पी चुका। यह खेती का मजा है ! और एक-एक भागवान ऐसे पड़े हैं, जिनके पास जाड़ा जाय तो गर्मी से घबराकर भागे। मोटे-मोटे गद्दे, लिहाफ-कम्मल। मजाल है कि जाड़े का गुजर हो जाय। तकदीर की बखूबी है ! मजूरी हम करें, मजा दूसरे लूटें !

हल्कू उठा और गड्ढे में से जरा-सी आग निकालकर चिलम भरी। जबरा भी उठ बैठा।

हल्कू ने चिलम पीते हुए कहा, पियेगा चिलम, जाड़ा तो क्या जाता है, जरा मन बहल जाता है।

जबरा ने उसके मुँह की ओर प्रेम से छलकती हुई आँखों से देखा।

हल्कू—आज और जाड़ा खा ले। कल से मैं यहाँ पुआल बिछा दूँगा। उसी में घुसकर बैठना, तब जाड़ा न लगेगा।

जबरा ने अगले पंजे उसकी घुटनियों पर रख दिये और उसके मुँह के पास अपना मुँह ले गया। हल्कू को उसकी गर्म साँस लगी।

चिलम पीकर हल्कू फिर लेटा और निश्चय करके लेटा कि चाहे कुछ हो अबकी सो जाऊँगा, पर एक ही क्षण में उसके हृदय में कम्पन होने लगा। कभी इस करवट लेटता, कभी उस करवट; पर जाड़ा किसी पिशाच की भाँति उसकी छाती को दबाये हुए था।

जब किसी तरह न रहा गया तो उसने जबरा को धीरे से उठाया और उसके सिर को थपथपाकर उसे अपनी गोद में सुला लिया। कुत्ते की देह से जाने कैसी दुर्गंध आ रही थी, पर वह उसे अपनी गोद से चिपटाये हुए ऐसे सुख का अनुभव कर रहा था, जो इधर महीनों से उसे न मिला था। जबरा शायद समझ रहा था कि स्वर्ग यही है; और हल्कू की पवित्र आत्मा में तो उस कुत्ते के प्रति घृणा की गन्ध तक न थी। अपने किसी अभिन्न मित्र या भाई को भी वह इतनी ही तत्परता से गले लगाता। वह अपनी दीनता से आहत न था, जिसने आज उसे इस दशा को पहुँचा दिया। नहीं, इस अनोखी मैत्री ने जैसे उसकी आत्मा के सब द्वार खोल दिये थे और उसका एक-एक अणु प्रकाश से चमक रहा था।

सहसा जबरा ने किसी जानवर की आहट पाई। इस विशेष आत्मीयता ने उसमें एक नई स्फूर्ति पैदा कर दी थी, जो हवा के ठंडे झोकों को तुच्छ समझती थी। वह झपटकर उठा और छतरी के बाहर आकर भूँकने लगा। हल्कू ने उसे कई बार चुमकारकर बुलाया; पर वह उसके पास न आया। हार में चारों तरह दौड़-दौड़कर भूँकता रहा। एक क्षण के लिए आ भी जाता तो तुरंत ही फिर दौड़ता। कर्तव्य उसके हृदय में अरमान की भाँति उछल रहा था।

एक घंटा और गुजर गया। रात ने शीत को हवा से धधकाना शुरू किया। हल्कू उठ बैठा और दोनों घुटनों को छाती से मिलाकर सिर को उसमें छिपा लिया। फिर भी ठंड कम न हुई। ऐसा जान पड़ता था, सारा रक्त जम गया है, धमनियों में रक्त की जगह हिम बह रहा है। उसने झुककर आकाश की ओर देखा, अभी कितनी रात बाकी है। सप्तर्षि अभी आकाश में आधे भी नहीं चढ़े। ऊपर आ जायँगे तब कहीं सबेरा होगा। अभी पहर भर से ऊपर रात है।

हल्कू के खेत से कोई एक गोली के टप्पे पर आमों का बाग था। पतझड़ शुरू हो गई थी। बाग में पत्तियों का ढेर लगा हुआ था। हल्कू ने सोचा, चलकर पत्तियाँ बटोरूँ और उन्हें जलाकर खूब तापूँ। रात को कोई मुझे पत्तियाँ बटोरते देखे तो समझे कोई भूत है। कौन जाने कोई जानवर ही छिपा बैठा हो; मगर अब तो बैठे नहीं रहा जाता।

उसने पास के अरहर के खेत में जाकर कई पौधे उखाड़ लिए और उनका एक झाड़ू बनाकर हाथ में सुलगता हुआ उपला लिए बगीचे की तरफ चला। जबरा ने उसे आते देखा तो पास आया और दुम हिलाने लगा।

हल्कू ने कहा–अब तो नहीं रहा जाता जबरू ! चलो, बगीचे में पत्तियाँ बटोरकर तापें। टाँठे हो जायँगे, तो फिर आकर सोयेंगे। अभी तो रात बहुत है।

जबरा ने कूँ-कूँ करके सहमति प्रकट की और आगे-आगे बगीचे की ओर चला।

बगीचे में खूब अँधेरा छाया हुआ था और अन्धकार में निर्दय पवन पत्तियों को कुचलता हुआ चला जाता था। वृक्षों से ओस की बूँदें टप-टप नीचे टपक रही थीं।

एकाएक एक झोंका मेंहदी के फूलों की खुशबू लिए हुए आया।

हल्कू ने कहा–कैसी अच्छी महक आई जबरू ! तुम्हारी नाक में भी सुगन्ध आ रही है ?

जबरा को कहीं जमीन पर एक हड्डी पड़ी मिल गई थी। उसे वह चिचोड़ रहा था।

हल्कू ने आग जमीन पर रख दी और पत्तियाँ बटोरने लगा। जरा देर में पत्तियों का एक ढेर लग गया। हाथ ठिठुरे जाते थे। नंगे पाँव गले जाते थे और वह पत्तियों का पहाड़ खड़ा कर रहा था। इसी अलाव में वह ठंड को जलाकर भस्म कर देगा।

थोड़ी देर में अलाव जल उठा। उसकी लौ ऊपर वाले वृक्ष की पत्तियों को छू-छूकर भागने लगीं। उस अस्थिर प्रकाश में बगीचे के विशाल वृक्ष ऐसे मालूम होते थे, मानो उस अथाह अन्धकार को अपने सिरों पर सँभाले हुए हों। अन्धकार के उस अनन्त सागर में यह प्रकाश एक नौका के समान हिलता, मचलता हुआ जान पड़ता था।

हल्कू अलाव के सामने बैठा आग ताप रहा था। एक क्षण में उसने दोहर उतारकर बगल में दबा ली और दोनों पाँव फैला दिये, मानो ठंड को ललकार रहा हो, तेरे जी में जो आये सो कर। ठंड की असीम शक्ति पर विजय पाकर वह विजय-गर्व को हृदय में छिपा न सकता था।

उसने जबरा से कहा—क्यों जब्बर, अब ठंड नहीं लग रही है ?

जब्बर ने कूँ-कूँ करके मानो कहा—अब क्या ठंड लगती ही रहेगी।

'पहले से यह उपाय न सूझा, नहीं इतनी ठंड क्यों खाते।'

जबरा ने पूँछ हिलाई।

'अच्छा आओ, इस अलाव को कूद कर पार करें। देखें, कौन निकल जाता है। अगर जल गये बच्चा, तो मैं दवा न करूँगा।'

जबरा ने उस अग्निराशि की ओर कातर नेत्रों से देखा।

'मुन्नी से कल न कह देना नहीं तो लड़ाई करेगी।'

यह कहता हुआ वह उछला और अलाव के ऊपर से साफ निकल गया। पैरों में जरा लपट लगी; पर वह कोई बात न थी। जबरा आग के गिर्द घूमकर उसके पास आ खड़ा हुआ।

हल्कू ने कहा—चलो-चलो, इसकी सही नहीं। ऊपर से कूदकर आओ। वह फिर कूदा और अलाव के इस पार आ गया।

पत्तियाँ जल चुकी थीं। बगीचे में फिर अँधेरा छाया था। राख के नीचे कुछ-कुछ आग बाकी थी, जो हवा का झोंका आ जाने पर जरा जाग उठती थी; पर एक क्षण में फिर आँखें बन्द कर लेती थी।

हल्कू ने फिर चादर ओढ़ ली और गर्म राख के पास बैठा हुआ एक गीत गुनगुनाने लगा। उसके बदन में गर्मी आ गयी थी; पर ज्यों-ज्यों शीत बढ़ती जाती थी, उसे आलस्य दबाये लेता था।

जबरा जोर से भूँककर खेत की ओर भागा। हल्कू को ऐसा मालूम हुआ कि जानवरों का एक झुण्ड उसके खेत में आया है। शायद नीलगायों का झुण्ड था। उनके कूदने-दौड़ने की आवाजें साफ कान में आ रही थीं। फिर ऐसा मालूम हुआ कि वह खेत में चर रही हैं। उनके चबाने की आवाज चर-चर सुनायी देने लगी।

उसने दिल में कहा—नहीं, जबरा के होते कोई जानवर खेत में नहीं आ सकता। नोच ही डाले। मुझे भ्रम हो रहा है। कहाँ ! अब तो कुछ नहीं सुनायी देता। मुझे भी कैसा धोखा हुआ।

उसने जोर से आवाज लगायी—जबरा, जबरा।

जबरा भूँकता रहा। उसके पास न आया।

फिर खेत के चरे जाने की आहट मिली। अब वह अपने को धोखा न दे सका। उसे अपनी जगह से हिलना जहर लग रहा था। कैसा दंदाया हुआ था। इस जाड़े-पाले में खेत में जाना, जानवरों के पीछे दौड़ना असूझ जान बैठा पड़ा। वह अपनी जगह से न हिला।

उसने जोर से आवाज लगायी–लिहो-लिहो ! लिहो !!

जबरा भूँक उठा। जानवर खेत चर रहे थे। फसल तैयार है। कैसी अच्छी खेती थी; पर ये दुष्ट जानवर उसका सर्वनाश किये डालते हैं।

हल्कू पक्का इरादा करके उठा और दो-तीन कदम चला; पर एकाएक हवा का ऐसा ठण्डा, चुभनेवाला, बिच्छू के डंक का-सा झोंका लगा कि वह फिर बुझते हुए अलाव के पास आ बैठा और राख को कुरेदकर अपनी ठण्डी देह को गर्माने लगा।

जबरा अपना गला फाड़े डालता था, नीलगायें खेत का सफाया किये डालती थीं और हल्कू गर्म राख के पास शांत बैठा हुआ था। अकर्मण्यता ने रस्सियों की भाँति उसे चारों तरफ से जकड़ रखा था।

उसी राख के पास गर्म जमीन पर वह चादर ओढ़कर सो गया।

सबेरे जब उसकी नींद खुली, तब चारों तरफ धूप फैल गयी थी और मुन्नी कह रही थी–क्या आज सोते ही रहोगे ? तुम यहाँ आकर रम गये और उधर सारा खेत चौपट हो गया।

हल्कू ने उठकर कहा–क्या तू खेत से होकर आ रही है?

मुन्नी बोली–हाँ, सारे खेत का सत्यानाश हो गया। भला ऐसा भी कोई सोता है ! तुम्हारे मड़ैया डालने से क्या हुआ?

हल्कू ने बहाना किया–मैं मरते-मरते बचा, तुझे अपने खेत की पड़ी है। पेट में ऐसा दरद हुआ, कि मैं ही जानता हूँ।

दोनों फिर खेत की डाँड़ पर आये। देखा, सारा खेत रौंदा पड़ा हुआ है और जबरा मड़ैया के नीचे चित लेटा है; मानो प्राण ही न हों।

दोनों खेत की दशा देख रहे थे। मुन्नी के मुख पर उदासी छाई थी। पर हल्कू प्रसन्न था।

मुन्नी ने चिंतित होकर कहा–अब मजूरी करके मालगुजारी भरनी पड़ेगी।

हल्कू ने प्रसन्न-मुख से कहा–रात की ठण्ड में यहाँ सोना तो न पड़ेगा।

8

झाँकी

कई दिनों से घर में कलह मचा हुआ था। माँ अलग मुँह फुलाये बैठी थी, स्त्री अलग। घर की वायु में जैसे विष भरा हुआ था। रात को भोजन नहीं बना, दिन को मैंने स्टोव पर खिचड़ी डाली; पर खाया किसी ने नहीं। बच्चों को भी आज भूख न थी। छोटी लड़की कभी मेरे पास आकर खड़ी हो जाती, कभी माता के पास, कभी दादी के पास; पर कहीं उसके लिए प्यार की बातें न थीं। कोई उसे गोद में न उठाता, मानो उसने भी कोई अपराध किया हो। लड़का शाम को स्कूल से आया। किसी ने उसे कुछ खाने को न दिया, न उससे बोला, न कुछ पूछा। दोनों बरामदे में मन मारे बैठे हुए थे, शायद सोच रहे थे—घर में आज क्यों लोगों के हृदय उनसे इतने फिर गये हैं। भाई-बहन दिन में कितनी ही बार लड़ते हैं, रोना-पीटना भी कई बार हो जाता है; पर ऐसा कभी नहीं होता कि घर में खाना न पके या कोई किसी से बोले नहीं ! यह कैसा झगड़ा है कि चौबीस घण्टे गुजर जाने पर भी शान्त नहीं होता, यह शायद उसकी समझ में न आता था।

झगड़े की जड़ कुछ न थी। अम्माँ ने मेरी बहन के घर तीज भेजने के लिए जिन सामानों की सूची लिखाई, वह पत्नीजी को घर की स्थिति देखते हुए अधिक मालूम हुई। अम्माँ खुद समझदार हैं। उन्होंने थोड़ी-बहुत काट-छाँट कर दी थी; लेकिन पत्नीजी के विचार में और काट-छाँट होनी चाहिए थी। पाँच साड़ियों की जगह तीन रहें, तो क्या बुराई है। खिलौने इतने क्या होंगे, इतनी मिठाई की क्या जरूरत ! उनका कहना था—जब रोजगार में कुछ मिलता नहीं; दैनिक कार्यों में खींचतान करनी पड़ती है, दूध-घी के बजट में तखलीफ हो गयी, तो फिर तीज में क्यों इतनी उदारता

की जाय ? पहले घर में दिया जलाकर तब मसजिद में जलाते हैं। यह नहीं कि मसजिद में तो दिया जला दें और घर में अँधेरा पड़ा रहे। इसी बात पर सास-बहू में तकरार हो गयी, फिर शाखें फूट निकलीं। बात कहाँ-से-कहाँ जा पहुँची, गड़े हुए मुरदे उखाड़े गये। अन्योक्तियों की बारी आई, व्यंग्य का दौर शुरू हुआ और मौनालंकार पर समाप्त हो गया।

मैं बड़े संकट में था। अगर अम्माँ की तरफ से कुछ कहता हूँ, तो पत्नी जी रोना-धोना शुरू करती हैं, अपने नसीबों को कोसने लगती हैं; पत्नी की-सी कहता हूँ तो जन-मुरीद की उपाधि मिलती है। इसलिए बारी-बारी से दोनों पक्षों का समर्थन करता जाता था; पर स्वार्थवश मेरी सहानुभूति पत्नी के साथ ही थी। मेरे सिनेमा का बजट इधर साल-भर से बिलकुल गायब हो गया था; पान-पत्ते के खर्च में भी कमी करनी पड़ी थी, बाजार की सैर बन्द हो गयी थी। खुलकर तो अम्माँ से कुछ न कह सकता था; पर दिल में समझ रहा था कि ज्यादती इन्हीं की है। दुकान का यह हाल है कि कभी-कभी बोहनी भी नहीं होती। असामियों से टका वसूल नहीं होता, तो इन पुरानी लकीरों को पीटकर क्यों अपनी जान संकट में डाली जाय।

बार-बार गृहस्थी के जंजाल में तबीयत झुँझलाती थी। घर में तीन तो प्राणी हैं और उनमें भी प्रेम-भाव नहीं। ऐसी गृहस्थी में आग लगा देनी चाहिए। कभी-कभी ऐसी सनक सवार हो जाती थी कि सबको छोड़-छाड़कर कहीं भाग जाऊँ। जब अपने सिर पड़ेगी, तब इनको होश आयेगा। तब मालूम होगा कि गृहस्थी कैसे चलती है। क्या जानता था कि यह विपत्ति झेलनी पड़ेगी, नहीं विवाह का नाम ही न लेता। तरह-तरह के कुत्सित भाव मन में आ रहे थे। कोई बात नहीं, अम्माँ मुझे परेशान करना चाहती हैं। बहू उनके पाँव नहीं दबाती, उनके सिर में तेल नहीं डालती, तो इसमें मेरा क्या दोष ? मैंने उसे मना तो नहीं कर दिया। मुझे तो सच्चा आनन्द होगा; यदि सास-बहू में इतना प्रेम हो जाय; लेकिन यह मेरे वश की बात तो नहीं कि दोनों में प्रेम डाल दूँ। अगर अम्माँ ने अपनी सास की साड़ी धोई है, उनके पाँव दबाये हैं, उनकी घुड़कियाँ खायी हैं, तो आज वह पुराना हिसाब बहू से क्यों चुकाना चाहती हैं ? उन्हें क्यों दिखायी नहीं देता कि अब समय बदल गया है। बहुएँ अब भयवश सास की गुलामी नहीं करतीं। प्रेम से चाहे उनके सिर के बाल नोच लो; लेकिन जो रोब दिखाकर उन पर शासन करना चाहा, तो वह दिन लद गये।

सारे शहर में जन्माष्टमी का उत्सव हो रहा था। मेरे घर में संग्राम छिड़ा हुआ था। संध्या हो गयी थी; पर सारा घर अँधेरा पड़ा था। नहूसत छाई हुई थी। मुझे अपनी

पत्नी पर क्रोध आया। लड़ती हो, लड़ो; लेकिन घर में अँधेरा क्यों रखा है। जाकर कहा—क्या आज घर में चिराग न जलेंगे ?

पत्नी ने मुँह फुलाकर कहा—जला क्यों नहीं लेते। तुम्हारे हाथ नहीं हैं ?

मेरी देह में आग लग गयी। बोला—तो क्या जब तुम्हारे चरण नहीं आये थे, तब घर में चिराग न जलते थे ?

अम्माँ ने आग को हवा दी—नहीं तब सब लोग अँधेरे ही में पड़े रहते थे।

पत्नीजी को अम्माँ की इस टिप्पणी ने जामे से बाहर कर दिया। बोलीं—जलाते होंगे मिट्टी की कुप्पी ! लालटेन तो मैंने नहीं देखी। मुझे भी इस घर में आये दस साल हो गये।

मैंने डाँटा—अच्छा चुप रहो, बहुत बढ़ो नहीं।

'ओ हो ! तुम ऐसा डाँट रहे हो, जैसे मुझे मोल लाये हो !'

'मैं कहता हूँ, चुप रहो !'

'क्यों चुप रहूँ। अगर एक कहोगे, तो दो सुनोगे !'

'इसी का नाम पतिव्रत है।'

'जैसा मुँह होता है, वैसे ही बीड़े मिलते हैं !'

मैं परास्त होकर बाहर चला आया और अँधेरी कोठरी में बैठा हुआ, उस मनहूस घड़ी को कोसने लगा, जब इस कुलच्छनी से मेरा विवाह हुआ था। इस अन्धकार में भी दस साल का जीवन सिनेमा-चित्रों की भाँति मेरे स्मृति-नेत्रों के सामने दौड़ गया। उसमें कहीं प्रकाश की झलक न थी, कहीं स्नेह की मृदुता न थी।

सहसा मेरे मित्र पण्डित जयदेवजी ने द्वार पर पुकारा—अरे, आज यह अँधेरा क्यों कर रखा है जी ? कुछ सूझता ही नहीं। कहाँ हो ?

मैंने कोई जवाब न दिया। सोचा—यह आज कहाँ से आकर सिर पर सवार हो गये।

जयदेव ने फिर पुकारा—अरे कहाँ हो भाई ? बोलते क्यों नहीं ? कोई घर में है या नहीं ?

कहीं से कोई जवाब न मिला।

जयदेव ने द्वार को इतनी जोर से झँझोड़ा कि मुझे भय हुआ, कहीं दरवाजा चौखट-बाजू समेत गिर न पड़े। फिर भी मैं बोला नहीं। उनका आना खल रहा था।

जयदेव चले गये। मैंने आराम की साँस ली। बारे शैतान टला, नहीं घण्टों सिर खाता है।

मगर पाँच ही मिनट में फिर किसी के पैरों की आहट मिली और अबकी टार्च के तीव्र प्रकाश से मेरा सारा कमरा भर उठा। जयदेव ने मुझे बैठे देखकर कुतूहल से पूछा—तुम कहाँ गये थे जी ? घण्टों चीखा, किसी ने जवाब तक न दिया। यह आज क्या मामला है ! चिराग क्यों नहीं जले ?

मैंने बहाना किया—क्या जाने, मेरे सिर में दर्द था, दूकान से आकर लेटा तो नींद आ गयी।

'और सोये तो घोड़ा बेचकर, मुर्दों से शर्त लगाकर ?'

'हाँ यार, नींद आ गयी।'

'मगर घर में चिराग तो जलाना चाहिए। या उनका retrenchment कर दिया ?'

'आज घर में लोग व्रत से हैं। न हाथ खाली होगा।'

'खैर चलो, कहीं झाँकी देखने चलते हो ? सेठ घूरेलाल के मन्दिर में ऐसी झाँकी बनी है कि देखते ही बनता है। ऐसे शीशे और बिजली के सामान सजाये हैं कि आँखें झपक उठती हैं। अशोक के स्तम्भों में लाल-हरी-नीली बत्तियों की अनोखी बहार है। सिंहासन के ठीक सामने ऐसा फौवारा लगाया है कि उसमें से गुलाबजल की फुहारें निकलती हैं। मेरा तो चोला मस्त हो गया। सीधे तुम्हारे पास दौड़ा आ रहा हूँ। बहुत झाँकियाँ देखी होंगी तुमने, लेकिन यह और ही चीज है। आलम फटा पड़ता है। सुनते हैं, दिल्ली से कोई चतुर कारीगर आया है। उसी की यह करामात है।'

मैंने उदासीन भाव से कहा—मेरी तो जाने की इच्छा नहीं है भाई। सिर में जोर का दर्द है।

'तब तो जरूर चलो भाई। दर्द भाग न जाय तो कहना।'

'तुम तो यार बहुत दिक करते हो। इसी मारे मैं चुपचाप पड़ा था कि किसी तरह यह बला टले; लेकिन तुम सिर पर सवार ही हो गये। कह दिया—मैं न जाऊँगा।'

'और मैंने कह दिया—मैं जरूर ले जाऊँगा।'

मुझ पर विजय पाने का मेरे मित्रों को बहुत आसान नुस्खा याद है। यों हाथापाई, धींगा-मुश्ती, धौल-धप्पा में किसी से पीछे रहने वाला नहीं हूँ; लेकिन किसी ने मुझे गुदगुदाया और मैं परास्त हुआ। फिर मेरी कुछ नहीं चलती। मैं हाथ जोड़ने लगता हूँ, घिघियाने लगता हूँ और कभी-कभी रोने लगता हूँ। जयदेव ने वही नुस्खा आज़माया और उसकी जीत हो गयी। सन्धि की यह शर्त ठहरी कि मैं चुपके से झाँकी देखने चला चलूँ।

सेठ घूरेलाल उन आदमियों में हैं, जिनका प्रातः को नाम ले लो, तो दिन भर भोजन न मिले। उनके मक्खीचूसपने की सैकड़ों ही दंतकथाएँ नगर में प्रचलित हैं। कहते हैं कि एक बार मारवाड़ का एक भिखारी उनके द्वार पर डट गया कि भिक्षा लेकर ही जाऊँगा। सेठजी भी अड़ गये थे कि भिक्षा न दूँगा, चाहे कुछ हो। मारवाड़ी उन्हीं के देश का था। कुछ देर तो उनके पूर्वजों का बखान करता रहा; फिर उनकी निन्दा करने लगा, अन्त में द्वार पर लेट रहा। सेठजी ने रत्ती-भर परवाह न की। भिक्षुक भी अपनी धुन का पक्का था। सात दिन द्वार पर बे-दाना-पानी पड़ा रहा और अन्त में वहीं पर मर गया। तब सेठजी पसीजे और उसकी क्रिया इतनी धूम-धाम से की कि बहुत कम किसी ने की होगी। एक लाख ब्राह्मणों को भोजन कराया और लाख ही उन्हें दक्षिणा में दिया। भिक्षुक का सत्याग्रह सेठजी के लिए वरदान हो गया। उनके अन्तःकरण में भक्ति का जैसे स्रोत खुल गया। अपनी सारी सम्पत्ति धर्मार्थ अर्पण कर दी।

हम लोग ठाकुरद्वारे में पहुँचे, तो दर्शकों की भीड़ लगी हुई थी। कंधे-से-कंधा छिलता था। आने और जाने के मार्ग अलग थे, फिर भी हमें आध घण्टे के बाद भीतर जाने का अवसर मिला। जयदेव सजावट देख-देखकर लोट-पोट हुए जाते थे; पर मुझे ऐसा मालूम होता था कि इस बनावट और सजावट के मेले में कृष्ण की आत्मा कहीं खो गयी है। उनकी वह रत्न-जटित, बिजली से जगमगाती मूर्ति देखकर मेरे मन में ग्लानि उत्पन्न हुई। इस रूप में भी प्रेम का निवास हो सकता है ? हमने तो रत्नों में दर्प और अहंकार ही भरा देखा है। मुझे उस वक्त यह याद न रही, कि यह एक करोड़पति सेठ का मन्दिर है और धनी मनुष्य धन में लोटने वाले ईश्वर ही की कल्पना कर सकता है। धनी ईश्वर में ही उनकी श्रद्धा हो सकती है। जिसके पास धन नहीं, वह उनकी दया का पात्र हो सकता है, श्रद्धा का कदापि नहीं।

मन्दिर में जयदेव को सभी जानते हैं। उन्हें तो सभी जगह सभी जानते हैं। मन्दिर के आँगन में संगीत-मण्डली बैठी हुई थी। केलकरजी अपने गंधर्व-विद्यालय के कई शिष्यों के साथ तंबूरा लिए बैठे थे। पखावज, सितार, सरोद, वीणा और जाने कौन-कौन से बाजे, जिनके नाम भी मैं नहीं जानता, उनके शिष्यों के पास थे। कोई गीत बजाने की तैयारी हो रही थी। जयदेव को देखते ही केलकरजी ने पुकारा। मैं भी तुफैल में जा बैठा। एक क्षण में गीत शुरू हुआ। समाँ बँध गया। जहाँ इतना शोरगुल था कि तोप की आवाज भी न सुनायी देती, वहाँ जैसे मार्धुय के उस प्रवाह ने सब किसी को अपने में डुबा लिया। जो जहाँ था, वहीं मंत्र-मुग्ध-सा खड़ा था। मेरी कल्पना कभी इतनी सचित्र और सजीव न थी। मेरे सामने न वह बिजली की चकाचौंध थी, न वह रत्नों की जगमगाहट, न वह भौतिक

विभूतियों का समारोह। मेरे सामने वही यमुना का तट था, गुल्म-लताओं का घूँघट मुँह पर डाले हुए। वही मोहिनी गउएँ थीं, वही गोपियों की जल-क्रीड़ा, वही वंशी की मधुर ध्वनि, वही शीतल चाँदनी और वही प्यारा नन्द किशोर ! जिसकी मुख-छवि में प्रेम और वात्सल्य की ज्योति थी, जिसके दर्शनों ही से हृदय निर्मल हो जाते थे।

मैं इसी आनन्द-विस्मृति की दशा में था, कि कंसर्ट बन्द हो गया और आचार्य केलकर के एक किशोर शिष्य ने धुरपद अलापना शुरू किया। कलाकारों की आदत है कि वह शब्दों को कुछ इस तरह तोड़-मरोड़ देते हैं कि अधिकांश सुननेवालों की समझ में नहीं आता, कि क्या गा रहे हैं। इस गीत का एक शब्द भी मेरी समझ में न आया; लेकिन कण्ठ-स्वर में कुछ ऐसा मादकता भरा लालित्य था कि प्रत्येक स्वर मुझे रोमांचित कर देता था। कंठ-स्वर में इतनी जादू-भरी शक्ति है, इसका मुझे आज कुछ अनुभव हुआ। मन में एक नये संसार की सृष्टि होने लगी, जहाँ आनन्द-ही-आनन्द, प्रेम-ही-प्रेम, त्याग-ही-त्याग है। ऐसा जान पड़ा, दुःख केवल चित्त की वृत्ति है, सत्य है केवल आनन्द। एक स्वच्छ करुणा-भरी कोमलता, जैसे मन को मसोसने लगी। ऐसी भावना मन में उठी कि वहाँ जितने सज्जन बैठे हुए थे, सब मेरे अपने हैं, अभिन्न हैं। फिर अतीत के गर्भ में मेरे भाई की स्मृति-मूर्ति निकल आई। मेरा छोटा भाई बहुत दिन हुए, मुझसे लड़कर घर की जमा-जथा लेकर रंगून भाग गया था और वहीं उसका देहान्त हो गया था। उसके पाशविक व्यवहारों को याद करके मैं उन्मत्त हो उठता था। उसे जीता पा जाता, तो शायद उसका खून पी जाता; पर इस समय उस स्मृति-मूर्ति को देखकर मेरा मन जैसे मुखरित हो उठा। मैं उसे आलिंगन करने के लिए व्याकुल हो गया। उसने मेरे साथ, मेरी स्त्री के साथ, माता के साथ, मेरे बच्चों के साथ जो-जो कटु, नीच और घृणास्पद व्यवहार किये थे, वह सब मुझे भूल गये। मन में केवल यही भावना थी—मेरा भैया कितना दुःखी है। मुझे इस भाई के प्रति कभी इतनी ममता न हुई थी, फिर तो मन की वह दशा हो गई, जिसे विह्वलता कह सकते हैं। शत्रु-भाव जैसे मन से मिट गया हो। जिन-जिन प्राणियों से मेरा बैर-भाव था, जिनसे गाली-गलौज, मारपीट, मुकदमेबाजी सब कुछ हो चुकी थी, वह सभी जैसे मेरे गले में लिपट-लिपट कर हँस रहे थे ! फिर विद्या (पत्नी) की मूर्ति मेरे सामने आ खड़ी हुई—वह मूर्ति जिसे दस साल पहले मैंने देखा था—उन आँखों में वही विकल कम्पन था, वही संदिग्ध विश्वास, कपोलों पर वही लज्जा-लालिमा, जैसे प्रेम के सरोवर से निकला हुआ कोई कमल-पुष्प हो। वही अनुराग, वही आवेश, वही उन्माद, वही याचना-भरी उत्सुकता; जिससे मैंने उस न भूलने वाली रात को उसका स्वागत किया

था, एक बार फिर मेरे हृदय में जाग उठी। मधुर स्मृतियों का जैसे स्रोत-सा खुल गया। जी ऐसा तड़पा कि इसी समय जाकर विद्या के चरणों पर सिर रगड़कर रोऊँ और रोते-रोते बेसुध हो जाऊँ। मेरी आँखें सजल हो गयीं। मेरे मुँह से जो कटु शब्द निकले थे, वह सब जैसे मेरे ही हृदय में गड़ने लगे ! इसी दशा में, जैसी ममतामयी माता ने आकर मुझे गोद में उठा लिया। बालपन में जिस वात्सल्य का आनन्द उठाने की मुझमें शक्ति न थी वह आनन्द आज मैंने उठाया।

गाना बन्द हो गया। सब लोग उठ-उठकर जाने लगे। मैं कल्पना-सागर में ही डूबा बैठा रहा।

9

गुल्ली-डण्डा

हमारे अंग्रेजीदाँ दोस्त मानें या न मानें, मैं तो यही कहूँगा कि गुल्ली-डण्डा सब खेलों का राजा है। अब भी कभी लड़कों को गुल्ली-डण्डा खेलते देखता हूँ, तो जी लोट-पोट हो जाता है कि इनके साथ जाकर खेलने लगूँ। न लॉन की जरूरत, न कोर्ट की, न नेट की, न थापी की। मजे से किसी पेड़ की एक टहनी काट ली, गुल्ली बना ली और दो आदमी भी आ गये; तो खेल शुरू हो गया। विलायती खेलों में सबसे बड़ा ऐब है कि उनके सामान महँगे होते हैं। जब तक कम-से-कम एक सैकड़ा न खर्च कीजिए, खिलाड़ियों में शुमार ही नहीं हो सकता। यह गुल्ली-डण्डा है कि बिना हर्र-फिटकरी के चोखा रंग देता है; पर हम अंग्रेजी चीजों के पीछे ऐसे दीवाने हो रहे हैं कि अपनी सभी चीजों से अरुचि हो गयी है। हमारे स्कूलों में हरेक लड़के से तीन-चार रुपये सालाना केवल खेलने की फीस ली जाती है। किसी को यह नहीं सूझता कि भारतीय खेल खेलायें; जो बिना दाम-कौड़ी के खेले जाते हैं। अंग्रेजी खेल उनके लिए है, जिनके पास धन है। गरीब लड़कों के सिर क्यों यह व्यसन मढ़ते हो। ठीक है, गुल्ली से आँख फूट जाने का भय रहता है। तो क्या क्रिकेट से सिर फूट जाने, तिल्ली फट जाने, टाँग टूट जाने का भय नहीं रहता ? अगर हमारे माथे में गुल्ली का दाग आज तक बना हुआ है, तो हमारे कई दोस्त ऐसे भी हैं, जो थापी को बैसाखी से बदल बैठे। ख़ैर, यह अपनी-अपनी रुचि है। मुझे गुल्ली ही सब खेलों से अच्छी लगती है और बचपन की मीठी स्मृतियों में गुल्ली ही सबसे मीठी है। वह प्रातःकाल घर से निकल जाना, वह पेड़ पर चढ़कर टहनियाँ काटना और गुल्ली-डण्डे बनाना, वह उत्साह, वह लगन, वह खिलाड़ियों के जमघटे, वह पदना और पदाना;

वह लड़ाई-झगड़े, वह सरल स्वभाव, जिसमें छूत-अछूत, अमीर-गरीब का बिलकुल भेद न रहता था, जिसमें अमीराना चोचलों की, प्रदर्शन की, अभिमान की गुंजाइश ही न थी, यह उसी वक्त भूलेगा जब...घरवाले बिगड़ रहे हैं, पिताजी चौके पर बैठे वेग से रोटियों पर अपना क्रोध उतार रहे हैं, अम्माँ की दौड़ केवल द्वार तक है, लेकिन उनकी विचारधारा में मेरा अंधकारमय भविष्य टूटी हुई नौका की तरह डगमगा रहा है और मैं हूँ कि पदाने में मस्त हूँ, न नहाने की सुधि है, न खाने की। गुल्ली है तो जरा-सी; पर उसमें दुनिया भर की मिठाइयों की मिठास और तमाशों का आनन्द भरा हुआ है।

मेरे हमजोलियों में एक लड़का गया नाम का था। मुझसे दो-तीन साल बड़ा होगा। दुबला, लम्बा, बन्दरों की-सी लम्बी-लम्बी पतली-पतली उँगलियाँ, बन्दरों की-सी ही चपलता, वही झल्लाहट। गुल्ली कैसी हो, उस पर इस तरह लपकता था; जैसे छिपकली कीड़ों पर लपकती है। मालूम नहीं उसके माँ-बाप थे या नहीं, कहाँ रहता था, क्या खाता था; पर था हमारे गुल्ली-क्लब का चैम्पियन। जिसकी तरफ वह आ जाय, उसकी जीत निश्चित थी ! हम सब उसे दूर से आते देख, उसका दौड़कर स्वागत करते थे और उसे अपना गोइयाँ बना लेते थे।

एक दिन हम और गया दो ही खेल रहे थे। वह पदा रहा था, मैं पद रहा था; मगर कुछ विचित्र बात है कि पदाने में हम दिन भर मस्त रह सकते हैं, पदना एक मिनट का भी अखरता है। मैंने गला छुड़ाने के लिए सब चालें चलीं, जो ऐसे अवसर पर शास्त्र-विहित न होने पर भी क्षम्य हैं, लेकिन गया अपना दाँव लिए बगैर मेरा पिण्ड न छोड़ता था।

अनुनय-विनय का कोई असर न हुआ। मैं घर की ओर भागा।

गया ने मुझे दौड़कर पकड़ लिया और डण्डा तानकर बोला—मेरा दाँव देकर जाओ। पदाया तो बड़े बहादुर बनके, पदने की बेर क्यों भागे जाते हो ?

'तुम दिन भर पदाओ तो मैं दिन भर पदता रहूँ ?'

'हाँ, तुम्हें दिन भर पदना पड़ेगा।'

'न खाने जाऊँ न पीने जाऊँ ?'

'हाँ, मेरा दाँव दिये बिना कहीं नहीं जा सकते।'

'मैं तुम्हारा गुलाम हूँ ?'

'हाँ, मेरे गुलाम हो।'

'मैं घर जाता हूँ, देखूँ मेरा क्या कर लेते हो ?'

'घर कैसे जाओगे, कोई दिल्लगी है ? दाँव दिया है, दाँव लेंगे।'

'अच्छा, कल मैंने तुम्हें अमरूद खिलाया था। वह लौटा दो।'

'वह तो पेट में चला गया।'

'निकालो पेट से। तुमने क्यों खाया मेरा अमरूद ?'

'अमरूद तुमने दिया, तब मैंने खाया। तुमसे माँगने न गया था।'

'जब तक मेरा अमरूद न दोगे, मैं दाँव न दूँगा।'

मैं समझता था, न्याय मेरी ओर है। आखिर मैंने किसी स्वार्थ से ही उसे अमरूद खिलाया होगा। कौन निःस्वार्थ किसी के साथ सलूक करता है। भिक्षा तक तो स्वार्थ के लिए ही देते हैं। जब गया ने अमरूद खाया, तो फिर उसे मुझसे दाँव लेने का क्या अधिकार है ? रिश्वत देकर तो लोग खून पचा जाते हैं। यह मेरा अमरूद यों ही हजम कर जायगा ? अमरूद पैसे के पाँच वाले थे, जो गया के बाप को भी नसीब न होंगे। यह सरासर अन्याय था।

गया ने मुझे अपनी ओर खींचते हुए कहा–मेरा दाँव देकर जाओ, अमरूद-समरूद मैं नहीं जानता।

मुझे न्याय का बल था। वह अन्याय पर डटा हुआ था। मैं हाथ छुड़ाकर भागना चाहता था। वह मुझे जाने न देता था ! मैंने गाली दी; उसने उससे कड़ी गाली दी और गाली नहीं, दो-एक चाँटा जमा दिया। मैंने उसे दाँत काट लिया। उसने मेरी पीठ पर डण्डा जमा दिया। मैं रोने लगा। गया मेरे इस अस्त्र का मुकाबला न कर सका। भागा। मैंने तुरन्त आँसू पोंछ डाले, डंडे की चोट भूल गया और हँसता हुआ घर में जा पहुँचा ! मैं थानेदार का लड़का एक नीच जात के लौंडे के हाथों पिट गया, यह मुझे उस समय भी अपमानजनक मालूम हुआ; लेकिन घर में किसी से शिकायत न की।

उन्हीं दिनों पिताजी का वहाँ से तबादला हो गया। नई दुनिया देखने की खुशी में ऐसा फूला कि अपने हमजोलियों से बिछुड़ जाने का बिलकुल दुःख न हुआ। पिताजी दुःखी थे। यह बड़ी आमदनी की जगह थी। अम्माँजी भी दुःखी थीं, यहाँ सब चीजें सस्ती थीं और मुहल्ले की स्त्रियों से घराव-सा हो गया था, लेकिन मैं मारे खुशी के फूला न समाता था। लड़कों से जीट उड़ा रहा था, वहाँ ऐसे घर थोड़े ही होते हैं। ऐसे-ऐसे ऊँचे घर हैं कि आसमान से बातें करते हैं। वहाँ के अंग्रेजी स्कूल में कोई मास्टर लड़कों को पीटे, तो उसे जेहल हो जाय। मेरे मित्रों की फैली हुई आँखें और चकित-मुद्रा बतला रही थीं कि मैं उनकी निगाह में कितना ऊँचा उठ गया हूँ। बच्चों में मिथ्या को सत्य बना लेने की वह शक्ति है, जिसे हम, जो सत्य को मिथ्या बना लेते हैं, क्या समझेंगे। उन बेचारों को मुझसे कितनी स्पर्द्धा हो रही थी। मानो कह

रहे थे—तुम भाग्यवान हो भाई, जाओ हमें तो इस ऊजड़ ग्राम में जीना भी है और मरना भी।

बीस साल गुजर गये। मैंने इंजीनियरी पास की और उसी जिले का दौरा करता हुआ, उसी कस्बे में पहुँचा और डाकबँगले में ठहरा। उस स्थान को देखते ही इतनी मधुर बाल-स्मृतियाँ हृदय में जाग उठीं कि मैंने छड़ी उठाई और कस्बे की सैर करने निकला। आँखें किसी प्यासे पथिक की भाँति बचपन के उन क्रीड़ा-स्थलों को देखने के लिए व्याकुल हो रही थीं; पर उस परिचित नाम के सिवा वहाँ और कुछ परिचित न था। जहाँ खँडहर था, पक्के मकान खड़े थे। जहाँ बरगद का पुराना पेड़ था; वहाँ अब एक सुन्दर बगीचा था। स्थान का काया-पलट हो गया था। अगर उसके नाम और स्थिति का ज्ञान न होता, तो मैं इसे पहचान भी न सकता। बचपन की संचित और अमर स्मृतियाँ बाँहें खोले अपने उन पुराने मित्रों से गले मिलने को अधीर हो रही थीं; मगर वह दुनिया बदल गयी थी। ऐसा जी होता था कि उस धरती से लिपटकर रोऊँ और कहूँ, तुम मुझे भूल गयीं। मैं तो अब भी तुम्हारा वही रूप देखना चाहता हूँ।

सहसा एक खुली हुई जगह में मैंने दो-तीन लड़कों को गुल्ली-डण्डा खेलते देखा। एक क्षण के लिए मैं अपने को बिलकुल भूल गया। भूल गया कि मैं एक ऊँचा अफसर हूँ, साहबी ठाठ में, रौब और अधिकार के आवरण में।

जाकर एक लड़के से पूछा—क्यों बेटे, यहाँ कोई गया नाम का आदमी रहता है ?

एक लड़के ने गुल्ली-डण्डा समेटकर सहमे हुए स्वर में कहा—कौन गया ? गया चमार ?

मैंने यों ही कहा—हाँ-हाँ, वही। गया नाम का कोई आदमी है तो। शायद वही हो।

'हाँ, है तो।'

'जरा उसे बुला ला सकते हो ?'

लड़का दौड़ा हुआ गया और एक क्षण में एक पाँच हाथ के काले देव को साथ लिए आता दिखाई दिया। मैं दूर ही से पहचान गया। उसकी ओर लपकना चाहता था कि उसके गले लिपट जाऊँ; पर कुछ सोचकर रह गया। बोला—कहो गया, मुझे पहचानते हो ?

गया ने झुककर सलाम किया—हाँ मालिक, भला पहचानूँगा क्यों नहीं ? आप मजे में रहे ?

'बहुत मजे में। तुम अपनी कहो ?'

'डिप्टी साहब का साईस हूँ।'

'मतई, मोहन, दुर्गा यह सब कहाँ हैं ? कुछ खबर है ?'

'मतई तो मर गया, दुर्गा और मोहन दोनों डाकिये हो गये हैं, आप ?'

'मैं तो जिले का इन्जीनियर हूँ ?'

'सरकार तो पहले ही बड़े जहीन थे।'

'अब कभी गुल्ली-डण्डा खेलते हो ?'

गया ने मेरी ओर प्रश्न की आँखों से देखा—अब गुल्ली-डण्डा क्या खेलूँगा सरकार, अब तो पेट के धंधे से छुट्टी नहीं मिलती।

आओ, आज हम तुम खेलें। तुम पदाना, हम पदेंगे। तुम्हारा एक दाँव हमारे ऊपर है। वह आज ले लो।

गया बड़ी मुश्किल से राजी हुआ। वह ठहरा टके का मजदूर, मैं एक बड़ा अफसर। हमारा और उसका क्या जोड़ ? बेचारा झेंप रहा था; लेकिन मुझे भी कुछ कम झेंप न थी; इसलिए नहीं कि मैं गया के साथ खेलने जा रहा था; बल्कि इसलिए कि लोग इस खेल को अजूबा समझकर इसका तमाशा बना लेंगे और अच्छी-खासी भीड़ लग जायगी। उस भीड़ में वह आनन्द कहाँ रहेगा; पर खेले बगैर तो रहा नहीं जाता था। आखिर निश्चय हुआ कि दोनों जने बस्ती से दूर जाकर एकान्त में खेलें। वहाँ कौन कोई देखनेवाला बैठा होगा। मजे से खेलेंगे और बचपन की उस मिठाई को खूब रस ले-लेकर खायेंगे। मैं गया को लेकर डाकबँगले पर आया और मोटर में बैठकर दोनों मैदान की ओर चले। साथ में एक कुल्हाड़ी ले ली। मैं गंभीर भाव धारण किये हुए था, लेकिन गया इसे अभी तक मजाक ही समझ रहा था। फिर भी उसके मुख पर उत्सुकता या आनन्द का कोई चिह्न न था। शायद वह हम दोनों में जो अन्तर हो गया था, वह सोचने में मगन था।

मैंने पूछा—तुम्हें कभी हमारी याद आयी थी गया ? सच कहना।

गया झेंपता हुआ बोला—मैं आपको क्या याद करता हुजूर, किस लायक हूँ। भाग में आपके साथ कुछ दिन खेलना बदा था, नहीं मेरी क्या गिनती।

मैंने कुछ उदास होकर कहा—लेकिन मुझे तो बराबर तुम्हारी याद आती थी। तुम्हारा वह डण्डा, जो तुमने तानकर जमाया था, याद है न ?

गया ने पछताते हुए कहा—वह लड़कपन था सरकार, उसकी याद न दिलाओ।

'वाह ! वह मेरे बाल-जीवन की सबसे रसीली याद है। तुम्हारे उस डंडे में जो रस था, वह तो अब न आदर-सम्मान में पाता हूँ, न धन में। कुछ ऐसी मिठास थी उसमें कि आज तक उससे मन मीठा होता रहता है।'

इतनी देर में हम बस्ती से कोई तीन मील निकल आये हैं। चारों तरफ सन्नाटा है। पश्चिम की ओर कोसों तक भीमताल फैला हुआ है, जहाँ आकर हम किसी समय कमल के पुष्प तोड़ ले जाते थे और उसके झुमके बनाकर कानों में डाल लेते थे। जेठ की संध्या केसर में डूबी चली आ रही है। मैं लपककर एक पेड़ पर चढ़ गया और एक टहनी काट लाया। चटपट गुल्ली- डण्डा बन गया।

खेल शुरू हो गया। मैंने गुच्ची में गुल्ली रखकर उछाली। गुल्ली गया के सामने से निकल गयी। उसने हाथ लपकाया जैसे मछली पकड़ रहा हो। गुल्ली उसके पीछे जाकर गिरी। यह वही गया है, जिसके हाथों में गुल्ली जैसे आप-ही-आप जाकर बैठ जाती थी। वह दाहिने-बायें कहीं हो, गुल्ली उसकी हथेलियों में ही पहुँचती थी। जैसे गुल्लियों पर वशीकरण डाल देता हो। नई गुल्ली, पुरानी गुल्ली, छोटी गुल्ली, बड़ी गुल्ली, नोकदार गुल्ली, सपाट गुल्ली, सभी उसे मिल जाती थी। जैसे उसके हाथों में कोई चुंबक हो, जो गुल्लियों को खींच लेता हो, लेकिन आज गुल्ली को उससे प्रेम नहीं रहा। फिर तो मैंने पदाना शुरू किया। मैं तरह-तरह की धाँधलियाँ कर रहा था। अभ्यास की कसर बेईमानी से पूरी कर रहा था। हुच जाने पर भी डण्डा खेले जाता था; हालाँकि शास्त्र के अनुसार गया की बारी आनी चाहिए थी। गुल्ली पर जब ओछी चोट पड़ती और वह जरा दूर पर गिर पड़ती, तो मैं झटपट उसे खुद उठा लेता और दोबारा टाँड़ लगाता। गया यह सारी-बे-कायदगियाँ देख रहा था, पर कुछ न बोलता था, जैसे उसे वह सब कायदे-कानून भूल गये। उसका निशाना कितना अचूक था। गुल्ली उसके हाथ से निकलकर टन-से डण्डे में आकर लगती थी। उसके हाथ से छूटकर उसका काम था डण्डे से टकरा जाना; लेकिन आज वह गुल्ली डण्डे में लगती ही नहीं। कभी दाहिने जाती है, कभी बायें, कभी आगे, कभी पीछे।

आध घण्टे पदाने के बाद एक बार गुल्ली डण्डे में आ लगी। मैंने धाँधली की, गुल्ली डण्डे में नहीं लगी, बिलकुल पास से गयी; लेकिन लगी नहीं।

गया ने किसी प्रकार का असन्तोष न प्रकट किया।

'न लगी होगी।'

'डण्डे में लगती तो क्या मैं बेईमानी करता ?'

'नहीं भैया, तुम भला बेईमानी करोगे !'

बचपन में मजाल था, कि मैं ऐसा घपला करके जीता बचता। यही गया गरदन पर चढ़ बैठता; लेकिन आज मैं उसे कितनी आसानी से धोखा दिये चला जाता था। गधा है ! सारी बातें भूल गया।

सहसा गुल्ली फिर डण्डे में लगी और इतने जोर से लगी जैसे बन्दूक छुटी हो। इस प्रमाण के सामने अब किसी तरह की धाँधली करने का साहस मुझे इस वक्त

भी न हो सका; लेकिन क्यों न एक बार सच को झूठ बनाने की चेष्टा करूँ ? मेरा हरज ही क्या है। मान गया, तो वाह-वाह नहीं तो दो-चार हाथ पदना ही तो पड़ेगा। अँधेरे का बहाना करके जल्दी से गला छुड़ा लूँगा। फिर कौन दाँव देने आता है।

गया ने विजय के उल्लास में कहा—लग गयी, लग गयी ! टन से बोली।

मैंने अनजान बनने की चेष्टा करके कहा—तुमने लगते देखा ? मैंने तो नहीं देखा।

'टन से बोली है सरकार !'

'और जो किसी ईंट में लग गयी हो ?'

मेरे मुख से यह वाक्य उस समय कैसे निकला, इसका मुझे खुद आश्चर्य है। इस सत्य को झुठलाना वैसे ही था जैसे दिन को रात बताना। हम दोनों ने गुल्ली को डण्डे में जोर से लगते देखा था; लेकिन गया ने मेरा कथन स्वीकार कर लिया।

'हाँ, किसी ईंट में ही लगी होगी। डण्डे में लगती, तो इतनी आवाज न आती।'

मैंने फिर पदाना शुरू कर दिया; लेकिन इतनी प्रत्यक्ष धाँधली कर लेने के बाद, गया की सरलता पर मुझे दया आने लगी, इसलिए जब तीसरी बार गुल्ली डण्डे में लगी, तो मैंने बड़ी उदारता से दाँव देना तय कर दिया।

गया ने कहा—अब तो अँधेरा हो गया भैया, कल पर रखो।

मैंने सोचा, कल बहुत-सा समय होगा, यह न जाने कितनी देर पदाये, इसलिए इसी वक्त मुआमला साफ कर लेना अच्छा होगा।

'नहीं, नहीं। अभी बहुत उजाला है। तुम अपना दाँव ले लो।'

'गुल्ली सूझेगी नहीं।'

'कुछ परवाह नहीं।'

गया ने पदाना शुरू किया, पर उसे अब बिलकुल अभ्यास न था। उसने दो बार टाँड़ लगाने का इरादा किया; पर दोनों ही बार हुच गया। एक मिनट से कम में वह दाँव पूरा कर चुका। बेचारा घण्टा भर पदा; पर एक मिनट ही में अपना दाँव खो बैठा। मैंने अपने हृदय की विशालता का परिचय दिया।

'एक दाँव और खेल लो। तुम पहले ही हाथ में हुच गये।'

'नहीं भैया, अब अँधेरा हो गया।'

'तुम्हारा अभ्यास छूट गया। क्या कभी खेलते नहीं ?'

'खेलने का समय कहाँ मिलता है भैया !'

हम दोनों मोटर पर जा बैठे और चिराग जलते-जलते पड़ाव पर पहुँच गये। गया चलते-चलते बोला—कल यहाँ गुल्ली-डण्डा होगा। सभी पुराने खिलाड़ी खेलेंगे। आप भी आओगे ? जब आपको फुरसत हो, तभी खिलाड़ियों को बुलाऊँ।

मैंने शाम का समय दिया और दूसरे दिन मैच देखने आया। कोई दस-दस आदमियों की मण्डली थी। कई मेरे लड़कपन के साथी निकले। अधिकांश युवक थे जिन्हें मैं पहचान न सका। खेल शुरू हुआ। मैं मोटर पर बैठा-बैठा तमाशा देखने लगा। आज गया का खेल, उसका वह नैपुण्य देखकर मैं चकित हो गया। टाँड़ लगाता, तो गुल्ली आसमान से बातें करती। कल की-सी वह झिझक, वह हिचकिचाहट, वह बेदिली आज न थी। लड़कपन में जो बात थी, आज उसने प्रौढ़ता प्राप्त कर ली थी। कहीं कल इसने मुझे इस तरह पदाया होता, तो मैं जरूर रोने लगता। उसके डण्डे की चोट खाकर गुल्ली दो सौ गज की खबर लाती थी।

पदनेवालों में एक युवक ने धाँधली की ! उसने अपने विचार में गुल्ली लोक ली थी। गया का कहना था—गुल्ली जमीन में लगकर उछली थी। इस पर दोनों में ताल ठोंकने की नौबत आयी। युवक दब गया। गया का तमतमाया हुआ चेहरा देखकर डर गया। अगर वह दब न जाता, तो जरूर मारपीट हो जाती। मैं खेल में न था; पर दूसरों के इस खेल में मुझे वही लड़कपन का आनन्द आ रहा था, जब हम सब कुछ भूलकर खेल में मस्त हो जाते थे। अब मुझे मालूम हुआ कि कल गया ने मेरे साथ खेला नहीं, केवल खेलने का बहाना किया। उसने मुझे दया का पात्र समझा। मैंने धाँधली की, बेईमानियाँ कीं; पर उसे ज़रा भी क्रोध न आया। इसलिए कि वह खेल न रहा था, मुझे खेला रहा था, मेरा मान रख रहा था। वह मुझे पदाकर मेरा कचूमर नहीं निकालना चाहता था। मैं अब अफसर हूँ। यह अफसरी मेरे और उसके बीच में दीवार बन गयी है। अब मैं उसका लिहाज पा सकता हूँ, अदब पा सकता हूँ, साहचर्य नहीं पा सकता। लड़कपन था, तब मैं उसका समकक्ष था। हममें कोई भेद न था। यह पद पाकर अब मैं केवल उसकी दया के योग्य हूँ। वह मुझे अपना जोड़ नहीं समझता। वह बड़ा हो गया है, मैं छोटा हो गया हूँ।

10

सद्गति

दुःखी चमार द्वार पर झाड़ू लगा रहा था और उसकी पत्नी झुरिया, घर को गोबर से लीप रही थी। दोनों अपने-अपने काम से फुर्सत पा चुके थे, तो चमारिन ने कहा—तो जाके पंडित बाबा से कह आओ न। ऐसा न हो कहीं चले जायँ।

दुःखी—हाँ जाता हूँ, लेकिन यह तो सोच, बैठेंगे किस चीज पर ?

झुरिया—कहीं से खटिया न मिल जायगी ? ठकुराने से माँग लाना।

दुःखी—तू तो कभी-कभी ऐसी बात कह देती है कि देह जल जाती है। ठकुरानेवाले मुझे खटिया देंगे ! आग तक तो घर से निकलती नहीं, खटिया देंगे ! कैथाने में जाकर एक लोटा पानी माँगूँ तो न मिले। भला खटिया कौन देगा ! हमारे उपले, सेंठे, भूसा, लकड़ी थोड़े ही हैं कि जो चाहे उठा ले जायँ। ले अपनी खटोली धोकर रख दे। गरमी के तो दिन हैं। उनके आते-आते सूख जायगी।

झुरिया—वह हमारी खटोली पर बैठेंगे नहीं। देखते नहीं कितने नेम-धरम से रहते हैं।

दुःखी ने जरा चिंतित होकर कहा—हाँ, यह बात तो है। महुए के पत्ते तोड़कर एक पत्तल बना लूँ तो ठीक हो जाय। पत्तल में बड़े-बड़े आदमी खाते हैं। वह पवित्तर है। ला तो डंडा, पत्ते तोड़ लूँ।

झुरिया—पत्तल मैं बना लूँगी, तुम जाओ लेकिन हाँ, उन्हें सीधा भी तो देना होगा। अपनी थाली में रख दूँ ?

दुःखी—कहीं ऐसा गजब न करना, नहीं तो सीधा भी जाय और थाली भी फूटे ! बाबा थाली उठाकर पटक देंगे। उनको बड़ी जल्दी विरोध चढ़ आता है। किरोध में

पंडिताइन तक को छोड़ते नहीं, लड़के को ऐसा पीटा कि आज तक टूटा हाथ लिए फिरता है। पत्तल में सीधा भी देना, हाँ। मुदा तू छूना मत। झूरी गोंड़ की लड़की को लेकर साह की दूकान से सब चीजें ले आना। सीधा भरपूर हो। सेर भर आटा, आध सेर चावल, पाव भर दाल, आध पाव घी, नोन, हल्दी और पत्तल में एक किनारे चार आने पैसे रख देना। गोंड़ की लड़की न मिले तो भुर्जिन के हाथ-पैर जोड़कर ले जाना। तू कुछ मत छूना, नहीं गजब हो जायगा।

इन बातों की ताकीद करके दुःखी ने लकड़ी उठाई और घास का एक बड़ा-सा गट्ठा लेकर पंडितजी से अर्ज करने चला। खाली हाथ बाबाजी की सेवा में कैसे जाता। नजराने के लिए उसके पास घास के सिवाय और क्या था। उसे खाली देखकर तो बाबा दूर ही से दुत्कारते।

पं. घासीराम ईश्वर के परम भक्त थे। नींद खुलते ही ईशोपासन में लग जाते। मुँह-हाथ धोते आठ बजते, तब असली पूजा शुरू होती, जिसका पहला भाग भंग की तैयारी थी। उसके बाद आध घण्टे तक चन्दन रगड़ते, फिर आईने के सामने एक तिनके से माथे पर तिलक लगाते। चन्दन की दो रेखाओं के बीच में लाल रोरी की बिन्दी होती थी। फिर छाती पर, बाहों पर चन्दन की गोल-गोल मुद्रिकाएँ बनाते। फिर ठाकुरजी की मूर्ति निकालकर उसे नहलाते, चन्दन लगाते, फूल चढ़ाते, आरती करते, घंटी बजाते। दस बजते-बजते वह पूजन से उठते और भंग छानकर बाहर आते। तब तक दो-चार जजमान द्वार पर आ जाते ! ईशोपासन का तत्काल फल मिल जाता। वही उनकी खेती थी।

आज वह पूजन-गृह से निकले, तो देखा दुःखी चमार घास का एक गट्ठा लिए बैठा है। दुःखी उन्हें देखते ही उठ खड़ा हुआ और उन्हें साष्टांग दंडवत् करके हाथ बाँधकर खड़ा हो गया। यह तेजस्वी मूर्ति देखकर उसका हृदय श्रद्धा से परिपूर्ण हो गया ! कितनी दिव्य मूर्ति थी। छोटा-सा गोल-मटोल आदमी, चिकना सिर, फूले गाल, ब्रह्मतेज से प्रदीप्त आँखें। रोरी और चंदन देवताओं की प्रतिभा प्रदान कर रही थी। दुःखी को देखकर श्रीमुख से बोले—आज कैसे चला रे दुखिया ?

दुःखी ने सिर झुकाकर कहा—बिटिया की सगाई कर रहा हूँ महाराज। कुछ साइत-सगुन विचारना है। कब मर्जी होगी ?

घासी—आज मुझे छुट्टी नहीं। हाँ साँझ तक आ जाऊँगा।

दुःखी—नहीं महराज, जल्दी मर्जी हो जाय। सब सामान ठीक कर आया हूँ। यह घास कहाँ रख दूँ ?

घासी—इस गाय के सामने डाल दे और जरा झाड़ू लेकर द्वार तो साफ कर दे। यह बैठक भी कई दिन से लीपी नहीं गई। उसे भी गोबर से लीप दे। तब तक मैं भोजन कर लूँ। फिर जरा आराम करके चलूँगा। हाँ, यह लकड़ी भी चीर देना। खलिहान में चार खाँची भूसा पड़ा है। उसे भी उठा लाना और भुसौली में रख देना।

दुःखी फौरन हुक्म की तामील करने लगा। द्वार पर झाड़ू लगाई, बैठक को गोबर से लीपा। तब बारह बज गये। पंडितजी भोजन करने चले गये। दुःखी ने सुबह से कुछ नहीं खाया था। उसे भी जोर की भूख लगी; पर वहाँ खाने को क्या धरा था। घर यहाँ से मील भर था। वहाँ खाने चला जाय, तो पंडितजी बिगड़ जायँ। बेचारे ने भूख दबाई और लकड़ी फाड़ने लगा। लकड़ी की मोटी-सी गाँठ थी; जिस पर पहले कितने ही भक्तों ने अपना जोर आजमा लिया था। वह उसी दम-खम के साथ लोहे से लोहा लेने के लिए तैयार थी। दुःखी घास छीलकर बाजार ले जाता था। लकड़ी चीरने का उसे अभ्यास न था। घास उसके खुरपे के सामने सिर झुका देती थी। यहाँ कस-कसकर कुल्हाड़ी का भरपूर हाथ लगाता; पर उस गाँठ पर निशान तक न पड़ता था। कुल्हाड़ी उचट जाती। पसीने में तर था, हाँफता था, थककर बैठ जाता था, फिर उठता था। हाथ उठाये न उठते थे, पाँव काँप रहे थे, कमर न सीधी होती थी, आँखों तले अँधेरा हो रहा था, सिर में चक्कर आ रहे थे, तितलियाँ उड़ रही थीं, फिर भी अपना काम किये जाता था। अगर एक चिलम तम्बाकू पीने को मिल जाती, तो शायद कुछ ताकत आती। उसने सोचा, यहाँ चिलम और तम्बाकू कहाँ मिलेगी। ब्राह्मण का पूरा है। ब्राह्मण लोग हम नीच जातों की तरह तम्बाकू थोड़े ही पीते हैं। सहसा उसे याद आया कि गाँव में एक गोंड़ भी रहता है। उसके यहाँ जरूर चिलम-तमाखू होगी। तुरत उसके घर दौड़ा। खैर मेहनत सुफल हुई। उसने तमाखू भी दी और चिलम भी दी; पर आग वहाँ न थी। दुःखी ने कहा—आग की चिन्ता न करो भाई। मैं जाता हूँ, पंडितजी के घर से आग माँग लूँगा। वहाँ तो अभी रसोई बन रही थी।

यह कहता हुआ वह दोनों चीज़ें लेकर चला आया और पंडितजी के घर में बरौठे के द्वार पर खड़ा होकर बोला—मालिक, रचिके आग मिल जाय, तो चिलम पी लें।

पंडितजी भोजन कर रहे थे। पंडिताइन ने पूछा—यह कौन आदमी आग माँग रहा है ?

पंडित—अरे वही ससुरा दुखिया चमार है। कहा है थोड़ी-सी लकड़ी चीर दे। आग तो है, दे दो।

पंडिताइन ने भँवें चढ़ाकर कहा–तुम्हें तो जैसे पोथी-पत्रे के फेर में धरम-करम किसी बात की सुधि ही नहीं रही। चमार हो, धोबी हो, पासी हो, मुँह उठाये घर में चला आये। हिन्दू का घर न हुआ, कोई सराय हुई। कह दो दाढ़ीजार से चला जाय, नहीं तो इस लुआठे से मुँह झुलस दूँगी। आग माँगने चले हैं।

पंडितजी ने उन्हें समझाकर कहा–भीतर आ गया, तो क्या हुआ। तुम्हारी कोई चीज तो नहीं छुई। धरती पवित्र है। जरा-सी आग दे क्यों नहीं देती, काम तो हमारा ही कर रहा है। कोई लोनिया यही लकड़ी फाड़ता, तो कम-से-कम चार आने लेता।

पंडिताइन ने गरजकर कहा–वह घर में आया क्यों !

पंडित ने हारकर कहा–ससुरे का अभाग था और क्या !

पंडिताइन–अच्छा, इस बखत तो आग दिये देती हूँ, लेकिन फिर जो इस तरह घर में आयेगा, तो उसका मुँह ही जला दूँगी।

दुःखी के कानों में इन बातों की भनक पड़ रही थी। पछता रहा था, नाहक आया। सच तो कहती हैं। पंडित के घर में चमार कैसे चला आये। बड़े पवित्तर होते हैं यह लोग, तभी तो संसार पूजता है, तभी तो इतना मान है। भर-चमार थोड़े ही हैं। इसी गाँव में बूढ़ा हो गया; मगर मुझे इतनी अकल भी न आई।

इसलिए जब पंडिताइन आग लेकर निकलीं, तो वह मानो स्वर्ग का वरदान पा गया। दोनों हाथ जोड़कर जमीन पर माथा टेकता हुआ बोला–पड़ाइन माता, मुझसे बड़ी भूल हुई कि घर में चला आया। चमार की अकल ही तो ठहरी। इतने मूरख न होते, तो लात क्यों खाते। पंडिताइन चिमटे से पकड़कर आग लाई थीं। पाँच हाथ की दूरी से घूँघट की आड़ से दुःखी की तरफ आग फेंकी। आग की बड़ी-सी चिनगारी दुःखी के सिर पर पड़ गयी। जल्दी से पीछे हटकर सिर के झोटे देने लगा। उसने मन में कहा–यह एक पवित्तर बाह्मन के घर को अपवित्तर करने का फल है। भगवान ने कितनी जल्दी फल दे दिया। इसी से तो संसार पंडितों से डरता है और सबके रुपये मारे जाते हैं ब्राह्मण के रुपये भला कोई मार तो ले ! घर भर का सत्यानाश हो जाय, पाँव गल-गलकर गिरने लगे।

बाहर आकर उसने चिलम पी और फिर कुल्हाड़ी लेकर जुट गया। खट-खट की आवाजें आने लगीं।

उस पर आग पड़ गई, तो पंडिताइन को उस पर कुछ दया आ गई। पंडितजी भोजन करके उठे, तो बोलीं–इस चमरवा को भी कुछ खाने को दे दो, बेचारा कब से काम कर रहा है। भूखा होगा।

पंडितजी ने इस प्रस्ताव को व्यावहारिक क्षेत्र से दूर समझकर पूछा–रोटियाँ हैं ?

पंडिताइन–दो-चार बच जायँगी।

पंडित–दो-चार रोटियों में क्या होगा ? चमार है, कम से कम सेर भर चढ़ा जायगा।

पंडिताइन कानों पर हाथ रखकर बोलीं–अरे बाप रे ! सेर भर ! तो फिर रहने दो।

पंडितजी ने अब शेर बनकर कहा–कुछ भूसी-चोकर हो तो आटे में मिलाकर दो ठो लिट्टा ठोंक दो। साले का पेट भर जायगा। पतली रोटियों से इन नीचों का पेट नहीं भरता। इन्हें तो जुआर का लिट्टा चाहिए।

पंडिताइन ने कहा–अब जाने भी दो, धूप में कौन मरे।

दुःखी ने चिलम पीकर फिर कुल्हाड़ी सँभाली। दम लेने से जरा हाथों में ताकत आ गई थी। कोई आध घण्टे तक फिर कुल्हाड़ी चलाता रहा। फिर बेदम होकर वहीं सिर पकड़ के बैठ गया।

इतने में वही गोंड़ आ गया। बोला–क्यों जान देते हो बूढ़े दादा, तुम्हारे फाड़े यह गाँठ न फटेगी। नाहक हलाकान होते हो।

दुःखी ने माथे का पसीना पोंछकर कहा–अभी गाड़ी भर भूसा ढोना है भाई !

गोंड़–कुछ खाने को मिला कि काम ही कराना जानते हैं। जाके माँगते क्यों नहीं ?

दुःखी–कैसी बात करते हो चिखुरी, ब्राह्मण की रोटी हमको पचेगी !

गोंड़–पचने को पच जायगी, पहले मिले तो। मूँछों पर ताव देकर भोजन किया और आराम से सोये, तुम्हें लकड़ी फाड़ने का हुक्म लगा दिया। जमींदार भी कुछ खाने को देता है। हाकिम भी बेगार लेता है, तो थोड़ी बहुत मजूरी देता है। यह उनसे भी बढ़ गये, उस पर धर्मात्मा बनते हैं।

दुःखी–धीरे-धीरे बोलो भाई, कहीं सुन लें तो आफत आ जाय।

यह कहकर दुःखी फिर सँभल पड़ा और कुल्हाड़ी की चोट मारने लगा। चिखुरी को उस पर दया आई। आकर कुल्हाड़ी उसके हाथ से छीन ली और कोई आध घंटे खूब कस-कसकर कुल्हाड़ी चलाई; पर गाँठ में एक दरार भी न पड़ी। तब उसने कुल्हाड़ी फेंक दी और यह कहकर चला गया–तुम्हारे फाड़े यह न फटेगी, जान भले निकल जाय।

दुःखी सोचने लगा, बाबा ने यह गाँठ कहाँ रख छोड़ी थी कि फाड़े नहीं फटती। कहीं दरार तक तो नहीं पड़ती। मैं कब तक इसे चीरता रहूँगा। अभी घर पर सौ काम पड़े हैं। कार-परोजन का घर है, एक-न-एक चीज घटी ही रहती है; पर इन्हें इसकी क्या चिंता। चलूँ जब तक भूसा ही उठा लाऊँ। कह दूँगा, बाबा, आज तो लकड़ी नहीं फटी, कल आकर फाड़ दूँगा।

उसने झौवा उठाया और भूसा ढोने लगा। खलिहान यहाँ से दो फरलांग से कम न था। अगर झौवा खूब भर-भर कर लाता तो काम जल्द खत्म हो जाता; फिर झौवे को उठाता कौन। अकेले भरा हुआ झौवा उससे न उठ सकता था। इसलिए थोड़ा-थोड़ा लाता था। चार बजे कहीं भूसा खत्म हुआ। पंडितजी की नींद भी खुली। मुँह-हाथ धोया, पान खाया और बाहर निकले। देखा, तो दुःखी झौवा सिर पर रखे सो रहा है। जोर से बोले—अरे, दुखिया तू सो रहा है ? लकड़ी तो अभी ज्यों की त्यों पड़ी हुई है। इतनी देर तू करता क्या रहा ? मुट्ठी भर भूसा ढोने में संझा कर दी ! उस पर सो रहा है। उठा ले कुल्हाड़ी और लकड़ी फाड़ डाल। तुझसे जरा-सी लकड़ी नहीं फटती। फिर साइत भी वैसी ही निकलेगी, मुझे दोष मत देना ! इसी से कहा है कि नीच के घर में खाने को हुआ और उसकी आँख बदली।

दुःखी ने फिर कुल्हाड़ी उठाई। जो बातें पहले से सोच रखी थीं, वह सब भूल गईं। पेट पीठ में धँसा जाता था, आज सबेरे जलपान तक न किया था। अवकाश ही न मिला। उठना ही पहाड़ मालूम होता था। जी डूबा जाता था, पर दिल को समझाकर उठा। पंडित हैं, कहीं साइत ठीक न विचारें, तो फिर सत्यानाश ही हो जाय। जभी तो संसार में इतना मान है। साइत ही का तो सब खेल है। जिसे चाहे बिगाड़ दें। पंडितजी गाँठ के पास आकर खड़े हो गये और बढ़ावा देने लगे—हाँ, मार कसके और मार—कसके मार—अबे जोर से मार—तेरे हाथ में तो जैसे दम ही नहीं है—लगा कसके, खड़ा सोचने क्या लगता है—हाँ—बस फटा ही चाहती है ! दे उसी दरार में !

दुःखी अपने होश में न था। न-जाने कौन-सी गुप्तशक्ति उसके हाथों को चला रही थी। वह थकान, भूख, कमजोरी सब मानो भाग गई। उसे अपने बाहुबल पर स्वयं आश्चर्य हो रहा था। एक-एक चोट वज्र की तरह पड़ती थी। आध घण्टे तक वह इसी उन्माद की दशा में हाथ चलाता रहा, यहाँ तक कि लकड़ी बीच से फट गई—और दुःखी के हाथ से कुल्हाड़ी छूटकर गिर पड़ी। इसके साथ वह भी चक्कर खाकर गिर पड़ा। भूखा, प्यासा, थका हुआ शरीर जवाब दे गया।

पंडितजी ने पुकारा—उठके दो-चार हाथ और लगा दे। पतली-पतली चैलियाँ हो जायँ। दुःखी न उठा। पंडितजी ने अब उसे दिक करना उचित न समझा। भीतर जाकर बूटी छानी, शौच गये, स्नान किया और पंडिताई बाना पहनकर बाहर निकले ! दुःखी अभी तक वहीं पड़ा हुआ था। जोर से पुकारा—अरे क्या पड़े ही रहोगे दुःखी, चलो तुम्हारे ही घर चल रहा हूँ। सब सामान ठीक-ठीक है न ? दुःखी फिर भी न उठा।

अब पंडितजी को कुछ शंका हुई। पास जाकर देखा, तो दुःखी अकड़ा पड़ा हुआ था। बदहवास होकर भागे और पंडिताइन से बोले—दुखिया तो जैसे मर गया।

पंडिताइन हकबकाकर बोलीं—वह तो अभी लकड़ी चीर रहा था न ?

पंडित—हाँ लकड़ी चीरते-चीरते मर गया। अब क्या होगा ?

पंडिताइन ने शान्त होकर कहा—होगा क्या, चमरौने में कहला भेजो मुर्दा उठा ले जायँ।

एक क्षण में गाँव भर में खबर हो गई। पूरे में ब्राह्मनों की ही बस्ती थी। केवल एक घर गोंड़ का था। लोगों ने इधर का रास्ता छोड़ दिया। कुएँ का रास्ता उधर ही से था, पानी कैसे भरा जाय ! चमार की लाश के पास से होकर पानी भरने कौन जाय। एक बुढ़िया ने पण्डितजी से कहा—अब मुर्दा फेंकवाते क्यों नहीं ? कोई गाँव में पानी पीयेगा या नहीं।

इधर गोंड़ ने चमरौने में जाकर सबसे कह दिया—खबरदार, मुर्दा उठाने मत जाना। अभी पुलिस की तहकीकात होगी। दिल्लगी है कि एक गरीब की जान ले ली। पंडितजी होंगे, तो अपने घर के होंगे। लाश उठाओगे तो तुम भी पकड़ जाओगे।

इसके बाद ही पंडितजी पहुँचे; पर चमरौने का कोई आदमी लाश उठा लाने को तैयार न हुआ, हाँ दुःखी की स्त्री और कन्या दोनों हाय-हाय करती वहाँ चलीं और पंडितजी के द्वार पर आकर सिर पीट-पीटकर रोने लगीं। उनके साथ दस-पाँच और चमारिनें थीं। कोई रोती थी, कोई समझाती थी, पर चमार एक भी न था। पण्डितजी ने चमारों को बहुत धमकाया, समझाया, मिन्नत की; पर चमारों के दिल पर पुलिस का रोब छाया हुआ था, एक भी न मिनका। आखिर निराश होकर लौट आये।

आधी रात तक रोना-पीटना जारी रहा। देवताओं का सोना मुश्किल हो गया। पर लाश उठाने कोई चमार न आया और ब्राह्मण चमार की लाश कैसे उठाते ! भला ऐसा किसी शास्त्र-पुराण में लिखा है ? कहीं कोई दिखा दे।

पंडिताइन ने झुँझलाकर कहा—इन डाइनों ने तो खोपड़ी चाट डाली। सभों का गला भी नहीं पकता।

पंडित ने कहा–रोने दो चुड़ैलों को, कब तक रोयेंगी। जीता था, तो कोई बात न पूछता था। मर गया, तो कोलाहल मचाने के लिए सब की सब आ पहुँचीं।

पंडिताइन–चमार का रोना मनहूस है।

पंडित–हाँ, बहुत मनहूस।

पंडिताइन–अभी से दुर्गन्ध उठने लगी।

पंडित–चमार था ससुरा कि नहीं। साध-असाध किसी का विचार है इन सबों को।

पंडिताइन–इन सबों को घिन भी नहीं लगती।

पंडित–भ्रष्ट हैं सब।

रात तो किसी तरह कटी; मगर सबेरे भी कोई चमार न आया। चमारिनें भी रो-पीटकर चली गईं। दुर्गन्ध कुछ-कुछ फैलने लगी।

पंडितजी ने एक रस्सी निकाली। उसका फन्दा बनाकर मुरदे के पैर में डाला और फन्दे को खींचकर कस दिया। अभी कुछ-कुछ धुँधलका था। पंडितजी ने रस्सी पकड़कर लाश को घसीटना शुरू किया और गाँव के बाहर घसीट ले गये। वहाँ से आकर तुरन्त स्नान किया, दुर्गापाठ पढ़ा और घर में गंगाजल छिड़का।

उधर दुःखी की लाश को खेत में गीदड़ और गिद्ध, कुत्ते और कौए नोच रहे थे। यही जीवन-पर्यन्त की भक्ति, सेवा और निष्ठा का पुरस्कार था।

11

सवा सेर गेहूँ

किसी गाँव में शंकर नाम का एक कुरमी किसान रहता था। सीधा-सादा गरीब आदमी था, अपने काम-से-काम, न किसी के लेने में, न किसी के देने में। छक्का-पंजा न जानता था, छल-प्रपंच की उसे छूत भी न लगी थी, ठगे जाने की चिन्ता न थी, ठगविद्या न जानता था, भोजन मिला, खा लिया, न मिला, चबेने पर काट दी, चबैना भी न मिला, तो पानी पी लिया और राम का नाम लेकर सो रहा। किन्तु जब कोई अतिथि द्वार पर आ जाता था तो उसे इस निवृत्तिमार्ग का त्याग करना पड़ता था। विशेषकर जब साधु-महात्मा पदार्पण करते थे, तो उसे अनिवार्यतः सांसारिकता की शरण लेनी पड़ती थी। खुद भूखा सो सकता था, पर साधु को कैसे भूखा सुलाता, भगवान् के भक्त जो ठहरे !

एक दिन संध्या समय एक महात्मा ने आकर उसके द्वार पर डेरा जमाया। तेजस्वी मूर्ति थी, पीताम्बर गले में, जटा सिर पर, पीतल का कमंडल हाथ में, खड़ाऊँ पैर में, ऐनक आँखों पर, सम्पूर्ण वेष उन महात्माओं का-सा था जो रईसों के प्रासादों में तपस्या, हवागाड़ियों पर देवस्थानों की परिक्रमा और योग-सिद्धि प्राप्त करने के लिए रुचिकर भोजन करते हैं। घर में जौ का आटा था, वह उन्हें कैसे खिलाता। प्राचीनकाल में जौ का चाहे जो कुछ महत्त्व रहा हो, पर वर्तमान युग में जौ का भोजन सिद्ध पुरुषों के लिए दुष्पाच्य होता है। बड़ी चिन्ता हुई, महात्माजी को क्या खिलाऊँ। आखिर निश्चय किया कि कहीं से गेहूँ का आटा उधार लाऊँ, पर गाँव-भर में गेहूँ का आटा न मिला। गाँव में सब मनुष्य-ही-मनुष्य थे, देवता एक भी न था, अतएव देवताओं का खाद्य पदार्थ कैसे मिलता। सौभाग्य से गाँव के विप्र महाराज के यहाँ

से थोड़ा-सा मिल गये। उनसे सवा सेर गेहूँ उधार लिया और स्त्री से कहा कि पीस दे। महात्मा ने भोजन किया, लम्बी तानकर सोये। प्रातःकाल आशीर्वाद देकर अपनी राह ली।

विप्र महाराज साल में दो बार खलिहानी लिया करते थे। शंकर ने दिल में कहा, सवा सेर गेहूँ इन्हें क्या लौटाऊँ, पंसेरी बदले कुछ ज्यादा खलिहानी दे दूँगा, यह भी समझ जायँगे, मैं भी समझ जाऊँगा। चैत में जब विप्रजी पहुँचे तो उन्हें डेढ़ पंसेरी के लगभग गेहूँ दे दिया और अपने को उऋण समझकर उसकी कोई चरचा न की। विप्रजी ने फिर कभी न माँगा। सरल शंकर को क्या मालूम था कि यह सवा सेर गेहूँ चुकाने के लिए मुझे दूसरा जन्म लेना पड़ेगा।

सात साल गुजर गये। विप्रजी विप्र से महाजन हुए, शंकर किसान से मजूर हो गया। उसका छोटा भाई मंगल उससे अलग हो गया था। एक साथ रहकर दोनों किसान थे, अलग होकर मजूर हो गये थे। शंकर ने चाहा कि द्वेष की आग भड़कने न पाये, किन्तु परिस्थिति ने उसे विवश कर दिया। जिस दिन अलग-अलग चूल्हे जले, वह फूट-फूटकर रोया। आज से भाई-भाई शत्रु हो जायँगे, एक रोयेगा, दूसरा हँसेगा, एक के घर मातम होगा तो दूसरे के घर गुलगुले पकेंगे, प्रेम का बंधन, खून का बंधन, दूध का बंधन आज टूटा जाता है। उसने भगीरथ परिश्रम से कुल-मर्यादा का वृक्ष लगाया था, उसे अपने रक्त से सींचा था, उसको जड़ से उखड़ता देखकर उसके हृदय के टुकड़े हुए जाते थे। सात दिनों तक उसने दाने की सूरत तक न देखी। दिन-भर जेठ की धूप में काम करता और रात को मुँह लपेटकर सो रहता। इस भीषण वेदना और दुस्सह कष्ट ने रक्त को जला दिया, मांस और मज्जा को घुला दिया। बीमार पड़ा तो महीनों खाट से न उठा। अब गुजर-बसर कैसे हो ? पाँच बीघे के आधे रह गये, एक बैल रह गया, खेती क्या खाक होती ! अन्त को यहाँ तक नौबत पहुँची कि खेती केवल मर्यादा-रक्षा का साधन-मात्र रह गयी, जीविका का भार मजूरी पर आ पड़ा।

सात वर्ष बीत गये, एक दिन शंकर मजूरी करके लौटा, तो राह में विप्रजी ने टोककर कहा—शंकर, कल आकर के अपने बीज-बेंग का हिसाब कर ले। तेरे यहाँ साढ़े पाँच मन गेहूँ कबके बाकी पड़े हुए हैं और तू देने का नाम नहीं लेता, हजम करने का मन है क्या ?

शंकर ने चकित होकर कहा—मैंने तुमसे कब गेहूँ लिए थे जो साढ़े पाँच मन हो गये ? तुम भूलते हो, मेरे यहाँ किसी का छटाँक-भर न अनाज है, न एक पैसा उधार।

विप्र–इसी नीयत का तो यह फल भोग रहे हो कि खाने को नहीं जुड़ता।

यह कहकर विप्रजी ने उस सवा सेर गेहूँ का जिक्र किया, जो आज के सात वर्ष पहले शंकर को दिये थे। शंकर सुनकर अवाक् रह गया। ईश्वर मैंने इन्हें कितनी बार खलिहानी दी, इन्होंने मेरा कौन-सा काम किया? जब पोथी-पत्रा देखने, साइत-सगुन विचारने द्वार पर आते थे, कुछ-न-कुछ 'दक्षिणा' ले ही जाते थे। इतना स्वार्थ ! सवा सेर अनाज को अंडे की भाँति सेकर आज यह पिशाच खड़ा कर दिया, जो मुझे निगल जायगा। इतने दिनों में एक बार भी कह देते तो मैं गेहूँ तौलकर दे देता, क्या इसी नीयत से चुप साधे बैठे रहे? बोला–महाराज, नाम लेकर तो मैंने उतना अनाज नहीं दिया, पर कई बार खलिहानों में सेर-सेर, दो-दो सेर दिया है। अब आप आज साढ़े पाँच मन माँगते हैं, मैं कहाँ से दूँगा?

विप्र–लेखा जौ-जौ, बखसीस सौ-सौ, तुमने जो कुछ दिया होगा, उसका कोई हिसाब नहीं, चाहे एक की जगह चार पसेरी दे दो। तुम्हारे नाम बही में साढ़े पाँच मन लिखा हुआ है; जिससे चाहे हिसाब लगवा लो। दे दो तो तुम्हारा नाम छेक दूँ, नहीं तो और भी बढ़ता रहेगा।

शंकर–पाँडे, क्यों एक गरीब को सताते हो, मेरे खाने का ठिकाना नहीं, इतना गेहूँ किसके घर से लाऊँगा ?

विप्र–जिसके घर से चाहे लाओ, मैं छटाँक-भर भी न छोडूँगा, यहाँ न दोगे, भगवान् के घर तो दोगे।

शंकर काँप उठा। हम पढ़े-लिखे आदमी होते तो कह देते, अच्छी बात है, ईश्वर के घर ही देंगे; वहाँ की तौल यहाँ से कुछ बड़ी तो न होगी। कम-से-कम इसका कोई प्रमाण हमारे पास नहीं, फिर उसकी क्या चिन्ता। किन्तु शंकर इतना तार्किक, इतना व्यवहार-चतुर न था। एक तो ऋण–वह भी ब्राह्मण का–बही में नाम रह गया तो सीधे नरक में जाऊँगा, इस खयाल ही से उसे रोमांच हो गया। बोला–महाराज, तुम्हारा जितना होगा यहीं दूँगा, ईश्वर के यहाँ क्यों दूँ, इस जनम में तो ठोकर खा ही रहा हूँ, उस जनम के लिए क्यों काँटे बोऊँ ? मगर यह कोई नियाव नहीं है। तुमने राई का पर्वत बना दिया, ब्राह्मण हो के तुम्हें ऐसा नहीं करना चाहिए था। उसी घड़ी तगादा करके ले लिया होता, तो आज मेरे सिर पर इतना बड़ा बोझ क्यों पड़ता। मैं तो दे दूँगा, लेकिन तुम्हें भगवान् के यहाँ जवाब देना पड़ेगा।

विप्र–वहाँ का डर तुम्हें होगा, मुझे क्यों होने लगा। वहाँ तो सब अपने ही भाई-बन्धु हैं। ऋषि-मुनि, सब तो ब्राह्मण ही हैं; देवता ब्राह्मण हैं, जो कुछ बने-बिगड़ेगी, सँभाल लेंगे। तो कब देते हो ?

शंकर–मेरे पास रक्खा तो है नहीं, किसी से माँग-जाँचकर लाऊँगा तभी न दूँगा !

विप्र–मैं यह न मानूँगा। सात साल हो गये, अब एक दिन का भी मुलाहिजा न करूँगा। गेहूँ नहीं दे सकते, तो दस्तावेज लिख दो।

शंकर–मुझे तो देना है, चाहे गेहूँ लो चाहे दस्तावेज लिखाओ; किस हिसाब से दाम रक्खोगे ?

विप्र–बाजार-भाव पाँच सेर का है, तुम्हें सवा पाँच सेर का काट दूँगा।

शंकर–जब दे ही रहा हूँ तो बाजार-भाव काटूँगा, पाव-भर छुड़ाकर क्यों दोषी बनूँ।

हिसाब लगाया तो गेहूँ के दाम 60) हुए। 60) का दस्तावेज लिखा गया, 3) सैकड़े सूद। साल-भर में न देने पर सूद की दर ढाई रुपये) सैकड़े। आठ आने) का स्टाम्प, चार आने) दस्तावेज की तहरीर शंकर को ऊपर से देनी पड़ी।

गाँव भर ने विप्रजी की निन्दा की, लेकिन मुँह पर नहीं। महाजन से सभी का काम पड़ता है, उसके मुँह कौन आये।

शंकर ने साल भर तक कठिन तपस्या की। मीयाद के पहले रुपये अदा करने का उसने व्रत-सा कर लिया। दोपहर को पहले भी चूल्हा न जलता था, चबैने पर बसर होती थी, अब वह भी बंद हुआ। केवल लड़के के लिए रात को रोटियाँ रख दी जातीं ! पैसे रोज का तंबाकू पी जाता था, यही एक व्यसन था जिसका वह कभी न त्याग कर सका था। अब वह व्यसन भी इस कठिन व्रत की भेंट हो गया। उसने चिलम पटक दी, हुक्का तोड़ दिया और तमाखू की हाँड़ी चूर-चूर कर डाली। कपड़े पहले भी त्याग की चरम सीमा तक पहुँच चुके थे, अब वह प्रकृति की न्यूनतम रेखाओं में आबद्ध हो गये। शिशिर की अस्थिबेधक शीत को उसने आग तापकर काट दिया। इस ध्रुव-संकल्प का फल आशा से बढ़कर निकला। साल के अन्त में उसके पास 60) रु. जमा हो गये। उसने समझा पंडितजी को इतने रुपये दे दूँगा और कहूँगा महाराज, बाकी रुपये भी जल्द ही आपके सामने हाजिर करूँगा। 15) रु. की तो और बात है, क्या पंडितजी इतना भी न मानेंगे ! उसने रुपये लिए और ले जाकर पंडितजी के चरण-कमलों पर अर्पण कर दिये। पंडितजी ने विस्मित होकर पूछा–किसी से उधार लिए क्या ?

शंकर–नहीं महाराज, आपके असीस से अबकी मजूरी अच्छी मिली।

विप्र–लेकिन यह तो 60) रु. ही हैं !

शंकर–हाँ महाराज, इतने अभी ले लीजिए, बाकी मैं दो-तीन महीने में दे दूँगा, मुझे उरिन कर दीजिए।

विप्र–उरिन तो जभी होगे जबकि मेरी कौड़ी-कौड़ी चुका दोगे। जाकर मेरे 15) रु. और लाओ।

शंकर–महाराज, इतनी दया करो; अब साँझ की रोटियों का भी ठिकाना नहीं है, गाँव में हूँ तो कभी-न-कभी दे ही दूँगा।

विप्र–मैं यह रोग नहीं पालता, न बहुत बातें करना जानता हूँ। अगर मेरे पूरे रुपये न मिलेंगे तो आज से 3) रु. सैकड़े का ब्याज लगेगा। अपने रुपये चाहे अपने घर में रक्खो, चाहे मेरे यहाँ छोड़ जाओ।

शंकर–अच्छा जितना लाया हूँ उतना रख लीजिए। मैं जाता हूँ, कहीं से 15) रु. और लाने की फिक्र करता हूँ।

शंकर ने सारा गाँव छान मारा, मगर किसी ने रुपये न दिये, इसलिए नहीं कि उसका विश्वास न था, या किसी के पास रुपये न थे, बल्कि इसलिए कि पंडितजी के शिकार को छेड़ने की किसी की हिम्मत न थी।

क्रिया के पश्चात् प्रतिक्रिया नैसर्गिक नियम है। शंकर साल-भर तक तपस्या करने पर भी जब ऋण से मुक्त होने में सफल न हो सका तो उसका संयम निराशा के रूप में परिणत हो गया। उसने समझ लिया कि जब इतना कष्ट सहने पर भी साल-भर में 60) रु. से अधिक न जमा कर सका, तो अब और कौन सा उपाय है जिसके द्वारा इसके दूने रुपये जमा हों। जब सिर पर ऋण का बोझ ही लादना है तो क्या मन-भर का और क्या सवा मन का। उसका उत्साह क्षीण हो गया, मिहनत से घृणा हो गयी। आशा उत्साह की जननी है, आशा में तेज है, बल है, जीवन है। आशा ही संसार की संचालक शक्ति है। शंकर आशाहीन होकर उदासीन हो गया। वह जरूरतें जिनको उसने साल-भर तक टाल रखा था, अब द्वार पर खड़ी होनेवाली भिखारिणी न थीं, बल्कि छाती पर सवार होनेवाली पिशाचनियाँ थीं, जो अपनी भेंट लिए बिना जान नहीं छोड़तीं। कपड़ों में चकत्तियों के लगने की भी एक सीमा होती है। अब शंकर को चिट्ठा मिलता तो वह रुपये जमा न करता, कभी कपड़े लाता, कभी खाने की कोई वस्तु। जहाँ पहले तमाखू ही पिया करता था, वहाँ अब गाँजे और चरस का चस्का भी लगा। उसे अब रुपये अदा करने की कोई चिन्ता न थी मानो उसके ऊपर किसी का एक पैसा भी नहीं आता। पहले जूड़ी चढ़ी होती थी, पर वह काम करने अवश्य जाता था, अब काम पर न जाने के लिए बहाना खोजा करता।

इस भाँति तीन वर्ष निकल गये। विप्रजी महाराज ने एक बार भी तकाजा न किया। वह चतुर शिकारी की भाँति अचूक निशाना लगाना चाहते थे। पहले से शिकार को चौंकाना उनकी नीति के विरुद्ध था।

एक दिन पंडितजी ने शंकर को बुलाकर हिसाब दिखाया। 60) रु. जो जमा थे वह मिनहा करने पर अब भी शंकर के जिम्मे 120) रु. निकले।

शंकर–इतने रुपये तो उसी जन्म में दूँगा, इस जन्म में नहीं हो सकते।

विप्र–मैं इसी जन्म में लूँगा। मूल न सही, सूद तो देना ही पड़ेगा।

शंकर–एक बैल है, वह ले लीजिए और मेरे पास रक्खा क्या है।

विप्र–मुझे बैल-बधिया लेकर क्या करना है। मुझे देने को तुम्हारे पास बहुत कुछ है।

शंकर–और क्या है महाराज ?

विप्र–कुछ है, तुम तो हो। आखिर तुम भी कहीं मजूरी करने जाते ही हो, मुझे भी खेती के लिए मजूर रखना ही पड़ता है। सूद में तुम हमारे यहाँ काम किया करो, जब सुभीता हो मूल को दे देना। सच तो यों है कि अब तुम किसी दूसरी जगह काम करने नहीं जा सकते जब तक मेरे रुपये नहीं चुका दो। तुम्हारे पास कोई जायदाद नहीं है, इतनी बड़ी गठरी मैं किस एतबार पर छोड़ दूँ। कौन इसका जिम्मा लेगा कि तुम मुझे महीने-महीने सूद देते जाओगे और कहीं कमाकर जब तुम मुझे सूद भी नहीं दे सकते, तो मूल की कौन कहे ?

शंकर–महाराज, सूद में तो काम करूँगा और खाऊँगा क्या ?

विप्र–तुम्हारी घरवाली है, लड़के हैं, क्या वे हाथ-पाँव कटाके बैठेंगे। रहा मैं, तुम्हें आध सेर जौ रोज कलेवा के लिए दे दिया करूँगा। ओढ़ने को साल में एक कम्बल पा जाओगे, एक मिरजई भी बनवा दिया करूँगा और क्या चाहिए। यह सच है कि और लोग तुम्हें छः आने देते हैं लेकिन मुझे ऐसी गरज नहीं है, मैं तो तुम्हें रुपये भरने के लिए रखता हूँ।

शंकर ने कुछ देर तक गहरी चिन्ता में पड़े रहने के बाद कहा–महाराज यह तो जन्म-भर की गुलामी हुई।

विप्र–गुलामी समझो, चाहे मजूरी समझो। मैं अपने रुपये भराये बिना तुमको कभी न छोड़ूँगा। तुम भागोगे तो तुम्हारा लड़का भरेगा। हाँ, जब कोई न रहेगा तब की बात दूसरी है।

इस निर्णय की कहीं अपील न थी। मजूर की जमानत कौन करता, कहीं शरण न थी, भागकर कहाँ जाता, दूसरे दिन से उसने विप्रजी के यहाँ काम करना शुरू कर दिया। सवा सेर गेहूँ की बदौलत उम्र-भर के लिए गुलामी की बेड़ी पैरों में डालनी पड़ी। उस अभागे को अब अगर किसी विचार से संतोष होता था तो यह था कि वह मेरे पूर्व-जन्म का संस्कार है। स्त्री को वे काम करने पड़ते थे, जो उसने कभी

न किये थे, बच्चे दानों को तरसते थे, लेकिन शंकर चुपचाप देखने के सिवा और कुछ न कर सकता था। वह गेहूँ के दाने किसी देवता के शाप की भाँति यावज्जीवन उसके सिर से न उतरे।

शंकर ने विप्रजी के यहाँ 20 वर्ष तक गुलामी करने के बाद इस दुस्सार संसार से प्रस्थान किया। 120) अभी तक उसके सिर पर सवार थे। पंडितजी ने उस गरीब को ईश्वर के दरबार में कष्ट देना उचित न समझा, इतने अन्यायी, इतने निर्दयी न थे। उसके जवान बेटे की गरदन पकड़ी। आज तक वह विप्रजी के यहाँ काम करता है। उसका उद्धार कब होगा; होगा भी या नहीं, ईश्वर ही जाने।

पाठक ! इस वृत्तांत को कपोल-कल्पित न समझिए। यह सत्य घटना है। ऐसे शंकरों और ऐसे विप्रों से दुनिया खाली नहीं है।

12

मंत्र

पंडित लीलाधर चौबे की जबान में जादू था। जिस वक्त वह मंच पर खड़े हो कर अपनी वाणी की सुधावृष्टि करने लगते थे; श्रोताओं की आत्माएँ तृप्त हो जाती थीं, लोगों पर अनुराग का नशा छा जाता था। चौबेजी के व्याख्यानों में तत्त्व तो बहुत कम होता था, शब्द-योजना भी बहुत सुन्दर न होती थी; लेकिन बार-बार दुहराने पर भी उसका असर कम न होता, बल्कि घन की चोटों की भाँति और भी प्रभावोत्पादक हो जाता था। हमें तो विश्वास नहीं आता, किन्तु सुननेवाले कहते हैं, उन्होंने केवल एक व्याख्यान रट रखा है और उसी को वह शब्दशः प्रत्येक सभा में एक नये अन्दाज से दुहराया करते हैं। जातीय गौरव-गान उनके व्याख्यानों का प्रधान गुण था; मंच पर आते ही भारत के प्राचीन गौरव और पूर्वजों की अमर-कीर्ति का राग छेड़ कर सभा को मुग्ध कर देते थे। यथा–

'सज्जनो ! हमारी अधोगति की कथा सुन कर किसकी आँखों से अश्रुधारा न निकल पड़ेगी ? हमें प्राचीन गौरव को याद करके संदेह होने लगता है कि हम वही हैं, या बदल गये। जिसने कल सिंह से पंजा लिया, वह आज चूहे को देख कर बिल खोज रहा है। इस पतन की भी सीमा है। दूर क्यों जाइए, महाराज चंद्रगुप्त के समय को ही ले लीजिए। यूनान का सुविज्ञ इतिहासकार लिखता है कि उस जमाने में यहाँ द्वार पर ताले न डाले जाते थे, चोरी कहीं सुनने में न आती थी, व्यभिचार का नाम-निशान न था, दस्तावेजों का आविष्कार ही न हुआ था, पुर्जों पर लाखों का लेन-देन हो जाता था, न्याय पद पर बैठे हुए कर्मचारी मक्खियाँ मारा करते थे। सज्जनो ! उन दिनों कोई आदमी जवान न मरता था। (तालियाँ) हाँ, उन दिनों कोई

आदमी जवान न मरता था। बाप के सामने बेटे का अवसान हो जाना एक अभूतपूर्व–एक असंभव–घटना थी। आज ऐसे कितने माता-पिता हैं, जिनके कलेजे पर जवान बेटे का दाग न हो ! वह भारत नहीं रहा, भारत गारत हो गया !'

यह चौबे जी की शैली थी। वह वर्तमान की अधोगति और दुर्दशा तथा भूत की समृद्धि और सुदशा का राग अलाप कर लोगों में जातीय स्वाभिमान जाग्रत कर देते थे। इसी सिद्धि की बदौलत उनकी नेताओं में गणना होती थी। विशेषतः हिंदू-सभा के तो वह कर्णधार ही समझे जाते थे। हिंदू-सभा के उपासकों में कोई ऐसा उत्साही, ऐसा दक्ष, ऐसा नीति-चतुर दूसरा न था। यों कहिए कि सभा के लिए उन्होंने अपना जीवन ही उत्सर्ग कर दिया था। धन तो उनके पास न था, कम-से-कम लोगों का विचार यही था; लेकिन साहस, धैर्य और बुद्धि जैसे अमूल्य रत्न उनके पास थे और ये सभी सभा को अर्पण थे। 'शुद्धि' के तो मानो प्राण ही थे। हिंदू-जाति का उत्थान और पतन, जीवन और मरण उनके विचार में इसी प्रश्न पर अवलम्बित था। शुद्धि के सिवा अब हिंदू जाति के पुनर्जीवन का और कोई उपाय न था। जाति की समस्त नैतिक, शारीरिक, मानसिक, सामाजिक, आर्थिक और धार्मिक बीमारियों की दवा इसी आंदोलन की सफलता में मर्यादित थी और वह तन, मन से इसका उद्योग किया करते थे। चंदे वसूल करने में चौबे जी सिद्धहस्त थे। ईश्वर ने उन्हें वह 'गुन' बता दिया था कि पत्थर से भी तेल निकाल सकते थे। कंजूसों को तो वह ऐसा उलटे छुरे से मूड़ते थे कि उन महाशयों को सदा के लिए शिक्षा मिल जाती थी ! इस विषय में पंडित जी साम, दाम, दंड और भेद इन चारों नीतियों से काम लेते थे, यहाँ तक कि राष्ट्र-हित के लिए डाका और चोरी को भी क्षम्य समझते थे।

गरमी के दिन थे। लीलाधर जी किसी शीतल पार्वत्य प्रदेश को जाने की तैयारियाँ कर रहे थे कि सैर की सैर हो जायगी और बन पड़ा तो कुछ चंदा भी वसूल कर लायेंगे। उनको जब भ्रमण की इच्छा होती, तो मित्रों के साथ एक डेपुटेशन के रूप में निकल खड़े होते; अगर एक हजार रुपये वसूल करके वह इसका आधा सैर-सपाटे में खर्च भी कर दें, तो किसी की क्या हानि ? हिंदू सभा को तो कुछ न कुछ मिल ही जाता था। वह न उद्योग करते, तो इतना भी तो न मिलता ! पंडित जी ने अब की सपरिवार जाने का निश्चय किया था। जब से 'शुद्धि' का आविर्भाव हुआ था, उनकी आर्थिक दशा, जो पहले बहुत शोचनीय रहती थी, बहुत कुछ सम्हल गयी थी।

लेकिन जाति के उपासकों का ऐसा सौभाग्य कहाँ कि शांति-निवास का आनन्द उठा सकें। उनका तो जन्म ही मारे-मारे फिरने के लिए होता है। खबर आयी

कि मद्रास-प्रांत में तबलीग वालों ने तूफान मचा रखा है। हिन्दुओं के गाँव के गाँव मुसलमान होते जाते हैं। मुल्लाओं ने बड़े जोश से तबलीग का काम शुरू किया है; अगर हिन्दू-सभा ने इस प्रवाह को रोकने की आयोजना न की, तो सारा प्रांत हिन्दुओं से शून्य हो जायगा—किसी शिखाधारी की सूरत तक न नजर आयेगी।

हिन्दू-सभा में खलबली मच गयी। तुरन्त एक विशेष अधिवेशन हुआ और नेताओं के सामने यह समस्या उपस्थित की गयी। बहुत सोच-विचार के बाद निश्चय हुआ कि चौबे जी पर इस कार्य का भार रखा जाय। उनसे प्रार्थना की जाय कि वह तुरंत मद्रास चले जायें और धर्म-विमुख बंधुओं का उद्धार करें। कहने ही की देर थी। चौबे जी तो हिंदू-जाति की सेवा के लिए अपने को अर्पण ही कर चुके थे; पर्वत-यात्रा का विचार रोक दिया और मद्रास जाने को तैयार हो गये। हिन्दू-सभा के मंत्री ने आँखों में आँसू भर कर उनसे विनय की कि महाराज, यह बीड़ा आप ही उठा सकते हैं। आप ही को परमात्मा ने इतनी सामर्थ्य दी है। आपके सिवा ऐसा कोई दूसरा मनुष्य भारतवर्ष में नहीं है, जो इस घोर विपत्ति में काम आये। जाति की दीन-हीन दशा पर दया कीजिए। चौबे जी इस प्रार्थना को अस्वीकार न कर सके। फौरन सेवकों की एक मंडली बनी और पंडित जी के नेतृत्व में रवाना हुई। हिन्दू-सभा ने उसे बड़ी धूम से बिदाई का भोज दिया। एक उदार रईस ने चौबे जी को एक थैली भेंट की और रेलवे-स्टेशन पर हजारों आदमी उन्हें बिदा करने आये।

यात्रा का वृत्तांत लिखने की जरूरत नहीं। हर एक बड़े स्टेशन पर सेवकों का सम्मानपूर्ण स्वागत हुआ। कई जगह थैलियाँ मिलीं। रतलाम की रियासत ने एक शामियाना भेंट किया। बड़ौदा ने एक मोटर दी कि सेवकों को पैदल चलने का कष्ट न उठाना पड़े, यहाँ तक कि मद्रास पहुँचते-पहुँचते सेवा-दल के पास एक माकूल रकम के अतिरिक्त जरूरत की कितनी चीजें जमा हो गयीं। वहाँ आबादी से दूर खुले हुए मैदान में हिंदू-सभा का पड़ाव पड़ा। शामियाने पर राष्ट्रीय झंडा लहराने लगा। सेवकों ने अपनी-अपनी वर्दियाँ निकालीं, स्थानीय धन-कुबेरों ने दावत के सामान भेजे, रावटियाँ पड़ गयीं। चारों ओर ऐसी चहल-पहल हो गयी, मानो किसी राजा का कैम्प है।

रात के आठ बजे थे। अछूतों की एक बस्ती के समीप, सेवक-दल का कैम्प गैस के प्रकाश से जगमगा रहा था। कई हजार आदमियों का जमाव था, जिनमें अधिकांश अछूत ही थे। उनके लिए अलग टाट बिछा दिये गये थे। ऊँचे वर्ण के हिंदू कालीनों पर बैठे हुए थे। पंडित लीलाधर का धुआँधार व्याख्यान हो रहा था—तुम उन्हीं ऋषियों की संतान हो, जो आकाश के नीचे एक नयी सृष्टि की रचना कर

सकते थे ! जिनके न्याय, बुद्धि और विचार-शक्ति के सामने आज सारा संसार सिर झुका रहा है।

सहसा एक बूढ़े अछूत ने उठ कर पूछा–हम लोग भी उन्हीं ऋषियों की संतान हैं ?

लीलाधर–निस्संदेह ! तुम्हारी धमनियों में भी उन्हीं ऋषियों का रक्त दौड़ रहा है और यद्यपि आज का निर्दयी, कठोर, विचारहीन और संकुचित हिंदू-समाज तुम्हें अवहेलना की दृष्टि से देख रहा है; तथापि तुम किसी हिन्दू से नीच नहीं हो, चाहे वह अपने को कितना ही ऊँचा समझता हो।

बूढ़ा–तुम्हारी सभा हम लोगों की सुधि क्यों नहीं लेती ?

लीलाधर–हिंदू-सभा का जन्म अभी थोड़े ही दिन हुए हुआ है और इस अल्पकाल में उसने जितने काम किये हैं, उस पर उसे अभिमान हो सकता है। हिंदू-जाति शताब्दियों के बाद गहरी नींद से चौंकी है और अब वह समय निकट है, जब भारतवर्ष में कोई हिंदू किसी हिंदू को नीच न समझेगा, जब वे सब एक दूसरे को भाई समझेंगे। श्रीरामचन्द्र ने निषाद को छाती से लगाया था, शबरी के जूठे बेर खाये थे...

बूढ़ा–आप जब इन्हीं महात्माओं की संतान हैं, तो फिर ऊँच-नीच में क्यों इतना भेद मानते हैं ?

लीलाधर–इसलिए कि हम पतित हो गये हैं–अज्ञान में पड़कर उन महात्माओं को भूल गये हैं।

बूढ़ा–अब तो आपकी निद्रा टूटी है, हमारे साथ भोजन करोगे ?

लीलाधर–मुझे कोई आपत्ति नहीं है।

बूढ़ा–मेरे लड़के से अपनी कन्या का विवाह कीजिएगा ?

लीलाधर–जब तक तुम्हारे जन्म-संस्कार न बदल जायँ, जब तक तुम्हारे आहार-व्यवहार में परिवर्तन न हो जाय, हम तुमसे विवाह का सम्बन्ध नहीं कर सकते, मांस खाना छोड़ो, मदिरा पीना छोड़ो, शिक्षा ग्रहण करो, तभी तुम उच्च-वर्ण के हिंदुओं में मिल सकते हो।

बूढ़ा–हम कितने ही ऐसे कुलीन ब्राह्मणों को जानते हैं, जो रात-दिन नशे में डूबे रहते हैं, मांस के बिना कौर नहीं उठाते; और कितने ही ऐसे हैं, जो एक अक्षर भी नहीं पढ़े हैं; पर आपको उनके साथ भोजन करते देखता हूँ। उनसे विवाह-स्म्बन्ध करने में आपको कदाचित् इनकार न होगा। जब आप खुद अज्ञान में पड़े हुए हैं,

तो हमारा उद्धार कैसे कर सकते हैं ? आपका हृदय अभी तक अभिमान से भरा हुआ है। जाइए, अभी कुछ दिन और अपनी आत्मा का सुधार कीजिए। हमारा उद्धार आपके किये न होगा। हिंदू-समाज में रह कर हमारे माथे से नीचता का कलंक न मिटेगा। हम कितने ही विद्वान्, कितने ही आचारवान् हो जायँ, आप हमें यों ही नीच समझते रहेंगे। हिंदुओं की आत्मा मर गयी है और उसका स्थान अहंकार ने ले लिया है ! हम अब देवता की शरण जा रहे हैं, जिनके माननेवाले हमसे गले मिलने को आज ही तैयार हैं। वे यह नहीं कहते कि तुम अपने संस्कार बदल कर आओ। हम अच्छे हैं या बुरे, वे इसी दशा में हमें अपने पास बुला रहे हैं। आप अगर ऊँचे हैं, तो ऊँचे बने रहिए। हमें उड़ना न पड़ेगा।

लीलाधर–एक ऋषि-संतान के मुँह से ऐसी बातें सुन कर मुझे आश्चर्य हो रहा है। वर्ण-भेद तो ऋषियों ही का किया हुआ है। उसे तुम कैसे मिटा सकते हो ?

बूढ़ा–ऋषियों को मत बदनाम कीजिए। यह सब पाखंड आप लोगों का रचा हुआ है। आप कहते हैं–तुम मदिरा पीते हो; लेकिन आप मदिरा पीने वालों की जूतियाँ चाटते हैं। आप हमसे मांस खाने के कारण घिनाते हैं; लेकिन आप गो-मांस खानेवालों के सामने नाक रगड़ते हैं। इसलिए न कि वे आप से बलवान् हैं ! हम भी आज राजा हो जायँ, तो आप हमारे सामने हाथ बाँध खड़े होंगे। आपके धर्म में वही ऊँचा है, जो बलवान् है; वही नीच है, जो निर्बल है। यही आपका धर्म है ?

यह कह कर बूढ़ा वहाँ से चला गया और उसके साथ ही और लोग भी उठ खड़े हुए। केवल चौबे जी और उनके दलवाले मंच पर रह गये, मानो मंचगान समाप्त हो जाने के बाद उसकी प्रतिध्वनि वायु में गूँज रही हो।

तबलीगवालों ने जब से चौबे जी के आने की खबर सुनी थी, इस फिक्र में थे कि किसी उपाय से इन सबको यहाँ से दूर करना चाहिए। चौबे जी का नाम दूर-दूर तक प्रसिद्ध था। जानते थे, यह यहाँ जम गया, तो हमारी सारी की-करायी मेहनत व्यर्थ हो जायगी। इसके कदम यहाँ जमने न पायें। मुल्लाओं ने उपाय सोचना शुरू किया। बहुत वाद-विवाद, हुज्जत और दलील के बाद निश्चय हुआ कि इस काफिर को कत्ल कर दिया जाय। ऐसा सवाब लूटने के लिए आदमियों की क्या कमी ? उसके लिए तो जन्नत का दरवाजा खुल जायगा, हूरें उसकी बलाएँ लेंगी, फरिश्ते उसके कदमों की खाक़ का सुरमा बनायेंगे, रसूल उसके सर पर बरकत का हाथ रखेंगे, खुदाबन्द-करीम उसे सीने से लगायेंगे और कहेंगे–तू मेरा प्यारा दोस्त है। दो हट्टे-कट्टे जवानों ने तुरन्त बीड़ा उठा लिया।

रात के दस बज गये थे। हिन्दू-सभा के कैंप में सन्नाटा था। केवल चौबे जी अपनी रावटी में बैठे हिन्दू-सभा के मंत्री को पत्र लिख रहे थे—यहाँ सबसे बड़ी आवश्यकता धन की है। रुपया, रुपया, रुपया ! जितना भेज सकें, भेजिए। डेपुटेशन भेज कर वसूल कीजिए, मोटे महाजनों की जेब टटोलिए, भिक्षा माँगिये। बिना धन के इन अभागों का उद्धार न होगा। जब तक कोई पाठशाला न खुले, कोई चिकित्सालय न स्थापित हो, कोई वाचनालय न हो, इन्हें कैसे विश्वास आयेगा कि हिन्दू-सभा उनकी हितचिंतक है। तबलीगवाले जितना खर्च कर रहे हैं, उसका आधा भी मुझे मिल जाय, तो हिंदू-धर्म की पताका फहराने लगे। केवल व्याख्यानों से काम न चलेगा। असीसों से कोई जिंदा नहीं रहता।

सहसा किसी की आहट पा कर वह चौंक पड़े। आँखें ऊपर उठायीं तो देखा, दो आदमी सामने खड़े हैं। पंडित जी ने शंकित हो कर पूछा—तुम कौन हो ? क्या काम है ?

उत्तर मिला—हम इजराईल के फरिश्ते हैं। तुम्हारी रूह कब्ज करने आये हैं। इजराईल ने तुम्हें याद किया है।

पंडित जी यों बहुत ही बलिष्ठ पुरुष थे, उन दोनों को एक धक्के में गिरा सकते थे। प्रातःकाल तीन पाव मोहनभोग और दो सेर दूध का नाश्ता करते थे। दोपहर के समय पाव भर घी दाल में खाते, तीसरे पहर दूधिया भंग छानते, जिसमें सेर भर मलाई और आधा सेर बदाम मिली रहती। रात को डट कर ब्यालू करते; क्योंकि प्रातःकाल तक फिर कुछ न खाते थे। इस पर तुर्रा यह कि पैदल पग भर भी न चलते थे ! पालकी मिले, तो पूछना ही क्या, जैसे घर पर पलंग उड़ा जा रहा हो। कुछ न हो, तो इक्का तो था ही; यद्यपि काशी में ही दो ही चार इक्केवाले ऐसे थे जो उन्हें देख कर कह न दें कि 'इक्का खाली नहीं है।' ऐसा मनुष्य नर्म अखाड़े में पट पड़ कर ऊपरवाले पहलवान को थका सकता था, चुस्ती और फुर्ती के अवसर पर तो वह रेत पर निकला हुआ कछुआ था।

पंडित जी ने एक बार कनखियों से दरवाजे की तरफ देखा। भागने का कोई मौका न था। तब उनमें साहस का संचार हुआ। भय की पराकाष्ठा ही साहस है। अपने सोंटे की तरफ हाथ बढ़ाया और गरज कर बोले—निकल जाओ यहाँ से !

बात मुँह से पूरी न निकली थी कि लाठियों का वार पड़ा। पंडित जी मूर्च्छित हो कर गिर पड़े। शत्रुओं ने समीप आ कर देखा, जीवन का कोई लक्षण न था। समझ गये, काम तमाम हो गया। लूटने का विचार न था; पर जब कोई पूछनेवाला न हो, तो हाथ बढ़ाने में क्या हर्ज ? जो कुछ हाथ लगा, ले-दे कर चलते बने।

प्रातःकाल बूढ़ा भी उधर से निकला, तो सन्नाटा छाया हुआ था, न आदमी, न आदमजाद। छौलदारियाँ भी गायब ! चकराया, यह माजरा क्या है ? रात ही भर में अलादीन के महल की तरह सब कुछ गायब हो गया। उन महात्माओं में से एक भी नजर नहीं आता, जो प्रातःकाल मोहनभोग उड़ाते और संध्या समय भंग घोटते दिखायी देते थे। जरा और समीप जा कर पंडित लीलाधर की रावटी में झाँका, तो कलेजा सन्न से हो गया ! पंडित जी जमीन पर मुर्दे की तरह पड़े हुए थे। मुँह पर मक्खियाँ भिनक रही थीं। सिर के बालों में रक्त ऐसा जम गया था, जैसे किसी चित्रकार के ब्रश में रंग। सारे कपड़े लहूलुहान हो रहे थे। समझ गया, पंडित जी के साथियों ने उन्हें मार कर अपनी राह ली। सहसा पंडित जी के मुँह से कराहने की आवाज निकली। अभी जान बाकी थी। बूढ़ा तुरन्त दौड़ा हुआ गाँव में आ गया और कई आदमियों को लाकर पंडित जी को अपने घर उठवा ले गया।

मरहम-पट्टी होने लगी। बूढ़ा दिन के दिन और रात की रात पंडित जी के पास बैठा रहता। उसके घरवाले उनकी शुश्रूषा में लगे रहते। गाँव वाले भी यथाशक्ति सहायता करते। इस बेचारे का यहाँ कौन अपना बैठा हुआ है ? अपने हैं तो हम, बेगाने हैं तो हम। हमारे ही उद्धार के लिए तो बेचारा यहाँ आया था, नहीं तो यहाँ उसे क्यों आना था ? कई बार पंडित जी अपने घर पर बीमार पड़ चुके थे, पर उनके घरवालों ने इतनी तन्मयता से उनकी तीमारदारी न की थी। सारा घर और घर ही नहीं; सारा गाँव उनका गुलाम बना हुआ था। अतिथि-सेवा उनके धर्म का एक अंग था। सभ्य-स्वार्थ ने अभी उस भाव का गला नहीं घोंटा था। साँप का मंत्र जाननेवाला देहाती अब भी माघ-पूस की अँधेरी मेघाच्छन्न रात्रि में मंत्र झाड़ने के लिए दस-पाँच कोस पैदल दौड़ता हुआ चला जाता है। उसे डबल फीस और सवारी की जरूरत नहीं होती। बूढ़ा मल-मूत्र तक अपने हाथों उठा कर फेंकता, पंडित जी की घुड़कियाँ सुनता, सारे गाँव से दूध माँग कर उन्हें पिलाता। पर उसकी त्योरियाँ कभी मैली न होतीं। अगर उसके कहीं चले जाने पर घरवाले लापरवाही करते तो आ कर सबको डाँटता।

महीने भर के बाद पंडित जी चलने-फिरने लगे और अब उन्हें ज्ञात हुआ कि इन लोगों ने मेरे साथ कितना उपकार किया है। इन्हीं लोगों का काम था कि मुझे मौत के मुँह से निकाला, नहीं तो मरने में क्या कसर रह गयी थी ? उन्हें अनुभव हुआ कि मैं जिन लोगों को नीच समझता था और जिनके उद्धार का बीड़ा उठा कर आया था वे मुझसे कहीं ऊँचे हैं। मैं इस परिस्थिति में कदाचित् रोगी को किसी अस्पताल में भेज कर ही अपनी कर्त्तव्य-निष्ठा पर गर्व करता; समझता मैंने दधीचि और हरिश्चन्द्र का मुख उज्ज्वल कर दिया। उनके रोएँ-रोएँ से इन देव-तुल्य प्राणियों के प्रति आशीर्वाद निकलने लगा।

तीन महीने गुजर गये। न तो हिन्दू-सभा ने पंडित जी की खबर ली और न घरवालों ने। सभा के मुख-पत्र में उनकी मृत्यु पर आँसू बहाये गये, उनके कामों की प्रशंसा की गयी और उनका स्मारक बनाने के लिए चन्दा खोल दिया गया। घरवाले भी रो-पीट कर बैठ रहे।

उधर पंडित जी दूध और घी खा कर चौक-चौबंद हो गये। चेहरे पर खून की सुर्खी दौड़ गयी, देह भर आयी। देहात के जलवायु ने वह काम कर दिखाया जो कभी मलाई और मक्खन से न हुआ था। पहले की तरह तैयार तो वह न हुए; पर फुर्ती और चुस्ती दुगुनी हो गयी। मोटाई का आलस्य अब नाम को भी न था। उनमें एक नये जीवन का संचार हो गया।

जाड़ा शुरू हो गया था। पंडित जी घर लौटने की तैयारियाँ कर रहे थे। इतने में प्लेग का आक्रमण हुआ और गाँव के तीन आदमी बीमार हो गये। बूढ़ा चौधरी भी उन्हीं में था। घरवाले इन रोगियों को छोड़कर भाग खड़े हुए। वहाँ का दस्तूर था कि जिन बीमारियों को वे लोग देवी का कोप समझते थे, उनके रोगियों को छोड़ कर चले जाते थे। उन्हें बचाना देवताओं से वैर मोल लेना था और देवताओं से वैर कर के कहाँ जाते ? जिस प्राणी को देवता ने चुन लिया, उसे भला वे उसके हाथों से छीनने का साहस कैसे करते ? पंडित जी को भी लोगों ने साथ ले जाना चाहा; किंतु पंडित जी न गये। उन्होंने गाँव में रह कर रोगियों की रक्षा करने का निश्चय किया। जिस प्राणी ने उन्हें मौत के पंजे से छुड़ाया था; उसे इस दशा में छोड़कर वह कैसे जाते ? उपकार ने उनकी आत्मा को जगा दिया था। बूढ़े चौधरी ने तीसरे दिन होश आने पर जब उन्हें अपने पास खड़े देखा, तो बोला–महाराज, तुम यहाँ क्यों आ गये ? मेरे लिए देवताओं का हुक्म आ गया है। अब मैं किसी तरह नहीं रुक सकता। तुम क्यों अपनी जान जोखिम में डालते हो ? मुझ पर दया करो, चले जाओ।

लेकिन पंडित जी पर कोई असर न हुआ। वह बारी-बारी से तीनों रोगियों के पास जाते और कभी उनकी गिल्टियाँ सेंकते, कभी उन्हें पुराणों की कथाएँ सुनाते। घरों में नाज, बरतन आदि सब ज्यों के त्यों रखे हुए थे। पंडित जी पथ्य बना कर रोगियों को खिलाते। रात को जब रोगी सो जाते और सारा गाँव भाँय-भाँय करने लगता तो पंडित जी को भयंकर जंतु दिखायी देते। उनके कलेजे में धड़कन होने लगती; लेकिन वहाँ से टलने का नाम न लेते। उन्होंने निश्चय कर लिया था कि या तो इन लोगों को बचा ही लूँगा या इन पर अपने को बलिदान ही कर दूँगा।

जब तीन दिन सेंक-बाँध करने पर भी रोगियों की हालत न सँभली, तो पंडित जी को बड़ी चिंता हुई। शहर वहाँ से बीस मील पर था। रेल का कहीं पता नहीं,

रास्ता बीहड़ और सवारी कोई नहीं। इधर यह भय कि अकेले रोगियों की न जाने क्या दशा हो। बेचारे बड़े संकट में पड़े। अंत को चौथे दिन, पहर रात रहे, वह अकेले शहर को चल दिये और दस बजते-बजते वहाँ जा पहुँचे। अस्पताल से दवा लेने में बड़ी कठिनाई का सामना करना पड़ा। गँवारों से अस्पतालवाले दवाओं का मनमाना दाम वसूल करते थे। पंडित जी को मुफ्त क्यों देने लगे ? डाक्टर ने मुंशी से कहा—दवा तैयार नहीं है।

पंडित जी ने गिड़गिड़ा कर कहा—सरकार, बड़ी दूर से आया हूँ। कई आदमी बीमार पड़े हैं। दवा न मिलेगी, तो सब मर जायँगे।

मुंशी ने बिगड़ कर कहा—क्यों सिर खाये जाते हो ? कह तो दिया, दवा तैयार नहीं है, न तो इतनी जल्दी हो ही सकती है।

पंडित जी अत्यंत दीनभाव से बोले—सरकार, ब्राह्मण हूँ; आपके बाल-बच्चों को भगवान चिरंजीवी करें, दया कीजिए। आपका अकबाल चमकता रहे।

रिश्वती कर्मचारी में दया कहाँ ? वे तो रुपये के गुलाम हैं। ज्यों-ज्यों पंडित जी उसकी खुशामद करते थे, वह और भी झल्लाता था। अपने जीवन में पंडित जी ने कभी इतनी दीनता न प्रकट की थी। उनके पास इस वक्त एक धेला भी न था; अगर वह जानते कि दवा मिलने में इतनी दिक्कत होगी, तो गाँववालों से ही कुछ माँग-जाँच कर लाये होते। बेचारे हतबुद्धि-से खड़े सोच रहे थे कि अब क्या करना चाहिए ? सहसा डाक्टर साहब स्वयं बँगले से निकल आये। पंडित जी लपक कर उनके पैरों पर गिर पड़े और करुण स्वर में बोले—दीनबंधु, मेरे घर के तीन आदमी ताऊन में पड़े हुए हैं। बड़ा गरीब हूँ, सरकार, कोई दवा मिले।

डाक्टर साहब के पास ऐसे गरीब लोग नित्य आया करते थे। उनके चरण पर किसी का गिर पड़ना, उनके सामने पड़े हुए आर्त्तनाद करना, उनके लिए कुछ नयी बातें न थीं। अगर इस तरह वह दया करने लगते तो दवा ही भर को होते; यह ठाट-बाट कहाँ से निभता ? मगर दिल के चाहे कितने ही बुरे हों, बातें मीठी-मीठी करते थे। पैर हटा कर बोले—रोगी कहाँ है ?

पंडित जी—सरकार, वे तो घर पर हैं। इतनी दूर कैसे लाता ?

डाक्टर—रोगी घर और तुम दवा लेने आया हो ? कितने मजे की बात है ! रोगी को देखे बिना कैसे दवा दे सकता है ?

पंडित जी को अपनी भूल मालूम हुई। वास्तव में बिना रोगी को देखे रोग की पहचान कैसे हो सकती है; लेकिन तीन-तीन रोगियों को इतनी दूर लाना आसान न था। अगर गाँववाले उनकी सहायता करते तो डोलियों का प्रबंध हो सकता था;

पर वहाँ तो सब कुछ अपने ही बूते पर करना था, गाँववालों से इसमें सहायता मिलने की कोई आशा न थी। सहायता की कौन कहे, वे तो उनके शत्रु हो रहे थे। उन्हें भय होता था कि यह दुष्ट देवताओं से वैर बढ़ा कर हम लोगों पर न-जाने क्या विपत्ति लायेगा। अगर कोई दूसरा आदमी होता, तो वह उसे कब का मार चुके होते। पंडित जी से उन्हें प्रेम हो गया था, इसलिए छोड़ दिया था।

यह जवाब सुन कर पंडित जी को कुछ बोलने का साहस तो न था; पर कलेजा मजबूत करके बोले–सरकार, अब कुछ नहीं हो सकता ?

डाक्टर–अस्पताल से दवा नहीं मिल सकती। हम अपने पास से, दाम लेकर दवा दे सकते हैं।

पंडित जी–यह दवा कितने की होगी, सरकार।

डाक्टर साहब ने दवा का दाम 10 रु. बतलाया और यह भी कहा कि इस दवा से जितना लाभ होगा, उतना अस्पताल की दवा से नहीं हो सकता। बोले–वहाँ पुरानी दवाई रखा रहता है। गरीब लोग आता है; दवाई ले जाता है; जिसको जीना होता है, जीता है; जिसे मरना होता है, मरता है; हमसे कुछ मतलब नहीं। हम तुमको जो दवा देगा, वह सच्चा दवा होगा।

दस रुपये !–इस समय पंडित जी को दस रुपये दस लाख जान पड़े। इतने रुपये वह एक दिन में भंग बूटी में उड़ा दिया करते थे; पर इस समय तो धेले-धेले को मुहताज थे। किसी से उधार मिलने की आशा कहाँ। हाँ, सम्भव है, भिक्षा माँगने से कुछ मिल जाय; लेकिन इतनी जल्द दस रुपये किसी भी उपाय से न मिल सकते थे। आधे घंटे तक वह इसी उधेड़बुन में खड़े रहे। भिक्षा के सिवा दूसरा कोई उपाय न सूझता था और भिक्षा उन्होंने कभी माँगी न थी। वह चंदे जमा कर चुके थे, एक-एक बार में हजारों वसूल कर लेते थे; पर वह दूसरी बात थी। धर्म के रक्षक, जाति के सेवक और दलितों के उद्धारक बन कर चंदा लेने में एक गौरव था, चंदा लेकर वह देनेवालों पर एहसान करते थे; पर यहाँ तो भिखारियों की तरह हाथ फैलाना, गिड़गिड़ाना और फटकारें सहनी पड़ेंगी। कोई कहेगा–इतने मोटे-ताजे तो हो, मिहनत क्यों नहीं करते, तुम्हें भीख माँगते शर्म भी नहीं आती ? कोई कहेगा–घास खोद लाओ, मैं तुम्हें अच्छी मजदूरी दूँगा। किसी को उनके ब्राह्मण होने का विश्वास न आयेगा। अगर यहाँ उनका रेशमी अचकन और रेशमी साफा होता, केसरिया रंगवाला दुपट्टा ही मिल जाता, तो वह कोई स्वाँग भर लेते। ज्योतिषी बन कर वह किसी धनी सेठ को फाँस सकते थे और इस फन में वह उस्ताद भी थे; पर यहाँ वह सामान कहाँ–कपड़े-लत्ते तो सब कुछ लुट चुके थे। विपत्ति में कदाचित् बुद्धि भी भ्रष्ट हो जाती है। अगर वह

मैदान में खड़े होकर कोई मनोहर व्याख्यान दे देते, तो शायद उनके दस-पाँच भक्त पैदा हो जाते, लेकिन इस तरफ उनका ध्यान ही न गया। वह सजे हुए पंडाल में, फूलों से सुसज्जित मेज के सामने, मंच पर खड़े हो कर अपनी वाणी का चमत्कार दिखला सकते थे। इस दुरवस्था में कौन उनका व्याख्यान सुनेगा। लोग समझेंगे, कोई पागल बक रहा है।

मगर दोपहर ढली जा रही थी, अधिक सोच-विचार का अवकाश न था। यहीं संध्या हो गयी, तो रात को लौटना असम्भव हो जायगा। फिर रोगियों की न जाने क्या दशा हो। वह अब इस अनिश्चित दशा में खड़े न रह सके, चाहे जितना तिरस्कार हो, कितना ही अपमान सहना पड़े, भिक्षा के सिवा और कोई उपाय न था।

वह बाजार में जाकर एक दूकान के सामने खड़े हो गये; पर कुछ माँगने की हिम्मत न पड़ी !

दूकानदार ने पूछा–क्या लोगे ?

पंडित जी बोले–चावल का क्या भाव है ?

मगर दूसरी दूकान पर पहुँच कर वह ज्यादा सावधान हो गये। सेठ जी गद्दी पर बैठे हुए थे। पंडित जी आ कर उनके सामने खड़े हो गये और गीता का एक श्लोक पढ़ सुनाया। उनका शुद्ध उच्चारण और मधुर वाणी सुन कर सेठ जी चकित हो गये, पूछा–कहाँ स्थान है ?

पंडित जी–काशी से आ रहा हूँ।

यह कह कर पंडित जी ने सेठ जी को धर्म के दसों लक्षण बतलाये और श्लोक की ऐसी अच्छी व्याख्या की कि वह मुग्ध हो गये। बोले–महाराज, आज चल कर मेरे स्थान को पवित्र कीजिए।

कोई स्वार्थी आदमी होता, तो इस प्रस्ताव को सहर्ष स्वीकार कर लेता; लेकिन पंडित जी को लौटने की पड़ी थी। बोले–नहीं सेठ जी, मुझे अवकाश नहीं है।

सेठ–महाराज, आपको हमारी इतनी खातिरी करनी पड़ेगी।

पंडित जी जब किसी तरह ठहरने पर राजी न हुए, तो सेठ जी ने उदास होकर कहा–फिर हम आपकी क्या सेवा करें ? कुछ आज्ञा दीजिए। आपकी वाणी से तो तृप्ति नहीं हुई। फिर कभी इधर आना हो, तो अवश्य दर्शन दीजिएगा।

पंडित जी–आपकी इतनी श्रद्धा है तो अवश्य आऊँगा।

यह कह कर पंडित जी फिर उठ खड़े हुए। संकोच ने फिर उनकी जबान बंद कर दी। यह आदर-सत्कार इसीलिए तो है कि मैं अपना स्वार्थ-भाव छिपाये हुए हूँ। कोई इच्छा प्रकट की और इनकी आँखें बदलीं। सूखा जवाब चाहे न मिले; पर श्रद्धा

न रहेगी। वह नीचे उतर गये और सड़क पर एक क्षण के लिए खड़े हो कर सोचने लगे–अब कहाँ जाऊँ ? उधर जाड़े का दिन किसी विलासी के धन की भाँति भागा चला जाता था। वह अपने ही ऊपर झुँझला रहे थे–जब किसी से माँगूँगा नहीं, तो कोई क्यों देने लगा ? कोई क्या मेरे मन का हाल जानता है ? वे दिन गये, जब धनी लोग ब्राह्मणों की पूजा किया करते थे। यह आशा छोड़ दो कि कोई महाशय आ कर तुम्हारे हाथ में रुपये रख देंगे। वह धीरे-धीरे आगे बढ़े।

सहसा सेठ जी ने पीछे से पुकारा–पंडित जी, जरा ठहरिए।

पंडित जी ठहर गये। फिर घर चलने के लिए आग्रह करने आता होगा। यह तो न हुआ कि एक रुपये का नोट ला कर देता, मुझे घर ले जाकर न जाने क्या करेगा ?

मगर जब सेठ जी ने सचमुच एक गिनी निकाल कर उनके पैरों पर रख दी; तो उनकी आँखों में एहसान के आँसू छलक आये। हैं ! अब भी सच्चे धर्मात्मा जीव संसार में हैं, नहीं तो यह पृथ्वी रसातल को न चली जाती ? अगर इस वक्त उन्हें सेठ जी के कल्याण के लिए अपनी देह का सेर-आध सेर रक्त भी देना पड़ता, तो भी शौक से दे देते। गद्‌गद कंठ से बोले–इसका तो कुछ काम न था, सेठ जी ! मैं भिक्षुक नहीं हूँ, आपका सेवक हूँ।

सेठ जी श्रद्धा-विनयपूर्ण शब्दों में बोले–भगवान्, इसे स्वीकार कीजिए। यह दान नहीं, भेंट है। मैं भी आदमी पहचानता हूँ। बहुतेरे साधु-संत, योगी-यती देश और धर्म के सेवक आते रहते हैं; पर न जाने क्यों किसी के प्रति मेरे मन में श्रद्धा नहीं उत्पन्न होती ? उनसे किसी तरह पिण्ड छुड़ाने की पड़ जाती है। आपका संकोच देख कर मैं समझ गया कि आपका यह पेशा नहीं है। आप विद्वान् हैं, धर्मात्मा हैं; पर किसी संकट में पड़े हुए हैं। इस तुच्छ भेंट को स्वीकार कीजिए और मुझे आशीर्वाद दीजिए।

पंडित जी दवाएँ लेकर घर चले, तो हर्ष, उल्लास और विजय से उनका हृदय उछला पड़ता था। हनुमान जी भी संजीवन-बूटी ला कर इतने प्रसन्न न हुए होंगे। ऐसा सच्चा आनंद उन्हें कभी प्राप्त न हुआ था। उनके हृदय में इतने पवित्र भावों का संचार कभी न हुआ था।

दिन बहुत थोड़ा रह गया था। सूर्यदेव अविरल गति से पश्चिम की ओर दौड़ते चले जाते थे। क्या उन्हें भी किसी रोगी को दवा देनी थी ? वह बड़े वेग से दौड़ते हुए पर्वत की ओट में छिप गये। पंडित जी और भी फुर्ती से पाँव बढ़ाने लगे, मानो उन्होंने सूर्यदेव को पकड़ लेने की ठानी है।

देखते-देखते अँधेरा छा गया। आकाश में दो-एक तारे दिखायी देने लगे। अभी दस मील की मंजिल बाकी थी। जिस तरह काली घटा को सिर पर मँड़राते देख कर गृहिणी दौड़-दौड़ कर सुखावन समेटने लगती है, उसी भाँति लीलाधर ने भी दौड़ना शुरू किया। उन्हें अकेले पड़ जाने का भय न था, भय था अँधेरे में राह भूल जाने का। दायें-बायें बस्तियाँ छूटती जाती थीं। पंडित जी को ये गाँव इस समय बहुत ही सुहावने मालूम होते थे। कितने आनंद से लोग अलाव के सामने बैठे ताप रहे हैं ?

सहसा उन्हें एक कुत्ता दिखायी दिया। न-जाने किधर से आ कर वह उनके सामने पगडंडी पर चलने लगा। पंडित जी चौंक पड़े; पर एक क्षण में उन्होंने कुत्ते को पहचान लिया। वह बूढ़े चौधरी का कुत्ता मोती था। वह गाँव छोड़ कर आज इधर इतनी दूर कैसे आ निकला ? क्या वह जानता है ? पंडित जी दवा ले कर आ रहे होंगे, कहीं रास्ता भूल जायँ ? कौन जानता है ? पंडित जी ने एक बार मोती कह कर पुकारा, तो कुत्ते ने दुम हिलायी; पर रुका नहीं। वह इससे अधिक परिचय दे कर समय नष्ट न करना चाहता था। पंडित जी को ज्ञात हुआ कि ईश्वर मेरे साथ है, वही मेरी रक्षा कर रहे हैं। अब उन्हें कुशल से घर पहुँचने का विश्वास हो गया।

दस बजते-बजते पंडित जी घर पहुँच गये।

रोग घातक न था; पर यश पंडित जी को बदा था। एक सप्ताह के बाद तीनों रोगी चंगे हो गये। पंडित जी की कीर्ति दूर-दूर तक फैल गयी। उन्होंने यम-देवता से घोर संग्राम करके इन आदमियों को बचा लिया था। उन्होंने देवताओं पर भी विजय पा ली थी—असम्भव को सम्भव कर दिखाया था। वह साक्षात् भगवान् थे। उनके दर्शनों के लिए लोग दूर-दूर से आने लगे; किंतु पंडित जी को अपनी कीर्ति से इतना आनन्द न होता था, जितना रोगियों को चलते-फिरते देख कर।

चौधरी ने कहा—महाराज, तुम साक्षात् भगवान् हो। तुम न आ जाते, तो हम न बचते।

पंडित जी बोले—मैंने कुछ नहीं किया। यह सब ईश्वर की दया है।

चौधरी—अब हम तुम्हें कभी न जाने देंगे। जा कर अपने बाल-बच्चों को भी ले आओ।

पंडित जी—हाँ, मैं भी यही सोच रहा हूँ। तुमको छोड़ कर अब नहीं जा सकता।

मुल्लाओं ने मैदान खाली पा कर आस-पास के देहातों में खूब जोर बाँध रखा था। गाँव के गाँव मुसलमान होते जाते थे। उधर हिन्दू-सभा ने सन्नाटा खींच लिया था। किसी की हिम्मत न पड़ती थी कि इधर आये। लोग दूर बैठे हुए मुसलमानों पर गोला-बारूद चला रहे थे। इस हत्या का बदला कैसे लिया जाय, यही उनके

सामने सबसे बड़ी समस्या थी। अधिकारियों के पास बार-बार प्रार्थना-पत्र भेजे जा रहे थे कि इस मामले की छानबीन की जाय और बार-बार यही जवाब मिलता था कि हत्याकारियों का पता नहीं चलता। उधर पंडित जी के स्मारक के लिए चंदा भी जमा किया जा रहा था।

मगर इस नयी ज्योति ने मुल्लाओं का रंग फीका कर दिया। वहाँ एक ऐसे देवता का अवतार हुआ था, जो मुर्दों को जिला देता था, जो अपने भक्तों के कल्याण के लिए अपने प्राणों का बलिदान कर सकता था। मुल्लाओं के यहाँ यह सिद्धि कहाँ, यह विभूति कहाँ, यह चमत्कार कहाँ ? इस ज्वलंत उपकार के सामने जन्नत और अखूबत (भातृ-भाव) की कोरी दलीलें कब ठहर सकती थीं ? पंडित जी अब वह अपने ब्राह्मणत्व पर घमंड करनेवाले पंडित जी न थे। उन्होंने शूद्रों और भीलों का आदर करना सीख लिया था। उन्हें छाती से लगाते हुए अब पंडित जी को घृणा न होती थी। अपना घर अँधेरा पा कर ही ये इसलामी दीपक की ओर झुके थे। जब अपने घर में सूर्य का प्रकाश हो गया, तो उन्हें दूसरों के यहाँ जाने की क्या जरूरत थी। सनातन-धर्म की विजय हो गयी। गाँव-गाँव में मंदिर बनने लगे और शाम-सबेरे मन्दिरों से शंख और घंटे की ध्वनि सुनायी देने लगी। लोगों के आचरण आप ही आप सुधरने लगे। पंडित जी ने किसी को शुद्ध नहीं किया। उन्हें अब शुद्धि का नाम लेते शर्म आती थी—मैं भला इन्हें क्या शुद्ध करूँगा, पहले अपने को तो शुद्ध कर लूँ। ऐसी निर्मल एवं पवित्र आत्माओं को शुद्धि के ढोंग से अपमानित नहीं कर सकता।

यह मंत्र था, जो उन्होंने उन चांडालों से सीखा था और इसी बल से वह अपने धर्म की रक्षा करने में सफल हुए थे।

पंडित जी अभी जीवित हैं; पर अब सपरिवार उसी प्रांत में, उन्हीं भीलों के साथ रहते हैं।

13

बूढ़ी काकी

बुढ़ापा बहुधा बचपन का पुनरागमन हुआ करता है। बूढ़ी काकी में जिह्वा-स्वाद के सिवा और कोई चेष्टा शेष न थी और न अपने कष्टों की ओर आकर्षित करने का, रोने के अतिरिक्त कोई दूसरा सहारा ही। समस्त इन्द्रियाँ, नेत्र, हाथ और पैर जवाब दे चुके थे। पृथ्वी पर पड़ी रहतीं और घर वाले कोई बात उनकी इच्छा के प्रतिकूल करते, भोजन का समय टल जाता या उसका परिमाण पूर्ण न होता अथवा बाजार से कोई वस्तु आती और न मिलती तो ये रोने लगती थीं। उनका रोना-सिसकना साधारण रोना न था, वे गला फाड़-फाड़कर रोती थीं।

उनके पतिदेव को स्वर्ग सिधारे कालांतर हो चुका था। बेटे तरुण हो-होकर चल बसे थे। अब एक भतीजे के अलावा और कोई न था। उसी भतीजे के नाम उन्होंने अपनी सारी सम्पत्ति लिख दी। भतीजे ने सारी सम्पत्ति लिखाते समय खूब लम्बे-चौड़े वादे किये, किन्तु वे सब वादे केवल कुली-डिपो के दलालों के दिखाए हुए सब्जबाग थे। यद्यपि उस सम्पत्ति की वार्षिक आय डेढ़-दो सौ रुपए से कम न थी तथापि बूढ़ी काकी को पेट भर भोजन भी कठिनाई से मिलता था। इसमें उनके भतीजे पंडित बुद्धिराम का अपराध था अथवा उनकी अर्धांगिनी श्रीमती रूपा का, इसका निर्णय करना सहज नहीं। बुद्धिराम स्वभाव के सज्जन थे, किंतु उसी समय तक जब कि उनके कोष पर आँच न आए। रूपा स्वभाव से तीव्र थी सही, पर ईश्वर से डरती थी। अतएव बूढ़ी काकी को उसकी तीव्रता उतनी न खलती थी जितनी बुद्धिराम की भलमनसाहत।

बुद्धिराम को कभी-कभी अपने अत्याचार का खेद होता था। विचारते कि इसी सम्पत्ति के कारण मैं इस समय भलामानुष बना बैठा हूँ। यदि भौतिक आश्वासन और सूखी सहानुभूति से स्थिति में सुधार हो सकता हो, उन्हें कदाचित् कोई आपत्ति न होती, परन्तु विशेष व्यय का भय उनकी सुचेष्टा को दबाए रखता था। यहाँ तक कि यदि द्वार पर कोई भला आदमी बैठा होता और बूढ़ी काकी उस समय अपना राग अलापने लगतीं तो वह आग हो जाते और घर में आकर उन्हें जोर से डाँटते। लड़कों को बुड्ढों से स्वाभाविक विद्वेष होता ही है और फिर जब माता-पिता का यह रंग देखते तो वे बूढ़ी काकी को और सताया करते। कोई चुटकी काटकर भागता, कोई इन पर पानी की कुल्ली कर देता। काकी चीख मारकर रोतीं परन्तु यह बात प्रसिद्ध थी कि वह केवल खाने के लिए रोती हैं, अतएव उनके संताप और आर्तनाद पर कोई ध्यान नहीं देता था। हाँ, काकी क्रोधातुर होकर बच्चों को गालियाँ देने लगतीं तो रूपा घटनास्थल पर आ पहुँचती। इस भय से काकी अपनी जिह्वा पाण का कदाचित् ही प्रयोग करती थीं, यद्यपि उपद्रव-शान्ति का यह उपाय रोने से कहीं अधिक उपयुक्त था।

सम्पूर्ण परिवार में यदि काकी से किसी को अनुराग था, तो वह बुद्धिराम की छोटी लड़की लाडली थी। लाडली अपने दोनों भाइयों के भय से अपने हिस्से की मिठाई-चबैना बूढ़ी काकी के पास बैठकर खाया करती थी। यही उसका रक्षागार था और यद्यपि काकी की शरण उनकी लोलुपता के कारण बहुत मंहगी पड़ती थी, तथापि भाइयों के अन्याय से सुरक्षा कहीं सुलभ थी तो बस यहीं। इसी स्वार्थानुकूलता ने उन दोनों में सहानुभूति का आरोपण कर दिया था।

2

रात का समय था। बुद्धिराम के द्वार पर शहनाई बज रही थी और गाँव के बच्चों का झुंड विस्मयपूर्ण नेत्रों से गाने का रसास्वादन कर रहा था। चारपाइयों पर मेहमान विश्राम करते हुए नाइयों से मुक्कियाँ लगवा रहे थे। समीप खड़ा भाट विरुदावली सुना रहा था और कुछ भावज्ञ मेहमानों की वाह, वाह पर ऐसा खुश हो रहा था मानो इस वाह-वाह का यथार्थ में वही अधिकारी है। दो-एक अंग्रेजी पढ़े हुए नवयुवक इन व्यवहारों से उदासीन थे। वे इस गँवार मंडली में बोलना अथवा सम्मिलित होना अपनी प्रतिष्ठा के प्रतिकूल समझते थे।

आज बुद्धिराम के बड़े लड़के मुखराम का तिलक आया है। यह उसी का उत्सव है। घर के भीतर स्त्रियाँ गा रही थीं और रूपा मेहमानों के लिए भोजन में व्यस्त थी। भट्टियों पर कड़ाह चढ़ रहे थे। एक में पूड़िया-कचौडघ्यिाँ निकल रही थीं, दूसरे

में अन्य पकवान बनते थे। एक बड़े हंडे में मसालेदार तरकारी पक रही थी। घी और मसाले की क्षुधावर्धक सुगंधि चारों ओर फैली हुई थी।

बूढ़ी काकी अपनी कोठरी में शोकमय विचार की भाँति बैठी हुई थीं। यह स्वाद मिश्रित सुगंधि उन्हें बेचैन कर रही थी। वे मन-ही-मन विचार कर रही थीं, संभवतः मुझे पूड़ियां न मिलेंगीं। इतनी देर हो गई, कोई भोजन लेकर नहीं आया। मालूम होता है सब लोग भोजन कर चुके हैं। मेरे लिए कुछ न बचा। यह सोचकर उन्हें रोना आया, परन्तु अपशकुन के भय से वह रो न सकीं।

आहा... कैसी सुगंधि है? अब मुझे कौन पूछता है। जब रोटियों के ही लाले पड़े हैं तब ऐसे भाग्य कहाँ कि भरपेट पूड़ियां मिलें? यह विचार कर उन्हें रोना आया, कलेजे में हूक-सी उठने लगी। परंतु रूपा के भय से उन्होंने फिर मौन धारण कर लिया।

बूढ़ी काकी देर तक इन्हीं दुखदायक विचारों में डूबी रहीं। घी और मसालों की सुगंधि रह-रहकर मन को आपे से बाहर किये देती थी। मुँह में पानी भर-भर आता था। पड़ियों का स्वाद स्मरण करके हृदय में गुदगुदी होने लगती थी। किसे पुकारूँ, आज लाडली बेटी भी नहीं आई। दोनों छोकरे सदा दिक दिया करते हैं। आज उनका भी कहीं पता नहीं। कुछ मालूम तो होता कि क्या बन रहा है।

बूढ़ी काकी की कल्पना में पूड़ियों की तस्वीर नाचने लगी। खूब लाल-लाल, फूली-फूली, नरम-नरम होंगीं। रूपा ने भली-भाँति भोजन किया होगा। कचौड़िया में अजवाइन और इलायची की महक आ रही होगी। एक पूड़ी मिलती तो जरा हाथ में लेकर देखती। क्यों न चल कर कड़ाह के सामने ही बैठूँ। पूड़ियां छन-छनकर तैयार होंगी। कड़ाह से गरम-गरम निकालकर थाल में रखी जाती होंगी। फूल हम घर में भी सूँघ सकते हैं, परन्तु वाटिका में कुछ और बात होती है। इस प्रकार निर्णय करके बूढ़ी काकी उकड़ूँ बैठकर हाथों के बल सरकती हुई बड़ी कठिनाई से चौखट से उतरीं और धीरे-धीरे रेंगती हुई कड़ाह के पास जा बैठीं। यहाँ आने पर उन्हें उतना ही धैर्य हुआ जितना भूखे कुत्ते को खाने वाले के सम्मुख बैठने में होता है।

रूपा उस समय कार्यभार से उद्विग्न हो रही थी। कभी इस कोठे में जाती, कभी उस कोठे में, कभी कड़ाह के पास जाती, कभी भंडार में जाती। किसी ने बाहर से आकर कहा--महाराज ठंडई मांग रहे हैं। ठंडई देने लगी। इतने में फिर किसी ने आकर कहा--भाट आया है, उसे कुछ दे दो। भाट के लिए सीधा निकाल रही थी कि एक तीसरे आदमी ने आकर पूछा--अभी भोजन तैयार होने में कितना विलम्ब है? जरा ढोल, मजीरा उतार दो। बेचारी

अकेली स्त्री दौड़ते-दौड़ते व्याकुल हो रही थी, झुंझलाती थी, कुढ़ती थी, परन्तु क्रोध प्रकट करने का अवसर न पाती थी। भय होता, कहीं पड़ोसिनें यह न कहने लगें कि इतने में उबल पड़ीं। प्यास से स्वयं कंठ सूख रहा था। गर्मी के मारे फुँकी जाती थी, परन्तु इतना अवकाश न था कि जरा पानी पी ले अथवा पंखा लेकर झले। यह भी खटका था कि जरा आँख हटी और चीजों की लूट मची। इस अवस्था में उसने बूढ़ी काकी को कड़ाह के पास बैठी देखा तो जल गई। क्रोध न रुक सका। इसका भी ध्यान न रहा कि पड़ोसिनें बैठी हुई हैं, मन में क्या कहेंगीं। पुरुषों में लोग सुनेंगे तो क्या कहेंगे। जिस प्रकार मेंढक केंचुए पर झपटता है, उसी प्रकार वह बूढ़ी काकी पर झपटी और उन्हें दोनों हाथों से झटक कर बोली-- ऐसे पेट में आग लगे, पेट है या भाड़? कोठरी में बैठते हुए क्या दम घुटता था? अभी मेहमानों ने नहीं खाया, भगवान को भोग नहीं लगा, तब तक धैर्य न हो सका? आकर छाती पर सवर हो गई। जल जाये ऐसी जीभ। दिन भर खाती न होती तो जाने किसकी हांडी में मुँह डालती? गाँव देखेगा तो कहेगा कि बुढ़िया भरपेट खाने को नहीं पाती तभी तो इस तरह मुँह बाए फिरती है। डायन न मरे न मांचा छोड़े। नाम बेचने पर लगी है। नाक कटवा कर दम लेगी। इतनी ठूँसती है न जाने कहां भस्म हो जाता है। भला चाहती हो तो जाकर कोठरी में बैठो, जब घर के लोग खाने लगेंगे, तब तुम्हे भी मिलेगा। तुम कोई देवी नहीं हो कि चाहे किसी के मुँह में पानी न जाये, परन्तु तुम्हारी पूजा पहले ही हो जाये।

बूढ़ी काकी ने सिर उठाया, न रोईं न बोलीं। चुपचाप रेंगती हुई अपनी कोठरी में चली गईं। आवाज ऐसी कठोर थी कि हृदय और मष्तिष्क की सम्पूर्ण शक्तियाँ, सम्पूर्ण विचार और सम्पूर्ण भार उसी ओर आकर्षित हो गये थे। नदी में जब कगार का कोई वृहद खंड कटकर गिरता है तो आस-पास का जल समूह चारों ओर से उसी स्थान को पूरा करने के लिए दौड़ता है।

3

भोजन तैयार हो गया है। आंगन में पत्तलें पड़ गईं, मेहमान खाने लगे। स्त्रियों ने जेवनार-गीत गाना आरम्भ कर दिया। मेहमानों के नाई और सेवकगण भी उसी मंडली के साथ, किंतु कुछ हटकर भोजन करने बैठे थे, परन्तु सभ्यतानुसार जब तक सब-के-सब खा न चुकें कोई उठ नहीं सकता था। दो-एक मेहमान जो कुछ पढ़े-लिखे थे, सेवकों के दीर्घाहार पर झुंझला रहे थे। वे इस बंधन को व्यर्थ और बेकार की बात समझते थे।

बूढ़ी काकी अपनी कोठरी में जाकर पश्चाताप कर रही थी कि मैं कहाँ-से-कहाँ आ गई। उन्हें रूपा पर क्रोध नहीं था। अपनी जल्दबाजी पर दुःख था। सच ही तो है जब तक मेहमान लोग भोजन न कर चुकेंगे, घर वाले कैसे खाएंगे। मुझ से इतनी देर भी न रहा गया। सबके सामने पानी उतर गया। अब जब तक कोई बुलाने नहीं आएगा, न जाऊंगी।

मन-ही-मन इस प्रकार का विचार कर वह बुलाने की प्रतीक्षा करने लगीं। परन्तु घी की रुचिकर सुवास बड़ी धैर्य-परीक्षक प्रतीत हो रही थी। उन्हें एक-एक पल एक-एक युग के समान मालूम होता था। अब पत्तल बिछ गई होगी। अब मेहमान आ गये होंगे। लोग हाथ पैर धो रहे हैं, नाई पानी दे रहा है। मालूम होता है लोग खाने बैठ गये। जेवनार गाया जा रहा है, यह विचार कर वह मन को बहलाने के लिए लेट गईं। धीरे-धीरे एक गीत गुनगुनाने लगीं। उन्हें मालूम हुआ कि मुझे गाते देर हो गई। क्या इतनी देर तक लोग भोजन कर ही रहे होंगे। किसी की आवाज सुनाई नहीं देती। अवश्य ही लोग खा-पीकर चले गये। मुझे कोई बुलाने नहीं आया है। रूपा चिढ़ गई है, क्या जाने न बुलाए। सोचती हो कि आप ही आवेंगीं, वह कोई मेहमान तो नहीं जो उन्हें बुलाऊँ। बूढ़ी काकी चलने को तैयार हुईं। यह विश्वास कि एक मिनट में पूड़ियां और मसालेदार तरकारियां सामने आएंगीं, उनकी स्वादेन्द्रियों को गुदगुदाने लगा। उन्होंने मन में तरह-तरह के मंसूबे बांधे-- पहले तरकारी से पूड़ियां खाऊंगी, फिर दही और शक्कर से, कचौरियाँ रायते के साथ मजेदार मालूम होंगी। चाहे कोई बुरा माने चाहे भला, मैं तो मांग-मांगकर खाऊंगी। यही न लोग कहेंगे कि इन्हें विचार नहीं? कहा करें, इतने दिन के बाद पूड़ियां मिल रही हैं तो मुँह झूठा करके थोड़े ही उठ जाऊंगी ।

वह उकड़ूँ बैठकर सरकते हुए आंगन में आईं। परन्तु हाय दुर्भाग्य! अभिलाषा ने अपने पुराने स्वभाव के अनुसार समय की मिथ्या कल्पना की थी। मेहमान-मंडली अभी बैठी हुई थी। कोई खाकर उंगलियाँ चाटता था, कोई तिरछे नेत्रों से देखता था कि और लोग अभी खा रहे हैं या नहीं। कोई इस चिंता में था कि पत्तल पर पूड़ियां छूटी जाती हैं किसी तरह इन्हें भीतर रख लेता। कोई दही खाकर चटकारता था, परन्तु दूसरा दोना मांगते संकोच करता था कि इतने में बूढ़ी काकी रेंगती हुई उनके बीच में आ पहुँची। कई आदमी चौंककर उठ खड़े हुए। पुकारने लगे-- अरे, यह बुढ़िया कौन है? यहाँ कहाँ से आ गई? देखो, किसी को छू न दे।

पंडित बुद्धिराम काकी को देखते ही क्रोध से तिलमिला गये। पूड़ियों का थाल लिए खड़े थे। थाल को जमीन पर पटक दिया और जिस प्रकार निर्दयी महाजन अपने

किसी बेइमान और भगोड़े कर्जद्धार को देखते ही उसका टेंटुआ पकड़ लेता है उसी तरह लपक कर उन्होंने काकी के दोनों हाथ पकड़े और घसीटते हुए लाकर उन्हें अंधेरी कोठरी में धम से पटक दिया। आशारूपी वटिका लू के एक झोंके में विनष्ट हो गई।

मेहमानों ने भोजन किया। घरवालों ने भोजन किया। बाजे वाले, धोबी, चमार भी भोजन कर चुके, परन्तु बूढ़ी काकी को किसी ने न पूछा। बुद्धिराम और रूपा दोनों ही बूढ़ी काकी को उनकी निर्लज्जता के लिए दंड देने क निश्चय कर चुके थे। उनके बुढ़ापे पर, दीनता पर, हत्ज्ञान पर किसी को करुणा न आई थी। अकेली लाडली उनके लिए कुढ़ रही थी।

लाडली को काकी से अत्यंत प्रेम था। बेचारी भोली लड़की थी। बाल-विनोद और चंचलता की उसमें गंध तक न थी। दोनों बार जब उसके माता-पिता ने काकी को निर्दयता से घसीटा तो लाडली का हृदय ठकर रह गया। वह झुंझला रही थी कि हम लोग काकी को क्यों बहुत-सी पूड़ियां नहीं देते। क्या मेहमान सब-की-सब खा जायेंगे? और यदि काकी ने मेहमानों से पहले खा लिया तो क्या बिगड़ जायेगा? वह काकी के पास जाकर उन्हें धैर्य देना चाहती थी, परन्तु माता के भय से न जाती थी। उसने अपने हिस्से की पूड़ियां बिल्कुल न खाईं थीं। अपनी गुडिया की पिटारी में बन्द कर रखी थीं। उन पूड़ियों को काकी के पास ले जाना चाहती थी। उसका हृदय अधीर हो रहा था। बूढ़ी काकी मेरी बात सुनते ही उठ बैठेंगीं, पूड़ियां देखकर कैसी प्रसन्न होंगीं! मुझे खूब प्यार करेंगीं।

4

रात को ग्यारह बज गये थे। रूपा आंगन में पड़ी सो रही थी। लाडली की आँखों में नींद न आती थी। काकी को पूड़ियां खिलाने की खुशी उसे सोने न देती थी। उसने गुड़ियों की पिटारी सामने रखी थी। जब विश्वास हो गया कि अम्मा सो रही हैं, तो वह चुपके से उठी और विचारने लगी, कैसे चलूँ। चारों ओर अंधेरा था। केवल चूल्हों में आग चमक रही थी और चूल्हों के पास एक कुत्ता लेटा हुआ था। लाडली की दृष्टि सामने वाले नीम पर गई। उसे मालूम हुआ कि उस पर हनुमान जी बैठे हुए हैं। उनकी पूँछ, उनकी गदा, वह स्पष्ट दिखलाई दे रही है। मारे भय के उसने आँखें बंद कर लीं। इतने में कुत्ता उठ बैठा, लाडली को ढाढ़स हुआ। कई सोए हुए मनुष्यों के बदले एक भागता हुआ कुत्ता उसके लिए अधिक धैर्य का कारण हुआ। उसने पिटारी उठाई और बूढ़ी काकी की कोठरी की ओर चली।

5

बूढ़ी काकी को केवल इतना स्मरण था कि किसी ने मेरे हाथ पकड़कर घसीटे, फिर ऐसा मालूम हुआ कि जैसे कोई पहाड़ पर उड़ाए लिए जाता है। उनके पैर बार-बार पत्थरों से टकराये तब किसी ने उन्हें पहाड़ पर से पटका, वे मूर्छित हो गईं।

जब वे सचेत हुईं तो किसी की जरा भी आहट न मिलती थी। समझी कि सब लोग खा-पीकर सो गये और उनके साथ मेरी तकदीर भी सो गई। रात कैसे कटेगी? राम! क्या खाऊँ? पेट में अग्नि धधक रही है। हा! किसी ने मेरी सुधि न ली। क्या मेरा पेट काटने से धन जुड़ जायेगा? इन लोगों को इतनी भी दया नहीं आती कि न जाने बुढ़िया कब मर जाये? उसका जी क्यों दुखावें? मैं पेट की रोटियाँ ही खाती हूँ कि और कुछ? इस पर यह हाल। मैं अंधी, अपाहिज ठहरी, न कुछ सुनूँ, न बूझूँ। यदि आंगन में चली गई तो क्या बुद्धिराम से इतना कहते न बनता था कि काकी अभी लोग खाना खा रहे हैं फिर आना। मुझे घसीटा, पटका। उन्ही पूड़ियों के लिए रूपा ने सबके सामने गालियाँ दीं। उन्हीं पूड़ियों के लिए इतनी दुर्गति करने पर भी उनका पत्थर का कलेजा न पसीजा। सबको खिलाया, मेरी बात तक न पूछी। जब तब ही न दीं, तब अब क्या देंगे? यह विचार कर काकी निराशामय संतोष के साथ लेट गई। ग्लानि से गला भर-भर आता था, परन्तु मेहमानों के भय से रोती न थीं। सहसा कानों में आवाज आई-काकी उठो, मैं पूडघ्यिां लाई हूँ।श् काकी ने लाड़ली की बोली पहचानी। चटपट उठ बैठीं। दोनों हाथों से लाडली को टटोला और उसे गोद में बिठा लिया। लाडली ने पूड़ियां निकालकर दीं।

काकी ने पूछा-- क्या तुम्हारी अम्मा ने दी है?

लाडली ने कहा-- नहीं, यह मेरे हिस्से की हैं।

काकी पूड़ियों पर टूट पडीं। पाँच मिनट में पिटारी खाली हो गई। लाडली ने पूछा-- काकी पेट भर गया।

जैसे थोड़ी-सी वर्षा ठंडक के स्थान पर और भी गर्मी पैदा कर देती है उस भाँति इन थोड़ी पूड़ियों ने काकी की क्षुधा और इच्छा को और उत्तेजित कर दिया था। बोलीं-- नहीं बेटी, जाकर अम्मा से और मांग लाओ।

लाड़ली ने कहा-- अम्मा सोती हैं, जगाऊंगी तो मारेंगीं।

काकी ने पिटारी को फिर टटोला। उसमें कुछ खुर्चन गिरी थी। बार-बार होंठ चाटती थीं, चटखारे भरती थीं।

हृदय मसोस रहा था कि और पूड़ियां कैसे पाऊँ। संतोष-सेतु जब टूट जाता है तब इच्छा का बहाव अपरिमित हो जाता है। मतवालों को मद का स्मरण करना उन्हें मदांध बनाता है। काकी का अधीर मन इच्छाओं के प्रबल प्रवाह में बह गया। उचित और अनुचित का विचार जाता रहा। वे कुछ देर तक उस इच्छा को रोकती रहीं। सहसा लाडली से बोलीं-- मेरा हाथ पकड़कर वहाँ ले चलो, जहाँ मेहमानों ने बैठकर भोजन किया है।

लाडली उनका अभिप्राय समझ न सकी। उसने काकी का हाथ पकड़ा और ले जाकर झूठे पत्तलों के पास बिठा दिया। दीन, क्षुधातुर, हत् ज्ञान बुढ़िया पत्तलों से पूड़ियों के टुकड़े चुन-चुनकर भक्षण करने लगी। ओह... दही कितना स्वादिष्ट था, कचौड़ियाँ कितनी सलोनी, खस्ता कितने सुकोमल। काकी बुद्धिहीन होते हुए भी इतना जानती थीं कि मैं वह काम कर रही हूं, जो मुझे कदापि न करना चाहिए। मैं दूसरों की झूठी पत्तल चाट रही हूँ। परन्तु बुढ़ापा तृष्णा रोग का अंतिम समय है, जब सम्पूर्ण इच्छाएँ एक ही केन्द्र पर आ लगती हैं। बूढ़ी काकी में यह केन्द्र उनकी स्वादेन्द्रिय थी।

ठीक उसी समय रूपा की आँख खुली। उसे मालूम हुआ कि लाड़ली मेरे पास नहीं है। वह चौंकी, चारपाई के इधर-उधर ताकने लगी कि कहीं नीचे तो नहीं गिर पड़ी। उसे वहाँ न पाकर वह उठी तो क्या देखती है कि लाड़ली जूठे पत्तलों के पास चुपचाप खड़ी है और बूढ़ी काकी पत्तलों पर से पूड़ियों के टुकड़े उठा-उठाकर खा रही है। रूपा का हृदय सन्न हो गया। किसी गाय की गरदन पर छुरी चलते देखकर जो अवस्था उसकी होती, वही उस समय हुई। एक ब्राह्मणी दूसरों की झूठी पत्तल टटोले, इससे अधिक शोकमय दृश्य असंभव था। पूड़ियों के कुछ ग्रासों के लिए उसकी चचेरी सास ऐसा निष्टट कर्म कर रही है। यह वह दृश्य था जिसे देखकर देखने वालों के हृदय काँप उठते हैं। ऐसा प्रतीत होता मानो जमीन रुक गई, आसमान चक्कर खा रहा है। संसार पर कोई आपत्ति आने वाली है। रूपा को क्रोध न आया। शोक के सम्मुख क्रोध कहाँ? करुणा और भय से उसकी आँखें भर आईं। इस अधर्म का भागी कौन है? उसने सच्चे हृदय से गगन मंडल की ओर हाथ उठाकर कहा-- परमात्मा, मेरे बच्चों पर दया करो। इस अधर्म का दंड मुझे मत दो, नहीं तो मेरा सत्यानाश हो जायेगा।

रूपा को अपनी स्वार्थपरता और अन्याय इस प्रकार प्रत्यक्ष रूप में कभी न दिख पड़े थे। वह सोचने लगी-- हाय! कितनी निर्दय हूँ। जिसकी सम्पति से मुझे दो सौ रुपया आय हो रही है, उसकी यह दुर्गति और मेरे कारण। हे दयामय भगवान! मुझसे

बड़ी भारी चूक हुई है, मुझे क्षमा करो। आज मेरे बेटे का तिलक था। सैकड़ों मनुष्यों ने भोजन पाया। मैं उनके इशारों की दासी बनी रही। अपने नाम के लिए सैकड़ों रुपए व्यय कर दिए, परन्तु जिसकी बदौलत हजारों रुपए खाए, उसे इस उत्सव में भी भरपेट भोजन न दे सकी। केवल इसी कारण तो, वह वृद्धा असहाय है।

रूपा ने दिया जलाया, अपने भंडार का द्वार खोला और एक थाली में सम्पूर्ण सामग्रियां सजाकर बूढ़ी काकी की ओर चली।

आधी रात जा चुकी थी, आकाश पर तारों के थाल सजे हुए थे और उन पर बैठे हुए देवगण स्वर्गीय पदार्थ सजा रहे थे, परन्तु उसमें किसी को वह परमानंद प्राप्त न हो सकता था, जो बूढ़ी काकी को अपने सम्मुख थाल देखकर प्राप्त हुआ। रूपा ने कंठारुद्ध स्वर में कहा---काकी उठो, भोजन कर लो। मुझसे आज बड़ी भूल हुई, उसका बुरा न मानना। परमात्मा से प्रार्थना कर दो कि वह मेरा अपराध क्षमा कर दें।

भोले-भोले बच्चों की भाँति, जो मिठाइयाँ पाकर मार और तिरस्कार सब भूल जाता है, बूढ़ी काकी वैसे ही सब भुलाकर बैठी हुई खाना खा रही थी। उनके एक-एक रोंए से सच्ची सदिच्छाएँ निकल रही थीं और रूपा बैठी स्वर्गीय दृश्य का आनन्द लेने में निमग्न थी।

14

अलग्योझा

भोला महतो ने पहली स्त्री के मर जाने के बाद दूसरी सगाई की तो उसके लड़के रग्घू के लिए बुरे दिन आ गये। रग्घू की उम्र उस समय केवल दस वर्ष की थी। चैन से गाँव में गुल्ली-डंडा खेलता फिरता था। माँ के आते ही चक्की में जुतना पड़ा। पन्ना रूपवती स्त्री थी और रूप और गर्व में चोली-दामन का नाता है। वह अपने हाथों से कोई मोटा काम न करती। गोबर रग्घू निकालता, बैलों को सानी रग्घू देता। रग्घू ही जूठे बरतन माँजता। भोला की आँखें कुछ ऐसी फिरीं कि उसे अब रग्घू में सब बुराइयाँ-ही-बुराइयाँ नजर आतीं। पन्ना की बातों को वह प्राचीन मर्यादानुसार आँखें बन्द करके मान लेता था। रग्घू की शिकायतों की जरा भी परवाह न करता। नतीजा यह हुआ कि रग्घू ने शिकायत करना छोड़ दिया। किसके सामने रोये ? बाप ही नहीं, सारा गाँव उसका दुश्मन था। बड़ा जिद्दी लड़का है, पन्ना को कुछ समझता ही नहीं; बेचारी उसका दुलार करती है, खिलाती-पिलाती है। यह उसी का फल है। दूसरी औरत होती, तो निबाह न होता ! वह तो कहो, पन्ना इतनी सीधी-सादी है कि निबाह होता जाता है। सबल की शिकायतें सब सुनते हैं, निर्बल की फरियाद भी कोई नहीं सुनता। रग्घू का हृदय माँ की ओर से दिन-दिन फटता जाता था। यहाँ तक कि आठ साल गुजर गये और एक दिन भोला के नाम मृत्यु का सन्देश आ पहुँचा।

पन्ना के चार बच्चे थे–तीन बेटे और एक बेटी। इतना बड़ा खर्च और कमानेवाला कोई नहीं। रग्घू अब क्यों पूछने लगा। यह मानी हुई बात थी। अपनी स्त्री लायेगा और अलग रहेगा। स्त्री आकर और भी आग लगायेगी। पन्ना के चारों ओर अंधेरा-ही-अंधेरा दिखाई देता था। पर कुछ भी हो, वह रग्घू की आसरैत

बनकर घर में न रहेगी। जिस घर में उसने राज किया, उसमें अब लौंडी न बनेगी। जिस लौंडे को अपना गुलाम समझा, उसका मुँह न ताकेगी। वह सुन्दर थी, अवस्था भी कुछ ऐसी ज्यादा न थी। जवानी अपनी पूरी बहार पर थी। क्या वह कोई दूसरा घर नहीं कर सकती ? यही न होगा, लोग हँसेगे। बला से ! उसकी बिरादरी में क्या ऐसा होता नहीं। ब्राह्मण-ठाकुर थोड़े ही थी कि नाक कट जायगी। यह तो ऊँची जातों में होता है कि घर में चाहे जो कुछ करो, बाहर परदा ढँका रहे। वह तो संसार को दिखाकर दूसरा घर कर सकती है। फिर वह रग्घू की दबैल बनकर क्यों रहे?

भोला को मरे एक महीना गुजर चुका था। संध्या हो गई थी। पन्ना इसी चिन्ता में पड़ी हुई थी कि सहसा उसे खयाल आया, लड़के घर में नहीं हैं। यह बैलों के लौटने की बेला है, कहीं कोई लड़का उनके नीचे न आ जाय। अब द्वार पर कौन है, जो उनकी देखभाल करेगा। घर से बाहर निकली, तो देखा रग्घू अपने झोंपड़े में बैठा ऊख की गँडेरियाँ बना रहा है, तीनों लड़के उसे घेरे खड़े हैं और छोटी लड़की गर्दन में हाथ डाले उसकी पीठ पर सवार होने की चेष्टा कर रही है। पन्ना को अपनी आँखों पर विश्वास न आया। आज तो यह नई बात है ! शायद दुनिया को दिखाता है कि मैं अपने भाइयों को कितना चाहता हूँ और मन में छुरी रक्खी हुई है। घात मिले तो जान ही ले ले। काला साँप है, काला साँप। कठोर स्वर में बोली–तुम सब-के-सब वहाँ क्या करते हो ? घर में आओ, साँझ की बेला है, गोरू आते होंगे।

रग्घू ने विनीत नेत्रों से देखकर कहा–मैं तो हूँ ही काकी, डर किस बात का है ?

बड़ा लड़का केदार बोला–काकी, रग्घू दादा ने हमारे लिए दो गाड़ियाँ बना दी हैं। यह देख, एक पर हम और खुन्नू बैठेंगे, दूसरी पर लछमन और झुनिया। दादा दोनों गाड़ियाँ खींचेंगे।

यह कहकर वह कोने से छोटी-छोटी गाड़ियाँ निकाल लाया, चार-चार पहिए लगे थे, बैठने के लिए तख्ते और रोक के लिए दोनों तरफ बाजू थे।

पन्ना ने आश्चर्य से पूछा–ये गाड़ियाँ किसने बनायीं ?

केदार ने चिढ़कर कहा–रग्घू दादा ने बनायी हैं और किसने। भगत के घर से बसूला और रुखानी माँग लाये और झटपट बना दीं। खूब दौड़ती हैं काकी। बैठ खुन्नू, मैं खींचूँ।

खुन्नू गाड़ी में बैठ गया। केदार खींचने लगा। चर-चर का शोर हुआ, मानो गाड़ी भी इस खेल में लड़कों के साथ शरीक है।

लछमन ने दूसरी गाड़ी पर बैठकर कहा–दादा खींचो।

रग्घू ने झुनिया को भी गाड़ी में बैठा दिया और गाड़ी खींचता हुआ दौड़ा। तीनों लड़के तालियाँ बजाने लगे। पन्ना चकित नेत्रों से यह दृश्य देख रही थी और सोच रही थी कि यह वही रग्घू है या और।

थोड़ी देर के बाद दोनों गाड़ियाँ लौटीं; लड़के घर में आकर इस यान-यात्रा के अनुभव बयान करने लगे। कितने खुश थे सब, मानों हवाई जहाज पर बैठ आये हों।

खुन्नू ने कहा–काकी सच, पेड़ दौड़ रहे थे।

लछमन–और बछिया कैसी भागीं, सब-की-सब दौड़ीं।

केदार–काकी, रग्घू दादा दोनों गाड़ियाँ एक साथ खींच ले जाते हैं।

झुनिया सबसे छोटी थी। उसकी व्यंजनाशक्ति उछल-कूद और नेत्रों तक परिमित थी–तालियाँ बजा-बजाकर नाच रही थी।

खुन्नू–अब हमारे घर गाय भी आ जायगी काकी। रग्घू दादा ने गिरधारी से कहा है कि हमें एक गाय ला दो।

गिरधारी बोला–कल लाऊँगा।

केदार–तीन सेर दूध देती है काकी। खूब दूध पीयेंगे।

इतने में रग्घू भी अन्दर आ गया। पन्ना ने अवहेलना की दृष्टि से देखकर पूछा–क्यों रग्घू, तुमने गिरधारी से कोई गाय माँगी है ?

रग्घू ने क्षमा-प्रार्थना के भाव से कहा–हाँ माँगी तो है, कल लावेगा।

पन्ना–रुपये किसके घर से आयेंगे ? यह भी सोचा है ?

रग्घू–सब सोच लिया है काकी। मेरी यह मुहर नहीं है। इसके पच्चीस रुपये मिल रहे हैं; पाँच रुपये बछिया के मुजरा दे दूँगा। बस गाय अपनी हो जायेगी।

पन्ना सन्नाटे में आ गयी। अब उसका अविश्वासी मन भी रग्घू के प्रेम और सज्जनता को अस्वीकार न कर सका। बोली–मुहर को क्यों बेचे देते हो ? गाय की अभी कौन जल्दी है। हाथ में पैसे हो जायँ, तो ले लेना। सूना-सूना गला अच्छा न लगेगा। इतने दिनों गाय नहीं रही; तो क्या लड़के नहीं जिये ?

रग्घू दार्शनिक भाव से बोला–बच्चों के खाने-पीने के यही दिन हैं काकी। इस उम्र में न खाया, तो फिर क्या खायेंगे। मुहर पहनना मुझे अच्छा भी नहीं मालूम होता, लोग समझते होंगे कि बाप तो मर गया, इसे मुहर पहनने की सूझी है।

भोला महतो तो गाय की चिन्ता ही में चल बसे, न रुपये आये और न गाय मिली, मजबूर थे। रग्घू ने वह समस्या कितनी सुगमता से हल कर दी। आज जीवन

में पहली बार, पन्ना को रग्घू पर विश्वास आया, बोली—जब गहना ही बेचना है, तो अपनी मुहर क्यों बेचोगे। मेरी हँसली ले लेना।

रग्घू—नहीं काकी ! वह तुम्हारे गले में बहुत अच्छी लगती है। मर्दों को क्या, मुहर पहने या न पहने।

पन्ना—चल, मैं बूढ़ी हुई। मुझे अब हँसली पहनकर क्या करना है। तू अभी लड़का है, तेरा सूना गला अच्छा न लगेगा।

रग्घू मुस्करा कर बोला—तुम अभी से कैसे बूढ़ी हो गयीं ? गाँव में, कौन तुम्हारे बराबर है ?

रग्घू की सरल आलोचना ने पन्ना को लज्जित कर दिया। उसके रूखे-मुरझाये मुख पर प्रसन्नता की लाली दौड़ गयी।

पाँच साल गुजर गये। रग्घू का-सा मेहनती, ईमानदार, बात का धनी दूसरा किसान गाँव में न था। पन्ना की इच्छा के बिना कोई काम न करता। उसकी उम्र अब 23 साल की हो गयी थी। पन्ना बार-बार कहती—भइया बहू को बिदा करा लाओ। कब तक नैहर में पड़ी रहेगी। सब लोग मुझी को बदनाम करते हैं कि यही बहू को नहीं आने देती, मगर रग्घू टाल देता था। कहता कि अभी जल्दी क्या है। उसे अपनी स्त्री के रंग-ढंग का कुछ परिचय दूसरों से मिल चुका था। ऐसी औरत को घर में लाकर वह अपनी शान्ति में बाधा नहीं डालना चाहता था।

आखिर एक दिन पन्ना ने जिद करके कहा—तो तुम न लाओगे ?

'कह दिया कि अभी कोई जल्दी नहीं है।'

'तुम्हारे लिए जल्दी न होगी, मेरे लिए तो जल्दी है। मैं आज आदमी भेजती हूँ।'

'पछताओगी काकी, उसका मिजाज अच्छा नहीं है।'

'तुम्हारी बला से। जब मैं उससे बोलूँगी ही नहीं; तो क्या हवा से लड़ेगी। रोटियाँ तो बना लेगी। मुझसे भीतर-बाहर का सारा काम नहीं होता, मैं आज बुलाये लेती हूँ।'

'बुलाना चाहती हो, बुला लो; मगर फिर यह न कहना कि यह मेहरिया को ठीक नहीं करता, उसका गुलाम हो गया।'

'न कहूँगी, जाकर दो साड़ियाँ और मिठाई ले आ।'

तीसरे दिन मुलिया मैके से आ गई। दरवाजे पर नगाड़े बजे। शहनाइयों की मधुर ध्वनि आकाश में गूँजने लगी। मुँह-दिखावे की रस्म अदा हुई। वह इस मरुभूमि में निर्मल जल-धारा थी। गेहुआँ रंग था, बड़ी-बड़ी नोकीली पलकें, कपोलों पर हल्की सुर्खी, आँखों में प्रबल आकर्षण, रग्घू उसे देखते ही मन्त्र-मुग्ध हो गया।

प्रातःकाल पानी का घड़ा लेकर चलती, तब उसका गेहुआँ रंग प्रभात की सुनहली किरणों से कुन्दन हो जाता, मानो उषा अपनी सारी सुगन्ध, सारा विकास और सारा उन्माद लिए मुसकराती चली जाती हो।

मुलिया मैके से ही जली-भुनी आयी थी, मेरा शौहर छाती फाड़कर काम करे और पन्ना रानी बनी बैठी रहे, उसके लड़के रईसजादे बने घूमें। मुलिया से यह बरदाश्त न होगा। वह किसी की गुलामी न करेगी। अपने लड़के तो अपने होते ही नहीं, भाई किसके होते हैं। जब तक पर नहीं निकलते हैं, रग्घू को घेरे हुए हैं। ज्यों ही जरा सयाने हुए, पर झाड़कर निकल जायँगे। बात भी न पूछेंगे।

उस दिन उसने रग्घू से कहा–तुम्हें इस तरह गुलामी करनी हो तो करो, मुझसे न होगी।

रग्घू–तो फिर क्या करूँ, तू ही बता ? लड़के तो अभी घर का काम करने लायक भी नहीं हैं।

मुलिया–लड़के रावत के हैं, कुछ तुम्हारे नहीं हैं। यही पन्ना है, जो तुम्हें दाने-दाने को तरसाती थी। सब सुन चुकी हूँ। मैं लौंडी बनकर न रहूँगी। रुपये-पैसे का मुझे कुछ हिसाब नहीं मिलता। न जाने तुम क्या लाते हो ? और वह क्या करती है। तुम समझते हो रुपये घर ही में तो हैं; मगर देख लेना, तुम्हें जो एक फूटी कौड़ी भी मिले।

रग्घू–रुपये-पैसे तेरे हाथ में देने लगूँ, तो दुनिया क्या कहेगी, यह तो सोच।

मुलिया–दुनिया जो चाहे कहे। दुनिया के हाथों बिकी नहीं हूँ। देख लेना, भाड़ लीपकर हाथ काला ही रहेगा। फिर तुम अपने भाइयों के लिए मरो, मैं क्यों मरूँ ?

रग्घू ने जवाब न दिया–उसे जिस बात का भय था, वह इतनी जल्द सिर पर आ पड़ी। अब अगर उसने बहुत तत्थोथंभी किया, तो साल-छः महीने और काम चलेगा। बस, आगे यह डोंगा चलता नजर नहीं आता। बकरे की माँ कब तक खैर मनायेगी ?

एक दिन पन्ना ने महुए का सुखावन डाला। बरसात शुरू हो गई थी। बखार में अनाज गीला हो रहा था। मुलिया से बोली–बहू, जरा देखती रहना, मैं तालाब से नहा आऊँ।

मुलिया ने लापरवाही से कहा–मुझे नींद आ रही है, तुम बैठकर देखो, एक दिन न नहाओगी तो क्या होगा।

पन्ना ने साड़ी उठाकर रख दी, नहाने न गई। मुलिया का वार खाली गया।

कई दिन के बाद एक शाम को पन्ना धान रोपकर लौटी, अँधेरा हो गया था। दिन भर की भूखी थी, आशा थी, बहू ने रोटी बना रखी होगी, मगर देखा तो यहाँ चूल्हा ठण्डा पड़ा हुआ था और बच्चे मारे भूख के तड़प रहे थे। मुलिया से आहिस्ते से पूछा–आज अभी चूल्हा नहीं जला ?

केदार ने कहा–आज दोपहर को भी चूल्हा नहीं जला काकी ! भाभी ने कुछ बनाया ही नहीं।

पन्ना–तो तुम लोगों ने खाया क्या ?

केदार–कुछ नहीं, रात की रोटियाँ थीं, खुन्नू और लछमन ने खायीं। मैंने सत्तू खा लिया।

पन्ना–और बहू ?

केदार–वह तो पड़ी सो रही है, कुछ नहीं खाया।

पन्ना ने उसी वक्त चूल्हा जलाया और खाना बनाने बैठ गयी। आटा गूँथती थी और रोती थी। क्या नसीब है, दिन-भर खेत में जली, घर आई तो चूल्हे के सामने जलना पड़ा।

केदार का चौदहवाँ साल था। भाभी के रंग-ढंग देखकर सारी स्थिति समझ रहा था। बोला–काकी, भाभी अब तुम्हारे साथ रहना नहीं चाहती। पन्ना ने चौंककर पूछा–क्या कुछ कहती थी ?

केदार–कहती कुछ नहीं थी; मगर है उसके मन में यही बात। फिर तुम क्यों नहीं छोड़ देतीं ? जैसे चाहे रहे; हमारा भी भगवान है।

पन्ना ने दाँतों से जीभ दबाकर कहा–चुप, मेरे सामने ऐसी बात भूल कर भी न कहना। रग्घू तुम्हारा भाई नहीं, तुम्हारा बाप है। मुलिया से कभी बोलोगे, तो समझ लेना जहर खा लूँगी।

दशहरे का त्योहार आया। इस गाँव से कोस-भर पर एक पुरवे में मेला लगता था। गाँव के सब लड़के मेला देखने चले। पन्ना भी लड़कों के साथ चलने को तैयार हुई; मगर पैसे कहाँ से आयें ? कुंजी तो मुलिया के पास थी।

रग्घू ने आकर मुलिया से कहा–लड़के मेले जा रहे हैं, सबों को दो-दो आने पैसे दे दे।

मुलिया ने त्योरियाँ चढ़ाकर कहा–पैसे घर में नहीं हैं।

रग्घू–अभी तो तेलहन बिका था, क्या इतनी जल्दी रुपये उठ गये ?

मुलिया–हाँ, उठ गये।

रग्घू–कहाँ उठ गये ? जरा सुनूँ, आज त्योहार के दिन लड़के मेला देखने न जायँगे ?

मुलिया–अपनी काकी से कहो, पैसे निकालें, गाड़कर क्या करेंगी।

खूँटी पर कुंजी लटक रही थी। रग्घू ने कुंजी उतारी और चाहा कि संदूक खोले कि मुलिया ने उसका हाथ पकड़ लिया और बोली–कुंजी मुझे दे दो, नहीं तो ठीक न होगा। खाने-पहनने को भी चाहिए, कागज-किताब को भी चाहिए, उस पर मेला देखने को भी चाहिए। हमारी कमाई इसलिए नहीं है कि दूसरे खायँ और मूँछों पर ताव दें।

पन्ना ने रग्घू से कहा–भइया, पैसे क्या होंगे। लड़के मेले देखने न जायँगे।

रग्घू ने झिड़ककर कहा–मेला देखने क्यों न जायँगे ? सारा गाँव जा रहा है। हमारे ही लड़के न जायँगे।

यह कहकर रग्घू ने अपना हाथ छुड़ा लिया और पैसे निकालकर लड़कों को दे दिये; मगर कुंजी जब मुलिया को देने लगा, तब उसने उसे आँगन में फेंक दिया और मुँह लपेटकर लेट गयी। लड़के मेला देखने न गये।

इसके बाद दो दिन गुजर गये। मुलिया ने कुछ नहीं खाया और पन्ना भी भूखी रही। रग्घू कभी इसे मनाता, कभी उसे; पर न यह उठती न वह। आखिर रग्घू ने हैरान होकर मुलिया से पूछा–कुछ मुँह से कह, चाहती क्या है ?

मुलिया ने धरती को सम्बोधित करके कहा–मैं कुछ नहीं चाहती, तू मुझे मेरे घर पहुँचा दे।

रग्घू–अच्छा उठ, बना खा। पहुँचा दूँगा।

मुलिया ने रग्घू की ओर आँखें उठाईं। रग्घू उसकी सूरत देखकर डर गया। वह माधुर्य, वह मोहकता, वह लावण्य गायब हो गया था। दाँत निकल आये थे, आँखें फट गयी थीं और नथुने फड़क रहे थे। अंगारे की-सी लाल आँखों से देखकर बोली–अच्छा, तो काकी ने यह सलाह दी है, यह मन्त्र पढ़ाया है ? तो यहाँ ऐसी कच्ची नहीं हूँ। तुम दोनों की छाती पर मूँग दलूँगी। हो किस फेर में।

रग्घू–अच्छा, तो मूँग ही दल लेना। कुछ खा-पी लेगी, तभी तो मूँग दल सकेगी।

मुलिया–अब तो तभी मुँह में पानी डालूँगी, जब घर अलग हो जायगा। बहुत झेल चुकी, अब नहीं झेला जाता।

रग्घू सन्नाटे में आ गया, एक मिनट तक तो उसके मुँह से आवाज ही न निकली। अलग होने की उसने स्वप्न में भी कल्पना न की थी। उसने गाँव में दो

चार परिवारों को अलग होते देखा था। वह खूब जानता था, रोटी के साथ लोगों के हृदय भी अलग हो जाते हैं। अपने हमेशा के लिए गैर हो जाते हैं। फिर उनमें वही नाता रह जाता है, जो गाँव के और आदमियों में। रग्घू ने मन में ठान लिया था कि इस विपत्ति को घर न आने दूँगा; मगर होनहार के सामने उसकी एक न चली। आह ! मेरे मुँह में कालिख लगेगी, दुनिया यही कहेगी कि बाप के मर जाने पर दस साल भी एक में निबाह न हो सका। फिर किससे अलग हो जाऊँ। जिनको गोद में खिलाया, जिनको बच्चों की तरह पाला, जिनके लिए तरह-तरह के कष्ट झेले, उन्हीं से अलग हो जाऊँ। अपने प्यारों को घर से निकाल बाहर करूँ। उसका गला फँस गया। काँपते हुए स्वर में बोला–तू क्या चाहती है कि मैं अपने भाइयों से अलग हो जाऊँ ? भला सोच तो; कहीं मुँह दिखाने लायक रहूँगा ?

मुलिया–तो मेरा इन लोगों के साथ निबाह न होगा ?

रग्घू–तो तू अलग हो जा। मुझे अपने साथ क्यों घसीटती है।

मुलिया–तो मुझे क्या तुम्हारे घर में मिठाई मिलती है, मेरे लिए क्या संसार में जगह नहीं है ?

रग्घू–तेरी जैसी मर्जी, जहाँ चाहे रह। मैं अपने घरवालों से अलग नहीं हो सकता। जिस दिन इस घर में दो चूल्हे जलेंगे, उस दिन मेरे कलेजे के दो टुकड़े हो जायँगे। मैं यह चोट नहीं सह सकता। तुझे जो तकलीफ हो, वह मैं दूर कर सकता हूँ। माल-असबाब की मालकिन तू है ही, अनाज-पानी तेरे ही हाथ है, अब रह क्या गया है ? अगर कुछ काम-धन्धा करना नहीं चाहती, मत कर। भगवान ने मुझे समाई दी होती, तो तुझे तिनका तक उठाने न देता। तेरे यह सुकुमार हाथ-पाँव मेहनत-मजूरी करने के लिए बनाये ही नहीं गये हैं; मगर क्या करूँ, अपना कुछ बस ही नहीं है। फिर भी तेरा जी कोई काम करने को न चाहे, मत कर; मगर मुझसे अलग होने को न कह, तेरे पैरों पड़ता हूँ।

मुलिया ने सिर से आंचल खिसकाया और जरा समीप आकर बोली–मैं काम करने से नहीं डरती, न बैठे-बैठे खाना चाहती हूँ; मगर मुझसे किसी की धौंस नहीं सही जाती। तुम्हारी ही काकी घर का काम-काज करती हैं, तो अपने लिए करती हैं, अपने बाल-बच्चों के लिए करती हैं। मुझ पर कुछ एहसान नहीं करतीं। फिर मुझ पर धौंस क्यों जमाती हैं। उन्हें अपने बच्चे प्यारे होंगे, मुझे तो तुम्हारा आसरा है। मैं अपनी आँखों से यह नहीं देख सकती कि सारा घर तो चैन करे, जरा-जरा से बच्चे तो दूध पीयें और जिसके बल-बूते पर गृहस्थी थमी हुई है, वह मट्ठे को तरसे। कोई उसका पूछनेवाला न हो। जरा अपना मुँह तो देखो, कैसे सूरत निकल

आयी है। औरों के तो चार बरस में अपने पट्ठे तैयार हो जायेंगे। तुम तो दस साल में खाट पर पड़ जाओगे। बैठ जाओ, खड़े क्यों हो ? क्या मारकर भागोगे ! मैं तुम्हें जबरदस्ती न बाँध लूँगी। जानती कि ऐसे निर्मोहिये से पाला पड़ेगा, तो इस घर में भूल से न आती। आती भी तो मन न लगाती, मगर अब तो मन तुमसे लग गया। घर भी जाऊँ, तो मन यहाँ ही रहेगा और तुम जो हो, मेरी बात नहीं पूछते।

मुलिया की ये रसीली बातें रग्घू पर कोई असर न डाल सकीं। वह उसी रुखाई से बोला–मुलिया, मुझसे यह न होगा। अलग होने का ध्यान करते ही मेरा मन न जाने कैसा हो जाता है। यह चोट मुझसे न सही जायगी।

मुलिया ने परिहास करके कहा–तो चूड़ियाँ पहनकर अन्दर बैठो न। लाओ मैं मूँछें लगा लूँ। मैं तो समझती थी कि तुममें भी कुछ कस-बल है। अब देखती हूँ, तो निरे मिट्टी के लोंदे हो।

पन्ना दालान में खड़ी दोनों की बातचीत सुन रही थी। अब उससे न रहा गया। सामने आकर रग्घू से बोली–जब वह अलग होने पर तुली हुई है, फिर तुम क्यों उसे जबरदस्ती मिलाये रखना चाहते हो ? तुम उसे लेकर रहो, हमारे भगवान मालिक हैं। जब महतो मर गये थे और कहीं पत्ती की भी छाँह न थी, जब उस वक्त भगवान ने निबाह दिया, तो अब क्या डर ? अब तो भगवान की दया से तीनों लड़के सयाने हो गये हैं। अब कोई चिन्ता नहीं।

रग्घू ने आँसू भरी आँखों से पन्ना को देखकर कहा–काकी, तू भी पागल हो गयी है क्या ? जानती नहीं, दो रोटियाँ होते ही दो मन हो जाते हैं।

पन्ना–जब वह मानती ही नहीं, तब तुम क्या करोगे ? भगवान की यही मरजी होगी, तो कोई क्या करेगा। परारब्ध में जितने दिन एक साथ रहना लिखा था, उतने दिन रहे, अब उसकी यही मरजी है, तो यही सही। तुमने मेरे बाल-बच्चों के लिए जो कुछ किया, वह मैं भूल नहीं सकती। तुमने इनके सिर पर हाथ न रक्खा होता तो आज इनकी न जाने क्या गति होती, न जाने किसके द्वार पर ठोकरें खाते होते, न जाने कहाँ-कहाँ भीख माँगते फिरते। तुम्हारा जस मरते दम तक गाऊँगी, अगर मेरी खाल तुम्हारे जूते बनाने के काम आये, तो खुशी से दे दूँ। चाहे तुमसे अलग हो जाऊँ, पर जिस घड़ी तुम पुकारोगे, कुत्ते की तरह दौड़ी आऊँगी। यह भूलकर भी न सोचना कि तुमसे अलग होकर मैं तुम्हारा बुरा चेतूँगी। जिस दिन तुम्हारा अनभल मेरे मन में आयेगा, उसी दिन विष खाकर मर जाऊँगी। भगवान करे, तुम दूधों नहाव, पूतों फलो। मरते दम तक यही असीस मेरे रोएँ-रोएँ से निकलती रहेगी और अगर लड़के भी अपने बाप के हैं, तो मरते दम तुम्हारा पोस मानेंगे।

यह कहकर पन्ना रोती हुई वहाँ से चली गई। रग्घू वहीं मूर्ति की तरह खड़ा रहा। आसमान की ओर टकटकी लगी थी और आँखों से आँसू बह रहे थे।

पन्ना की बातें सुनकर मुलिया समझ गयी कि अब अपने पौबारह हैं। चटपट उठी, घर में झाड़ू लगाया, चूल्हा जलाया और कुएँ से पानी लाने चली। उसकी टेक पूरी हो गयी थी।

गाँव में स्त्रियों के दो दल होते हैं—एक बहुओं का, दूसरा सासों का। बहुएँ सलाह और सहानुभूति के लिए अपने दल में जाती हैं, सासें अपने दल में। दोनों की पंचायतें अलग होती हैं। मुलिया को कुएँ पर दो-तीन बहुएँ मिल गयीं। एक ने पूछा—आज तो तुम्हारी बुढ़िया बहुत रो-धो रही थी।

मुलिया ने विजय के गर्व से कहा—इतने दिनों से घर की मालकिन बनी हुई हैं, राज-पाट छोड़ते किसे अच्छा लगता है। बहन, मैं उनका बुरा नहीं चाहती; लेकिन एक आदमी की कमाई में कहाँ तक बरकत होगी। मेरे भी तो यही खाने-पीने, पहनने-ओढ़ने के दिन है। अभी उनके पीछे मरो, फिर बाल-बच्चे हो जायँ, उनके पीछे मरो। सारी जिन्दगी रोते ही कट जाय।

एक बहू—बुढ़िया यही चाहती है कि यह बस जन्म भर लौंड़ी बनी रहे। मोटा-झोटा खाएं और पड़ी रहे।

दूसरी बहू—किस भरोसे पर कोई मरे। अपने लड़के तो बात नहीं पूछते, पराये लड़कों का क्या भरोसा ? कल इनके हाथ-पाँव हो जायँगे, फिर कौन पूछता है। अपनी-अपनी मेहरियों का मुँह देखेंगे। पहले से ही फटकार देना अच्छा है। फिर तो कोई कलंक न होगा।

मुलिया पानी लेकर गयी, खाना बनाया और रग्घू से बोली—'जाओ, नहा आओ, रोटी तैयार है।'

रग्घू ने मानो सुना ही नहीं। सिर पर हाथ रखकर द्वार की तरफ ताकता रहा।

मुलिया—क्या कहती हूँ, कुछ सुनाई देता है ? रोटी तैयार है, जाओ नहा आओ।

रग्घू—सुन तो रहा हूँ, क्या बहरा हूँ ? रोटी तैयार है, तो जाकर खा ले। मुझे भूख नहीं है।

मुलिया ने फिर कुछ नहीं कहा। जाकर चूल्हा बुझा दिया, रोटियाँ उठाकर छींके पर रख दीं और मुँह ढाँककर लेट रही।

जरा देर में पन्ना आकर बोली—खाना तो तैयार है, नहा-धोकर खा लो ! वह भी तो भूखी होगी ?

रग्घू ने झुँझलाकर कहा–काकी, तू घर में रहने देगी कि मुँह में कालिख लगाकर कहीं निकल जाऊँ ? खाना तो खाना ही है, आज न खाऊँगा, कल खाऊँगा; लेकिन अभी मुझसे न खाया जायगा। केदार क्या अभी मदरसे से नहीं आया ?

पन्ना–अभी तो नहीं आया, आता ही होगा।

पन्ना समझ गयी कि जब तक वह खाना बनाकर लड़कों को न खिलायेगी और खुद न खायेगी, रग्घू न खायेगा। इतना ही नहीं, उसे रग्घू से लड़ाई करनी पड़ेगी, उसे जली-कटी सुनानी पड़ेगी, उसे यह दिखाना पड़ेगा कि मैं ही उससे अलग होना चाहती हूँ, नहीं तो वह इसी चिन्ता में घुल-घुलकर प्राण दे देगा। यह सोचकर उसने अलग चूल्हा जलाया और खाना बनाने लगी। इतने में केदार और खुन्नू मदरसे से आ गये। पन्ना ने कहा–'आओ बेटा, खा लो रोटी तैयार है।'

केदार ने पूछा–भइया को बुला लूँ न ?

पन्ना–तुम आकर खा लो। उनकी रोटी बहू ने अलग बनायी है।

खुन्नू–जाकर भइया से पूछ न आऊँ ?

पन्ना–जब उनका जी चाहेगा, खायेंगे। तू बैठकर खा, तुझे इन बातों से क्या मतलब ? जिसका जी चाहेगा, खायेगा, जिसका जी न चाहेगा न खायेगा। जब वह और उसकी बीवी अलग रहने पर तुले हैं, तो कौन मनाये ?

केदार–तो क्या अम्माँजी, क्या हम अलग घर में रहेंगे ?

पन्ना–उनका जी चाहे एक घर में रहें, जी चाहे आँगन में दीवार डाल लें।

खुन्नू ने दरवाजे पर आकर झाँका, सामने फूस की झोपड़ी थी, वहीं खाट पर पड़ा रग्घू नारियल पी रहा था।

खुन्नू–भइया तो अभी नारियल लिए बैठे हैं।

पन्ना–जब जी चाहेगा खायेंगे।

केदार–भइया ने भाभी को डाँटा नहीं ?

मुलिया अपनी कोठरी में पड़ी सुन रही थी। बाहर आकर बोली–भइया ने तो नहीं डाँटा, अब तुम आकर डाँटो।

केदार के चेहरे का रंग उड़ गया। फिर जबान न खोली। तीनों लड़कों ने खाना खाया और बाहर निकले। लू चलने लगी थी। आम के बाग में गाँव के लड़के-लड़कियाँ हवा से गिरे हुए आम चुन रहे थे। केदार ने कहा–आज हम भी आम चुनने चलें, खूब आम गिर रहे हैं।

खुन्नू—दादा जी बैठे हैं...

लछमन—मैं न जाऊँगा, दादा घुड़केंगे।

केदार—वह तो अब अलग हो गये।

लछमन—तो अब हमको कोई मारेगा, तब भी दादा न बोलेंगे ?

केदार—वाह, तब क्यों न बोलेंगे ?

रग्घू ने तीनों लड़कों को दरवाजे पर खड़े देखा, पर कुछ बोला नहीं। पहले तो वह घर से बाहर निकलते ही उन्हें डाँट बैठता था; पर आज वह मूर्ति के समान निश्चल बैठा रहा। अब लड़कों को कुछ साहस हुआ। कुछ दूर और आगे बढ़े, रग्घू अब भी न बोला, कैसे बोले। वह सोच रहा था, काकी ने लड़कों को खिला-पिला दिया, मुझसे पूछा तक नहीं। क्या उसकी आँखों पर भी परदा पड़ गया है; अगर मैंने लड़कों को पुकारा और वह न आये तो ? मैं उनको मार-पीट तो सकूँगा। लू में सब-के-सब मारे-मारे फिरेंगे। कहीं बीमार न पड़ जायँ। उसका दिल मसोसकर रह जाता था; लेकिन मुँह से कुछ कह न सकता था। लड़कों ने देखा कि यह बिलकुल नहीं बोलते, तो निर्भय होकर चल पड़े।

सहसा मुलिया ने आकर कहा—अब तो उठोगे कि अब भी नहीं ? जिनके नाम पर फाका कर रहे हो, उन्होंने मजे से लड़कों को खिलाया और आप खाया, अब आराम से सो रही हैं। 'मोर पिया मोरी बात न पूछें मोर सुहागिन नाँव।' एक भी तो मुँह से न फटा कि भइया, खा लो।

रग्घू को इस समय मर्मान्तक पीड़ा हो रही थी। मुलिया के इन कठोर शब्दों ने घाव पर नमक छिड़क दिया। दुःखित नेत्रों से देखकर बोला—तेरी जो मर्जी थी, वही तो हुआ। अब जा ढोल बजा !

मुलिया—नहीं, तुम्हारे लिए थाली परोसे बैठी हैं !

रग्घू—मुझे चिढ़ा मत। तेरे पीछे मैं भी बदनाम हो रहा हूँ। जब तू किसी की होकर नहीं रहना चाहती; तो दूसरे को क्या गरज है, जो तेरी खुशामद करे। जाकर काकी से पूछ, लड़के आम चुनने गये हैं, उन्हें पकड़ लाऊँ।

मुलिया अँगूठा दिखाकर बोली—यह जाता है ! तुम्हें सौ बार गरज हो जाकर पूछो।

इतने में पन्ना भी भीतर से निकल आयी। रग्घू ने पूछा—लड़के बगीचे में चले गये काकी, लू चल रही है।

पन्ना—अब उनका कौन पुछत्तर है। बगीचे में जायँ, पेड़ पर चढ़ें, पानी में डूबें। मैं अकेली क्या-क्या करूँ ?

रग्घू—जाकर पकड़ लाऊँ ?

पन्ना—जब तुम्हें अपने मन से नहीं जाना है, तो फिर मैं जाने को क्यों कहूँ ? तुम्हें रोकना होता, तो रोक न देते ? तुम्हारे सामने ही तो गये होंगे।

पन्ना की बात पूरी न हुई थी कि रग्घू ने नारियल कोने में रख दिया और बाग की तरफ चला।

रग्घू लड़कों को लेकर बाग से लौटा, तो देखा मुलिया अभी तक झोपड़े में खड़ी है। बोला—तू जाकर खा क्यों नहीं लेती। मुझे तो इस बेला भूख नहीं है।

मुलिया ऐंठकर बोली—हाँ, भूख क्यों लगेगी। भाइयों ने खाया, वह तुम्हारे पेट में पहुँच ही गया होगा।

रग्घू ने दाँत पीसकर कहा—मुझे जला मत मुलिया, नहीं तो अच्छा न होगा। खाना कहीं भागा नहीं जाता। एक बेला न खाऊँगा, तो मर न जाऊँगा। क्या तू समझती है, घर में आज कोई छोटी बात हो गई है ? तूने घर में चूल्हा नहीं जलाया, मेरे कलेजे में आग लगाई है। मुझे घमण्ड था कि और चाहे कुछ हो जाय, पर मेरे घर में फूट का रोग न आने पावेगा, पर तूने मेरा घमंड चूर कर दिया। परारब्ध की बात है।

मुलिया तिनककर बोली—सारा मोह-छोह तुम्हीं को है कि और किसी को भी है ? मैं तो किसी को तुम्हारी तरह बिसूरते नहीं देखती।

रग्घू ने ठण्डी साँस खींचकर कहा—मुलिया घाव पर नोन न छिड़क। तेरे ही कारण मेरी पीठ में धूल लग रही है। मुझे इस गृहस्थी का मोह न होगा, तो किसे होगा ? मैंने ही तो इसे मर-मर जोड़ा। जिनको गोद में खेलाया, वही अब मेरे पट्टीदार होंगे। जिन बच्चों को मैं डाँटता था, उन्हें आज कड़ी आँखों से भी नहीं देख सकता। मैं उनके भले के लिए भी कोई बात करूँ, तो दुनिया यही कहेगी कि यह अपने भाइयों को लूटे लेता है। जा, मुझे छोड़ दे, अभी मुझसे कुछ न खाया जायगा।

मुलिया—मैं कसम रखा दूँगी, नहीं चुपके से चले चलो।

रग्घू—देख, अब भी कुछ नहीं बिगड़ा है। अपनी हठ छोड़ दे।

मुलिया—हमारा ही लहू पिये, जो खाने न उठे।

रग्घू ने कानों पर हाथ रखकर कहा—यह तूने क्या किया मुलिया ? मैं तो उठ ही रहा था। चल खा लूँ। नहाने-धोने कौन जाय, लेकिन इतना कहे देता हूँ कि चाहे चार की जगह छः रोटियाँ खा जाऊँ, चाहे तू मुझे घी के मटके में ही डुबो दे; पर यह दाग मेरे दिल से न मिटेगा।

मुलिया—दाग-साग सब मिट जायगा। पहले सबको ऐसा ही लगता है। देखते नहीं हो, उधर कैसी चैन की बंसी बज रही है। वह तो मना ही रही थी किसी तरह यह सब अलग हो जायँ। अब वह पहले की-सी चाँदी तो नहीं है कि जो कुछ घर में आवे, सब गायब ! अब क्यों हमारे साथ रहने लगीं।

रग्घू ने आहत स्वर में कहा—इसी बात का तो मुझे गम है। काकी से ऐसी आशा न थी।

रग्घू खाने बैठा, तो कौर विष के घूँट-सा लगता था। जान पड़ता था, रोटियाँ भूसी की हैं। दाल पानी-सी लगती थी। पानी भी कंठ के नीचे न उतरता था। दूध की तरफ देखा तक नहीं। दो-चार ग्रास खाकर उठ आया, जैसे किसी प्रियजन के श्राद्ध का भोजन हो।

रात का भोजन भी उसने इसी तरह किया। भोजन क्या किया, कसम पूरी की। रात-भर उसका चित्त उद्विग्न रहा। एक अज्ञात शंका उसके मन पर छाई हुई थी, जैसे भोला महतो द्वार पर बैठा रो रहा हो। वह कई बार चौंककर उठा। ऐसा जान पड़ा, भोला उसकी ओर तिरस्कार की आँखों से देख रहा है।

वह दोनों जून का भोजन करता था; पर जैसे शत्रु के घर। भोला की शोकमग्न मूर्ति आँखों से न उतरती थी। रात को उसे नींद न आती। वह गाँव में निकलता, तो इस तरह मुँह चुराये, सिर झुकाये, मानो गोहत्या की हो।

पाँच साल गुजर गये। रग्घू अब दो लड़कों का बाप था। आँगन में दीवार खिंच गई थी, खेतों में मेड़ें डाल दी गयी थीं और बैल-बधिये बाँट लिए गये थे। केदार की उम्र अब सोलह साल की हो गई थी। उसने पढ़ना छोड़ दिया था और खेती का काम करता था। खुन्नू गाय चराता था। केवल लछमन अब तक मदरसे जाता था। पन्ना और मुलिया दोनों एक दूसरे की सूरत से जलती थीं। मुलिया के दोनों लड़के बहुधा पन्ना के पास ही रहते। वही उन्हें उबटन मलती, वही काजल लगाती, वही गोद में लिए फिरती; मगर मुलिया के मुँह से अनुग्रह का एक शब्द भी न निकलता। न पन्ना ही इसकी इच्छुक थी। वह जो कुछ करती निर्ब्याज भाव से करती थी। उसके दो-दो लड़के कमाऊ हो गये थे। लड़की खाना पका लेती थी। वह खुद ऊपर का काम-काज कर लेती। इसके विरुद्ध रग्घू अपने घर का अकेला था, वह भी दुर्बल, अशक्त और जवानी में बूढ़ा। अभी आयु तीस वर्ष से अधिक न थी; लेकिन बाल खिचड़ी हो गये थे, कमर भी झुक चली थी। खाँसी ने जीर्ण कर रक्खा था। देखकर दया आती थी और खेती पसीने की वस्तु है। खेतों की जैसी सेवा होनी चाहिए, वह उससे न हो पाती। फिर अच्छी फसल कहाँ से आती ! कुछ ऋणी भी हो गया था।

वह चिन्ता और भी मारे डालती थी। चाहिए तो यह था कि अब उसे कुछ आराम मिलता। इतने दिनों के निरन्तर परिश्रम के बाद सिर का बोझ कुछ हल्का होता ; किन्तु मुलिया की स्वार्थपरता और अदूरदर्शिता ने लहराती हुई खेती उजाड़ दी; अगर सब एकसाथ रहते, तो वह अब तक पेंशन पा जाता, मजे से द्वार पर बैठा हुआ नारियल पीता। भाई काम करता, वह सलाह देता। महतो बना फिरता। कहीं किसी के झगड़े चुकाता। कहीं साधु-सन्तों की सेवा करता; पर वह अवसर हाथ से निकल गया। अब तो चिन्ताभार दिन-दिन बढ़ता जाता था।

आखिर उसे धीमा-धीमा ज्वर रहने लगा। हृदय-शूल, चिन्ता, कड़े परिश्रम और अभाव का यही पुरस्कार है। पहले कुछ परवाह न की। समझा आप ही अच्छा हो जायगा; मगर कमजोरी बढ़ने लगी, तो दवा की फिक्र हुई। जिसने जो बता दिया, खा लिया। डाक्टरों और वैद्यों के पास जाने की सामर्थ्य कहाँ ? और सामर्थ्य भी होती, तो रुपये खर्च कर देने के सिवा और नतीजा ही क्या था। जीर्ण ज्वर की औषधि आराम है और पुष्टिकारक भोजन। न वह बसन्त-मालती का सेवन कर सकता था और न आराम से बैठकर बलवर्धक भोजन कर सकता था, कमज़ोरी बढ़ती ही गयी।

पन्ना को अवसर मिलता तो वह आकर उसे तसल्ली देती; लेकिन उसके लड़के अब रग्घू से बात भी न करते थे। दवा-दारू तो क्या करते, उसका और मजाक उड़ाते। भैया समझते थे कि हम लोगों से अलग होकर सोने की ईंट रख लेंगे। भाभी भी समझती थीं, सोने से लद जाऊँगी। अब देखें, कौन पूछता है। सिसक-सिसककर न मरें, तो कह देना। बहुत 'हाय ! हाय !' भी अच्छी नहीं होती। आदमी उतना काम करे, जितना हो सके। यह नहीं कि रुपये के लिए जान ही दे दे।

पन्ना कहती–रग्घू बेचारे का कौन दोष है।

केदार कहता–चल, मैं खूब समझता हूँ। भैया की जगह मैं होता तो डंडे से बात करता। मजाल थी कि औरत यों जिद करती। यह सब भैया की चाल थी। सब सधी-बदी बात थी।

आखिर एक दिन रग्घू का टिमटिमाता हुआ जीवन-दीपक बुझ गया। मौत ने सारी चिन्ताओं का अन्त कर दिया।

अन्त समय उसने केदार को बुलाया था, पर केदार को ऊख में पानी देना था। डरा, कहीं दवा के लिए न भेज दें। बहाना बना दिया।

मुलिया का जीवन अन्धकारमय हो गया। जिस भूमि पर उसने मंसूबों की दीवार खड़ी की थी, अब नीचे से खिसक गई थी। जिस खूँटे के बल पर वह उछल रही थी, वह उखड़ गया था। गाँववालों ने कहना शुरू किया, ईश्वर ने कैसा तत्काल

दण्ड दिया। बेचारी मारे लाज के अपने बच्चों को लिए रोया करती। गाँव में किसी को मुँह दिखाने का साहस न होता। प्रत्येक प्राणी उससे यह कहता हुआ मालूम होता था–'मारे घमण्ड के धरती पर पाँव न रखती थी, आखिर सजा मिल गई कि नहीं।' अब इस घर में कैसे निबाह होगा ? वह किसके सहारे रहेगी ? किसके बल पर खेती होगी। बेचारा रग्घू बीमार था, दुर्बल था; पर जब तक जीता रहा, अपना काम करता रहा। मारे कमजोरी के कभी-कभी सिर पकड़कर बैठ जाता और जरा दम लेकर फिर हाथ चलाने लगता था। सारी खेती तहस-नहस हो रही थी, उसे कौन सँभालेगा ? अनाज की डाँठें खलियान में पड़ी थीं, ऊख अलग सूख रही थी। वह अकेली क्या-क्या करेगी ? फिर सिंचाई अकेले आदमी का तो काम नहीं। तीन-तीन मजूरों को कहाँ से लाये ? गाँव में मजूर थे ही कितने ? आदमियों के लिए खींचातानी हो रही थी। क्या करे, क्या न करे ?

इस तरह तेरह दिन बीत गये। क्रिया-कर्म से छुट्टी मिली। दूसरे ही दिन सबेरे मुलिया ने दोनों बालकों को गोद में उठाया और अनाज माँड़ने चली। खलिहान में पहुँचकर उसने एक को तो पेड़ के नीचे घास के नर्म बिस्तर पर सुला दिया और दूसरे को वहीं बैठाकर अनाज माँड़ने लगी। बैलों को हाँकती थी और रोती थी। क्या इसीलिए भगवान ने उसको जन्म दिया था ? देखते- देखते क्या-से-क्या हो गया ? इन्हीं दिनों पिछले साल भी अनाज माँड़ा गया था, वह रग्घू के लिए लोटे में शरबत और मटर की घुँघनी लेकर आयी थी। आज कोई उसके न आगे है न पीछे ! लेकिन किसी की लौंड़ी तो नहीं हूँ ? उसे अलग होने का अब भी पछतावा न था।

एकाएक छोटे बच्चे का रोना सुनकर उसने उधर ताका, तो बड़ा लड़का उसे चुमकारकर कह रहा था–बैया, तुप रहो, तुप रहो। धीरे-धीरे उसके मुँह पर हाथ फेरता था और चुप करने के लिए विकल था। जब बच्चा किसी तरह न चुप हुआ तो वह खुद उसके पास लेट गया और उसे छाती से लगाकर प्यार करने लगा; मगर जब यह प्रयत्न भी सफल न हुआ, तो वह रोने लगा।

उसी समय पन्ना दौड़ी आयी और छोटे बालक को गोद में उठाकर प्यार करती हुई बोली–लड़कों को मुझे क्यों न दे आयी बहू ? हाय ! हाय ! अभी बेचारा धरती पर पड़ा लोट रहा है। जब मैं मर जाऊँ, तो जो चाहे करना, अभी तो जीती हूँ। अलग हो जाने से बच्चे तो नहीं अलग हो गये।

मुलिया ने कहा–तुम्हें भी तो छुट्टी नहीं थी अम्माँ, क्या करती।

पन्ना–तो तुझे यहाँ आने की ऐसी क्या जल्दी थी। डाँठ माँड़ न जाती तीन-तीन लड़के तो हैं और किस दिन काम आयेंगे। केदार तो कल ही माँड़ने को

कह रहा था; पर मैंने कहा—पहले ऊख में पानी दे लो; फिर अनाज माँड़ना। मँड़ाई तो दस दिन बाद भी हो सकती है, ऊख की सिंचाई न हुई तो सूख जायगी। कल से पानी चढ़ा हुआ है, परसों तक खेत पुर जायगा। तब मँड़ाई हो जायगी। तुझे विश्वास न आवेगा, जब से भैया मरे हैं, केदार को बड़ी चिंता हो गयी है। दिन में सौ-सौ बार पूछता है, भाभी बहुत रोती तो नहीं हैं ? देख, लड़के भूखे तो नहीं हैं। कोई लड़का रोता है, तो दौड़ा आता है देख अम्माँ क्या हुआ, बच्चा क्यों रोता है ? कल रोकर बोला—अम्माँ, मैं जानता कि भैया इतनी जल्दी चले जायँगे, तो उनकी सेवा कर लेता। कहाँ जगाये-जगाये उठता था, अब देखती हो; पहर रात से उठकर काम में लग जाता है। खुन्नू कल जरा-सा बोला—पहले हम अपनी ऊख में पानी दे लेंगे, तब भैया की ऊख में देंगे। उस पर केदार ने ऐसा डाँटा कि खुन्नू के मुँह से फिर बात न निकली। बोला—कैसी तुम्हारी और कैसी हमारी ऊख। भैया ने जिला न लिया होता, तो आज या तो मर गये होते या कहीं भीख माँगते। आज तुम बड़े ऊखवाले बने हो ! यह उन्हीं का पुन-परताप है कि आज भले आदमी बने बैठे हो। परसों रोटी खाने को बुलाने गयी; तो मड़ैया में बैठा रो रहा था। पूछा—क्यों रोता है ? तो बोला—अम्माँ, भैया इसी 'अलग्योझे' के दुःख से मर गये, नहीं अभी उनकी उमिर ही क्या थी। यह उस बखत न सूझा; नहीं उनसे क्यों बिगाड़ करते।

यह कहकर पन्ना ने मुलिया की ओर संकेतपूर्ण दृष्टि से देखकर कहा— तुम्हें वह अलग न रहने देगा बहू; कहता है, भैया हमारे लिए मर गये तो हम भी उनके बाल-बच्चों के लिए मर जायँगे।

मुलिया की आँखों से आँसू जारी थे, पन्ना की बातों में आज सच्ची वेदना, सच्ची सांत्वना, सच्ची सद्चिन्ता भरी हुई थी। मुलिया का मन कभी उसकी ओर इतना आकर्षित न हुआ था। जिनसे उसे व्यंग्य और प्रतिकार का भय था, वे इतने दयालु, इतने शुभेच्छु हो गये थे।

आज पहली बार उसे अपनी स्वार्थपरता पर लज्जा आयी, पहली बार आत्मा ने अलग्योझे पर धिक्कारा !

इस घटना को हुए पाँच साल गुजर गये। पन्ना आज बूढ़ी हो गयी है। केदार घर का मालिक है। मुलिया घर की मालकिन है। खुन्नू और लछमन के विवाह हो चुके हैं; मगर केदार अभी तक क्वाँरा है। कहता है—मैं विवाह न करूँगा। कई जगहों से बातचीत हुई, कई सगाइयाँ आयीं; पर उसने हामी न भरी। पन्ना ने कम्पे लगाये, जाल फैलाये; पर वह न फँसा। कहता—औरतों से कौन सुख। मेहरिया घर में आयी और आदमी का मिजाज बदला। फिर जो कुछ है, वह मेहरिया है। माँ-बाप, भाई-बन्धु सब

पराये हैं। जब भैया-जैसे आदमी का मिजाज बदल गया, तो फिर दूसरों की क्या गिनती। दो लड़के भगवान के दिये हैं और क्या चाहिए। बिना ब्याह किये दो बेटे मिल गये, इससे बढ़कर और क्या होगा। जिसे अपना समझो, वह अपना है, जिसे गैर समझो, वह गैर है।

एक दिन पन्ना ने कहा–तेरा वंश कैसे चलेगा ?

केदार–मेरा वंश तो चल रहा है। दोनों लड़कों को अपना ही समझता हूँ।

पन्ना–समझने ही पर है, तो तू मुलिया को भी अपनी मेहरिया समझता होगा।

केदार ने झेंपते हुए कहा–तुम तो गाली देती हो अम्माँ !

पन्ना–गाली कैसी, तेरी भाभी ही तो है।

केदार–मेरे जैसे लट्ठ-गँवार को वह क्या पूछने लगी !

पन्ना–तू करने को कह, तो मैं उससे पूछूँ ?

केदार–नहीं मेरी अम्माँ, कहीं रोने-गाने न लगे।

पन्ना–तेरा मन हो, तो मैं बातों-बातों में उसके मन की थाह लूँ ?

केदार–मैं नहीं जानता, जो चाहे कर।

पन्ना केदार के मन की बात समझ गयी। लड़के का दिल मुलिया पर आया हुआ है; पर संकोच और भय के मारे कुछ नहीं कहता।

उसी दिन उसने मुलिया से कहा–'क्या करूँ बहू, मन की लालसा मन में ही रही जाती है। केदार का घर भी बस जाता; तो मैं निश्चिन्त हो जाती।

मुलिया–वह तो करने ही नहीं कहते।

पन्ना–कहता है, ऐसी औरत मिले, जो घर में मेल से रहे, तो कर लूँ।

मुलिया–ऐसी औरत कहाँ मिलेगी ? कहीं ढूँढो।

पन्ना–मैंने तो ढूँढ लिया है।

मुलिया–सच ! किस गाँव की है ?

पन्ना–अभी न बताऊँगी, मुदा यह जानती हूँ कि उससे केदार की सगाई हो जाय, तो घर बस जाय और केदार की जिन्दगी भी सफल हो जाय। न जाने लड़की मानेगी कि नहीं !

मुलिया–मानेगी क्यों नहीं अम्माँ; ऐसा सुन्दर, कमाऊ, सुशील वर और कहाँ मिला जाता है। उस जनम का कोई साधु-महात्मा है, नहीं तो लड़ाई-झगड़े के डर से कौन बिन ब्याहा रहता है। कहाँ रहती है, मैं जाकर उसे मना लाऊँ।

पन्ना–तू चाहे, तो मना ले। तेरे ही ऊपर है।

मुलिया–मैं आज ही चली जाऊँगी अम्माँ ! उसके पैरों पड़कर मना लाऊँगी।

पन्ना–बता दूँ ! वह तू ही है !

मुलिया लजाकर बोली–तुम तो अम्माँ जी, गाली देती हो।

पन्ना–गाली कैसी, देवर ही तो है।

मुलिया–मुझ जैसी बुढ़िया को वह क्यों पूछेंगे।

पन्ना–वह तुझी पर दाँत लगाये बैठा है। तेरे सिवा कोई और उसे भाती ही नहीं। डर के मारे कहता नहीं; पर उसके मन की बात मैं जानती हूँ।

वैधव्य के शोक से मुरझाया हुआ मुलिया का पीत वदन कमल की भाँति अरुण हो उठा। दस वर्षों में जो कुछ खोया था, उसी एक क्षण में मानो ब्याज के साथ मिल गया। वही लावण्य, वही विकास, वही आकर्षण, वही लोच !

15

घासवाली

मुलिया हरी-हरी घास का गट्ठा लेकर आयी, तो उसका गेहुआँ रंग कुछ तमतमाया हुआ था और बड़ी-बड़ी मद-भरी आँखों में शंका समाई हुई थी। महावीर ने उसका तमतमाया हुआ चेहरा देखकर पूछा—क्या है मुलिया, आज कैसा जी है।

मुलिया ने कुछ जवाब न दिया—उसकी आँखें डबडबा गयीं !

महावीर ने समीप आकर पूछा—क्या हुआ है, बताती क्यों नहीं ? किसी ने कुछ कहा है, अम्माँ ने डाँटा है, क्यों इतनी उदास है ?

मुलिया ने सिसककर कहा—कुछ नहीं, हुआ क्या है, अच्छी तो हूँ ?

महावीर ने मुलिया को सिर से पाँव तक देखकर कहा—चुपचाप रोयेगी, बतायेगी नहीं ?

मुलिया ने बात टालकर कहा—कोई बात भी हो, क्या बताऊँ।

मुलिया इस ऊसर में गुलाब का फूल थी। गेहुआँ रंग था, हिरन की-सी आँखें, नीचे खिंचा हुआ चिबुक, कपोलों पर हलकी लालिमा, बड़ी-बड़ी नुकीली पलकें, आँखों में एक विचित्र आर्द्रता, जिसमें एक स्पष्ट वेदना, एक मूक व्यथा झलकती रहती थी। मालूम नहीं, चमारों के इस घर में वह अप्सरा कहाँ से आ गयी थी। क्या उसका कोमल फूल-सा गात इस योग्य था कि सर पर घास की टोकरी रखकर बेचने जाती ? उस गाँव में भी ऐसे लोग मौजूद थे, जो उसके तलवे के नीचे आँखें बिछाते थे, उसकी एक चितवन के लिए तरसते थे, जिनसे अगर वह एक शब्द भी बोलती, तो निहाल हो जाते; लेकिन उसे आये साल-भर से अधिक हो गया, किसी ने उसे युवकों की तरफ ताकते या बातें करते नहीं देखा। वह घास लिए निकलती, तो ऐसा

मालूम होता, मानो उषा का प्रकाश, सुनहरे आवरण में रंजित, अपनी छटा बिखेरता जाता हो। कोई गजलें गाता, कोई छाती पर हाथ रखता; पर मुलिया नीची आँख किये अपनी राह चली जाती। लोग हैरान होकर कहते—इतना अभिमान ! महावीर में ऐसे क्या सुरखाब के पर लगे हैं, ऐसा अच्छा जवान भी तो नहीं, न जाने यह कैसे उसके साथ रहती है !

मगर आज ऐसी बात हो गयी, जो इस जाति की और युवतियों के लिए चाहे गुप्त संदेश होती, मुलिया के लिए हृदय का शूल थी। प्रभात का समय था, पवन आम की बौर की सुगन्धि से मतवाला हो रहा था, आकाश पृथ्वी पर सोने की वर्षा कर रहा था। मुलिया सिर पर झौआ रक्खे घास छीलने चली, तो उसका गेहुआँ रंग प्रभात की सुनहरी किरणों से कुन्दन की तरह दमक उठा। एकाएक युवक चैनसिंह सामने से आता हुआ दिखाई दिया। मुलिया ने चाहा कि कतराकर निकल जाय; मगर चैनसिंह ने उसका हाथ पकड़ लिया और बोला—मुलिया, तुझे क्या मुझ पर जरा भी दया नहीं आती ?

मुलिया का वह फूल-सा खिला हुआ चेहरा ज्वाला की तरह दहक उठा। वह जरा भी नहीं डरी, जरा भी न झिझकी, झौआ जमीन पर गिरा दिया और बोली—मुझे छोड़ दो, नहीं मैं चिल्लाती हूँ।

चैनसिंह को आज जीवन में एक नया अनुभव हुआ। नीची जातों में रूप-माधुर्य का इसके सिवा और काम ही क्या है कि वह ऊँची जातवालों का खिलौना बने। ऐसे कितने ही मार्क उसने जीते थे; पर आज मुलिया के चेहरे का वह रंग, उसका वह क्रोध, वह अभिमान देखकर उसके छक्के छूट गये। उसने लज्जित होकर उसका हाथ छोड़ दिया। मुलिया वेग से आगे बढ़ गयी। संघर्ष की गरमी में चोट की व्यथा नहीं होती, पीछे से टीस होने लगती है। मुलिया जब कुछ दूर निकल गई, तो क्रोध और भय तथा अपनी बेकसी को अनुभव करके उसकी आँखों में आँसू भर आये। उसने कुछ देर जब्त किया, फिर सिसक-सिसक कर रोने लगी। अगर वह इतनी गरीब न होती, तो किसी की मजाल थी कि इस तरह उसका अपमान करता ! वह रोती जाती थी और घास छीलती जाती थी। महावीर का क्रोध वह जानती थी। अगर उससे कह दे, तो वह इस ठाकुर के खून का प्यासा हो जायगा। फिर न जाने क्या हो ! इस खयाल से उसके रोएँ खड़े हो गये। इसीलिए उसने महावीर के प्रश्नों का कोई उत्तर न दिया।

दूसरे दिन मुलिया घास के लिए न गई। सास ने पूछा—तू क्यों नहीं जाती ? और सब तो चली गयीं ?

मुलिया ने सिर झुकाकर कहा—मैं अकेली न जाऊँगी।

सास ने बिगड़कर कहा—अकेले क्या तुझे बाघ उठा ले जायगा ?

मुलिया ने और भी सिर झुका लिया और दबी हुई आवाज से बोली—सब मुझे छेड़ते हैं।

सास ने डाँटा—न तू औरों के साथ जायगी, न अकेली जायगी, तो फिर जायगी कैसे ! वह साफ-साफ क्यों नहीं कहती कि मैं न जाऊँगी। तो यहाँ मेरे घर में रानी बन के निबाह न होगा। किसी को चाम नहीं प्यारा होता, काम प्यारा होता है। तू बड़ी सुन्दर है, तो तेरी सुन्दरता लेकर चाटूँ ? उठा झाबा और घास ला !

द्वार पर नीम के दरख्त के साये में महावीर खड़ा घोड़े को मल रहा था। उसने मुलिया को रोनी सूरत बनाये जाते देखा; पर कुछ बोल न सका। उसका बस चलता तो मुलिया को कलेजे में बिठा लेता, आँखों में छिपा लेता; लेकिन घोड़े का पेट भरना तो जरूरी था। घास मोल लेकर खिलाये, तो बारह आने रोज से कम न पड़े। ऐसी मजदूरी ही कौन होती है। मुश्किल से डेढ़-दो रुपये मिलते हैं, वह भी कभी मिले, कभी न मिले। जब से यह सत्यानाशी लारियाँ चलने लगी हैं; एक्केवालों की बधिया बैठ गई है। कोई सेंत भी नहीं पूछता। महाजन से डेढ़-सौ रुपये उधार लेकर एक्का और घोड़ा खरीदा था; मगर लारियों के आगे एक्के को कौन पूछता है। महाजन का सूद भी तो न पहुँच सकता था, मूल का कहना ही क्या ! ऊपरी मन से बोला—न मन हो, तो रहने दो, देखी जायगी।

इस दिलजोई से मुलिया निहाल हो गई। बोली—घोड़ा खायेगा क्या ?

आज उसने कल का रास्ता छोड़ दिया और खेतों की मेड़ों से होती हुई चली। बार-बार सतर्क आँखों से इधर-उधर ताकती जाती थी। दोनों तरफ ऊख के खेत खड़े थे। जरा भी खड़खड़ाहट होती, उसका जी सन्न हो जाता—कहीं कोई ऊख में छिपा न बैठा हो। मगर कोई नई बात न हुई। ऊख के खेत निकल गये, आमों का बाग निकल गया; सिंचे हुए खेत नजर आने लगे। दूर के कुएँ पर पुर चल रहा था। खेतों की मेड़ों पर हरी-हरी घास जमी हुई थी। मुलिया का जी ललचाया। यहाँ आध घण्टे में जितनी घास छिल सकती है, सूखे मैदान में दोपहर तक न छिल सकेगी ! यहाँ देखता ही कौन है। कोई चिल्लायेगा, तो चली जाऊँगी। वह बैठकर घास छीलने लगी और एक घण्टे में उसका झाबा आधे से ज्यादा भर गया। वह अपने काम में इतनी तन्मय थी कि उसे चैनसिंह के आने की खबर ही न हुई। एकाएक उसने आहट पाकर सिर उठाया, तो चैनसिंह को खड़ा देखा।

मुलिया की छाती धक् से हो गयी। जी में आया भाग जाय, झाबा उलट दे और खाली झाबा लेकर चली जाय; पर चैनसिंह ने कई गज के फासले से ही रुककर कहा–डर मत, डर मत, भगवान जानता है ! मैं तुझसे कुछ न बोलूँगा। जितनी घास चाहे छील ले, मेरा ही खेत है।

मुलिया के हाथ सुन्न हो गये, खुरपी हाथ में जम-सी गयी, घास नजर ही न आती थी। जी चाहता था; जमीन फट जाय और मैं समा जाऊँ। जमीन आँखों के सामने तैरने लगी।

चैनसिंह ने आश्वासन दिया–छीलती क्यों नहीं ? मैं तुमसे कुछ कहता थोड़े ही हूँ। यहीं रोज चली आया कर, मैं छील दिया करूँगा।

मुलिया चित्रलिखित-सी बैठी रही।

चैनसिंह ने एक कदम आगे बढ़ाया और बोला–तू मुझसे इतना डरती क्यों है ! क्या तू समझती है, मैं आज भी तुझे सताने आया हूँ ? ईश्वर जानता है, कल भी तुझे सताने के लिए मैंने तेरा हाथ नहीं पकड़ा था। तुझे देखकर आप-ही-आप हाथ बढ़ गये। मुझे कुछ सुध ही न रही। तू चली गयी, तो मैं वहीं बैठकर घण्टों रोता रहा। जी में आता था, हाथ काट डालूँ। कभी जी चाहता था, जहर खा लूँ। तभी से तुझे ढूँढ़ रहा हूँ आज तू इस रास्ते से चली आयी। मैं सारा हार छानता हुआ यहाँ आया हूँ। अब जो सजा तेरे जी में आवे, दे दे। अगर तू मेरा सिर भी काट ले, तो गर्दन न हिलाऊँगा। मैं शोहदा था, लुच्चा था, लेकिन जब से तुझे देखा है, मेरे मन से सारी खोट मिट गयी है। अब तो यही जी में आता है कि तेरा कुत्ता होता और तेरे पीछे-पीछे चलता, तेरा घोड़ा होता, तब तो तू अपने हाथों से मेरे सामने घास डालती। किसी तरह यह चोला तेरे काम आवे, मेरे मन की यह सबसे बड़ी लालसा है। मेरी जवानी काम न आवे, अगर मैं किसी खोट से ये बातें कर रहा हूँ। बड़ा भागवान था महावीर, जो ऐसी देवी उसे मिली।

मुलिया चुपचाप सुनती रही, फिर नीचा सिर करके भोलेपन से बोली–तो तुम मुझे क्या करने को कहते हो ?

चैनसिंह और समीप आकर बोला–बस, तेरी दया चाहता हूँ।

मुलिया ने सिर उठाकर उसकी ओर देखा। उसकी लज्जा न जाने कहाँ गायब हो गयी। चुभते हुए शब्दों में बोली। तुमसे एक बात कहूँ, बुरा तो न मानोगे ? तुम्हारा ब्याह हो गया है या नहीं ?

चैनसिंह ने दबी जबान से कहा–ब्याह तो हो गया, लेकिन ब्याह क्या है, खिलवाड़ है।

मुलिया के होठों पर अवहेलना की मुसकराहट झलक पड़ी, बोली—फिर भी अगर मेरा आदमी तुम्हारी औरत से इसी तरह बातें करता, तो तुम्हें कैसा लगता ? तुम उसकी गर्दन काटने पर तैयार हो जाते कि नहीं ? बोलो ! क्या समझते हो कि महावीर चमार है तो उसकी देह में लहू नहीं है, उसे लज्जा नहीं है, अपने मर्यादा का विचार नहीं है ? मेरा रूप-रंग तुम्हें भाता है। क्या घाट के किनारे मुझसे कहीं सुन्दर औरतें नहीं घूमा करतीं ? मैं उनके तलवों की बराबरी भी नहीं कर सकती। तुम उसमें से किसी से क्यों नहीं दया माँगते ! क्या उनके पास दया नहीं है ? मगर वहाँ तुम न जाओगे; क्योंकि वहाँ जाते तुम्हारी छाती दहलती है। मुझसे दया माँगते हो, इसलिए न कि मैं चमारिन हूँ, नीच जाति हूँ और नीच जाति की औरत जरा-सी घुड़की-धमकी वा जरा-सी लालच से तुम्हारी मुट्ठी में आ जायगी। कितना सस्ता सौदा है। ठाकुर हो न, ऐसा सस्ता सौदा क्यों छोड़ने लगे ?

चैनसिंह लज्जित होकर बोला—मूला, यह बात नहीं। मैं सच कहता हूँ, इसमें ऊँच-नीच की बात नहीं है। सब आदमी बराबर हैं। मैं तो तेरे चरणों पर सिर रखने को तैयार हूँ।

मुलिया—इसीलिए न कि जानते हो, मैं कुछ कर नहीं सकती। जाकर किसी खतरानी के चरणों पर सिर रक्खो, तो मालूम हो कि चरणों पर सिर रखने का क्या फल मिलता है। फिर यह सिर तुम्हारी गर्दन पर न रहेगा।

चैनसिंह मारे शर्म के जमीन में गड़ा जाता था। उसका मुँह ऐसा सूख गया था, मानो महीनों की बीमारी से उठा हो। मुँह से बात न निकलती थी। मुलिया इतनी वाक्-पटु है, इसका उसे गुमान भी न था।

मुलिया फिर बोली—मैं भी रोज बाजार जाती हूँ। बड़े-बड़े घरों का हाल जानती हूँ। मुझे किसी बड़े घर का नाम बता दो, जिसमें कोई साईस, कोई कोचवान, कोई कहार, कोई पण्डा, कोई महाराज न घुसा बैठा हो ? यह सब बड़े घरों की लीला है और वह औरतें जो कुछ करती हैं, ठीक करती हैं ! उनके घरवाले भी तो चमारिनों और कहारिनों पर जान देते फिरते हैं। लेना-देना बराबर हो जाता है। बेचारे गरीब आदमियों के लिए यह बातें कहाँ ? मेरे आदमी के लिए संसार में जो कुछ हूँ, मैं हूँ। वह किसी दूसरी मिहरिया की ओर आँख उठाकर भी नहीं देखता। संयोग की बात है कि मैं तनिक सुन्दर हूँ, लेकिन मैं काली-कलूटी भी होती, तब भी वह मुझे इसी तरह रखता। इसका मुझे विश्वास है। मैं चमारिन होकर भी इतनी नीच नहीं हूँ कि विश्वास का बदला खोट से दूँ। हाँ, वह अपने मन की करने लगे, मेरी छाती पर मूँग दलने लगे, तो मैं भी उसकी छाती पर मूँग दलूँगी। तुम मेरे रूप ही के दीवाने

हो न ! आज मुझे माता निकल आयें, कानी हो जाऊँ, तो मेरी ओर ताकोगे भी नहीं। बोलो, झूठ कहती हूँ ?

चैनसिंह इनकार न कर सका।

मुलिया ने उसी गर्व से भरे हुए स्वर में कहा–लेकिन मेरी एक नहीं, दोनों आँखें फूट जायँ, तब भी वह मुझे इसी तरह रक्खेगा। मुझे उठावेगा, बैठावेगा, खिलावेगा। तुम चाहते हो, मैं ऐसे आदमी के साथ कपट करूँ ? जाओ, अब मुझे कभी न छेड़ना, नहीं अच्छा न होगा।

जवानी जोश है, बल है, दया है, साहस है, आत्म-विश्वास है, गौरव है और सब कुछ जो जीवन को पवित्र, उज्ज्वल और पूर्ण बना देता है। जवानी का नशा घमंड है, निर्दयता है, स्वार्थ है, शेखी है, विषय-वासना है, कटुता है और वह सब कुछ जो जीवन को पशुता, विकार और पतन की ओर ले जाता है। चैनसिंह पर जवानी का नशा था। मुलिया के शीतल छींटों ने नशा उतार दिया। जैसे उबलती हुई चाशनी में पानी के छींटे पड़ जाने से फेन मिट जाता है, मैल निकल जाता है और निर्मल, शुद्ध रस निकल आता है। जवानी का नशा जाता रहा, केवल जवानी रह गयी। कामिनी के शब्द जितनी आसानी से दीन और ईमान को गारत कर सकते हैं, उतनी ही आसानी से उनका उद्धार भी कर सकते हैं।

चैनसिंह उस दिन से दूसरा ही आदमी हो गया। गुस्सा उसकी नाक पर रहता था, बात-बात पर मजदूरों को गालियाँ देना, डाँटना और पीटना उसकी आदत थी। असामी उससे थर-थर काँपते थे। मजदूर उसे आते देखकर अपने काम में चुस्त हो जाते थे; पर ज्यों ही उसने इधर पीठ फेरी और उन्होंने चिलम पीना शुरू किया। सब दिल में उससे जलते थे, उसे गालियाँ देते थे। मगर उस दिन से चैनसिंह इतना दयालु, इतना गंभीर, इतना सहनशील हो गया कि लोगों को आश्चर्य होता था।

कई दिन गुजर गये थे। एक दिन सन्ध्या समय चैनसिंह खेत देखने गया। पुर चल रहा था। उसने देखा कि एक जगह नाली टूट गयी है और सारा पानी बहा चला जाता है। क्यारियों में पानी बिलकुल नहीं पहुँचता, मगर क्यारी बनाने वाली बुढ़िया चुपचाप बैठी है। उसे इसकी जरा भी फिक्र नहीं है कि पानी क्यों नहीं आता। पहले यह दशा देखकर चैनसिंह आपे से बाहर हो जाता। उस औरत की उस दिन मजूरी काट लेता और पुर चलानेवालों को घुड़कियाँ जमाता, पर आज उसे क्रोध नहीं आया। उसने मिट्टी लेकर नाली बाँध दी और खेत में जाकर बुढ़िया से बोला–तू यहाँ बैठी है और पानी सब बहा जा रहा है।

बुढ़िया घबड़ाकर बोली—अभी खुल गयी होगी। राजा ! मैं अभी जाकर बन्द किये देती हूँ।

यह कहती हुई वह थरथर काँपने लगी। चैनसिंह ने उसकी दिलजोई करते हुए कहा—भाग मत, भाग मत। मैंने नाली बन्द कर दी। बुढ़ऊ कई दिन से नहीं दिखाई दिये, कहीं काम पर जाते हैं कि नहीं ?

बुढ़िया गद्‌गद होकर बोली—आजकल तो खाली ही बैठे हैं भैया, कहीं काम नहीं लगता।

चैनसिंह ने नम्र भाव से कहा—तो हमारे यहाँ लगा दे। थोड़ा-सा सन रखा है, उसे कात दें।

यह कहता हुआ वह कुएँ की ओर चला गया। यहाँ चार पुर चल रहे थे; पर इस वक्त दो हँकवे बेर खाने गये थे। चैनसिंह को देखते ही मजूरों के होश उड़ गये। ठाकुर ने पूछा, दो आदमी कहाँ गये, तो क्या जवाब देंगे ? सब-के-सब डाँटे जायँगे। बेचारे दिल में सहमे जा रहे थे। चैनसिंह ने पूछा—वह दोनों कहाँ चले गये ?

किसी के मुँह से आवाज न निकली। सहसा सामने से दोनों मजूर धोती के एक कोने में बेर भरे आते दिखाई दिए। खुश-खुश बात करते चले आ रहे थे। चैनसिंह पर निगाह पड़ी, तो दोनों के प्राण सूख गये। पाँव मन-मन भर के हो गये। अब न आते बनता है, न जाते। दोनों समझ गये कि आज डाँट पड़ी, शायद मजूरी भी कट जाय। चाल धीमी पड़ गई। इतने में चैनसिंह ने पुकारा—बढ़ आओ, बढ़ आओ, कैसे बेर हैं, लाओ जरा मुझे भी दो, मेरे ही पेड़ के हैं न ?

दोनों और भी सहम उठे। आज ठाकुर जीता न छोड़ेगा। कैसा मिठा-मिठाकर बोल रहा है। उतनी ही भिगो-भिगोकर लगायेगा। बेचारे और भी सिकुड़ गये।

चैनसिंह ने फिर कहा—जल्दी से आओ जी, पक्की-पक्की सब मैं ले लूँगा। जरा एक आदमी लपककर घर से थोड़ा-सा नमक तो ले लो ! (बाकी दोनों मजूरों से) तुम भी दोनों आ जाओ, उस पेड़ के बेर मीठे होते हैं। बेर खा ले, काम तो करना ही है।

अब दोनों भगोड़ों को कुछ ढारस हुआ। सभी ने जाकर सब बेर चैनसिंह के आगे डाल दिए और पक्के-पक्के छाँटकर उसे देने लगे। एक आदमी नमक लाने दौड़ा। आध घण्टे तक चारों पुर बन्द रहे। जब सब बेर उड़ गये और ठाकुर चलने लगे, तो दोनों अपराधियों ने हाथ जोड़कर कहा—भैयाजी, आज जान बकसी हो जाय, बड़ी भूख लगी थी, नहीं तो कभी न जाते।

चैनसिंह ने नम्रता से कहा—तो इसमें बुराई क्या हुई ? मैंने भी तो बेर खाए। एक-आध घण्टे का हरज हुआ यही न ? तुम चाहोगे, तो घण्टे भर का काम आध घण्टे में कर दोगे। न चाहोगे, दिन-भर में भी घण्टे-भर का काम न होगा।

चैनसिंह चला गया, तो चारों बातें करने लगे।

एक ने कहा—मालिक इस तरह रहे, तो काम करने में जी लगता है। यह नहीं कि हरदम छाती पर सवार।

दूसरा—मैंने तो समझा, आज कच्चा ही खा जायँगे।

तीसरा—कई दिन से देखता हूँ, मिजाज नरम हो गया है।

चौथा—साँझ को पूरी मजूरी मिले तो कहना।

पहला—तुम तो हो गोबर-गनेस। आदमी का रुख नहीं पहचानते।

दूसरा—अब खूब दिल लगाकर काम करेंगे।

तीसरा—और क्या ! जब उन्होंने हमारे ऊपर छोड़ दिया, तो हमारा भी धरम है कि कोई कसर न छोड़ें।

चौथा—मुझे तो भैया, ठाकुर पर अब भी विश्वास नहीं आता।

एक दिन चैनसिंह को किसी काम से कचहरी जाना था। पाँच मील का सफर था। यों तो वह बराबर अपने घोड़े पर जाया करता था; पर आज धूप बड़ी तेज हो रही थी, सोचा एक्के पर चला चलूँ। महावीर को कहला भेजा मुझे लेते जाना। कोई नौ बजे महावीर ने पुकारा। चैनसिंह तैयार बैठा था। चटपट एक्के पर बैठ गया। मगर घोड़ा इतना दुबला हो रहा था, एक्के की गद्दी इतनी मैली और फटी हुई, सारा सामान इतना रद्दी कि चैनसिंह को उस पर बैठते शर्म आई। पूछा—यह सामान क्यों बिगड़ा हुआ है महावीर ? तुम्हारा घोड़ा तो इतना दुबला कभी न था; क्या आजकल सवारियाँ कम हैं क्या ? महावीर ने कहा—नहीं मालिक, सवारियाँ काहे नहीं है; मगर लारियों के सामने एक्के को कौन पूछता है। कहाँ दो-ढाई-तीन की मजूरी करके घर लौटता था, कहाँ अब बीस आने पैसे भी नहीं मिलते ? क्या जानवर को खिलाऊँ क्या आप खाऊँ ? बड़ी विपत्ति में पड़ा हूँ। सोचता हूँ एक्का-घोड़ा बेच-बाचकर आप लोगों की मजूरी कर लूँ, पर कोई गाहक नहीं लगता। ज्यादा नहीं तो बारह आने तो घोड़े ही को चाहिए, घास ऊपर से। जब अपना ही पेट नहीं चलता, तो जानवर को कौन पूछे।

चैनसिंह ने उसके फटे हुए कुरते की ओर देखकर कहा—दो-चार बीघे खेती क्यों नहीं कर लेते ?

महावीर सिर झुकाकर बोला–खेती के लिए बड़ा पौरुख चाहिए मालिक ! मैंने तो यही सोचा है कि कोई गाहक लग जाय, तो एक्के को औने-पौने निकाल दूँ, फिर घास छीलकर बाजार ले जाया करूँ। आजकल सास-पतोहू दोनों छीलती हैं। तब जाकर दस-बारह आने पैसे नसीब होते हैं।

चैनसिंह ने पूछा–तो बुढ़िया बाजार जाती होगी ?

महावीर लजाता हुआ बोला–नहीं भैया, वह इतनी दूर कहाँ चल सकती है। घरवाली चली जाती है। दोपहर तक घास छीलती है, तीसरे पहर बाजार जाती है। वहाँ से घड़ी रात गये लौटती है। हलकान हो जाती है भैया, मगर क्या करूँ, तकदीर से क्या जोर।

चैनसिंह कचहरी पहुँच गये और महावीर सवारियों की टोह में इधर-उधर इक्के को घुमाता हुआ शहर की तरफ चला गया। चैनसिंह ने उसे पाँच बजे आने को कह दिया।

कोई चार बजे चैनसिंह कचहरी से फुरसत पाकर बाहर निकले। हाते में पान की दुकान थी, जरा और आगे बढ़कर एक घना बरगद का पेड़ था, उसकी छाँह में बीसों ही ताँगे; एक्के, फिटनें खड़ी थीं। घोड़े खोल दिए गये थे। वकीलों, मुख्तारों और अफसरों की सवारियाँ यहीं खड़ी रहती थीं। चैनसिंह ने पानी पिया, पान खाया और सोचने लगा कोई लारी मिल जाय, तो जरा शहर चला जाऊँ कि उसकी निगाह एक घासवाली पर पड़ गई। सिर पर घास का झाबा रक्खे साईसों से मोल-भाव कर रही थी। चैनसिंह का हृदय उछल पड़ा–यह तो मुलिया है ! बनी-ठनी, एक गुलाबी साड़ी पहने कोचवानों से मोल-तोल कर रही थी। कई कोचवान जमा हो गये थे। कोई उससे दिल्लगी करता था, कोई घूरता था, कोई हँसता था।

एक काले-कलूटे कोचवान ने कहा–मूला, घास तो उड़के अधिक-से-अधिक छः आने की है।

मुलिया ने उन्माद पैदा करने वाली आँखों से देखकर कहा–छः आने पर लेना है, तो सामने घसियारिनें बैठी हैं, चले जाओ, दो-चार पैसे कम में पा जाओगे, मेरी घास तो बारह आने में ही जायगी।

एक अधेड़ कोचवान ने फिटन के ऊपर से कहा–तेरा जमाना है, बारह आने नहीं एक रुपया माँग। लेनेवाले झख मारेंगे और लेंगे। निकलने दे वकीलों को, अब देर नहीं है।

एक ताँगेवाले ने, जो गुलाबी पगड़ी बाँधे हुए था, बोला—बुढ़ऊ के मुँह में पानी भर आया, अब मुलिया काहे को किसी की ओर देखेगी !

चैनसिंह को ऐसा क्रोध आ रहा था कि इन दुष्टों को जूते से पीटे। सब-के-सब कैसे उसकी ओर टकटकी लगाये ताक रहे हैं, आँखों से पी जायेंगे और मुलिया भी यहाँ कितनी खुश है। न लजाती है, न झिझकती है, न दबती है। कैसा मुसकिरा-मुसकिराकर, रसीली आँखों से देख-देखकर, सिर का अंचल खिसका-खिसकाकर, मुँह मोड़-मोड़कर बातें कर रही है। वही मुलिया, जो शेरनी की तरह तड़प उठी थी।

इतने में चार बजे। अमले और वकील-मुख्तारों का एक मेला-सा निकल पड़ा। अमले लारियों पर दौड़े। वकील-मुख्तार इन सवारियों की ओर चले। कोचवानों ने भी चटपट घोड़े जोते। कई महाशयों ने मुलिया को रसिक नेत्रों से देखा और अपनी-अपनी गाड़ियों पर जा बैठे।

एकाएक मुलिया घास का झाबा लिए उस फिटन के पीछे दौड़ी। फिटन में एक अंग्रेजी फैशन के जवान वकील साहब बैठे थे। उन्होंने पावदान पर घास रखवा ली, जेब से कुछ निकालकर मुलिया को दिया। मुलिया मुस्कराई, दोनों में कुछ बातें भी हुईं, जो चैनसिंह न सुन सके।

एक क्षण में मुलिया प्रसन्न-मुख घर की ओर चली। चैनसिंह पानवाले की दुकान पर विस्मृति की दशा में खड़ा रहा। पानवाले ने दुकान बढ़ाई, कपड़े पहिने और केबिन का द्वार बन्द करके नीचे उतरा तो चैनसिंह की समाधि टूटी। पूछा—क्या दुकान बन्द कर दी ?

पानवाले ने सहानुभूति दिखाकर कहा—इसकी दवा करो ठाकुर साहब, यह बीमारी अच्छी नहीं है !

चैनसिंह ने चकित होकर पूछा—कैसी बीमारी ?

पानवाला बोला—कैसी बीमारी ! आध घण्टे से यहाँ खड़े हो जैसे कोई मुरदा खड़ा हो। सारी कचहरी खाली हो गयी, सब दुकानें बन्द हो गयीं, मेहतर तक झाड़ू लगाकर चल दिये; तुम्हें कुछ खबर हुई ? यह बुरी बीमारी है, जल्दी दवा कर डालो।

चैनसिंह ने छड़ी सँभाली और फाटक की ओर चला कि महावीर का एक्का सामने से आता दिखाई दिया।

कुछ दूर एक्का निकल गया, तो चैनसिंह ने पूछा—आज कितने पैसे कमाये महावीर ?

महावीर ने हँसकर कहा—आज तो मालिक, दिन भर खड़ा ही रह गया। किसी ने बेगार में भी न पकड़ा। ऊपर से चार पैसे की बीड़ियाँ पी गया।

चैनसिंह ने जरा देर के बाद कहा—मेरी एक सलाह है। तुम मुझसे एक रुपया रोज लिया करो। बस, जब मैं बुलाऊँ तो एक्का लेकर चले आया करो। तब तो तुम्हारी घरवाली को घास लेकर बाजार न जाना पड़ेगा। बोलो मंजूर है ?

महावीर ने सजल आँखों से देखकर कहा—मालिक, आप ही का तो खाता हूँ। आपकी परजा हूँ। जब मरजी हो, पकड़ मँगवाइए। आपसे रुपये...

चैनसिंह ने बात काटकर कहा—नहीं, मैं तुमसे बेगार नहीं लेना चाहता। तुम मुझसे एक रुपया रोज ले जाया करो। घास लेकर घरवाली को बाजार मत भेजा करो। तुम्हारी आबरू मेरी आबरू है और भी रुपये-पैसे का जब काम लगे, बेखटके चले आया करो। हाँ, देखो, मुलिया से इस बात की भूलकर भी चर्चा न करना। क्या फायदा !

कई दिनों के बाद संध्या समय मुलिया चैनसिंह से मिली। चैनसिंह असामियों से मालगुजारी वसूल करके घर की ओर लपका जा रहा था कि उसी जगह जहाँ उसने मुलिया की बाँह पकड़ी थी, मुलिया की आवाज कानों में आयी। उसने ठिठककर पीछे देखा, तो मुलिया दौड़ी आ रही थी। बोला—क्या है मूला ! क्यों दौड़ती हो, मैं तो खड़ा हूँ ?

मुलिया ने हाँफते हुए कहा—कई दिन से तुमसे मिलना चाहती थी। आज तुम्हें आते देखा, तो दौड़ी। अब मैं घास बेचने नहीं जाती।

चैनसिंह ने कहा—बहुत अच्छी बात है।

'क्या तुमने कभी मुझे घास बेचते देखा है ?

'हाँ, एक दिन देखा था। क्या महावीर ने तुझसे सब कह डाला ? मैंने तो मना कर दिया था।'

'वह मुझसे कोई बात नहीं छिपाता।'

दोनों एक क्षण चुप खड़े रहे। किसी को कोई बात न सूझती थी। एकाएक मुलिया ने मुस्कराकर कहा—यहाँ तुमने मेरी बाँह पकड़ी थी।

चैनसिंह ने लज्जित होकर कहा—उसको भूल जाओ मूला। मुझ पर जाने कौन भूत सवार था।

मुलिया गद्गद कण्ठ से बोली—उसे क्यों भूल जाऊँ। उसी बाँह गहे की लाज तो निभा रहे हो। गरीबी आदमी से जो चाहे करावे। तुमने मुझे बचा लिया। फिर दोनों चुप हो गये।

जरा देर के बाद मुलिया ने फिर कहा–तुमने समझा होगा, मैं हँसने-बोलने में मगन हो रही थी ?

चैनसिंह ने बलपूर्वक कहा–नहीं मुलिया, मैंने एक क्षण के लिए भी नहीं समझा।

मुलिया मुस्कराकर बोली–मुझे तुमसे यही आशा थी और है।

पवन सिंचे हुए खेतों में विश्राम करने जा रहा था, सूर्य निशा की गोद में विश्राम करने जा रहा था और उस मलिन प्रकाश में चैनसिंह मुलिया की विलीन होती हुई रेखा को खड़ा देख रहा था !

इतना साहस कर सकती थीं ? कदापि नहीं। अब मुझे विश्वास हो गया कि मैं तुम्हें नहीं पा सकता। जाओ, तुम्हारा आपटे तुम्हें मुबारक हो। उस पर से अभियोग उठा लिया जायगा। पवित्र प्रेम ही में यह साहस है। अब मुझे विश्वास हो गया कि तुम्हारा प्रेम पवित्र है। अगर कोई पुराना पापी भविष्यवाणी कर सकता है तो मैं कहता हूँ, वह दिन दूर नहीं, जब तुम इस भवन की स्वामिनी होगी। आपटे ने मुझे प्रेम के क्षेत्र में नहीं, राजनीति के क्षेत्र में भी परास्त कर दिया। सच्चा आदमी एक मुलाकात में ही जीवन को बदल सकता है, आत्मा को जगा सकता है और अज्ञान को मिटाकर प्रकाश की ज्योति फैला सकता है, यह आज सिद्ध हो गया।

16

घर जमाई

हरिधन जेठ की दुपहरी में ऊख में पानी देकर आया और बाहर बैठा रहा। घर में से धुआँ उठता नजर आता था। छन-छन की आवाज भी आ रही थी। उसके दोनों साले उसके बाद आये और घर में चले गए। दोनों सालों के लड़के भी आये और उसी तरह अंदर दाखिल हो गयेय पर हरिधन अंदर न जा सका। इधर एक महीने से उसके साथ यहाँ जो बर्ताव हो रहा था और विशेषकर कल उसे जैसी फटकार सुननी पड़ी थी, वह उसके पाँव में बेड़ियाँ-सी डाले हुए था। कल उसकी सास ही ने तो कहा, था, मेरा जी तुमसे भर गया, मैं तुम्हारी जिंदगी-भर का ठीका लिये बैठी हूँ क्या? और सबसे बढ़कर अपनी स्त्री की निष्ठुरता ने उसके हृदय के टुकड़े-टुकड़े कर दिये थे। वह बैठी यह फटकार सुनती रहीय पर एक बार तो उसके मुँह से न निकला, अम्माँ, तुम क्यों इनका अपमान कर रही हो! बैठी गट-गट सुनती रही। शायद मेरी दुर्गति पर खुश हो रही थी। इस घर में वह कैसे जाय? क्या फिर वही गालियाँ खाने, वही फटकार सुनने के लिए? और आज इस घर में जीवन के दस साल गुजर जाने पर यह हाल हो रहा है। मैं किसी से कम काम करता हूँ? दोनों साले मीठी नींद सो रहते हैं और मैं बैलों को सानी-पानी देता हूँ, छाँटी काटता हूँ। वहाँ सब लोग पल-पल पर चिलम पीते हैं, मैं आँखें बन्द किये अपने काम में लगा रहता हूँ। संध्या समय घरवाले गाने-बजाने चले जाते हैं, मैं घड़ी रात तक गाय-भैंसे दुहता रहता हूँ। उसका यह पुरस्कार मिल रहा है कि कोई खाने को भी नहीं पूछता। उल्टे गालियाँ मिलती हैं।

उसकी स्त्री घर में से डोल लेकर निकली और बोली- जरा इसे कुएँ से खींच लो। एक बूँद पानी नहीं है।

हरिधन ने डोल लिया और कुएँ से पानी भर लाया। उसे जोर की भूख लगी हुई थी, समझा अब खाने को बुलाने आवेगीय मगर स्त्री डोल लेकर अंदर गयी तो वहीं की हो रही। हरिधन थका-माँदा क्षुधा से व्याकुल पड़ा-पड़ा सो गया।

सहसा उसकी स्त्री गुमानी ने आकर उसे जगाया।

हरिधन ने पड़े-पड़े कहा- क्या है? क्या पड़ा भी न रहने देगी या और पानी चाहिए।

गुमानी कटु स्वर में बोली- गुर्राते क्या हो, खाने को तो बुलाने आयी हूँ।

हरिधन ने देखा, उसके दोनों साले और बड़े साले के दोनों लड़के भोजन किये चले आ रहे थे। उसकी देह में आग लग गयी। मेरी अब यह नौबत पहुँच गयी कि इन लोगों के साथ बैठकर खा भी नहीं सकता। ये लोग मालिक हैं। मैं इनकी जूठी थाली चाटने वाला हूँ। मैं इनका कुत्ता हूँ, जिसे खाने के बाद एक टुकड़ा रोटी डाल दी जाती है। यही घर है जहाँ आज से दस साल पहले उसका कितना आदर-सत्कार होता था। साले गुलाम बने रहते थे। सास मुँह जोहती रहती थी। स्त्री पूजा करती थी। तब उसके पास रुपये थे, जायदाद थी। अब वह दरिद्र है, उसकी सारी जायदाद को इन्हीं लोगों ने कूड़ा कर दिया। अब उसे रोटियों के भी लाले हैं। उसके जी में एक ज्वाला-सी उठी कि इसी वक्त अंदर जाकर सास को और सालों को भिगो-भिगोकर लगायेय पर जब्त करके रह गया। पड़े-पड़े बोला- मुझे भूख नहीं है। आज न खाऊँगा।

गुमानी ने कहा- न खाओगे मेरी बला से, हाँ नहीं तो! खाओगे, तुम्हारे ही पेट में जायगा, कुछ मेरे पेट में थोड़े ही चला जायगा।

हरिधन का क्रोध आँसू बन गया। यह मेरी स्त्री है, जिसके लिए मैंने अपना सर्वस्व मिट्टी में मिला दिया। मुझे उल्लू बनाकर यह सब अब निकाल देना चाहते हैं। वह अब कहाँ जाय! क्या करे!

उसकी सास आकर बोली- चलकर खा क्यों नहीं लेते जी, रूठते किस पर हो? यहाँ तुम्हारे नखरे सहने का किसी में बूता नहीं है। जो देते हो वह मत देना और क्या करोगे। तुमसे बेटी ब्याही है, कुछ तुम्हारी जिंदगी का ठीका नहीं लिखा है।

हरिधन ने मर्माहत होकर कहा- हाँ अम्माँ, मेरी भूल थी कि मैं यही समझ रहा था। अब मेरे पास क्या है कि तुम मेरी जिंदगी का ठीका लोगी। जब मेरे पास भी धन था तब सब कुछ आता था। अब दरिद्र हूँ, तुम क्यों बात पूछोगी।

बूढ़ी सास भी मुँह फुलाकर भीतर चली गयी।

2

बच्चों के लिए बाप एक फालतू-सी चीज - एक विलास की वस्तु है, जैसे घोड़े के लिए चने या बाबुओं के लिए मोहनभोग। माँ रोटी-दाल है। मोहनभोग उम्र-भर न मिले तो किसका नुकसान है, मगर एक दिन रोटी-दाल के दर्शन न हों, तो फिर देखिए, क्या हाल होता है। पिता के दर्शन कभी-कभी शाम-सबेरे हो जाते हैं, वह बच्चे को उछालता है, दुलारता है, कभी गोद में लेकर या उँगली पकड़कर सैर कराने ले जाता है और बस, यही उसके कर्तव्य की इति है। वह परदेस चला जाय, बच्चे को परवाह नहीं होतीय लेकिन माँ तो बच्चे का सर्वस्व है। बालक एक मिनिट के लिए भी उसका वियोग नहीं सह सकता। पिता कोई हो, उसे परवाह नहीं, केवल एक उछलने-कूदनेवाला आदमी होना चाहिएय लेकिन माता तो अपनी ही होनी चाहिए, सोलहों आने अपनीय वही रूप, वही रंग, वही प्यार, वही सब कुछ। वह अगर नहीं है तो बालक के जीवन का स्रोत मानो सूख जाता है, फिर वह शिव का नन्दी है, जिस पर फूल या जल चढ़ाना लाजिमी नहीं, अख्तियारी है। हरिधन की माता का आज दस साल हुए देहांत हो गया था, उस वक्त उसका विवाह हो चुका था। वह सोलह साल का कुमार था। पर माँ के मरते ही उसे मालूम हुआ, मैं कितना निस्सहाय हूँ। जैसे उस पर उसका कोई अधिकार ही न रहा हो। बहनों के विवाह हो चुके थे। भाई कोई दूसरा न था। बेचारा अकेले घर में जाते भी डरता था। माँ के लिए रोता था, पर माँ की परछाईं से डरता था। जिस कोठरी में उसने देह-त्याग किया था, उधर वह आँखें तक न उठाता। घर में एक बुआ थी, वह हरिधन का बहुत दुलार करती। हरिधन को अब दूध ज्यादा मिलता, काम भी कम करना पड़ता। बुआ बार-बार पूछती- बेटा! कुछ खाओगे? बाप भी अब उसे ज्यादा प्यार करता, उसके लिए अलग एक गाय मँगवा दी, कभी-कभी उसे कुछ पैसे दे देता कि जैसे चाहे खर्च करे। पर इन मरहमों से वह घाव न पूरा होता था, जिसने उसकी आत्मा को आहत कर दिया था। यह दुलार और प्यार उसे बार-बार माँ की याद दिलाता। माँ की घुड़कियों में जो मजा था, वह क्या इस दुलार में था? माँ से माँगकर, लड़कर, ठुनककर, रूठकर लेने में जो आनन्द था, वह क्या इस भिक्षादान में था? पहले वह स्वस्थ था, माँगकर खाता, लड़-लड़कर खाता, अब वह बीमार था, अच्छे-से-अच्छे पदार्थ उसे दिये जाते थे, पर भूख न थी।

साल-भर तक वह इस दशा में रहा। फिर दुनिया बदल गयी। एक नयी स्त्री जिसे लोग उसकी माता कहते थे, उसके घर में आयी और देखते-देखते एक काली घटा की तरह उसके संकुचित भूमंडल पर छा गयी- सारी हरियाली, सारे प्रकाश पर

अंधकार का परदा पड़ गया। हरिधन ने इस नकली माँ से बात तक न की, कभी उसके पास गया तक नहीं। एक दिन घर से निकला और ससुराल चला आया।

बाप ने बार-बार बुलायाय पर उनके जीते-जी वह फिर उस घर में न गया। जिस दिन उसके पिता के देहांत की सूचना मिली, उसे एक प्रकार का ईर्ष्यामय हर्ष हुआ। उसकी आँखों से आँसू की एक बूँद भी न आयी।

इस नये संसार में आकर हरिधन को एक बार फिर मातृ-स्नेह का आनन्द मिला। उसकी सास ने ऋषि-वरदान की भाँति उसके शून्य जीवन को विभूतियों से परिपूर्ण कर दिया। मरुभूमि में हरियाली उत्पन्न हो गयी। सालियों की चुहल में, सास के स्नेह में, सालों के वाक्-विलास में और स्त्री के प्रेम में उसके जीवन की सारी आकांक्षाएँ पूरी हो गयीं। सास कहती- बेटा, तुम इस घर को अपना ही समझो, तुम्हीं मेरी आँखों के तारे हो। वह उससे अपने लड़कों की, बहुओं की शिकायत करती। वह दिल में समझता था, सासजी मुझे अपने बेटों से भी ज्यादा चाहती हैं। बाप के मरते ही वह घर गया और अपने हिस्से की जायदाद को कूड़ा करके, रुपयों की थैली लिए हुए आ गया। अब उसका दूना आदर-सत्कार होने लगा। उसने अपनी सारी संपत्ति सास के चरणों पर अर्पण करके अपने जीवन को सार्थक कर दिया। अब तक उसे कभी-कभी घर की याद आ जाती थी। अब भूलकर भी उसकी याद न आती, मानो वह उसके जीवन का कोई भीषण कांड था, जिसे भूल जाना ही उसके लिए अच्छा था। वह सबसे पहले उठता, सबसे ज्यादा काम करता, उसका मनोयोग, उसका परिश्रम देखकर गाँव के लोग दाँतों तले उँगली दबाते थे। उसके ससुर का भाग बखानते, जिसे ऐसा दामाद मिल गयाय लेकिन ज्यों-ज्यों दिन गुजरते गये, उसका मान-सम्मान घटता गया। पहले देवता, फिर घर का आदमी, अंत में घर का दास हो गया। रोटियों में भी बाधा पड़ गयी। अपमान होने लगा। अगर घर के लोग भूखों मरते और साथ ही उसे भी मरना पड़ता, तो उसे जरा भी शिकायत न होती लेकिन जब देखता और लोग मूँछों पर ताव दे रहे हैं, केवल मैं ही दूध की मक्खी बना दिया गया हूँ, तो उसके अंतरूस्तल से एक लम्बी, ठंडी आह निकल आती। अभी उसकी उम्र पच्चीस ही साल की तो थी। इतनी उम्र इस घर में कैसे गुजरेगी? और तो और, उसकी स्त्री ने भी आँखें फेर लीं। यह उस विपत्ति का सबसे क्रूर दृश्य था।

3

हरिधन तो उधर भूखा -प्यासा,चिंता-दाह में जल रहा था, इधर घर में सास जी और दोनों सालों में बातें हो रही थीं। गुमानी भी हाँ-में-हाँ मिलाती जाती थी।

बड़े साले ने कहा- हम लोगों की बराबरी करते हैं। यह नहीं समझते कि किसी ने उनकी जिंदगी भर का बीड़ा थोड़े ही लिया है। दस साल हो गये। इतने दिनों में क्या दो-तीन हजार न हड़प गये होंगे?

छोटे साले बोले- मजूर हो तो आदमी घुड़के भी, डाँटे भी, अब इनसे कोई क्या कहे। न जाने इनसे कभी पिंड छूटेगा भी या नहीं। अपने दिल में समझते होंगे, मैंने दो हजार रुपये नहीं दिये हैं? यह नहीं समझते कि उनके दो हजार कब के उड़ चुके। सवा सेर तो एक जून को चाहिए।

सास ने गंभीर भाव से कहा- बड़ी भारी खोराक है!

गुमानी माता के सिर से जूँ निकाल रही थी। सुलगते हुए हृदय से बोली- निकम्मे आदमी को खाने के सिवा और काम ही क्या रहता है?

बड़े- खाने की कोई बात नहीं है। जिसकी जितनी भूख हो उतना खाय, लेकिन कुछ पैदा भी तो करना चाहिए। यह नहीं समझते कि पहुनई में किसी के दिन कटे हैं!

छोटे- मैं तो एक दिन कह दूँगा, अब अपनी राह लीजिए, आपका करजा नहीं खाया है।

गुमानी घरवालों की ऐसी-ऐसी बातें सुनकर अपने पति से द्वेष करने लगी थी। अगर वह बाहर से चार पैसे लाता, तो इस घर में उसका कितना मान-सम्मान होता, वह भी रानी बनकर रहती। न जाने क्यों, कहीं बाहर जाकर कमाते उसकी नानी मरती है। गुमानी की मनोवृत्तियाँ अभी तक बिलकुल बालपन की-सी थीं। उसका अपना कोई घर न था। उसी घर का हित-अहित उसके लिए भी प्रधान था। वह भी उन्हीं शब्दों में विचार करती, इस समस्या को उन्हीं आँखों से देखती जैसे उसके घरवाले देखते थे। सच तो, दो हजार रुपये में क्या किसी को मोल ले लेंगे? दस साल में दो हजार होते ही क्या हैं। दो सौ ही तो साल भर के हुए। क्या दो आदमी साल भर में दो सौ भी न खायेंगे। फिर कपड़े-लत्ते, दूध-घी, सभी कुछ तो है। दस साल हो गये, एक पीतल का छल्ला नहीं बना। घर से निकलते तो जैसे इनके प्रान निकलते हैं। जानते हैं जैसे पहले पूजा होती थी वैसे ही जनम-भर होती रहेगी। यह नहीं सोचते कि पहले और बात थी, अब और बात है। बहू तो पहले ससुराल जाती है तो उसका कितना महातम होता है। उसके डोली से उतरते ही बाजे बजते हैं, गाँव-मुहल्ले की औरतें उसका मुँह देखने आती हैं और रुपये देती हैं। महीनों उसे घर भर से अच्छा खाने को मिलता है, अच्छा पहनने को, कोई काम नहीं लिया जाताय लेकिन छरू महीनों के बाद कोई उसकी बात भी नहीं पूछता, वह घर-भर की लौंडी

हो जाती है। उनके घर में मेरी भी तो वही गति होती। फिर काहे का रोना। जो यह कहो कि मैं तो काम करता हूँ, तो तुम्हारी भूल है, मजूर की और बात है। उसे आदमी डाँटता भी है, मारता भी है, जब चाहता है, रखता है, जब चाहता है, निकाल देता है। कसकर काम लेता है। यह नहीं कि जब जी में आया, कुछ काम किया, जब जी में आया, पड़कर सो रहे।

4

हरिधन अभी पड़ा अंदर-ही-अंदर सुलग रहा था, कि दोनों साले बाहर आये और बड़े साहब बोले- भैया, उठो तीसरा पहर ढल गया, कब तक सोते रहोगे? सारा खेत पड़ा हुआ है।

हरिधन चट उठ बैठा और तीव्र स्वर में बोला- क्या तुम लोगों ने मुझे उल्लू समझ लिया है।

दोनों साले हक्का-बक्का हो गये। जिस आदमी ने कभी जबान नहीं खोली, हमेशा गुलामों की तरह हाथ बाँध हाजिर रहा, वह आज एकाएक इतना आत्माभिमानी हो जाय, यह उनको चौंका देने के लिए काफी था। कुछ जवाब न सूझा।

हरिधन ने देखा, इन दोनों के कदम उखड़ गये हैं, तो एक धक्का और देने की प्रबल इच्छा को न रोक सका। उसी ढंग से बोला- मेरी भी आँखें हैं। अंधा नहीं हूँ, न बहरा ही हूँ। छाती फाड़कर काम करूँ और उस पर भी कुत्ता समझा जाऊँय ऐसे गधे और कहीं होंगे!

अब बड़े साले भी गर्म पड़े- तुम्हें किसी ने यहाँ बाधँ तो नहीं रक्खा है।

अबकी हरिधन लाजवाब हुआ। कोई बात न सूझी।

बड़े ने फिर उसी ढंग से कहा- अगर तुम यह चाहो कि जन्म-भर पाहुने बने रहो और तुम्हारा वैसा ही आदर-सत्कार होता रहे, तो यह हमारे वश की बात नहीं है।

हरिधन ने आँखें निकालकर कहा- क्या मैं तुम लोगों से कम काम करता हूँ?

बड़ेयह कौन कहता है?

हरिधन- तो तुम्हारे घर की नीति है कि जो सबसे ज्यादा काम करे वही भूखों मारा जाय?

बड़े- तुम खुद खाने नहीं गये। क्या कोई तुम्हारे मुँह में कौर डाल देता?

हरिधन ने ओठ चबाकर कहा- मैं खुद खाने नहीं गया कहते तुम्हें लाज नहीं आती?

नहीं आयी थी बहन तुम्हें बुलाने?

छोटे साले ने कहा- अम्माँ भी तो आयी थीं। तुमने कह दिया, मुझे भूख नहीं है, तो क्या करतीं।

सास भीतर से लपकी चली आ रही थी। यह बात सुनकर बोली- कितना कहकर हार गयी, कोई उठे न तो मैं क्या करूँ?

हरिधन ने विष, खून और आग से भरे हुए स्वर में कहा- मैं तुम्हारे लड़कों का झूठा खाने के लिए हूँ? मैं कुत्ता हूँ कि तुम लोग खाकर मेरे सामने रूखी रोटी का टुकड़ा फेंक दो?

बुढ़िया ने ऐंठकर कहा- तो क्या तुम लड़कों की बराबरी करोगे?

हरिधन परास्त हो गया। बुढ़िया ने एक ही वाक्-प्रहार में उसका काम तमाम कर दिया। उसकी तनी हुई भवें ढीली पड़ गयीं, आँखों की आग बुझ गयी, फड़कते हुए नथुने शांत हो गये। किसी आहत मनुष्य की भाँति वह जमीन पर गिर पड़ा। क्या तुम मेरे लड़कों की बराबरी करोगे? यह वाक्य एक लंबे भाले की तरह उसके हृदय में चुभता चला जाता था, न हृदय का अंत था, न उस भाले का!

5

सारे घर ने खायाय पर हरिधन न उठा। सास ने मनाया, सालियों ने मनाया, ससुर ने मनाया, दोनों साले मनाकर थक गये। हरिधन न उठाय वहीं द्वार पर एक टाट पर पड़ा था। उसे उठाकर सबसे अलग कुएँ पर ले गया और जगत पर बिछाकर पड़ा रहा।

रात भीग चुकी थी। अनंत प्रकाश में उज्ज्वल तारे बालकों की भाँति क्रीड़ा कर रहे थे। कोई नाचता था, कोई उछलता था, कोई हँसता था, कोई आँखे भींचकर फिर खोल देता, कोई साहसी बालक सपाट भरकर एक पल में उस विस्तृत क्षेत्र को पार कर लेता था और न जाने कहाँ छिप जाता था। हरिधन को अपना बचपन याद आया, जब वह भी इसी तरह क्रीड़ा करता था। उसकी बाल-स्मृतियाँ उन्हीं चमकीले तारों की भाँति प्रज्वलित हो गयी। वह अपना छोटा - सा घर, वह आम के बाग, जहाँ वह केरियाँ चुना करता था, वह मैदान जहाँ वह कबड्डी खेला करता था, सब उसे याद आने लगे। फिर अपनी स्नेहमयी माता की सदय मूर्ति उसके सामने खड़ी हो गयी। उन आँखों में कितनी करुणा थी, कितनी दया थी। उसे ऐसा जान पड़ा मानो माता आँखों में आँसू भरे, उसे छाती से लगा लेने के लिए हाथ फैलाये उसकी ओर चली आ रही है। वह उस मधुर भावना में अपने को भूल गया। ऐसा जान पड़ा मानो माता ने उसे छाती से लगा लिया है और उसके सिर पर हाथ फेर रही है। वह रोने लगा, फूट-फूटकर रोने लगा। उसी आत्म-सम्मोहित दशा में उसके मुँह से यह शब्द

निकला, अम्मा, तुमने मुझे इतना भुला दिया। देखो, तुम्हारे प्यारे लाल की क्या दशा हो रही है? कोई उसे पानी को भी नहीं पूछता। क्या जहाँ तुम हो, वहाँ मेरे लिए जगह नहीं है?

सहसा गुमानी ने आकर पुकारा- क्या सो गये तुम, नौज किसी को ऐसी राक्षसी नींद आये। चलकर खा क्यों नहीं लेते? कब तक कोई तुम्हारे लिए बैठा रहे?

हरिधन उस कल्पना-जगत् से क्रूर प्रत्यक्ष में आ गया। वही कुएँ की जगत थी, वही फटा हुआ टाट और गुमानी सामने खड़ी कह रही थी, कब तक कोई तुम्हारे लिए बैठा रहे!

हरिधन उठ बैठा और मानो तलवार म्यान से निकालकर बोला- भला तुम्हें मेरी सुध तो आयी। मैंने तो कह दिया था, मुझे भूख नहीं है।

गुमानी- तो कै दिन न खाओगे?

अब इस घर का पानी भी न पीऊँगा, तुझे मेरे साथ चलना है या नहीं?

दृढ़ संकल्प से भरे हुए इन शब्दों को सुनकर गुमानी सहम उठी। बोली- कहाँ जा रहे हो।

हरिधन ने मानो नशे में कहा- तुझे इससे क्या मतलब? मेरे साथ चलेगी या नहीं? फिर पीछे से न कहना, मुझसे कहा नहीं।

गुमानी आपत्ति के भाव से बोली- तुम बताते क्यों नहीं, कहाँ जा रहे हो?

श्तू मेरे साथ चलेगी या नहीं?

जब तक तुम बता न दोगे, मैं नहीं जाऊँगी।

तो मालूम हो गया, तू नहीं जाना चाहती। मुझे इतना ही पूछना था, नहीं अब तक मैं आधी दूर निकल गया होता।

यह कहकर वह उठा और अपने घर की ओर चला। गुमानी पुकारती रही, सुन लो, सुन लोश्य पर उसने पीछे फिर कर भी न देखा।

6

तीस मील की मंजिल हरिधन ने पाँच घंटों में तय की। जब वह अपने गाँव की अमराइयों के सामने पहुँचा, तो उसकी मातृ-भावना उषा की सुनहरी गोद में खेल रही थी। उन वृक्षों को देखकर उसका विह्वल हृदय नाचने लगा। मंदिर का वह सुनहरा कलश देखकर वह इस तरह दौड़ा मानो एक छलाँग में उसके ऊपर जा पहुँचेगा। वह वेग में दौड़ा जा रहा था मानो उसकी माता गोद फैलाये उसे बुला रही हो। जब वह आमों के बाग में पहुँचा, जहाँ डालियों पर बैठकर वह हाथी की सवारी का आनन्द पाता था, जहाँ की कच्ची बेरों और लिसोड़ों में एक स्वर्गीय स्वाद था,

तो वह बैठ गया और भूमि पर सिर झुका कर रोने लगा, मानो अपनी माता को अपनी विपत्ति-कथा सुना रहा हो। वहाँ की वायु में, वहाँ के प्रकाश में, मानो उसकी विराट रूपिणी माता व्याप्त हो रही थी, वहाँ की अंगुल-अंगुल भूमि माता के पद-चिन्हों से पवित्र थी, माता के स्नेह में डूबे हुए शब्द अभी तक मानो आकाश में गूँज रहे थे। इस वायु और इस आकाश में न जाने कौन-सी संजीवनी थी जिसने उसके शोकार्त्त हृदय को बालोत्साह से भर दिया। वह एक पेड़ पर चढ़ गया और अधर से आम तोड़-तोड़कर खाने लगा। सास के वह कठोर शब्द, स्त्री का वह निष्ठुर आघात, वह सारा अपमान वह भूल गया। उसके पाँव फूल गये थे, तलवों में जलन हो रही थीय पर इस आनन्द में उसे किसी बात का ध्यान न था।

सहसा रखवाले ने पुकारा- वह कौन ऊपर चढ़ा हुआ है रे? उतर अभी नहीं तो ऐसा पत्थर खींचकर मारूँगा कि वहीं ठंडे हो जाओगे।

उसने कई गालियाँ भी दीं। इस फटकार और इन गालियों में इस समय हरिधन को अलौकिक आनंद मिल रहा था। वह डालियों में छिप गया, कई आम काट-काटकर नीचे गिराये और जोर से ठट्ठा मारकर हँसा। ऐसी उल्लास से भरी हुई हँसी उसने बहुत दिन से न हँसी थी।

रखवाले को वह हँसी परिचित-सी मालूम हुई। मगर हरिधन यहाँ कहाँ? वह तो ससुराल की रोटियाँ तोड़ रहा है। कैसा हँसोड़ा था, कितना चिबिल्ला! न जाने बेचारे का क्या हाल हुआ? पेड़ की डाल से तालाब में कूद पड़ता था। अब गाँव में ऐसा कौन है?

डाँटकर बोला- वहाँ बैठे-बैठे हँसोगे, तो आकर सारी हँसी निकाल दूँगा, नहीं सीधे से उतर आओ।

वह गालियाँ देने जा रहा था कि एक गुठली आकर उसके सिर पर लगी। सिर सहलाता हुआ बोला- यह कौन सैतान है? नहीं मानता, ठहर तो, मैं आकर तेरी खबर लेता हूँ।

उसने अपनी लकड़ी नीचे रख दी और बंदरों की तरह चटपट ऊपर चढ़ गया। देखा तो हरिधन बैठा मुसकिरा रहा है। चकित होकर बोला- अरे हरिधन! तुम यहाँ कब आये? इस पेड़ पर कब से बैठे हो?

दोनों बचपन सखा वहीं गले मिले।

यहाँ कब आये? चलो, घर चलो भले आदमी, क्या वहाँ आम भी मयस्सर न होते थे?

हरिधन ने मुस्किराकर कहा- मँगरू, इन आमों में जो स्वाद है, वह और कहीं के आमों में नहीं है। गाँव का क्या रंग-ढंग है?

मँगरू- सब चौनचान है भैया! तुमने तो जैसे नाता ही तोड़ लिया। इस तरह कोई अपना गाँव-घर छोड़ देता है? जब से तुम्हारे दादा मरे सारी गिरस्ती चौपट हो गयी। दो छोटे-छोटे लड़के हैं, उनके किये क्या होता है?

हरिधन- मुझे अब उस गिरस्ती से क्या वास्ता है भाई? मैं तो अपना ले-दे चुका। मजूरी तो मिलेगी न? तुम्हारी गैया मैं ही चरा दिया करूँगाय मुझे खाने को दे देना।

मँगरू ने अविश्वास के भाव से कहा- अरे भैया कैसी बात करते हो, तुम्हारे लिए जान तक हाजिर है। क्या ससुराल में अब न रहोगे? कोई चिंता नहीं। पहले तो तुम्हारा घर ही है। उसे सँभालो। छोटे-छोटे बच्चे हैं, उनको पालो। तुम नयी अम्माँ से नाहक डरते थे। बड़ी सीधी है बेचारी। बस, अपनी माँ ही समझो, तुम्हें पाकर तो निहाल हो जायगी। अच्छा, घरवाली को भी तो लाओगे?

हरिधन- उसका अब मुँह न देखूँगा। मेरे लिए वह मर गयी।

मँगरू- तो दूसरी सगाई हो जायगी। अबकी ऐसी मेहरिया ला दूँगा कि उसके पैर धो-धोकर पिओगेय लेकिन कहीं पहली भी आ गयी तो?

हरिधन- वह न आयेगी।

7

हरिधन अपने घर पहुँचा तो दोनों भाई, भैया आये! भैया आये! कहकर भीतर दौड़े और माँ को खबर दी।

उस घर में कदम रखते ही हरिधन को ऐसी शांत महिमा का अनुभव हुआ मानो वह अपनी माँ की गोद में बैठा हुआ है। इतने दिनों ठोकरें खाने से उसका हृदय कोमल हो गया था। जहाँ पहले अभिमान था, आग्रह था, हेकड़ी थी, वहाँ अब निराशा थी, पराजय थी और याचना थी। बीमारी का जोर कम हो चला था, अब उस पर मामूली दवा भी असर कर सकती थी, किले की दीवारें छिद चुकी थीं, अब उसमें घुस जाना असह्य न था। वही घर जिससे वह एक दिन विरक्त हो गया था, अब गोद फैलाये उसे आश्रय देने को तैयार था। हरिधन का निरवलंबन मन यह आश्रय पाकर मानो तृप्त हो गया।

शाम को विमाता ने कहा- बेटा, तुम घर आ गये, हमारे धनभाग। अब इन बच्चों को पालोय माँ का नाता न सही, बाप का नाता तो है ही। मुझे एक रोटी दे देना, खाकर एक कोने में पड़ी रहूँगी। तुम्हारी अम्माँ से मेरा बहन का नाता है। उस नाते से भी तो तुम मेरे लड़के होते हो?

हरिधन की मातृ-विह्वल आँखों को विमाता के रूप में अपनी माता के दर्शन हुए। घर के एक-एक कोने में मातृ-स्मृतियों की छटा चाँदनी की भाँति छिटकी हुई थी, विमाता का प्रौढ़ मुखमण्डल भी उसी छटा से रंजित था।

दूसरे दिन हरिधन फिर कंधे पर हल रखकर खेत को चला। उसके मुख पर उल्लास था और आँखों में गर्व। वह अब किसी का आश्रित नहींय आश्रयदाता था, किसी के द्वार का भिक्षुक नहीं, घर का रक्षक था।

एक दिन उसने सुना, गुमानी ने दूसरा घर कर लिया। माँ से बोला- तुमने सुना काकी! गुमानी ने घर कर लिया।

काकी ने कहा- घर क्या कर लेगी, ठट्ठा है? बिरादरी में ऐसा अंधेर? पंचायत नहीं, अदालत तो है?

हरिधन ने कहा- नहीं काकी, बहुत अच्छा हुआ। ला, महाबीरजी को लडडू चढ़ा आऊँ। मैं तो डर रहा था, कहीं मेरे गले न आ पड़े। भगवान ने मेरी सुन ली। मैं वहाँ से यही ठानकर चला था, अब उसका मुँह न देखूँगा।

17

स्वर्ग की देवी

भाग्य की बात! शादी-विवाह में आदमी का क्या अख्तियार! जिससे ईश्वर ने, या उनके नायबों- ब्राह्मणों ने तय कर दी, उससे हो गयी। बाबू भारतदास ने लीला के लिए सुयोग्य वर खोजने में कोई बात उठा नहीं रखी लेकिन जैसा घर-वर चाहते थे, वैसा न पा सके। वह लड़की को सुखी देखना चाहते थे, जैसा हर एक पिता का धर्म है, किंतु इसके लिए उनकी समझ में सम्पत्ति ही सबसे जरूरी चीज थी। चरित्र या शिक्षा का स्थान गौण था। चरित्र तो किसी के माथे पर लिखा नहीं रहता और शिक्षा का आजकल के जमाने में मूल्य ही क्या? हाँ, सम्पत्ति के साथ शिक्षा भी हो तो क्या पूछना! ऐसा घर उन्होंने बहुत ढूँढ़ा, पर न मिला। ऐसे घर हैं ही कितने जहाँ दोनों पदार्थ मिलें? दो-चार मिले भी तो अपनी बिरादरी के न थे। बिरादरी भी मिली, तो जायजा न मिलाय जायजा भी मिला तो शर्तें तय न हो सकीं। इस तरह मजबूर होकर भारतदास को लीला का विवाह लाला सन्तसरन के लड़के सीतासरन से करना पड़ा। अपने बाप का इकलौता बेटा था, थोड़ी-बहुत शिक्षा भी पायी थी, बातचीत सलीके से करता था, मामले-मुकदमे समझता था और जरा दिल का रँगीला भी था। सबसे बड़ी बात यह थी कि रूपवान, बलिष्ठ, प्रसन्न-मुख, साहसी आदमी था, मगर विचार वही बाबा आदम के जमाने के थे। पुरानी जितनी बातें हैं, सब अच्छीय नयी जितनी बातें हैं, सब खराब। जायदाद के विषय में जमींदार साहब नये-नये दफों का व्यवहार करते थे, वहाँ अपना कोई अख्तियार न था, लेकिन सामाजिक प्रथाओं के कट्टर पक्षपाती थे। सीतासरन अपने बाप को जो करते या कहते देखता वही खुद भी कहता और करता था। उसमें

खुद सोचने की शक्ति ही न थी। बुध्दि की मंदता बहुधा सामाजिक अनुदारता के रूप में प्रकट होती है।

2

लीला ने जिस दिन घर में पाँव रखा उसी दिन उसकी परीक्षा शुरू हुई। वे सभी काम, जिनकी उसके घर में तारीफ होती थी यहाँ वर्जित थे। उसे बचपन से ताजी हवा पर जान देना सिखाया गया था, यहाँ उसके सामने मुँह खोलना भी पाप था। बचपन से सिखाया गया था रोशनी ही जीवन है, यहाँ रोशनी के दर्शन भी दुर्लभ थे। घर पर अहिंसा, क्षमा और दया ईश्वरीय गुण बताये गये थे, यहाँ इसका नाम लेने की भी स्वाधीनता न थी। संतसरन बड़े तीखे, गुस्सेवर आदमी थे, नाक पर मक्खी न बैठने देते। धूर्तता और छल-कपट से ही उन्होंने जायदाद पैदा की थी और उसी को सफल जीवन का मंत्र समझते थे। उनकी पत्नी उनसे भी दो अंगुल ऊँची थी। मजाल क्या कि बहू अपनी अँधेरी कोठरी के द्वार पर खड़ी हो जाय, या कभी छत पर टहल सके। प्रलय आ जाता, आसमान सिर पर उठा लेतीं। उन्हें बकने का मर्ज था। दाल में नमक का जरा तेज हो जाना उन्हें दिन-भर बकने के लिए काफी बहाना था। मोटी-ताजी महिला थीं, छींट का घाघरेदार लहँगा पहने, पानदान बगल में रखे, गहनों से लदी हुई, सारे दिन बरोठे में माची पर बैठी रहती थीं। क्या मजाल कि घर में उनकी इच्छा के विरुध्द एक पत्ता भी हिल जाय! बहू की नयी-नयी आदतें देख-देख जला करती थीं। अब काहे को आबरू रहेगी। मुँडेर पर खड़ी होकर झाँकती है। मेरी लड़की ऐसी दीदा-दिलेर होती तो गला घोंट देती। न-जाने इसके देश में कौन लोग बसते हैं! गहने नहीं पहनती। जब देखो नंगी-बुच्ची बनी बैठी रहती है। यह भी कोई अच्छे लच्छन हैं। लीला के पीछे सीतासरन पर भी फटकार पड़ती। तुझे भी चाँदनी में सोना अच्छा लगता है, क्यों? तू भी अपने को मर्द कहेगा? वह मर्द कैसा कि औरत उसके कहने में न रहे। दिन-भर घर में घुसा रहता है। मुँह में जबान नहीं है? समझाता क्यों नहीं?

सीतासरन कहता- अम्माँ, जब कोई मेरे समझाने से माने तब तो?

माँ- मानेगी क्यों नहीं, तू मर्द है कि नहीं? मर्द वह चाहिए कि कड़ी निगाह से देखे तो औरत काँप उठे।

सीतासरन- तुम तो समझाती ही रहती हो।

माँ- मेरी उसे क्या परवा? समझती होगी, बुढ़िया चार दिन में मर जायगी, तब मैं मालकिन हो ही जाऊँगी।

सीतासरन- तो मैं भी तो उसकी बातों का जवाब नहीं दे पाता। देखती नहीं हो कितनी दुर्बल हो गयी है। वह रंग ही नहीं रहा। उस कोठरी में पड़े-पड़े उसकी दशा बिगड़ती जाती है।

बेटे के मुँह से ऐसी बातें सुन माता आग हो जाती और सारे दिन जलतीय कभी भाग्य को कोसती, कभी समय को।

सीतासरन माता के सामने तो ऐसी बातें करताय लेकिन लीला के सामने जाते ही उसकी मति बदल जाती थी। वह वही बातें करता जो लीला को अच्छी लगतीं। यहाँ तक कि दोनों वृध्दा की हँसी उड़ाते। लीला को इसमें और कोई सुख न था। वह सारे दिन कुढ़ती रहती। कभी चूल्हे के सामने न बैठी थीय पर यहाँ पसेरियों आटा थोपना पड़ता, मजूरों और टहलुओं के लिए भी रोटियाँ पकानी पड़तीं। कभी-कभी वह चूल्हे के सामने बैठी घंटों रोती। यह बात न थी कि यह लोग कोई महाराज-रसोइया न रख सकते होंय पर घर की पुरानी प्रथा यही थी कि बहू खाना पकाये और उस प्रथा को निभाना जरूरी था। सीतासरन को देखकर लीला का संतप्त हृदय एक क्षण के लिए शान्त हो जाताथा।

गर्मी के दिन थे और संध्या का समय। बाहर हवा चलती, भीतर देह फुकती थी। लीला कोठरी में बैठी एक किताब देख रही थी कि सीतासरन ने आकर कहा- यहाँ तो बड़ी गर्मी है, बाहर बैठो।

लीला- यह गर्मी उन तानों से अच्छी है जो अभी सुनने पड़ेंगे।

सीतासरन- आज अगर बोलीं तो मैं भी बिगड़ जाऊँगा।

लीला- तब तो मेरा घर में रहना भी मुश्किल हो जायगा।

सीतासरन- बला से अलग ही रहेंगे!

लीला- मैं तो मर भी जाऊँ तो भी अलग न रहूँ। वह जो कुछ कहती-सुनती हैं, अपनी समझ से मेरे भले ही के लिए कहती-सुनती हैं। उन्हें मुझसे कुछ दुश्मनी थोड़े ही है। हाँ, हमें उनकी बातें अच्छी न लगें, यह दूसरी बात है। उन्होंने खुद वह सब कष्ट झेले हैं, जो वह मुझे झेलवाना चाहती हैं। उनके स्वास्थ्य पर उन कष्टों का जरा भी असर नहीं पड़ा। वह इस 65 वर्ष की उम्र में मुझसे कहीं टाँठी हैं। फिर उन्हें कैसे मालूम हो कि इन कष्टों से स्वास्थ्य बिगड़ सकता है?

सीतासरन ने उसके मुरझाये हुए मुख की ओर करुण नेत्रों से देखकर कहा- तुम्हें इस घर में आकर बहुत दुःख सहना पड़ा। यह घर तुम्हारे योग्य न था। तुमने पूर्व-जन्म में जरूर कोई पाप किया होगा।

लीला ने पति के हाथों से खेलते हुए कहा- यहाँ न आती तो तुम्हारा प्रेम कैसे पाती?

3

पाँच साल गुजर गये। लीला दो बच्चों की माँ हो गयी। एक लड़का था, दूसरी लड़की। लड़के का नाम जानकीसरन रखा गया और लड़की का नाम कामिनी। दोनों बच्चे घर को गुलजार किये रहते थे। लड़की दादा से हिली थी, लड़का दादी से। दोनों शोख और शरीर थे। गाली दे बैठना, मुँह चिढ़ा देना तो उनके लिए मामूली बात थी। दिन-भर खाते और आये-दिन बीमार पड़े रहते। लीला ने खुद सभी कष्ट सह लिये थे पर बच्चों में बुरी आदतों का पड़ना उसे बहुत बुरा मालूम होता था, किन्तु उसकी कौन सुनता था। बच्चों की माता होकर उसकी अब गणना ही न रही थी। जो कुछ थे बच्चे थे, वह कुछ न थी। उसे किसी बच्चे को डाँटने का भी अधिकार न था, सास फाड़ खाती थी।

सबसे बड़ी आपत्ति यह थी कि उसका स्वास्थ्य अब और भी खराब हो गया था। प्रसव-काल में उसे वे भी अत्याचार सहने पड़े जो अज्ञान, मूर्खता और अंधविश्वास ने सौर की रक्षा के लिए गढ़ रखे हैं। उस काल-कोठरी में, जहाँ हवा का गुजर था न प्रकाश का, न सफाई का, चारों ओर दुर्गन्धा और सील और गन्दगी भरी हुई थी। उसका कोमल शरीर सूख गया। एक बार जो कसर रह गयी थी, वह दूसरी बार पूरी हो गयी। चेहरा पीला पड़ गया, आँखें धाँस गयीं। ऐसा मालूम होता, बदन में खून ही नहीं रहा। सूरत ही बदल गयी।

गर्मियों के दिन थे। एक तरफ आम पके, दूसरी तरफ खरबूजे। इन दोनों फलों की ऐसी अच्छी फसल पहले कभी न हुई थी। अबकी इनमें इतनी मिठास न-जाने कहाँ से आ गयी थी कि कितना ही खाओ मन न भरे। संतसरन के इलाके से आम और खरबूजे के टोकरे भरे चले आते थे। सारा घर खूब उछल-उछल खाता था। बाबू साहब पुरानी हड्डी के आदमी थे। सबेरे एक सैकड़े आमों का नाश्ता करते, फिर पसेरी-भर खरबूजे चट कर जाते। मालकिन उनसे पीछे रहनेवाली न थीं। उन्होंने तो एक वक्त का भोजन ही बंद कर दिया। अनाज सड़नेवाली चीज नहीं। आज नहीं कल खर्च हो जायगा। आम और खरबूजे तो एक दिन भी नहीं ठहर सकते? शुदनी थी और क्या। यों ही हर साल दोनों चीजों की रेल-पेल होती थीय पर किसी को कभी कोई शिकायत न होती थी। कभी पेट में गिरानी मालूम हुई तो हड़ की फंकी मार ली। एक दिन बाबू संतसरन के पेट में मीठा-मीठा दर्द होने लगा। आपने उसकी परवा न की। आम खाने बैठ गये। सैकड़ा पूरा करके उठे ही थे कि कै हुई। गिर

पड़े। फिर तो तिल-तिल पर कै और दस्त होने लगे। हैजा हो गया। शहर के डाक्टर बुलाये गये, लेकिन उनके आने के पहले ही बाबू साहब चल बसे थे। रोना-पीटना मच गया। संध्या होते-होते लाश घर से निकली। लोग दाह-क्रिया करके आधी रात को लौटे तो मालकिन को भी कै और दस्त हो रहे थे। फिर दौड़-धूप शुरू हुईय लेकिन सूर्य निकलते-निकलते वह भी सिधार गयीं। स्त्री-पुरुष जीवनपर्यंत एक दिन के लिए भी अलग न हुए थे। संसार से भी साथ ही साथ गये, सूर्यास्त के समय पति ने प्रस्थान किया, सूर्योदय के समय पत्नी ने।

लेकिन मुसीबत का अभी अंत न हुआ था। लीला तो संस्कार की तैयारियों में लगी थीय मकान की सफाई की तरफ किसी ने ध्यान न दिया। तीसरे दिन दोनों बच्चे दादा-दादी के लिए रोते-रोते बैठके में जा पहुँचे। वहाँ एक आले पर खरबूजा कटा हुआ पड़ा था, दो-तीन कलमी आम भी रखे थे। इन पर मक्खियाँ भिनक रही थीं। जानकी ने एक तिपाई पर चढ़कर दोनों चीजें उतार लीं और दोनों ने मिलकर खायीं। शाम होते-होते दोनों को हैजा हो गया और दोनों माँ-बाप को रोता छोड़ चल बसे। घर में अँधेरा हो गया। तीन दिन पहले जहाँ चारों तरफ चहल-पहल थी, वहाँ अब सन्नाटा छाया हुआ था, किसी के रोने की आवाज भी सुनायी न देती थी। रोता ही कौन? ले-दे के कुल दो प्राणी रह गये थे और उन्हें रोने की सुधि न थी।

4

लीला का स्वास्थ्य पहले भी कुछ अच्छा न था, अब तो वह और भी बेजान हो गयी। उठने-बैठने की शक्ति भी न रही। हरदम खोयी-सी रहती, न कपड़े-लत्तो की सुधि थी, न खाने-पीने की। उसे न घर से वास्ता था, न बाहर से। जहाँ बैठती, वहीं बैठी रह जाती। महीनों कपड़े न बदलती, सिर में तेल न डालती। बच्चे ही उसके प्राणों के आधार थे। जब वही न रहे तो मरना और जीना बराबर था। रात-दिन यही मनाया करती कि भगवान् यहाँ से ले चलो। सुख-दुःख सब भुगत चुकी। अब सुख की लालसा नहीं है, लेकिन बुलाने से मौत किसी को आयी है?

सीतासरन भी पहले तो बहुत रोया-धोयाय यहाँ तक कि घर छोड़कर भाग जाता था, लेकिन ज्यों-ज्यों दिन गुजरते थे बच्चों का शोक उसके दिल से मिटता जाता था, संतान का दुःख तो कुछ माता ही को होता है। धीरे-धीरे उसका जी सँभल गया। पहिले की भाँति मित्रों के साथ-हँसी-दिल्लगी होने लगी। यारों ने और भी चंग पर चढ़ाया। अब घर का मालिक था, जो चाहे कर सकता था। कोई उसका हाथ रोकने वाला न था। सैर-सपाटे करने लगा। कहाँ तो लीला को रोते देख उसकी आँखें सजल हो जाती थीं, कहाँ अब उसे उदास और शोक-मग्न देखकर झुँझला उठता। जिंदगी

रोने ही के लिए तो नहीं है। ईश्वर ने लड़के दिये थे, ईश्वर ही ने छीन लिये। क्या लड़कों के पीछे प्राण दे देना होगा? लीला यह बातें सुनकर भौंचक रह जाती। पिता के मुँह से ऐसे शब्द निकल सकते हैं! संसार में ऐसे प्राणी भी हैं!

होली के दिन थे। मर्दाने में गाना-बजाना हो रहा था। मित्रों की दावत का भी सामान किया गया था। अंदर लीला जमीन पर पड़ी हुई रो रही थी। त्योहारों के दिन उसे रोते ही कटते थे। आज बच्चे होते तो अच्छे-अच्छे कपड़े पहने कैसे उछलते-फिरते! वही न रहे तो कहाँ की तीज और कहाँ का त्योहार।

सहसा सीतासरन ने आकर कहा- क्या दिन-भर रोती ही रहोगी? जरा कपड़े तो बदल डालो, आदमी बन जाओ। यह क्या तुमने अपनी गत बना रखी है?

लीला- तुम जाओ अपनी महफिल में बैठो, तुम्हें मेरी क्या फिक्र पड़ी है?

सीतासरन- क्या दुनिया में और किसी के लड़के नहीं मरते? तुम्हारे ही सिर यह मुसीबत आयी है?

लीला- यह बात कौन नहीं जानता। अपना-अपना दिल ही तो है। उस पर किसी का बस है?

सीतासरन- मेरे साथ भी तो तुम्हारा कुछ कर्त्तव्य है?

लीला ने कुतूहल से पति को देखा, मानो उसका आशय नहीं समझी। फिर मुँह फेरकर रोने लगी।

सीतासरन- मैं अब इस मनहूसत का अन्त कर देना चाहता हूँ। अगर तुम्हारा अपने दिल पर काबू नहीं है तो मेरा भी अपने दिल पर काबू नहीं है। मैं अब जिन्दगी-भर मातम नहीं मना सकता।

लीला- तुम राग-रंग मनाते हो, मैं तुम्हें मना तो नहीं करती! मैं रोती हूँ तो क्यों रोने नहीं देते।

सीतासरन- मेरा घर रोने के लिए नहीं है।

लीला- अच्छी बात है, तुम्हारे घर में न रोऊँगी।

5

लीला ने देखा, मेरे स्वामी मेरे हाथों से निकले जा रहे हैं। उन पर विषय का भूत सवार हो गया है और कोई समझानेवाला नहीं। वह अपने होश में नहीं हैं। मैं क्या करूँ, अगर मैं चली जाती हूँ तो थोड़े ही दिनों में सारा घर मिट्टी में मिल जायगा और इनका वही हाल होगा जो स्वार्थी मित्रों के चंगुल में फँसे हुए नौजवान रईसों का होता है। कोई कुलटा घर में आ जायगी और इनका सर्वनाश कर देगी। ईश्वर! मैं क्या करूँ? अगर इन्हें कोई बीमारी हो जाती तो क्या मैं उस दशा में इन्हें छोड़कर

चली जाती? कभी नहीं। मैं तन-मन से इनकी सेवा-सुश्रूषा करती, ईश्वर से प्रार्थना करती, देवताओं की मनौतियाँ करती। माना इन्हें शारीरिक रोग नहीं है, लेकिन मानसिक रोग अवश्य है। आदमी रोने की जगह हँसे और हँसने की जगह रोये, उसके दिवाना होने में क्या संदेह है! मेरे चले जाने से इनका सर्वनाश हो जायगा। इन्हें बचाना मेरा धर्म है।

हाँ, मुझे अपना शोक भूल जाना होगा। रोऊँगी, रोना तो तकदीर में लिखा ही है रोऊँगी, लेकिन हँस-हँसकर। अपने भाग्य से लडूँगी। जो जाते रहे उनके नाम को रोने के सिवा और कर ही क्या सकती हूँ, लेकिन जो है उसे न जाने दूँगी। आ, ऐ टूटे हुए हृदय! आज तेरे टुकड़ों को जमा करके एक समाधि बनाऊँ और अपने शोक को उसके हवाले कर दूँ। ओ रोनेवाली आँखें, आओ मेरे आँसुओं को अपनी विहँसित छटा में छिपा लो। आओ मेरे आभूषणो, मैंने बहुत दिनों तक तुम्हारा अपमान किया, मेरा अपराध क्षमा करो। तुम मेरे भले दिनों के साथी हो, तुमने मेरे साथ बहुत विहार किये हैं, अब इस संकट में मेरा साथ दोय मगर दगा न करनाय मेरे भेदों को छिपाये रखना!

लीला सारी रात बैठी अपने मन से यही बातें करती रही। उधर मर्दाने में धमा-चौकड़ी मची हुई थी। सीतासरन नशे में चूर कभी गाता था, कभी तालियाँ बजाता था। उसके मित्र लोग भी उसी रंग में रँगे हुए थे। मालूम होता था इनके लिए भोग-विलास के सिवा और कोई काम नहीं है।

पिछले पहर को महफिल में सन्नाटा हो गया। हू-हा की आवाजें बन्द हो गयीं। लीला ने सोचा, क्या लोग कहीं चले गए, या सो गये? एकाएक सन्नाटा क्यों छा गया। जाकर देहलीज में खड़ी हो गयी और बैठक में झाँक कर देखा, सारी देह में एक ज्वाला-सी दौड़ गयी। मित्र लोग विदा हो गये थे। समाजियों का पता न था। केवल एक रमणी मसनद पर लेटी हुई थी और सीतासरन उसके सामने झुका हुआ उससे बहुत धीरे-धीरे बातें कर रहा था। दोनों के चेहरों और आँखों से उनके मन के भाव साफ झलक रहे थे। एक की आँखों में अनुराग था, दूसरी की आँखों में कटाक्ष! एक भोला-भाला हृदय एक मायाविनी रमणी के हाथों लुटा जाता था। लीला की सम्पत्ति को उसकी आँखों के सामने एक छलिनी चुराये लिये जाती थी। लीला को ऐसा क्रोध आया कि इसी समय चलकर इस कुलटा को आड़े हाथों लूँ, ऐसा दुत्कारूँ कि वह भी याद करे, खड़े-खड़े निकाल दूँ। वह पत्नी-भाव जो बहुत दिनों से सो रहा था, जाग उठा और उसे विकल करने लगा। पर उसने जब्त किया। वेग से दौड़ती हुई तृष्णाएँ अकस्मात् न रोकी जा सकती थीं। वह उलटे पाँव भीतर लौट आयी और मन को शांत करके सोचने लगी- वह रूप-रंग में, हाव-भाव में, नखे-तिल्ले में

उस दुष्टा की बराबरी नहीं कर सकती। बिलकुल चाँद का टुकड़ा है, अंग-अंग में स्फूर्ति भरी हुई है, पोर-पोर में मद झलक रहा है। उसकी आँखों में कितनी तृष्णा है, तृष्णा नहीं, बल्कि ज्वाला! लीला उसी वक्त आईने के सामने गयी। आज कई महीनों के बाद उसने आईने में अपनी सूरत देखी। उसके मुख से एक आह निकल गयी। शोक ने उसकी कायापलट कर दी थी। उस रमणी के सामने वह ऐसी लगती थी जैसे गुलाब के सामने जूही का फूल!

सीतासरन का खुमार शाम को टूटा। आँखें खुलीं तो सामने लीला को खड़ी मुस्कराते देखा। उसकी अनोखी छवि आँखों में समा गयी। ऐसे खुश हुए मानो बहुत दिनों के वियोग के बाद उससे भेंट हुई हो। उसे क्या मालूम था कि यह रूप भरने के लिए लीला ने कितने आँसू बहाये हैं, केशों में यह फूल गूँथने के पहले आँखों से कितने मोती पिरोये हैं। उन्होंने एक नवीन प्रेमोत्साह से उठकर उसे गले लगा लिया और मुस्कराकर बोले- आज तो तुमने बड़े-बड़े शस्त्रस सजा रखे हैं, कहाँ भागूँ?

लीला ने अपने हृदय की ओर उँगली दिखाकर कहा- यहाँ आ बैठो। बहुत भागे फिरते हो, अब तुम्हें बाँधकर रखूँगी। बाग की बहार का आनंद तो उठा चुके, अब इस अँधेरी कोठरी को भी देख लो।

सीतासरन ने लज्जित होकर कहा- उसे अँधेरी कोठरी मत कहो लीला! वह प्रेम का मानसरोवर है!

इतने में बाहर से किसी मित्र के आने की खबर आयी। सीतासरन चलने लगे तो लीला ने उनका हाथ पकड़कर कहा- मैं न जाने दूँगी।

सीतासरन- अभी आता हूँ।

लीला- मुझे डर लगता है कहीं तुम चले न जाओ।

सीतासरन बाहर आये तो मित्र महाशय बोले- आज दिन-भर सोते ही रहे क्या? बहुत खुश नजर आते हो। इस वक्त तो वहाँ चलने की ठहरी थी न? तुम्हारी राह देख रही हैं।

सीतासरन- चलने को तो तैयार हूँ, लेकिन लीला जाने नहीं देती।

मित्र- निरे गाउदी ही रहे। आ गये फिर बीवी के पंजे में! फिर किस बिरते पर गरमाये थे?

सीतासरन- लीला ने घर से निकाल दिया था, तब आश्रय ढूँढ़ता फिरता था। अब उसने द्वार खोल दिये और खड़ी बुली रही है।

मित्र- अजी, यहाँ वह आनंद कहाँ? घर को लाख सजाओ तो क्या बाग हो जायगा?

सीतासरन- भई, घर बाग नहीं हो सकता, पर स्वर्ग हो सकता है। मुझे इस वक्त अपनी क्षुद्रता पर जितनी लज्जा आ रही है, वह मैं ही जानता हूँ। जिस संतानशोक में उसने अपने शरीर को घुला डाला और अपने रूपलावण्य को मिटा दिया उसी शोक को केवल मेरा एक इशारा पाकर उसने भुला दिया। ऐसा भुला दिया मानो कभी शोक हुआ ही नहीं! मैं जानता हूँ कि वह बड़े से बड़े कष्ट सह सकती है। मेरी रक्षा उसके लिए आवश्यक है। जब अपनी उदासीनता के कारण उसने मेरी दशा बिगड़ती देखी तो अपना सारा शोक भूल गयी। आज मैंने उसे अपने आभूषण पहनकर मुस्कराते हुए देखा तो मेरी आत्मा पुलकित हो उठी। मुझे ऐसा मालूम हो रहा है कि वह स्वर्ग की देवी है और केवल मुझ-जैसे दुर्बल प्राणी की रक्षा करने के लिए भेजी गयी है। मैंने उसे जो कठोर शब्द कहे, वे अगर अपनी सारी सम्पत्ति बेचकर भी मिल सकते, तो लौटा लेता। लीला वास्तव में स्वर्ग की देवी है!

18

ढपोरसंख

मुरादाबाद में मेरे एक पुराने मित्र हैं, जिन्हें दिल में तो मैं एक रत्न समझता हूँ पर पुकारता हूँ ढपोरसंख कहकर और वह बुरा भी नहीं मानते। ईश्वर ने उन्हें जितना ह्रदय दिया है, उसकी आधी बुद्धि दी होती, तो आज वह कुछ और होते! उन्हें हमेशा तंगहस्त ही देखाय मगर किसी के सामने कभी हाथ फैलाते नहीं देखा। हम और वह बहुत दिनों तक साथ पढ़े हैं, खासी बेतकल्लुफी है, पर यह जानते हुए भी कि मेरे लिए सौ-पचास रुपये से उनकी मदद करना कोई बड़ी बात नहीं और मैं बड़ी खुशी से करूँगा, कभी मुझसे एक पाई के रवादार न हुए। अगर हीले से बच्चों को दो-चार रुपये दे देता हूँ, तो बिदा होते समय उसकी दुगनी रकम के मुरादाबादी बर्तन लादने पड़ते हैं। इसलिए मैंने यह नियम बना लिया है कि जब उनके पास जाता हूँ, तो एक-दो दिन में जितनी बड़ी-से-बड़ी चपत दे सकता हूँ, देता हूँ। मौसम में जो महँगी-से-महँगी चीज होती है, वही खाता हूँ और माँग-माँगकर खाता हूँ। मगर दिल के ऐसे बेहया हैं, कि अगर एक बार भी उधर से निकल जाऊँ और उससे न मिलूँ तो बुरी तरह डॉट बताते हैं। इधर दो-तीन साल से मुलाकात न हुई थी। जी देखने को चाहता था।

मई में नैनीताल जाते हुए उनसे मिलने के लिए उतर पड़ा। छोटा-सा घर है, छोटा-सा परिवार, छोटा-सा डील। द्वार पर आवाज दी ढ़पोरसंख! तुरन्त बाहर निकल आये और गले से लिपट गये। तांगे पर से मेरे ट्रंक को उतारकर कंधों पर रखा, बिस्तर बगल में दबाया और घर में दाखिल हो गये। कहता हूँ, बिस्तर मुझे दे दो मगर कौन सुनता है। भीतर कदम रखा तो देवीजी के दर्शन हुए। छोटे बच्चे ने आकर प्रणाम किया। बस यही परिवार है। कमरे में गया तो देखा खतों का एक दफ्तर फैला हुआ

है। खतों को सुरक्षित रखने की तो इनकी आदत नहीं? इतने खत किसके हैं? कुतूहल से पूछा, यह क्या कूड़ा फैला रखा है जी, समेटो।

देवीजी मुसकराकर बोलीं, कूड़ा न कहिए, एक-एक पत्र साहित्य का रत्न है। आप तो इधर आये नहीं। इनके एक नये मित्र पैदा हो गये हैं। यह उन्हीं के कर-कमलों के प्रसाद हैं।

ढपोरसंख ने अपनी नन्ही-नन्ही आँखें सिकोड़कर कहा, तुम उसके नाम से क्यों इतना जलती हो, मेरी समझ में नहीं आता? अगर तुम्हारे दो-चार सौ रुपये उस पर आते हैं, तो उनका देनदार मैं हूँ। वह भी अभी जीता-जागता है। किसी को बेईमान क्यों समझती हो? यह क्यों नहीं समझतीं कि उसे अभी सुविधा नहीं है और फिर दो-चार सौ रुपये एक मित्र के हाथों डूब ही जायें, तो क्यों रोओ। माना हम गरीब हैं, दो-चार सौ रुपये हमारे लिए दो-चार लाख से कम नहींय लेकिन खाया तो एक मित्र ने!

देवीजी जितनी रूपवती थीं, उतनी ही जबान की तेज थीं।

बोलींअगर ऐसों ही का नाम मित्र है, तो मैं नहीं समझती, शत्रु किसे कहते हैं।

ढपोरसंख ने मेरी तरफ देखकर, मानो मुझसे हामी भराने के लिए कहा--

औरतों का ह्रदय बहुत ही संकीर्ण होता है।

देवीजी नारी-जाति पर यह आपेक्ष कैसे सह सकती थीं, आँखें तरेरकर बोलीं --

यह क्यों नहीं कहते, कि उल्लू बनाकर ले गया, ऊपर से हेकड़ी जताते हो! दाल गिर जाने पर तुम्हें भी सूखा अच्छा लगे, तो कोई आश्चर्य नहीं। मैं जानती हूँ, रुपया हाथ का मैल है। यह भी समझती हूँ कि जिसके भाग्य का जितना होता है, उतना वह खाता है, मगर यह मैं कभी न मानूँगी, कि वह सज्जन था और आदर्शवादी था और यह था, वह था। साफ-साफ क्यों नहीं कहते, लंपट था, दगाबाज था! बस, मेरा तुमसे कोई झगड़ा नहीं।

ढपोरसंख ने गर्म होकर कहा, मैं यह नहीं मान सकता।

देवीजी भी गर्म होकर बोलीं -श्तुम्हें मानना पड़ेगा। महाशयजी आ गये हैं। मैं इन्हें पंच बदती हूँ। अगर यह कह देंगे, कि सज्जनता का पुतला था, आदर्शवादी था, वीरात्मा था, तो मैं मान लूँगी और फिर उसका नाम न लूँगी और यदि इनका फैसला मेरे अनुकूल हुआ, तो लाला, तुम्हें इनको अपना बहनोई कहना पड़ेगा!

मैंने पूछा, मेरी समझ में कुछ नहीं आ रहा है, आप किसका जिक्र कर रही हैं? वह कौन था?

देवीजी ने आँखें नचाकर कहा, इन्हीं से पूछो, कौन था? इनका बहनोई था!

ढपोरसंख ने झेंपकर कहा, अजी, एक साहित्य-सेवी था करुणाकर जोशी। बेचारा विपत्ति का मारा यहाँ आ पड़ा था! उस वक्त तो यह भी भैया-भैया करती थीं, हलवा बना-बनाकर खिलाती थीं, उसकी विपत्ति-कथा सुनकर टेसवे बहाती थीं और आज वह दगाबाज है, लंपट है, लबार है?

देवीजी ने कहा, वह तुम्हारी खातिर थी। मैं समझती थी, लेख लिखते हो, व्याख्यान देते हो, साहित्य के मर्मज्ञ बनते हो, कुछ तो आदमी पहचानते होगे। पर अब मालूम हो गया, कि कलम घिसना और बात है, मनुष्य की नाड़ी पहचानना और बात।

मैं इस जोशी का वृत्तांत सुनने के लिए उत्सुक हो उठा ढ़पोरसंख तो अपना पचड़ा सुनाने को तैयार थे, मगर देवीजी ने कहा, खाने-पीने से निवृत्त होकर पंचायत बैठे। मैंने भी इसे स्वीकार कर लिया। देवीजी घर में जाती हुई बोलीं -श्तुम्हें कसम है जो अभी जोशी के बारे में एक शब्द भी इनसे कहो। मैं भोजन बनाकर जब तक खिला न लूँ, तब तक दोनों आदमियों पर दफा 144 है।

ढपोरसंख ने आँखे मारकर कहा, तुम्हारा नमक खाकर यह तुम्हारी तरफदारी करेंगे ही!

इस बार देवीजी के कानों में यह जुमला न पड़ा। धीमे स्वर में कहा, भी गया था, नहीं तो देवीजी ने कुछ-न-कुछ जवाब जरूर दिया होता। देवीजी चूल्हा जला चुकीं और ढपोरसंख उनकी ओर से निश्चिन्त हो गये, तो मुझसे बोले, जब तक वह रसोई में हैं, मैं संक्षेप में तुम्हें वह वृत्तांत सुना दूँ?

मैंने धर्म की आड़ लेकर कहा, नहीं भाई, मैं पंच बनाया गया हूँ और इस विषय में कुछ न सुनूँगा। उन्हें आ जाने दो।

मुझे भय है, कि तुम उन्हीं का-सा फैसला कर दोगे और फिर वह मेरा घर में रहना अपाढ़ कर देगी।

मैंने ढाढ़स दिया -श्यह आप कैसे कह सकते हैं, मैं क्या फैसला करूँगा?

मैं तुम्हें जानता जो हूँ। तुम्हारी अदालत में औरत के सामने मर्द कभी जीत ही नहीं सकता।

तो क्या चाहते हो तुम्हारी डिग्री कर दूँ!

क्या दोस्ती का इतना हक भी नहीं अदा कर सकते?

अच्छा लो, तुम्हारी जीत होगी, चाहे गालियाँ ही क्यों न मिलें।

खाते-पीते दोपहर हो गयी। रात का जागा था। सोने की इच्छा हो रही थी पर देवीजी कब माननेवाली थीं। भोजन करके आ पहुँचीं। ढपोरसंख ने पत्रों का पुलिंदा

समेटा और वृत्तान्त सुनाने लगे। देवीजी ने सावधान किया एक शब्द भी झूठ बोले, तो जुर्माना होगा। ढपोरसंख ने गम्भीर होकर कहा, झूठ वह बोलता है, जिसका पक्ष निर्बल होता है। मुझे तो अपनी विजय का विश्वास है।

इसके बाद कथा शुरू हो गई।

दो साल से ज्यादा हुए, एक दिन मेरे पास एक पत्र आया, जिसमें साहित्य सेवा के नाते एक ड्रामे की भूमिका लिखने की प्रेरणा की गई थी। करुणाकर का पत्र था। इस साहित्यिक रीति से मेरा उनसे प्रथम परिचय हुआ।

साहित्यकारों की इस जमाने में जो दुर्दशा है, उसका अनुभव कर चुका हूँ और करता रहता हूँ और यदि भूमिका तक बात रहे, तो उनकी सेवा करने में पसोपेश नहीं होता। मैंने तुरन्त जवाब दिया आप ड्रामा भेज दीजिए। एक सप्ताह में ड्रामा आ गया, पर अबके पत्र में भूमिका लिखने ही की नहीं कोई प्रकाशक ठीक कर देने की भी प्रार्थना की गयी थी। मैं प्रकाशकों के झंझट में नहीं पड़ता। दो-एक बार पड़कर कई मित्रों को जानी दुश्मन बना चुका हूँ। मैंने ड्रामे को पढ़ा, उस पर भूमिका लिखी और हस्तलिपि लौटा दी। ड्रामा मुझे सुन्दर मालूम हुआय इसलिए भूमिका भी प्रशंसात्मक थी। कितनी ही पुस्तकों की भूमिका लिख भी चुका हूँ। कोई नई बात न थीय पर अबकी भूमिका लिखकर पिंड न छूटा। एक सप्ताह के बाद एक लेख आया, कि इसे अपनी

पत्रिका में प्रकाशित कर दीजिए। (ढपोरसंख एक पत्रिका के सम्पादक हैं।) इसे गुण कहिए या दोष, मुझे दूसरों पर विश्वास बहुत जल्द आ जाता है और जब किसी लेखक का मुआमला हो, तो मेरी विश्वास-क्रिया और भी

तीव्र हो जाती है। मैं अपने एक मित्र को जानता हूँ जो साहित्यकारों के साये से भागते हैं। वह खुद निपुण लेखक हैं, बड़े ही सज्जन हैं, बड़े ही जिन्दा-दिल। अपनी शादी करके लौटने पर जब-जब रास्ते में मुझसे भेंट हुई, कहा, आपकी मिठाई रखी हुई है, भेजवा दूँगा, पर वह मिठाई आज तक न आई, हालाँकि अब ईश्वर की दया से विवाह-तरु में फल भी लग आये, लेकिन खैर, मैं साहित्यसेवियों से इतना चौकन्ना नहीं रहता। इन पत्रों में इतनी विनय, इतना आग्रह, इतनी भक्ति होती थी, कि मुझे जोशी से बिना साक्षात्कार के ही स्नेह हो गया। मालूम हुआ, एक बड़े बाप का बेटा है, घर से इसीलिए निर्वासित है, कि उसके चाचा दहेज की लम्बी रकम लेकर उसका विवाह करना चाहते थे, यह उसे मंजूर न हुआ। इस पर चाचा ने घर से निकाल दिया। बाप के पास गया। बाप आदर्श भ्रातृ-भक्त था। उसने चाचा के फैसले की अपील न सुनी। ऐसी दशा में सिद्धान्त का मारा युवक सिवाय घर से बाहर

निकल भागने के और क्या करता? यों वन-वन के पत्ते तोड़ता, द्वार-द्वार ठोकरें खाता वह ग्वालियर आ गया था। उस पर मंदाग्नि का रोगी, जीर्ण ज्वर से ग्रस्त।

आप ही बतलाइए, ऐसे आदमी से क्या सहानुभूति न होती? फिर जब एक आदमी आपको प्रिय भाई साहब लिखता है, अपने मनोरहस्य आपके सामने खोलकर रखता है, विपत्ति में भी धैर्य और पुरुषार्थ को हाथ से नहीं छोड़ता, कड़े से कड़ा परिश्रम करने को तैयार है, तो यदि आप में सौजन्य का अणुमात्र भी है, तो आप उसकी मदद जरूर करेंगे। अच्छा, अब फिर ड्रामे की तरफ आइए। कई दिनों बाद जोशी का पत्र प्रयाग से आया। वह वहाँ के एक मासिक पत्रिका के सम्पादकीय विभाग में नौकर हो गया था। यह पत्र पाकर मुझे कितना संतोष और आनन्द हुआ, कह नहीं सकता। कितना उद्यमशील आदमी है! उसके प्रति मेरा स्नेह और भी प्रगाढ़ हो गया। पत्रिका का स्वामी संपादक सख्ती से पेश आता था, जरा-सी देर हो जाने पर दिन-भर की मजदूरी काट लेता था, बात-बात पर घुड़कियाँ जमाता था, पर यह सत्याग्रही वीर सब कुछ सहकर भी अपने काम में लगा रहता था। अपना भविष्य बनाने का ऐसा अवसर पाकर वह उसे कैसे छोड़ देता। यह सारी बातें स्नेह और विश्वास को बढ़ाने वाली थीं। एक आदमी को कठिनाइयों का सामना करते देखकर किसे उससे प्रेम न होगा, गर्व न होगा!

प्रयाग में वह ज्यादा न ठहर सका। उसने मुझे लिखा, मैं सब कुछ झेलने को तैयार हूँ, भूखों मरने को तैयार हूँ पर आत्मसम्मान में दाग नहीं लगा सकता, कुवचन नहीं सह सकता। ऐसा चरित्र यदि आप पर प्रभाव न डाल सके, तो मैं कहूँगा, आप चालाक चाहे जितने हों पर ह्रदय-शून्य हैं। एक सप्ताह के बाद प्रयाग से फिर पत्र आया यह व्यवहार मेरे लिए असह्य हो गया। आज मैंने इस्तीफा दे दिया। यह न समझिए कि मैंने हलके दिल से लगी-लगाई रोजी छोड़ दी। मैंने वह सब किया, जो मुझे करना चाहिए था। यहाँ तक कि कुछ-कुछ वह भी किया, जो मुझे न करना चाहिए था, पर आत्मसम्मान का खून नहीं कर सकता। अगर यह कर सकता, तो मुझे घर छोड़कर निकलने की क्या आवश्यकता थी। मैंने बम्बई जाकर अपनी किस्मत आजमाने का निश्चय किया है। मेरा दृढ़ संकल्प है कि अपने घरवालों के सामने हाथ न फैलाऊँगा, उनसे दया की भिक्षा न माँगूँगा। मुझे कुलीगिरी करनी मंजूर है, टोकरी ढोना मंजूर है, पर अपनी आत्मा को कलंकित नहीं कर सकता।

मेरी श्रृद्धा और बढ़ गई। यह व्यक्ति अब मेरे लिए केवल ड्रामा का चरित्र न था, जिसके सुख से सुखी और दुख से दुखी होने पर भी हम दर्शक ही रहते हैं। वह अब मेरे इतने निकट पहुँच गया था, कि उस पर आघात होते देखकर मैं उसकी

रक्षा करने को तैयार था, उसे डूबते देखकर पानी में कूदने से भी न हिचकता। मैं बड़ी उत्कंठा से उसके बंबई से आने वाले पत्र का इंतजार करने लगा। छठवें दिन पत्र आया। वह बंबई में काम खोज रहा था, लिखा था घबड़ाने की कोई बात नहीं है, मैं सबकुछ झेलने को तैयार हूँ। फिर दो-दो, चार-चार दिन के अन्तर से कई पत्र आये। वह वीरों की भाँति कठिनाइयों के सामने कमर कसे खड़ा था, हालाँकि तीन दिन से उसे भोजन न मिला था।

ओह! कितना ऊँचा आदर्श है। कितना उज्ज्वल चरित्र! मैं समझता हूँ, मैंने उस समय बड़ी पणता की। मेरी आत्मा ने मुझे धिक्कारा यह बेचारा इतने कष्ट उठा रहा है और तुम बैठे देख रहे हो। क्यों उसके पास कुछ रुपये नहीं भेजते? मैंने आत्मा के कहने पर अमल न किया, पर अपनी बेदर्दी पर खिन्न अवश्य था। जब कई दिन की बेचौनी भरे हुए इन्तजार के बाद यह समाचार आया, कि वह एक साप्ताहिक पत्र के सम्पादकीय विभाग में जगह पा गया है, तो मैंने आराम की साँस ली और ईश्वर को सच्चे दिल से धन्यवाद दिया। साप्ताहिक में जोशी के लेख निकलने लगे। उन्हें पढ़कर मुझे गर्व होता था। कितने सजीव, कितने विचार से भरे लेख थे। उसने मुझसे भी लेख माँगेय पर मुझे अवकाश न था। क्षमा माँगी, हालाँकि इस अवसर पर उसको प्रोत्साहन न देने पर मुझे बड़ा खेद होता था लेकिन शायद बाधाएं हाथ धोकर उसके पीछे पड़ी थीं। पत्र के ग्राहक

कम थे। चन्दे और डोनेशन से काम चलता था। रुपये हाथ आ जाते, तो कर्मचारियों को थोड़ा-थोड़ा मिल जाता, नहीं आसरा लगाये काम करते रहते। इस दशा में गरीब ने तीन महीने काटे होंगे। आशा थी, तीन महीने का हिसाब होगा, तो अच्छी रकम हाथ लगेगीय मगर वहाँ सूखा जवाब मिला। स्वामी ने टाट उलट दिया, पत्र बन्द हो गया और कर्मचारियों को अपना-सा मुँह लिये बिदा होना पड़ा। स्वामी की सज्जनता में सन्देह नहींय लेकिन रुपये कहाँ से लाता! सज्जनता के नाते लोग आधे वेतन पर काम कर सकते थे लेकिन पेट बाँधकर काम करना कब मुमकिन था और फिर बम्बई का खर्च। बेचारे जोशी को फिर ठोकरें खानी पड़ीं! मैंने खत पढ़ा, तो बहुत दुःख हुआ। ईश्वर ने मुझे इस योग्य न बनाया, नहीं बेचारा क्यों पेट के लिए यों मारा-मारा फिरता।

अबकी बार बहुत हैरान न होना पड़ा। किसी मिल में गाँठों पर नम्बर लिखने का काम मिल गया। एक रुपया रोज मजूरी थी। बम्बई में एक रुपया, इधर के चार आने बराबर समझो! कैसे उसका काम चलता था, ईश्वर ही जाने।

कई दिन के बाद एक लम्बा पत्र आया। एक जर्मन एजेंसी उसे रखने पर तैयार थीय अगर तुरन्त सौ रुपये की जमानत दे सके। एजेंसी यहाँ की फौजों में जूते, सिगार,

साबुन आदि सप्लाई करने का काम करती थी। अगर यह जगह मिल जाती, तो उसके दिन आराम से कटने लगते। लिखा था, अब जिन्दगी से तंग आ गया हूँ। हिम्मत ने जवाब दे दिया। आत्महत्या करने के सिवा और कोई उपाय नहीं सूझता। केवल माताजी की चिन्ता है। रो-रोकर प्राण दे देंगी! पिताजी के साथ उन्हें शारीरिक सुखों की कमी नहींय पर मेरे लिए उनकी आत्मा तड़पती रहती है। मेरी यही अभिलाषा है, कि कहीं बैठने का ठिकाना मिल जाता, तो एक बार उन्हें अपने साथ रखकर उनकी जितनी सेवा हो सकती, करता। इसके सिवा मुझे कोई इच्छा नहीं है, लेकिन जमानत कहाँ से लाऊँ? बस, कल का दिन और है। परसों कोई दूसरा उम्मीदवार जमानत देकर यह ले लेगा और मैं ताकता रह जाऊँगा। एजेंट मुझे रखना चाहता है, लेकिन अपने कार्यालय के नियमों को क्या करे। इस पत्र ने मेरी पण प्रति को भी वशीभूत कर लिया। इच्छा हो जाने पर कोई-न-कोई राह निकल आती है। मैंने रुपये भेजने का निश्चय कर लिया। अगर इतनी मदद से एक युवक का जीवन सुधार रहा हो, तो कौन ऐसा है, जो मुँह छिपा ले। इससे बड़ा रुपयों का और क्या सदुपयोग हो सकता है। हिन्दी में कलम घिसनेवालों के पास इतनी बड़ी रकम जरा मुश्किल ही से निकलतीय पर संयोग से उस वक्त मेरे कोष में रुपये मौजूद थे। मैं इसके लिए अपनी पणता का ऋणी हूँ। देवीजी की सलाह ली। वह बड़ी खुशी से राजी हो गईंय हालाँकि अब सारा दोष मेरे ही सिर मढ़ा जाता है। कल रुपयों का पहुँचना आवश्यक था, नहीं तो अवसर हाथ से निकल जायगा। मनीआर्डर तीन दिन में पहुँचेगा। तुरन्त तारघर गया और तार से रुपये भेज दिये। जिसने बरसों की कतर-ब्योंत के बाद इतने रुपये जोड़े हों और जिसे भविष्य भी अभावमय ही दीखता हो, वही उस आनन्द का अनुभव कर सकता है, जो इस समय मुझे हुआ। सेठ अमीरचन्द को दस लाख का दान करके भी इतना आनन्द न हुआ होगा। दिया तो मैंने ऋण समझकर हीय पर वह दोस्ती का ऋण था, जिसका अदा होना स्वप्न का यथार्थ होना है।

उस पत्र को मैं कभी न भूलूँगा, जो धन्यवाद के रूप में चौथे दिन मुझे मिला। कैसे सच्चे उद्गार थे! एक-एक शब्द अनुग्रह में डूबा हुआ। मैं उसे साहित्य की एक चीज समझता हूँ। देवीजी ने चुटकी ली सौ रुपये में उससे बहुत अच्छा पत्र मिल सकता है! ढपोरसंख ने कुछ जवाब न दिया। कथा कहने में तन्मय थे।

बम्बई में वह किसी प्रसिद्ध स्थान पर ठहरा था। केवल नाम और पोस्ट-बाक्स लिखने ही से उसे पत्र मिल जाता था। वहाँ से कई पत्र आये। वह प्रसन्न था।

देवीजी बोलीं प्रसन्न क्यों न होता, कम्पे में एक चिड़िया जो फँस गई थी।

ढपोरसंख ने चिढ़कर कहा, या तो मुझे कहने दो, या तुम कहो। बीच में बोलो मत।

बम्बई से कई दिन के बाद एक पत्र आया कि एजेन्सी ने उसके व्यवहार से प्रसन्न होकर उसे काशी में नियुक्त कर दिया है और वह काशी आ रहा है। उसे वेतन के उपरान्त भत्ता भी मिलेगा। काशी में उसके एक मौसा थे जो वहाँ के प्रसिद्ध डाक्टर थे, पर वह उनके घर न उतरकर अलग ठहरा। इससे उसके आत्मसम्मान का पता चलता है। मगर एक महीने में काशी से उसका जी भर गया। शिकायत से भरे पत्र आने लगे सुबह से शाम तक फौजी आदमियों की खुशामद करनी पड़ती है, सुबह का गया-गया दस बजे रात को घर आता हूँ, उस वक्त अकेला अँधेरा घर देखकर चित्त दुख से भर जाता है, किससे बोलूँ, किससे हँसूँ। बाजार की पूरियाँ खाते-खाते तंग आ गया हूँ। मैंने समझा था, अब कुछ दिन चैन से कटेंगेय लेकिन मालूम होता है अभी किस्मत में ठोकरें खाना लिखा है। मैं इस तरह जीवित नहीं रह सकता। रात-रात भर पड़ा रोता रहता हूँ, आदि। मुझे इन पत्रों में वह अपने आदर्श से गिरता हुआ मालूम हुआ। मैंने उसे समझाया, लगी रोजी न छोड़ो, काम किये जाओ। जवाब आया, मुझसे अब यहाँ नहीं रहा जाता! फौजियों का व्यवहार असह्य है। फिर मैनेजर साहब मुझे रंगून भेज रहे हैं और रंगून जाकर मैं बच नहीं सकता। मैं कोई साहित्यिक काम करना चाहता हूँ। कुछ दिन आपकी सेवा में रहना चाहता हूँ। मैं इस पत्र का जवाब देने जा ही रहा था कि फिर पत्र आया। मैं कल देहरादून-एक्सप्रेस से आ रहा हूँ। दूसरे दिन वह आ पहुँचा। दुबला-सा आदमी, सांवला रंग, लम्बा मुँह, बड़ी-बड़ी आँखें, अँग्रेजी वेश, साथ में कई चमड़े के ट्रंक, एक सूटकेस, एक होल्डाल। मैं तो उसका ठाट देखकर दंग रह गया। देवीजी ने टिप्पणी की-श्फिर भी तो न चेते! मैंने समझा था, गाढ़े का कुर्तूता, चप्पल, ज्यादा-से-ज्यादा फाउण्टेन पेन वाला आदमी होगा, मगर यह महाशय तो पूरे साहब बहादुर निकले। मुझे इस छोटे-से घर में उन्हें ठहराते हुए संकोच हुआ।

देवीजी से बिना बोले न रहा गया, आते ही श्री-चरणों पर सिर तो रख दिया, अब और क्या चाहते थे।

ढपोरसंख अबकी मुसकाये-श्देखो यामा, बीच-बीच में टोको मत। अदालत की प्रतिष्ठा यह कहती है कि अभी चुपचाप सुनती जाओ। जब तुम्हारी बारी आये, तो जो चाहे कहना।

फिर सिलसिला शुरू हुआ था --- तो दुबला-पतला मगर बड़ा फुर्तीला, बातचीत में बड़ा चतुर, एक जुमला अँग्रेजी बोलता, एक जुमला हिन्दी और हिन्दी-अँग्रेजी की खिचड़ी, जैसे आप जैसे सभ्य लोग बोलते हैं। बातचीत शुरू हुई--

आपके दर्शनों की बड़ी इच्छा थी। मैंने जैसा अनुमान किया था, वैसा ही आपको देखा। बस, अब मालूम हो रहा है, कि मैं भी आदमी हूँ। इतने दिनों तक कैदी था।

मैंने कहा, तो क्या इस्तीफा दे दिया?

नहीं, अभी तो छुट्टी लेकर आया हूँ। अभी इस महीने का वेतन भी नहीं मिला। मैंने लिख दिया है, यहाँ के पते से भेज दें। नौकरी तो अच्छी है, मगर काम बहुत करना पड़ता है और मुझे कुछ लिखने का अवसर नहीं मिलता।

खैर, रात को मैंने इसी कमरे में उन्हें सुलाया। दूसरे दिन यहाँ के एक होटल में प्रबन्ध कर दिया। होटलवाले पेशगी रुपये ले लेते हैं। जोशी के पास रुपये न थे। मुझे तीस रुपये देने पड़े। मैंने समझा, इसका वेतन तो आता ही होगा, ले लूँगा। यहाँ मेरे एक माथुर मित्र हैं। उनसे भी मैंने जोशी का जिक्र किया था। उसके आने की खबर पाते ही होटल दौड़े। दोनों में दोस्ती हो गई। जोशी दो-तीन बार दिन में, एक बार रात को जरूर आते और खूब बातें करते। देवीजी उनको हाथों पर लिए रहतीं। कभी उनके लिए पकौड़ियाँ बन रही हैं, कभी हलवा। जोशी हरफनमौला था। गाने में कुशल, हारमोनियम में निपुण, इन्द्रजाल के करतब दिखलाने में कुशल। सालन अच्छा पकाता था। देवीजी को गाना सीखने का शौक पैदा हो गया। उसे म्यूजिक मास्टर बना लिया।

देवीजी लाल मुँह करके बोलीं -श्तो क्या मुफ्त में हलवा, पकौड़ियाँ और पान बना-बनाकर खिलाती थी?

एक महीना गुजर गया पर जोशी का वेतन न आया। मैंने पूछा, भी नहीं। सोचा, अपने दिल में समझेगा, अपने होटलवाले रुपयों का तकाजा कर रहे हैं। माथुर के घर भी उसने आना-जाना शुरू कर दिया। दोनों साथ घूमने जाते, साथ रहते। जोशी जब आते, माथुर का बखान करते, माथुर जब आते जोशी की तारीफ करते। जोशी के पास अपने अनुभवों का विशेष भंडार था। वह फौज में रह चुका था। जब उसकी मंगेतर का विवाह दूसरे आदमी से हो गया, तो शोक में उसने फौजी नौकरी छोड़ दी थी। सामाजिक जीवन की न जाने कितनी ही घटनाएं उसे याद थीं और जब अपने माँ-बाप और चाचा-चाची का जिक्र करने लगता, तो उसकी आँखों में आँसू भर आते। देवीजी भी उसके साथ रोतीं।

देवीजी तिरछी आँखों से देखकर रह गईं। बात सच्ची थी।

एक दिन मुझसे अपने एक ड्रामे की बड़ी तारीफ की। वह ड्रामा कलकत्ते में खेला गया और मदन कंपनी के मैनेजर ने उसे बधाइयाँ दी थीं। ड्रामे के दो-चार टुकड़े जो उसके पास पड़े थे, मुझे सुनाये। मुझे ड्रामा बहुत पसन्द आया। उसने काशी के एक

प्रकाशक के हाथ वह ड्रामा बेच दिया था और कुल पचीस रुपये पर। मैंने कहा,उसे वापस मँगा लो। रुपये मैं दे दूँगा। ऐसी सुन्दर रचना किसी अच्छे प्रकाशक को देंगे, या किसी थियेटर कम्पनी से खेलवायेंगे। तीन-चार दिन के बाद मालूम हुआ कि प्रकाशक अब पचास रुपये लेकर लौटायेगा। कहता है, मैं इसका कुछ अंश छपा चुका हूँ। मैंने कहा,मँगा लो पचास रुपये ही सही। ड्रामा वी.पी. से वापस आया। मैंने पचास रुपये दे दिये। महीना खत्म हो रहा था। होटलवाले दूसरा महीना शुरू होते ही रुपये

पेशगी माँगेंगे। मैं इसी चिन्ता में था, कि जोशी ने आकर कहा, मैं अब माथुर के साथ रहूँगा। बेचारा गरीब आदमी है। अगर मैं बीस रुपये भी दे दूँगा, तो उसका काम चल जायगा। मैं बहुत खुश हुआ। दूसरे दिन वह माथुर के घर डट गया। जब आता, तो माथुर के घर का कोई-न-कोई रहस्य लेकर आता। यह तो मैं जानता था, कि माथुर की आर्थिक दशा अच्छी नहीं है। बेचारा रेलवे के दफ्तर में नौकर था। वह नौकरी भी छूट गई थी। मगर यह न मालूम था कि उसके यहाँ फाके हो रहे हैं। कभी मालिक मकान आकर गालियाँ सुना जाता है, कभी दूधवाला, कभी बनिया, कभी कपड़ेवाला। बेचारा उनसे मुँह छिपाता फिरता है। जोशी आँखों में आँसू भर-भरकर उसके संकटों की करुण कहानी कहता और रोता। मैं तो जानता था, मैं ही एक आफत का मारा हूँ। माथुर की दशा देखकर मुझे अपनी विपत्ति भूल गई। तुझे अपनी ही चिन्ता है, कोई दूसरी फिक्र नहीं। जिसके द्वार पर जा पड़ूँ दो रोटियाँ मिल जायँगी, मगर माथुर के पीछे तो पूरा खटला है। माँ, दो विधवा बहनें, एक

भांजी। दो भांजे, एक छोटा भाई। इतने बड़े परिवार के लिए पचास रुपये तो केवल रोटी-दाल के लिए चाहिए। माथुर सच्चा वीर है, देवता है जो इतने बड़े परिवार का पालन कर रहा है। वह अब अपने लिए नहीं, माथुर के लिए दुखी था।

देवीजी ने टीका की जभी माथुर की भांजी पर डोरे डाल रहा था। दुःख का भार कैसे हलका करता।

ढपोरसंख ने बिगड़कर कहा, अच्छा तो अब तुम्हीं कहो।

मैंने समझाया --श्तुम तो यार, जरा-जरा सी बात पर तिनक उठते हो! क्या तुम समझते हो, यह फुलझड़ियाँ मुझे न्याय-पथ से विचलित कर देंगी?

फिर कहानी शुरू हुई एक दिन आकर बोला, आज मैंने माथुर के उद्धार का उपाय सोच निकाला। मेरे एक माथुर मित्र बैरिस्टर हैं। उनसे जग्गो (माथुर की भांजी) के विवाह के विषय में पत्र-व्यवहार कर रहा हूँ। उसकी एक विधवा बहन को दोनों बच्चों के साथ ससुराल भेज दूँगा। दूसरी विधवा बहन अपने देवर के पास जाने पर राजी है। बस, तीन-चार आदमी रह जायँगे। कुछ मैं दूँगा, कुछ माथुर पैदा करेगा,

गुजर हो जायेगा। मगर आज उसके घर का दो महीनों का किराया देना पड़ेगा। मालिक मकान ने सुबह ही से धारना दे रखा है। कहता है, अपना किराया लेकर ही हटूँगा। आपके पास तीस रुपये हों तो दे दीजिए। माथुर के छोटे भाई का वेतन कल-परसों तक मिल जायगा, रुपये मिल जायँगे। एक मित्र संकट में पड़ा हुआ है, दूसरा मित्र उसकी सिफारिश कर रहा है। मुझे इनकार करने का साहस न हुआ! देवीजी ने उस वक्त नाक-भौं जरूर सिकोड़ा था पर मैंने न माना, रुपये दे दिये।

देवीजी ने डंक मारा, यह क्यों नहीं कहते, कि वह रुपये मेरी बहन ने बर्तन खरीदकर भेजने के लिए भेजे थे।

ढपोरसंख ने गुस्सा पीकर कहा, खैर, यही सही! मैंने रुपये दे दिये। मगर मुझे यह उलझन होने लगी, कि इस तरह तो मेरा कचूमर ही निकल जायगा। माथुर पर एक-न-एक संकट रोज ही सवार रहेगा। मैं कहाँ तक उन्हें उबारूँगा। जोशी भी जान खा रहा था कि कहीं कोई जगह दिला दीजिए। संयोग से उन्हीं दिनों मेरे एक आगरे के मित्र आ निकले। काउंसिल में मेम्बर थे। अब जेल में हैं। गाने-बजाने का शौक है, दो-एक ड्रामे भी लिख चुके हैं, अच्छे-अच्छे रईसों से परिचय है! खुद भी बड़े रसिक हैं। अबकी वह आये, तो मैंने जोशी का उनसे जिक्र किया। उसका ड्रामा भी सुनाया। बोले तो उसे मेरे साथ कर दीजिए। अपना प्राइवेट सेक्रेटरी बना लूँगा। मेरे घर में रहेय मेरे साथ घर के आदमी की तरह रहे। जेब खर्च के लिए मुझसे तीस रुपये महीना लेता जाय। मेरे साथ ड्रामे लिखे। मैं फूला न समाया। जोशी से कहा,। जोशी भी तैयार हो गयाय लेकिन जाने के पहले उसे कुछ रुपयों की जरूरत हुई। एक भले आदमी के साथ फटेहालों तो जाते नहीं बनता और न यही उचित था, कि पहले ही दिन से रुपये का तकाजा होने लगे। बहुत काट-छाँट करने पर भी चालीस रुपये का खर्च निकल आया। जूते टूट गये थे, धोतियाँ फट गई थीं और भी कई खर्च थे जो इस वक्त याद नहीं आते। मेरे पास रुपये न थे। यामा से माँगने का हौसला न हुआ।

देवीजी बोलीं -श्मेरे पास तो कारूँ का खजाना रखा था न! कई हजार महीने लाते हो, सौ-दो सौ रुपये बचत में आ ही जाते होंगे। ढपोरसंख इस व्यंग्य पर ध्यान न देकर अपनी कथा कहते रहे --रुपये पाकर जोशी ने ठाट बनाया और काउन्सिलर साहब के साथ चले। मैं स्टेशन तक पहुँचाने गया। माथुर भी था। लौटा, तो मेरे दिल पर से एक बोझ उतर गया था।

माथुर ने कहा, बड़ा मुहब्बती आदमी है।

मैंने समर्थन किया -श्बड़ा। मुझे तो भाई-सा मालूम होता है।

मुझे तो अब घर अच्छा न लगेगा। घर के सब आदमी रोते रहे। मालूम ही न होता था, कि कोई गैर आदमी है। अम्माँ से लड़के की तरह बातें करता था। बहनों से भाई की तरह।

बदनसीब आदमी है, नहीं तो जिसका बाप दो हजार रुपये माहवार कमाता हो, वह यों मारा-मारा फिरे।

दार्जिलिंग में इनके बाप की दो कोठियाँ हैं?

आई.एम.एस. हैं!

जोशी मुझे भी वहीं ले जाना चाहता है। साल-दो-साल में तो वहाँ जायगा ही। कहता है, तुम्हें मोटर की एजेंसी खुलवा दूँगा। इस तरह खयाली पुलाव पकाते हुए हम लोग घर आये।

मैं दिल में खुश था, कि चलो अच्छा हुआ, जोशी के लिए अच्छा सिलसिला निकल आया। मुझे यह आशा भी बँध चली, कि अबकी उसे वेतन मिलेगा, तो मेरे रुपये देगा। चार-पाँच महीने में चुकता कर देगा। हिसाब लगाकर देखा, तो अच्छी-खासी रकम हो गई थी। मैंने दिल में समझा, यह भी अच्छा ही हुआ। यों जमा करता, तो कभी न जमा होते। इस बहाने से किसी तरह जमा तो हो गये। मैंने यह सोचा कि अपने मित्र से जोशी के वेतन के रुपये पेशगी क्यों न ले लूँ, कह दूँ, उसके वेतन से महीने-महीने काटते रहिएगा लेकिन अभी मुश्किल से एक सप्ताह हुआ होगा कि एक दिन देखता हूँ, तो जोशी और माथुर, दोनों चले आ रहे हैं। मुझे भय हुआ, कहीं जोशीजी फिर तो नहीं छोड़ आयेय लेकिन शंका को दबाता हुआ बोला, कहो भाई, कब आये? मजे में तो हो?

जोशी ने बैठकर एक सिगार जलाते हुए कहा, बहुत अच्छी तरह हूँ। मेरे बाबू साहब बड़े ही सज्जन आदमी हैं। मेरे लिए अलग एक कमरा खाली करा दिया है। साथ ही खिलाते हैं। बिलकुल भाई की तरह रखते हैं। आजकल किसी काम से दिल्ली गये हैं। मैंने सोचा, यहाँ पड़े-पड़े क्या करूँ, तब तक आप ही लोगों से मिलता आऊँ। चलते वक्त बाबू साहब ने मुझसे कहा था, मुरादाबाद से थोड़े-से बर्तन लेते आना, मगर शायद उन्हें रुपये देने की याद नहीं रही। मैंने उस वक्त माँगना भी उचित न समझा। आप एक पचास रुपये दे दीजिएगा। मैं परसों तक जाऊँगा और वहाँ से जाते-ही-जाते भिजवा दूँगा। आप तो जानते हैं, रुपये के मुआमले में वे कितने खरे हैं।

मैंने जरा रुखाई के साथ कहा, रुपये तो इस वक्त मेरे पास नहीं हैं।

देवीजी ने टिप्पणी की -श्क्यों झूठ बोलते हो? तुमने रुखाई से कहा, था, कि रुपये नहीं हैं?

ढपोरसंख ने पूछा और क्या चिकनाई के साथ कहा, था?

देवीजी -तो फिर कागज के रुपये क्यों दे दिये थे? बड़ी रुखाई करनेवाले!

ढपोरसंख -अच्छा साहब, मैंने हँसकर रुपये दे दिये। बस, अब खुश हुईं। तो भई, मुझे बुरा तो लगाय लेकिन अपने सज्जन मित्र का वास्ता था।

मेरे ऊपर बेचारे बड़ी पा रखते हैं। मेरे पास पत्रिका का कागज खरीदने के लिए पचास रुपये रखे हुए थे। वह मैंने जोशी को दे दिये। शाम को माथुर ने आकर कहा, जोशी तो चले गये। कहते थे, बाबू साहब का तार आ गया है। बड़ा उदार आदमी है। मालूम ही नहीं होता, कोई बाहरी आदमी है। स्वभाव भी बालकों का-सा है। भांजी की शादी तय करने को कहते थे। लेन-देन का तो कोई जिक्र है ही नहीं, पर कुछ नजर तो देनी ही पड़ेगी। बैरिस्टर साहब, जिनसे विवाह हो रहा है, दिल्ली के रहने वाले हैं। उनके पास जाकर नजर देनी होगी। जोशीजी चले जायँगे। आज मैंने रुपये भी दे दिये। चलिए, एक बड़ी चिन्ता सिर से टली।

मैंने पूछा, रुपये तो तुम्हारे पास न होंगे?

माथुर ने कहा, रुपये कहाँ थे साहब! एक महाजन से स्टाम्प लिखकर लिये, दो रुपये सैकड़े सूद पर।

देवीजी ने क्रोध भरे स्वर में कहा, मैं तो उस दुष्ट को पा जाऊँ तो मुँह नोच लूँ। पिशाच ने इस गरीब को भी न छोड़ा।

ढपोरसंख बोला, यह क्रोध तो आपको अब आ रहा है न। तब तो आप भी समझती थीं, कि जोशी दया और धर्म का पुतला है।

देवीजी ने विरोध किया -श्मैंने उसे पुतला-पुतली कभी नहीं समझा। हाँ, तुम्हारी तकलीफों के भुलावे में पड़ जाती थी।

ढपोरसंख -श्तो साहब, इस तरह कोई दो महीने गुजरे, इस बीच में भी जोशी दो-तीन बार आयेय मगर मुझसे कुछ माँगे नहीं। हाँ, अपने बाबू साहब के संबंध में तरह-तरह की बातें कीं, जिनसे मुझे दो-चार गल्प लिखने की सामग्री मिल गई।

मई का महीना था। एक दिन प्रातरूकाल जोशी आ पहुँचे। मैंने पूछा, तो मालूम हुआ, उनके बाबू साहब नैनीताल चले गये। इन्हें भी लिये जाते थे, पर उन्होंने हम लोगों के साथ यहाँ रहना अच्छा समझा और चले आये।

देवीजी ने फुलझड़ी छोड़ी -श्कघ्तिना त्यागी था बेचारा। नैनीताल की बहार छोड़कर यहाँ गर्मी में प्राण देने चला आया। ढपोरसंख ने इसकी ओर कुछ ध्यान न देकर कहा, मैंने पूछा, कोई नई बात तो नहीं हुई वहाँ?

जोशी ने हँसकर कहा, भाग्य में तो नई-नई विपत्तियाँ लिखी हैं। उनसे कैसे जान बच सकती है। अबकी भी एक नई विपत्ति सिर पड़ी। यह कहिए, आपका आशीर्वाद था, जान बच गई, नहीं तो अब तक जमुनाजी में बहा

चला जाता होता। एक दिन जमुना किनारे सैर करने चला गया। वहाँ तैराकी का मैच था। बहुत-से आदमी तमाशा देखने आये हुए थे। मैं भी एक जगह खड़ा होकर देखने लगा। मुझसे थोड़ी दूर पर एक और महाशय एक युवती के साथ खड़े थे। मैंने बातचीत की, तो मालूम हुआ, मेरी ही बिरादरी के हैं। यह भी मालूम हुआ, मेरे पिता और चाचा, दोनों ही से उनका परिचय है। मुझसे स्नेह की बातें करने लगे तुम्हें इस तरह ठोकरें खाते तो बहुत दिन हो गयेय क्यों नहीं चले जाते, अपने माँ-बाप के पास। माना कि उनका लोक-व्यवहार तुम्हें पसन्द नहींय लेकिन माता-पिता का पुत्र पर कुछ-न-कुछ अधिकार तो होता है। तुम्हारी माताजी को कितना दुःख हो रहा होगा। सहसा एक युवक किसी तरफ से आ निकला और वृद्ध महाशय तथा युवती को देखकर बोला, आपको शर्म नहीं आती कि आप अपनी युवती कन्या को इस तरह मेले में लिये खड़े हैं।

वृद्ध महाशय का मुँह जरा-सा निकल आया और युवती तुरन्त घूँघट निकालकर पीछे हट गई। मालूम हुआ कि उसका विवाह इसी युवक से ठहरा हुआ है। वृद्ध उदार, सामाजिक विचारों के आदमी थे, परदे के कायल न

थे। युवक, वयस में युवक होकर भी खूसट विचारों का आदमी था, परदे का कट्टर पक्षपाती। वृद्ध थोड़ी देर तक तो अपराधी भाव से बातें करते रहे, पर युवक प्रतिक्षण गर्म हो जाता था। आखिर बूढ़े बाबा भी तेज हुए।

युवक ने आँखें निकालकर कहा, मैं ऐसी निर्लज्जा से विवाह करना अपने लिए अपमान की बात समझता हूँ।

वृद्ध ने क्रोध से काँपते हुए स्वर में कहा और मैं तुम-जैसे लंपट से अपनी कन्या का विवाह करना लज्जा की बात समझता हूँ।

युवक ने क्रोध के आवेश में वृद्ध का हाथ पकड़कर धक्का दिया। बातों से न जीतकर अब वह हाथों से काम लेना चाहता था। वृद्ध धक्का खाकर गिर पड़े। मैंने लपककर उन्हें उठाया और युवक को डॉटा। वह वृद्ध को छोड़कर मुझसे लिपट गया। मैं कोई कुश्तीबाज तो हूँ नहीं। वह लड़ना जानता था। मुझे उसने बात-की-बात में गिरा दिया और मेरा गला दबाने लगा। कई आदमी जमा हो गये थे। जब तक कुश्ती होती रही, लोग कुश्ती का आनंद उठाते रहेय लेकिन जब देखा मुआमला संगीन हुआ जाता है, तो तुरन्त बीच-बचाव कर दिया। युवक बूढ़े

बाबा से जाते-जाते कह गया - तुम अपनी लड़की को वेश्या बनाकर बाजार में घुमाना चाहते हो, तो अच्छी तरह घुमाओ, मुझे अब उससे विवाह नहीं करना है। वृद्ध चुपचाप खड़े थे और युवती रो रही थी। भाई साहब, तब मुझसे न रहा गया। मैंने कहा, महाशय, आप मेरे पिता के तुल्य हैं और मुझे जानते हैं। यदि आप

मुझे इस योग्य समझें तो मैं इन देवीजी को अपनी ह्ृदयेश्वरी बनाकर अपने को धन्य समझूँगा। मैं जिस दशा में हूँ, आप देख रहे हैं। संभव है, मेरा जीवन इसी तरह कट जाय, लेकिन श्रृद्धा, सेवा और प्रेम यदि जीवन को सुखी बना सकता है, तो मुझे विश्वास है कि देवी के प्रति मुझमें इन भावों की कमी न रहेगी। बूढ़े बाबा ने गद्गद होकर मुझे कंठ से लगा लिया। उसी क्षण मुझे अपने घर ले गये, भोजन कराया और विवाह का सगुन कर दिया। मैं एक बार युवती से मिलकर उसकी सम्मति लेना चाहता था। बूढ़े बाबा ने मुझे इसकी सहर्ष अनुमति दे दी। युवती से मिलकर मुझे ज्ञात हुआ, कि वह रमणियों में रत्न है। मैं उसकी बुद्धिमत्ता देखकर चकित हो गया। मैंने अपने मन में जिस सुन्दरी की कल्पना की थी, वह उससे हूबहू मिलती है, मुझे उतनी ही देर में विश्वास हो गया कि मेरा जीवन उसके साथ सुखी होगा। मुझे अब आशीर्वाद दीजिए। युवती आपकी पत्रिका बराबर पढ़ती है और आपसे उसे बड़ी श्रृद्धा है। जून में विवाह होना निश्चित हुआ है। मैंने स्पष्ट कह दिया मैं जेवर-कपड़े नाममात्र को लाऊँगा, न कोई धूमधाम ही करूँगा। वृद्ध ने कहा, मैं तो स्वयं यही कहनेवाला था। मैं कोई तैयारी नहीं चाहता, न धूमधाम की मुझे इच्छा है। जब मैंने आपका नाम लिया, कि वह मेरे बड़े के तुल्य हैं तो वह बहुत प्रसन्न हुए। आपके लेखों को वह बड़े आदर से देखते हैं।

मैंने कुछ खिन्न होकर कहा, यह तो सबकुछ है, लेकिन इस समय तुम्हें विवाह करने की सामर्थ्य भी नहीं है और कुछ न हो, तो पचास रुपये की बँधी हुई आमदनी तो होनी ही चाहिए।

जोशी ने कहा, भाई साहब, मेरा उद्धार विवाह ही से होगा। मेरे घर से निकलने का कारण भी विवाह ही था और घर वापस जाने का कारण भी विवाह ही होगा। जिस समय प्रमीला हाथ बाँधो हुए जाकर पिताजी के

चरणों पर गिर पड़ेगी, उनका पाषाण हृदय भी पिघल जायगा। समझेंगे विवाह तो हो ही चुका, अब वधू पर क्यों जुल्म किया जाय। जब उसे आश्रय मिल जायगा, तो मुझे झक मारकर बुलायेंगे। मैं इसी जिद पर घर से निकला था, कि अपना विवाह अपने इच्छानुसार बिना कुछ लिये-दिये करूँगा और वह मेरी प्रतिज्ञा पूरी हुई जा रही है। प्रमीला इतनी चतुर है, कि वह मेरे घरवालों को चुटकियों में मना लेगी। मैंने तखमीना लगा लिया

है। कुल तीन सौ रुपये खर्च होंगे और यही तीन-चार सौ रुपये मुझे ससुराल से मिलेंगे। मैंने सोचा है, प्रमीला को पहले यहीं लाऊँगा। यहीं से वह मेरे घर पत्र लिखेगी और आप देखिएगा तीसरे ही दिन चचा साहब गहनों की पिटारी लिये आ पहुँचेंगे। विवाह हो जाने पर वह कुछ नहीं कर सकते। इसलिए मैंने विवाह की खबर नहीं दी।

मैंने कहा, लेकिन मेरे पास तो अभी कुछ भी नहीं है भाई। मैं तीन सौ रुपए कहाँ से लाऊँगा?

जोशी ने कहा, तीन सौ रुपये नकद थोड़े ही लगेंगे। कोई सौ रुपये के कपड़े लगेंगे। सौ रुपये की दो-एक सोहाग की चीजें बनवा लूँगा और सौ रुपये राहखर्च समझ लीजिए। उनका मकान काशीपुर में है। वहीं से विवाह करेंगे। यह बंगाली सोनार जो सामने है, आपके कहने से एक सप्ताह के वादे पर जो-जो चीजें माँगूँगा, दे देगा। बजाज भी आपके कहने से दे देगा। नकद मुझे कुल सौ रुपये की जरूरत पड़ेगी और ज्यों ही उधर से लौटा त्यों ही दे दूँगा। बारात में आप और माथुर के सिवा कोई तीसरा आदमी न होगा। आपको मैं कष्ट नहीं देना चाहता, लेकिन जिस तरह अब तक आपने मुझे भाई समझकर सहायता दी है, उसी तरह एक बार और दीजिए। मुझे विश्वास था, कि आप इस शुभ कार्य में आपत्ति न करेंगे। इसलिए मैंने वचन दे दिया। अब तो आपको यह डोंगी पार लगानी ही पड़ेगी।

देवीजी बोलीं मैं कहती थी, उसे एक पैसा मत दो। कह दो हम तुम्हारी शादी-विवाह के झंझट में नहीं पड़ते।

ढपोरसंख ने कहा, हाँ, तुमने अबकी बार जरूर समझाया, लेकिन मैं क्या करता। शादी का मुआमलाय उस पर उसने मुझे भी घसीट लिया था। अपनी इज्जत का कुछ खयाल तो करना ही पड़ता है।

देवीजी ने मेरा लिहाज किया और चुप हो गईं।

अब मैं उस वृत्तान्त को न बढ़ाऊँगा। सारांश यह है, कि जोशी ने ढपोरसंख के मत्थे सौ रुपये के कपड़े और सौ रुपये से कुछ ऊपर के गहनों का बोझ लादा। बेचारे ने एक मित्र से सौ रुपये उधार लेकर उसके सफर खर्च को दिया। खुद ब्याह में शरीक हुए। ब्याह में खासी धूमधाम रही। कन्या के पिता ने मेहमानों का आदर-सत्कार खूब किया। उन्हें जल्दी थीय इसलिए वह खुद तो दूसरे ही दिन चले आयेय पर माथुर जोशी के साथ विवाह के

अन्त तक रहा। ढपोरसंख को आशा थी, कि जोशी ससुराल के रुपये पाते ही माथुर के हाथों भेज देगा, या खुद लेता आयेगा। मगर माथुर भी दूसरे दिन आ गये, खाली हाथ और यह खबर लाये, कि जोशी को ससुराल में

कुछ भी हाथ नहीं लगा। माथुर से उन्हें अब मालूम हुआ कि लड़की से जमुना-तट पर मिलने की बात सर्वथा निर्मूल थी। इस लड़की से जोशी बहुत दिनों तक पत्र-व्यवहार करता रहा था। फिर तो ढपोरसंख के कान खड़े हो गये। माथुर से पूछा, अच्छा! यह बिलकुल कल्पना थी उसकी?

माथुर-- जी हाँ।

ढपोरसंख -अच्छा, तुम्हारी भांजी के विवाह का क्या हुआ?

माथुरअभी तो कुछ नहीं हुआ।

ढपोरसंख -मगर जोशी ने कई महीने तक तुम्हारी सहायता तो खूब की?

माथुर -मेरी सहायता वह क्या करता। हाँ, दोनों जून भोजन भले कर लेता था।

ढपोरसंख -श्तुम्हारे नाम पर उसने मुझसे जो रुपये लिये थे, वह तो तुम्हें दिये होंगे?

माथुर -क्या मेरे नाम पर भी कुछ रुपये लिये थे?

ढपोरसंख -हाँ भाई, तुम्हारे घर का किराया देने के लिए तो ले गया था।

माथुर -श्सरासर बेईमानी। मुझे उसने एक पैसा भी नहीं दिया, उलटे और एक महाजन से मेरे नाम पर सौ रुपयों का स्टाम्प लिखकर रुपये लिये।

मैं क्या जानता था, कि धोखा दे रहा है। संयोग से उसी वक्त आगरे से वह सज्जन आ गये जिनके पास जोशी

कुछ दिनों रहा था। उन्होंने माथुर को देखकर पूछा, अच्छा! आप अभी जिंदा हैं। जोशी ने तो कहा था, माथुर मर गया है।

माथुर ने हँसकर कहा, मेरे तो सिर में दर्द भी नहीं हुआ।

ढपोरसंख ने पूछा, अच्छा, आपके मुरादाबादी बरतन तो पहुँच गये?

आगरा-निवासी मित्र ने कुतूहल से पूछा, कैसे मुरादाबादी बरतन?

श्वही जो आपने जोशी की मारफत मँगवाये थे?

श्मैंने कोई चीज उसकी मारफत नहीं मँगवाई। मुझे जरूरत होती तो आपको सीधा न लिखता!

माथुर ने हँसकर कहा, तो यह रुपये भी उसने हजम कर लिये।

आगरा-निवासी मित्र बोले -श्मुझसे भी तो तुम्हारी मृत्यु के बहाने सौ रुपये लाया था। यह तो एक ही जालिया निकला। उफ! कितना बड़ा चकमा दिया है इसने! जिन्दगी में यह पहला मौका है, कि मैं यों बेवकूफ बना।

बच्चा को पा जाऊँ तो तीन साल को भेजवाऊँ। कहाँ हैं आजकल?

माथुर ने कहा, अभी तो ससुराल में है।

ढपोरसंख का वृत्तान्त समाप्त हो गया। जोशी ने उन्हीं को नहीं, माथुर जैसे और गरीब, आगरा-निवासी सज्जन-जैसे घाघ को भी उलटे छुरे से मूड़ा और अगर भंडा न फूट गया होता तो अभी न-जाने कितने दिनों तक मूड़ता।

उसकी इन मौलिक चालों पर मैं भी मुग्ध हो गया। बेशक! अपने फन का उस्ताद है, छँटा हुआ गुर्गा।

देवीजी बोलीं --सुन ली आपने सारी कथा?

मैंने डरते-डरते कहा, हाँ, सुन तो ली।

अच्छा, तो अब आपका क्या फैसला है? इन्होंने घोंघापन किया या नहीं? जिस आदमी को एक-एक पैसे के लिए दूसरों का मुँह ताकना पड़े, वह घर के पाँच-छरू सौ रुपये इस तरह उड़ा दे, इसे आप उसकी सज्जनता कहेंगे या बेवकूफी? अगर इन्होंने यह समझकर रुपये दिये होते, कि पानी में फेंक रहा हूँ, तो मुझे कोई आपत्ति न थीय मगर यह बराबर इस धोखे में रहे और मुझे भी उसी धोखे में डालते रहे, कि वह घर का मालदार है और मेरे सब रुपये ही न लौटा देगाय बल्कि और भी कितने सलूक करेगा। जिसका बाप दो हजार रुपये महीना पाता हो, जिसके चाचा की आमदनी एक हजार मासिक हो और एक लाख की जायदाद घर में हो, वह और कुछ नहीं तो यूरोप की सैर तो एक बार करा ही सकता था। मैं अगर कभी मना भी करती, तो आप बिगड़ जाते और उदारता का उपदेश देने लगते थे। यह मैं स्वीकार करती हूँ, कि शुरू में मैं भी धोखे में आ गई थी, मगर पीछे से मुझे उसका सन्देह होने लगा था और विवाह के समय तो मैंने जोर देकर कह दिया था, कि अब एक पाई भी न दूँगी। पूछिए, झूठ कहती हूँ, या सच? फिर अगर मुझे धोखा हुआय तो मैं घर में रहनेवाली स्त्री हूँ। मेरा धोखे में आ जाना क्षम्य है, मगर यह जो लेखक और विचारक और उपदेशक बनते हैं, यह क्यों धोखे में आये और जब मैं इन्हें समझाती थी, तो यह क्यों अपने को बुद्धिमत्ता का अवतार समझकर मेरी बातों की उपेक्षा करते थे? देखिए, रू-रिआयत न कीजिएगा, नहीं मैं बुरी तरह खबर लूँगी। मैं निष्पक्ष न्याय चाहती हूँ।

ढपोरसंख ने दर्दनाक आँखों से मेरी तरफ देखा, जो मानो भिक्षा माँग रही थीं। उसी के साथ देवीजी की आग्रह, आदेश और गर्व से भरी आँखें ताक रही थीं। एक को अपनी हार का विश्वास था, दूसरी को अपनी जीत का। एक रिआयत चाहती थी, दूसरी सच्चा न्याय। मैंने त्रिम गंभीरता से अपना निर्णय सुनाया मेरे मित्र ने कुछ भावुकता से अवश्य काम लिया है, पर उनकी सज्जनता निर्विवाद है। ढपोरसंख उछल

पड़े और मेरे गले लिपट गये। देवीजी ने सगर्व नेत्रों से देखकर कहा, यह तो मैं जानती ही थी, कि चोर-चोर मौसेरे भाई होंगे।

तुम दोनों एक ही थैली के चट्टे-बट्टे हो। अब तक रुपये में एक पाई मर्दों का विश्वास था। आज तुमने वह भी उठा दिया। आज निश्चय हुआ, कि पुरुष छली, कपटी, विश्वासघाती और स्वार्थी होते हैं। मैं इस निर्णय को नहीं मानती। मुफ्त में ईमान बिगाड़ना इसी को कहते हैं। भला मेरा पक्ष लेते, तो अच्छा भोजन मिलता, उनका पक्ष लेकर आपको सड़े सिगरेटों के सिवा और क्या हाथ लगेगा। खैर, हाँड़ी गई, कुत्ते की जात तो पहचानी गई। उस दिन से दो-तीन बार देवीजी से भेंट हो चुकी है और वही फटकार सुननी पड़ी है। वह न क्षमा चाहती हैं, न क्षमा कर सकती हैं।

19

मंदिर

मातृ-प्रेम, तुझे धान्य है! संसार में और जो कुछ है, मिथ्या है, निस्सार है। मातृ-प्रेम ही सत्य है, अक्षय है, अनश्वर है। तीन दिन से सुखिया के मुँह में न अन्न का एक दाना गया था, न पानी की एक बूँद। सामने पुआल पर माता का नन्हा-सा लाल पड़ा कराह रहा था। आज तीन दिन से उसने आँखें न खोली थीं। कभी उसे गोद में उठा लेती, कभी पुआल पर सुला देती। हँसते-खेलते बालक को अचानक क्या हो गया, यह कोई नहीं बताता। ऐसी दशा में माता को भूख और प्यास कहाँ? एक बार पानी का एक घूँट मुँह में लिया था, पर कंठ के नीचे न ले जा सकी। इस दुखिया की विपत्ति का वारपार न था। साल भर के भीतर दो बालक गंगा जी की गोद में सौंप चुकी थी। पतिदेव पहले ही सिधार चुके थे। अब उस अभागिनी के जीवन का आधार, अवलम्ब, जो कुछ था, यही बालक था। हाय! क्या ईश्वर इसे भी इसकी गोद से छीन लेना चाहते हैं? यह कल्पना करते ही माता की आँखों से झर-झर आँसू बहने लगते थे। इस बालक को वह क्षण भर के लिए भी अकेला न छोड़ती थी। उसे साथ लेकर घास छीलने जाती। घास बेचने बाजार जाती तो बालक गोद में होता। उसके लिए उसने नन्ही-सी खुरपी और नन्ही-सी खाँची बनवा दी थी। जियावन माता के साथ घास छीलता और गर्व से कहता, अम्माँ, हमें भी बड़ी-सी खुरपी बनवा दो, हम बहुत-सी घास छीलेंगे,तुम द्वारे माची पर बैठी रहना, अम्माँ,मैं घास बेच लाऊंगा। मां पूछती, मेरे लिए क्या-क्या लाओगे, बेटा?

जियावन लाल-लाल साड़ियों का वादा करता। अपने लिए बहुत-सा गुड़ लाना चाहता था। वे ही भोली-भोली बातें इस समय याद आ-आकर माता के हृदय को शूल

के समान बेध रही थीं। जो बालक को देखता, यही कहता कि किसी की डीठ है, पर किसकी डीठ है? इस विधवा का भी संसार में कोई वैरी है? अगर उसका नाम मालूम हो जाता, तो सुखिया जाकर उसके चरणों पर गिर पड़ती और बालक को उसकी गोद में रख देती। क्या उसका हृदय दया से न पिघल जाता? पर नाम कोई नहीं बताता। हाय! किससे पूछे, क्या करे? तीन पहर रात बीत चुकी थी। सुखिया का चिंता-व्यथित चंचल मन कोठे-कोठे दौड़ रहा था। किस देवी की शरण जाए, किस देवता की मनौती करे, इसी सोच में पड़े-पड़े उसे एक झपकी आ गयी। क्या देखती है कि उसका स्वामी आकर बालक के सिरहाने खड़ा हो जाता है और बालक के सिर पर हाथ फेर कर कहता है, रो मत, सुखिया! तेरा बालक अच्छा हो जायगा। कल ठाकुर जी की पूजा कर दे, वही तेरे सहायक होंगे। यह कहकर वह चला गया। सुखिया की आँख खुल गयी। अवश्य ही उसके पतिदेव आये थे। इसमें सुखिया को जरा भी संदेह न हुआ। उन्हें अब भी मेरी सुधि है, यह सोच कर उसका हृदय आशा से परिप्लावित हो उठा। पति के प्रति श्रृद्धा और प्रेम से उसकी आँखें सजग हो गयीं। उसने बालक को गोद में उठा लिया और आकाश की ओर ताकती हुई बोली, भगवान! मेरा बालक अच्छा हो जाए, तो मैं तुम्हारी पूजा करूँगी। अनाथ विधवा पर दया करो। उसी समय जियावन की आँखें खुल गयीं। उसने पानी माँगा। माता ने दौड़ कर कटोरे में पानी लिया और बच्चे को पिला दिया। जियावन ने पानी पीकर कहा, अम्माँ रात है कि दिन?

सुखियाअभी तो रात है बेटा, तुम्हारा जी कैसा है?

जियावनअच्छा है अम्माँ! अब मैं अच्छा हो गया।

सुखियातुम्हारे मुँह में घी-शक्कर, बेटा, भगवान् करे तुम जल्द अच्छे हो जाओ! कुछ खाने को जी चाहता है?

जियावन- हाँ अम्माँ, थोड़ा-सा गुड़ दे दो।

सुखिया- गुड़ मत खाओ भैया, अवगुन करेगा। कहो तो खिचड़ी बना दूँ।

जियावन- नहीं मेरी अम्माँ, जरा-सा गुड़ दे दो, तेरे पैरों पड़ूँ।

माता इस आग्रह को न टाल सकी। उसने थोड़ा-सा गुड़ निकाल कर जियावन के हाथ में रख दिया और हाँड़ी का ढक्कन लगाने जा रही थी कि किसी ने बाहर से आवाज दी। हाँड़ी वहीं छोड़ कर वह किवाड़ खोलने चली गयी। जियावन ने गुड़ की दो पिंडियाँ निकाल लीं और जल्दी-जल्दी चट कर गया।

दिन भर जियावन की तबीयत अच्छी रही। उसने थोड़ी-सी खिचड़ी खायी, दो-एक बार धीरे-धीरे द्वार पर भी आया और हमजोलियों के साथ खेल न सकने पर

भी उन्हें खेलते देखकर उसका जी बहल गया। सुखिया ने समझा, बच्चा अच्छा हो गया। दो-एक दिन में जब पैसे हाथ में आ जाऐंगे, तो वह ए क दिन ठाकुर जी की पूजा करने चली जायगी। जाड़े के दिन झाडू-बहारू, नहाने-धोने और खाने-पीने में कट गयेय मगर जब संध्या समय फिर जियावन का जी भारी हो गया, तब सुखिया घबरा उठी। तुरंत मन में शंका उत्पन्न हुई कि पूजा में विलम्ब करने से ही बालक फिर मुरझा गया है। अभी थोड़ा-सा दिन बाकी था। बच्चे को लेटा कर वह पूजा का सामान तैयार करने लगी। फूल तो जमींदार के बगीचे में मिल गये। तुलसीदल द्वार ही पर था, पर ठाकुर जी के भोग के लिए कुछ मिष्ठान्न तो चाहिएय नहीं तो गाँव वालों को बाँटेगी क्या! चढ़ाने के लिए कम से कम एक आना तो चाहिए। सारा गाँव छान आयी, कहीं पैसे उधार न मिले। अब वह हताश हो गयी। हाय रे अदिन! कोई चार आने पैसे भी नहीं देता। आखिर उसने अपने हाथों के चाँदी के कड़े उतारे और दौड़ी हुई बनिये की दूकान पर गयी, कड़े गिरों रखे, बतासे लिये और दौड़ी हुई घर आयी। पूजा का सामान तैयार हो गया, तो उसने बालक को गोद में उठाया और दूसरे हाथ में पूजा की थाली लिये मंदिर की ओर चली। मन्दिर में आरती का घंटा बज रहा था। दस-पाँच भक्तजन खड़े स्तुति कर रहे थे। इतने में सुखिया जाकर मन्दिर के सामने खड़ी हो गयी।

पुजारी ने पूछा, क्या है रे? क्या करने आयी है?

सुखिया चबूतरे पर आकर बोली, ठाकुर जी की मनौती की थी महाराज, पूजा करने आयी हूँ।

पुजारी जी दिन भर जमीदार के असामियों की पूजा किया करते थे और शाम-सबेरे ठाकुर जी की। रात को मन्दिर ही में सोते थे, मन्दिर ही में आपका भोजन भी बनता था, जिससे ठाकुरद्वारे की सारी अस्तरकारी काली पड़ गयी थी। स्वभाव के बड़े दयालु थे, निष्ठावान ऐसे कि चाहे कितनी ही ठंड पड़े, कितनी ही ठंडी हवा चले, बिना स्नान किये मुँह में पानी तक न डालते थे। अगर इस पर भी उनके हाथों और पैरों में मैल की मोटी तह जमी हुई थी, तो इसमें उनका काई दोष न था! बोले, तो क्या भीतर चली आयेगी। हो तो चुकी पूजा। यहाँ आकर भरभष्ट करेगी। एक भक्तजन ने कहा, ठाकुर जी को पवित्र करने आयी है?

सुखिया ने बड़ी दीनता से कहा, ठाकुर जी के चरन छूने आयी हूँ, सरकार! पूजा की सब सामग्री लायी हूँ।

पुजारी, कैसी बेसमझी की बात करती है रे, कुछ पगली तो नहीं हो गयी है। भला तू ठाकुर जी को कैसे छुएगी?

सुखिया को अब तक कभी ठाकुरद्वारे में आने का अवसर न मिला था। आश्चर्य से बोली, सरकार, वह तो संसार के मालिक हैं। उनके दरसन से तो पापी भी तर जाता है, मेरे छूने से उन्हें कैसे छूत लग जायगी?

पुजारी, अरे, तू चमारिन है कि नहीं रे?

सुखिया- तो क्या भगवान् ने चमारों को नहीं सिरजा है? चमारों का भगवान् कोई और है? इस बच्चे की मनौती है, सरकार!

इस पर वही भक्त महोदय, जो अब स्तुति समाप्त कर चुके थे, डपटकर बोले, मार के भगा दो चुड़ैल को। भरभष्ट करने आयी है, फेंक दो थाली-वाली। संसार में तो आप ही आग लगी हुई है, चमार भी ठाकुर जी की पूजा करने लगेंगे, तो पिरथी रहेगी कि रसातल को चली जायगी?

दूसरे भक्त महाशय बोले, अब बेचारे ठाकुर जी को भी चमारों के हाथ का भोजन करना पड़ेगा। अब परलय होने में कुछ कसर नहीं है।ठंड पड़ रही थीय सुखिया खड़ी काँप रही थी और यहाँ धर्म के ठेकेदार लोग समय की गति पर आलोचनाएँ कर रहे थे। बच्चा मारे ठंड के उसकी छाती में घुसा जाता था, किन्तु सुखिया वहाँ से हटने का नाम न लेती थी।

ऐसा मालूम होता था कि उसके दोनों पाँव भूमि में गड़ गये हैं। रह-रहकर उसके हृदय में ऐसा उद्गार उठता था कि जाकर ठाकुर जी के चरणों पर गिर पड़े। ठाकुर जी क्या इन्हीं के हैं, हम गरीबों का उनसे कोई नाता नहीं है, ये लोग होते हैं कौन रोकनेवालेय पर यह भय होता था कि इन लोगों ने कहीं सचमुच थाली-वाली फेंक दी तो क्या करूँगी? दिल में ऐंठ कर रह जाती थी। सहसा उसे एक बात सूझी। वह वहाँ से कुछ दूर जा कर एक वृक्ष के नीचे अँधोरे में छिप कर इन भक्तजनों के जाने की राह देखने लगी। आरती और स्तुति के पश्चात् भक्तजन बड़ी देर तक श्रीमद्भागवत का पाठ करते रहे। उधार पुजारी जी ने चूल्हा जलाया और खाना पकाने लगे। चूल्हे के सामने बैठे हुए हूँ-हूँ करते जाते थे और बीच-बीच में टिप्पणियाँ भी करते जाते थे। दस बजे रात तक कथा वार्ता होती रही और सुखिया वृक्ष के नीचे धयानावस्था में खड़ी रही। सारे भक्त लोगों ने एक-एक करके घर की राह ली। पुजारी जी अकेले रह गये। अब सुखिया आकर मन्दिर के बरामदे के सामने खड़ी हो गयीय जहाँ पुजारी जी आसन जमाये बटलोई का क्षुधावर्धक मधुर संगीत सुनने में मग्न थे। पुजारी जी ने आहट पा कर गरदन उठायी, तो सुखिया को खड़ी देखा। चिढ़कर बोले, क्यों रे, तू अभी तक खड़ी है!

सुखिया ने थाली जमीन पर रख दी और एक हाथ फैला कर भिक्षा-प्रार्थना करती हुई बोली, महाराज जी, मैं अभागिनी हूँ। यही बालक मेरे जीवन का अलम

है, मुझ पर दया करो। तीन दिन से इसने सिर नहीं उठाया। तुम्हें बड़ा जस होगा, महाराज जी!

यह कहते-कहते सुखिया रोने लगी। पुजारी जी दयालु तो थे, पर चमारिन को ठाकुर जी के समीप जाने देने का अश्रुतपूर्व घोर पातक वह कैसे कर सकते थे? न जाने ठाकुर जी इसका क्या दंड दें। आखिर उनके भी बाल-बच्चे थे। कहीं ठाकुर जी कुपित हो कर गाँव का सर्वनाश कर दें, तो? बोले, घर जा कर भगवान् का नाम ले, तेरा बालक अच्छा हो जायगा। मैं यह तुलसीदल देता हूँ, बच्चे को खिला दे, चरणामृत उसकी आँखों में लगा दे। भगवान् चाहेंगे तो सब अच्छा ही होगा।

सुखिया- ठाकुर जी के चरणों पर गिरने न दोगे महाराज जी? बड़ी दुखिया हूँ, उधार काढ़ कर पूजा की सामग्री जुटायी है। मैंने कल सपना देखा था, महाराज जी कि ठाकुर जी की पूजा कर, तेरा बालक अच्छा हो जायगा। तभी दौड़ी आयी हूँ। मेरे पास एक रुपया है। वह मुझसे ले लोय पर मुझे एक छन भर ठाकुर जी के चरनों पर गिर लेने दो।

इस प्रलोभन ने पंडित जी को एक क्षण के लिए विचलित कर दियाय किंतु मूर्खता के कारण ईश्वर का भय उनके मन में कुछ-कुछ बाकी था। सँभल कर बोले, अरी पगली, ठाकुर जी भक्तों के मन का भाव देखते हैं कि चरन पर गिरना देखते हैं। सुना नहीं है, मन चंगा तो कठौती में गंगा। मन में भक्ति न हो, तो लाख कोई भगवान् के चरणों पर गिरे, कुछ न होगा। मेरे पास एक जंतर है। दाम तो उसका बहुत है, पर तुझे एक ही रुपये में दे दूँगा। उसे बच्चे के गले में बाँधा देनाय बस, कल बच्चा खेलने लगेगा।

सुखिया- ठाकुर जी की पूजा न करने दोगे?

पुजारी, तेरे लिए इतनी ही पूजा बहुत है। जो बात कभी नहीं हुई, वह आज मैं कर दूँ और गाँव पर कोई आफत-बिपत आ पड़े तो क्या हो, इसे भी तो सोचो! तू यह जंतर ले जा, भगवान् चाहेंगे तो रात ही भर में

बच्चे का क्लेश कट जायगा। किसी की दीठ पड़ गयी है। है भी तो चंचल। मालूम होता है, छत्तारी बंस है।

सुखिया- जब से इसे ज्वर है, मेरे प्रान नहों में समाये हुए हैं।

पुजारी, बड़ा होनहार बालक है। भगवान् जिला दें तो तेरे सारे संकट हर लेगा। यहाँ तो बहुत खेलने आया करता था। इधर दो-तीन दिन से नहीं देखा था।

सुखिया- तो जंतर को कैसे बाँधूँगी, महाराज?

पुजारी, मैं कपड़े में बाँधा कर देता हूँ। बस, गले में पहना देना। अब तू इस बेला नवीन बस्तर कहाँ खोजने जायगी।

सुखिया ने दो रुपये पर कड़े गिरों रखे थे। एक पहले ही भँज चुका था। दूसरा पुजारी जी को भेंट किया और जंतर ले कर मन को समझाती हुई घर लौट आयी।

सुखिया ने घर पहुँचकर बालक के गले में जंतर बाँधा दियाय पर ज्यों-ज्यों रात गुजरती थी, उसका ज्वर भी बढ़ता जाता था, यहाँ तक कि तीन बजते-बजते उसके हाथ-पाँव शीतल होने लगे! तब वह घबड़ा उठी और सोचने लगी, हाय! मैं व्यर्थ ही संकोच में पड़ी रही और बिना ठाकुर जी के दर्शन किये चली आयी। अगर मैं अन्दर चली जाती और भगवान् के चरणों पर गिर पड़ती, तो कोई मेरा क्या कर लेता? यही न होता कि लोग मुझे धाक्के देकर निकाल देते, शायद मारते भी, पर मेरा मनोरथ तो पूरा हो जाता। यदि मैं ठाकुर जी के चरणों को अपने आँसुओं से भिगो देती और बच्चे को उनके चरणों में सुला देती, तो क्या उन्हें दया न आती? वह तो दयामय भगवान् हैं, दीनों की रक्षा करते हैं, क्या मुझ पर दया न करते? यह सोच कर सुखिया का मन अधीर हो उठा। नहीं, अब विलम्ब करने का समय न था। वह अवश्य जायगी और ठाकुर जी के चरणों पर गिर कर रोयेगी। उस अबला के आशंकित हृदय का अब इसके सिवा और कोई अवलम्ब, कोई आसरा न था। मंदिर के द्वार बंद होंगे, तो वह ताले तोड़ डालेगी। ठाकुर जी क्या किसी के हाथों बिक गये हैं कि कोई उन्हें बंद कर रखे। रात के तीन बज गये थे। सुखिया ने बालक को कम्बल से ढाँप कर गोद में उठाया, एक हाथ में थाली उठायी और मंदिर की ओर चली। घर से बाहर निकलते ही शीतल वायु के झोंकों से उसका कलेजा काँपने लगा। शीत से पाँव शिथिल हुए जाते थे। उस पर चारों ओर अंधकार छाया हुआ था। रास्ता दो फरलाँग से कम न था। पगडंडी वृक्षों के नीचे-नीचे गयी थी। कुछ दूर दाहिनी ओर एक पोखरा था, कुछ दूर बाँस की कोठियाँ। पोखरे में एक धोबी मर गया था और बाँस की कोठियों में चुड़ैलों का अव था। बायीं ओर हरे-भरे खेत थे। चारों ओर सन-सन हो रहा था, अंधकार साँय-साँय कर रहा था। सहसा गीदड़ों ने कर्कश स्वर में हुआँ-हुआँ करना शुरू किया। हाय! अगर कोई उसे एक लाख रुपया देता, तो भी इस समय वह यहाँ न आतीय पर बालक की मंदिर सारी शंकाओं को दबाये हुए थी। हे भगवान्! अब तुम्हारा ही आसरा है! यह जपती वह मंदिर की ओर चली जा रही थी।

मंदिर के द्वार पर पहुँच कर सुखिया ने जंजीर टटोलकर देखी। ताला पड़ा हुआ था। पुजारी जी बरामदे से मिली हुई कोठरी में किवाड़ बंद किये सो रहे थे। चारों ओर अँधेरा छाया हुआ था। सुखिया चबूतरे के नीचे से एक ईंट उठा लायी और जोर-जोर से ताले पर पटकने लगी। उसके हाथों में न जाने इतनी शक्ति कहाँ से आ गयी थी। दो ही तीन चोटों में ताला और ईंट दोनों टूट कर चौखट पर गिर पड़े। सुखिया ने द्वार खोल दिया और अंदर जाना ही चाहती थी कि पुजारी किवाड़ खोल कर हड़बड़ाये हुए बाहर निकल आये और चोर, चोर! का गुल मचाते गाँव की ओर दौड़े। जाड़ों में प्रायः पहर रात रहे ही लोगों की नींद खुल जाती है। यह शोर सुनते ही कई आदमी इधर-उधार से लालटेनें लिये हुए निकल पड़े और पूछने लगे, कहाँ है? कहाँ है? किधर गया?

पुजारी, मंदिर का द्वार खुला पड़ा है। मैंने खट-खट की आवाज सुनी। सहसा सुखिया बरामदे से निकल कर चबूतरे पर आयी और बोली, चोर नहीं है, मैं हूँ, ठाकुर जी की पूजा करने आयी थी। अभी तो अंदर गयी भी नहीं, मार हल्ला मचा दिया।

पुजारी ने कहा, अब अनर्थ हो गया! सुखिया मंदिर में जा कर ठाकुर जी को भ्रष्ट कर आयी!

फिर क्या था, कई आदमी झल्लाये हुए लपके और सुखिया पर लातों और घूँसों की मार पड़ने लगी। सुखिया एक हाथ से बच्चे को पकड़े हुए थी और दूसरे हाथ से उसकी रक्षा कर रही थी। एकाएक बलिष्ठ ठाकुर ने उसे इतनी जोर से धक्का दिया कि बालक उसके हाथ से छूट कर जमीन पर गिर पड़ाय मगर वह न रोया, न बोला, न साँस ली, सुखिया भी गिर पड़ी थी। सँभल कर बच्चे को उठाने लगी, तो उसके मुख पर नजर पड़ी। ऐसा जान पड़ा मानो पानी में परछाईं हो। उसके मुँह से एक चीख निकल गयी। बच्चे का माथा छू कर देखा। सारी देह ठंडी हो गयी थी। एक लम्बी साँस खींच कर वह उठ खड़ी हुई। उसकी आँखों में आँसू न आये। उसका मुख क्रोध की ज्वाला से तमतमा उठा, आँखों से अंगारे बरसने लगे। दोनों मुट्ठियाँ बँध गयीं। दाँत पीसकर बोली, पापियो, मेरे बच्चे के प्राण ले कर दूर क्यों खड़े हो? मुझे भी क्यों नहीं उसी के साथ मार डालते? मेरे छू लेने से ठाकुर जी को छूत लग गयी? पारस को छू कर लोहा सोना हो जाता है, पारस लोहा नहीं हो सकता। मेरे छूने से ठाकुर जी अपवित्र हो जाएँगे! मुझे बनाया, तो छूत नहीं लगी? लो, अब कभी ठाकुर जी को छूने नहीं आऊँगी। ताले में बंद रखो, पहरा बैठा दो। हाय, तुम्हें दया छू भी नहीं गयी! तुम इतने कठोर हो! बाल-बच्चेवाले हो कर भी तुम्हें एक

अभागिन माता पर दया न आयी! तिसपर धरम के ठेकेदार बनते हो! तुम सब के सब हत्यारे हो, निपट हत्यारे हो। डरो मत, मैं थाना-पुलिस नहीं जाऊँगी। मेरा न्याय भगवान् करेंगे, अब उन्हीं के दरबार में फरियाद करूँगी।

किसी ने चूँ न की, कोई मिनमिनाया तक नहीं। पाषाण-मूर्तियों की भाँति सब के सब सिर झुकाये खड़े रहे। इतनी देर में सारा गाँव जमा हो गया था। सुखिया ने एक बार फिर बालक के मुँह की ओर देखा। मुँह से निकला, हाय मेरे लाल! फिर वह मूर्च्छित होकर गिर गई।

20

निमंत्रण

पंडित मोटेराम शास्त्री ने अंदर जा कर अपने विशाल उदर पर हाथ फेरते हुए यह पद पंचम स्वर में गया,

अजगर करे न चाकरी, पंछी करे न काम, दास मलूका कह गये, सबके दाता राम!

सोना ने प्रफुल्लित हो कर पूछा, कोई मीठी ताजी खबर है क्या?

शास्त्री जी ने पैंतरे बदल कर कहा, मार लिया आज। ऐसा ताक कर मारा कि चारों खाने चित्त। सारे घर का नेवता! सारे घर का। वह बढ़-बढ़कर हाथ मारूँगा कि देखने वाले दंग रह जाऐंगे। उदर महाराज अभी से अधीर हो रहे हैं।

सोनाकहीं पहले की भाँति अब की भी धोखा न हो। पक्का-पोढ़ा कर लिया है न?

मोटेराम ने मूँछें ऐंठते हुए कहा, ऐसा असगुन मुँह से न निकालो। बड़े जप-तप के बाद यह शुभ दिन आया है। जो तैयारियाँ करनी हों, कर लो।

सोनावह तो करूँगी ही। क्या इतना भी नहीं जानती? जन्म भर घास थोड़े ही खोदती रही हूँ, मगर है घर भर का न?

मोटेरामअब और कैसे कहूँ, पूरे घर भर का है। इसका अर्थ समझ में न आया हो, तो मुझसे पूछो। विद्धानों की बात समझना सबका काम नहीं। मगर उनकी बात सभी समझ लें, तो उनकी विद्वत्ता का महत्त्व ही क्या रहेय बताओ, क्या समझीं? मैं इस समय बहुत ही सरल भाषा में बोल रहा हूँ, मगर तुम नहीं समझ सकीं। बताओ, विद्वत्ताा किसे कहते हैं? महत्त्व ही का अर्थ बताओ। घर भर का निमंत्रण देना क्या दिल्लगी है? हाँ, ऐसे अवसर पर विद्धान लोग राजनीति से काम लेते हैं और उसका

वही आशय निकालते हैं, जो अपने अनुकूल हो। मुरादापुर की रानी साहब सात ब्राह्मणों को इच्छापूर्ण भोजन कराना चाहती हैं। कौन-कौन महाशय मेरे साथ जाएंगे, यह निर्णय करना मेरा काम है। अलगूराम शास्त्री, बेनीराम शास्त्री, छेदीराम शास्त्री, भवानीराम शास्त्री, फेकूराम शास्त्री, मोटेराम शास्त्री आदि जब इतने आदमी अपने घर ही में हैं, तब बाहर कौन ब्राह्मणों को खोजने जाए।

सोनाऔर सातवाँ कौन है?

मोटे.- बुद्धि दौड़ाओ।

सोनाएक पत्तल घर लेते आना।

मोटे.- फिर वही बात कही, जिसमें बदनामी हो। छिरू छिरू! पत्तल घर लाऊँ। उस पत्तल में वह स्वाद कहाँ जो जजमान के घर पर बैठ कर भोजन करने में है। सुनो, सातवें महाशय हैं, पंडित सोनाराम शास्त्री।

सोनाचलो, दिल्लगी करते हो। भला, कैसे जाऊँगी?

मोटे.- ऐसे ही कठिन अवसरों पर तो विद्या की आवश्यकता पड़ती है। विद्वान आदमी अवसर को अपना सेवक बना लेता है, मूर्ख अपने भाग्य को रोता है। सोनादेवी और सोनाराम शास्त्री में क्या अंतर है, जानती हो? केवल परिधान का। परिधान का अर्थ समझती हो? परिधान पहनाव को कहते हैं। इसी साड़ी को मेरी तरह बाँधा लो, मेरी मिरजई पहन लो, ऊपर से चादर ओढ़ लो। पगड़ी मैं बाँधा दूँगा। फिर कौन पहचान सकता है?

सोना ने हँसकर कहा, मुझे तो लाज लगेगी।

मोटे.- तुम्हें करना ही क्या है? बातें तो हम करेंगे।

सोना ने मन ही मन आनेवाले पदार्थों का आनंद ले कर कहा, बड़ा मजा होगा!

मोटे.- बस, अब विलम्ब न करो। तैयारी करो, चलो।

सोनाकितनी फंकी बना लूँ?

मोटे.- यह मैं नहीं जानता। बस, यही आदर्श सामने रखो कि अधिक से अधिक लाभ हो।

सहसा सोनादेवी को एक बात याद आ गयी। बोली, अच्छा, इन बिछुओं को क्या करूँगी?

मोटेराम ने त्योरी चढ़ा कर कहा, इन्हें उठाकर रख देना और क्या करोगी?

सोनाहाँ जी, क्यों नहीं। उतार कर रख क्यों न दूँगी?

मोटे.- तो क्या तुम्हारे बिछुए पहने ही से मैं जी रहा हूँ? जीता हूँ पौष्टिक पदार्थों के सेवन से। तुम्हारे बिछुओं के पुण्य से नहीं जीता।

सोनानहीं भाई, मैं बिछुए न उतारूँगी।

मोटेराम ने सोच कर कहा, अच्छा, पहने चलो, कोई हानि नहीं। गोवर्धनधारी यह बाधा भी हर लेंगे। बस, पाँव में बहुत-से कपड़े लपेट लेना। मैं कह दूँगा, इन पंडित जी को फीलपाँव हो गया। क्यों, कैसी सूझी?

पंडिताइन ने पतिदेव को प्रशंसा-सूचक नेत्रों से देख कर कहा, जन्म भर पढ़ा नहीं है?

संध्या-समय पंडित जी ने पाँचों पुत्रों को बुलाया और उपदेश देने लगे, पुत्रो, कोई काम करने के पहले खूब सोच-समझ लेना चाहिए कि कैसा क्या होगा। मान लो, रानी साहब ने तुम लोगों का पता-ठिकाना पूछना आरम्भ किया, तो तुम लोग क्या उत्तर दोगे? यह तो महान् मूर्खता होगी कि तुम सब मेरा नाम लो। सोचो, कितने कलंक और लज्जा की बात होगी कि मुझ-जैसा विद्वान् केवल भोजन के लिए इतना बड़ा कुचक्र रचे। इसलिए तुम सब थोड़ी देर के लिए भूल जाओ कि मेरे पुत्र हो। कोई मेरा नाम न बतलाये। संसार में नामों की कमी नहीं, कोई अच्छा-सा नाम चुन कर बता देना। पिता का नाम बदल देने से कोई गाली नहीं लगती। यह कोई अपराध नहीं।

अलगू.आप ही बता दीजिए।

मोटे.- अच्छी बात है, बहुत अच्छी बात है। हाँ, इतने महत्त्व का काम मुझे स्वयं करना चाहिए। अच्छा सुनो, अलगूराम के पिता का नाम है पंडित केशव पाँडे, खूब याद कर लो। बेनीराम के पिता का नाम पंडित मंगरू ओझा, खूब याद रखना। छेदीराम के पिता हैं पंडित दमड़ी तिवारी, भूलना नहीं। भवानी, तुम गंगू पाँडे बतलाना, खूब याद कर लो। अब रहे फेकूराम, तुम बेटा बतलाना सेतूराम पाठक। हो गये सब! हो गया सबका नामकरण! अच्छा अब मैं परीक्षा लूँगा। होशियार रहना। बोलो अलगू, तुम्हारे पिता का क्या नाम है?

अलगू.पंडित केशव पाँडे।

बेनीराम, तुम बताओ।

दमड़ी तिवारी।

छेदी.यह तो मेरे पिता का नाम है।

बेनी.- मैं तो भूल गया।

मोटे.- भूल गये! पंडित के पुत्र हो कर तुम एक नाम भी नहीं याद कर सकते। बड़े दुःख की बात है। मुझे पाँचों नाम याद हैं, तुम्हें एक नाम भी याद नहीं? सुनो, तुम्हारे पिता का नाम है पंडित मँगरू ओझा। पंडित जी लड़कों की परीक्षा ले ही रहे

थे कि उनके परम मित्र पंडित चिंतामणि ने द्वार पर आवाज दी। पंडित मोटेराम ऐसे घबराये कि सिर-पैर की सुधि न रही। लड़कों को भगाना ही चाहते थे कि पंडित चिंतामणि अंदर

चले आये। दोनों सज्जनों में बचपन से गाढ़ी मैत्री थी। दोनों बहुधा साथ-साथ भोजन करने जाएा करते थे और यदि पंडित मोटेराम अव्वल रहते, तो पंडित चिंतामणि के द्वितीय पद में कोई बाधाक न हो सकता था, पर आज मोटेराम जी अपने मित्र को साथ नहीं ले जाना चाहते थे। उनको साथ ले जाना, अपने घरवालों में से किसी एक को छोड़ देना था और इतना महान् आत्मत्याग करने के लिए वे तैयार न थे।

चिंतामणि ने यह समारोह देखा, तो प्रसन्न हो कर बोले, क्यों भाई, अकेले ही अकेले! मालूम होता है, आज कहीं गहरा हाथ मारा है।

मोटेराम ने मुँह लटका कर कहा, कैसी बातें करते हो, मित्र! ऐसा तो कभी नहीं हुआ कि मुझे कोई अवसर मिला हो और मैंने तुम्हें सूचना न दी हो। कदाचित् कुछ समय ही बदल गया, या किसी ग्रह का फेर है।

कोई झूठ को भी नहीं बुलाता।

पंडित चिंतामणि ने अविश्वास के भाव से कहा, कोई न कोई बात तो मित्र अवश्य है, नहीं तो ये बालक क्यों जमा हैं?

मोटे.- तुम्हारी इन्हीं बातों पर मुझे क्रोध आता है। लड़कों की परीक्षा ले रहा हूँ। ब्राह्मण के लड़के हैं, चार अक्षर पढ़े बिना इनको कौन पूछेगा?

चिंतामणि को अब भी विश्वास न आया। उन्होंने सोचा, लड़कों से ही इस बात का पता लग सकता है। फेकूराम सबसे छोटा था। उसी से पूछा, क्या पढ़ रहे हो बेटा! हमें भी सुनाओ। मोटेराम ने फेकूराम को बोलने

का अवसर न दिया। डरे कि यह तो सारा भंडा फोड़ देगा। बोले, अभी यह क्या पढ़ेगा। दिन भर खेलता है। फेकूराम इतना बड़ा अपराध अपने नन्हे-से सिर पर क्यों लेता। बाल-सुलभ गर्व से बोला, हमको तो याद है, पंडित सेतूराम पाठक। हम याद भी कर लें, तिसपर भी कहते हैं, हरदम खेलता है! यह कहते हुए रोना शुरू किया।

चिंतामणि ने बालक को गले लगा लिया और बोले, नहीं बेटा, तुमने अपना पाठ सुना दिया है। तुम खूब पढ़ते हो। यह सेतूराम पाठक कौन है, बेटा?

मोटेराम ने बिगड़ कर कहा, तुम भी लड़कों की बातों में आते हो। सुन लिया होगा किसी का नाम। (फेकू से) जा, बाहर खेल।

चिंतामणि अपने मित्र की घबराहट देख कर समझ गये कि कोई न कोई रहस्य अवश्य है। बहुत दिमाग लड़ाने पर भी सेतूराम पाठक का आशय उनकी समझ में न आया। अपने परम मित्र की इस कुटिलता पर मन में

दुखित होकर बोले, अच्छा, आप पाठ पढ़ाइये और परीक्षा लीजिए। मैं जाता हूँ। तुम इतने स्वार्थी हो, इसका मुझे गुमान तक न था। आज तुम्हारी मित्रता की परीक्षा हो गयी।

पंडित चिंतामणि बाहर चले गये। मोटेरामजी के पास उन्हें मनाने के लिए समय न था। फिर परीक्षा लेने लगे।

सोना ने कहा, मना लो, मना लो। रूठे जाते हैं। फिर परीक्षा लेना। मोटे.-श्जब कोई काम पड़ेगा, मना लूँगा। निमंत्रण की सूचना पाते ही इनका सारा क्रोध शान्त हो जायगा! हाँ भवानी, तुम्हारे पिता का क्या नाम है, बोलो।

भवानी.गंगू पाँडे।

मोटे.- और तुम्हारे पिता का नाम, फेकू?

फेकू,बता तो दिया, उस पर कहते हैं, पढ़ता नहीं!

मोटे.- हमें भी बता दो।

फेकू,सेतूराम पाठक तो है।

मोटे.- बहुत ठीक, हमारा लड़का बड़ा राजा है। आज तुम्हें अपने साथ बैठायेंगे और सबसे अच्छा माल तुम्हीं को खिलायेंगे।

सोनाहमें भी कोई नाम बता दो।

मोटेराम ने रसिकता से मुसकरा कर कहा, तुम्हारा नाम है पंडित मोहनसरूप सुकुल। सोनादेवी ने लजा कर सिर झुका दिया।

सोनादेवी तो लड़कों को कपड़े पहनाने लगीं। उधर फेकू आनंद की उमंग में घर से बाहर निकला। पंडित चिंतामणि रूठ कर तो चले थे, पर कुतूहलवश अभी तक द्वार पर दुबके खड़े थे। इन बातों की भनक इतनी देर में उनके कानों में पड़ी, उससे यह तो ज्ञात हो गया कि कहीं निमंत्रण है, पर कहाँ है, कौन-कौन से लोग निमंत्रित हैं, यह ज्ञात न हुआ था। इतने में फेकू बाहर निकला, तो उन्होंने उसे गोद में उठा लिया और बोले, कहाँ नेवता है, बेटा? अपनी जान में तो उन्होंने बहुत धीरे से पूछा था, पर न-जाने कैसे पंडित

मोटेराम के कान में भनक पड़ गयी। तुरन्त बाहर निकल आये। देखा, तो चिंतामणि जी फेकू को गोद में लिये कुछ पूछ रहे हैं। लपक कर लड़के का हाथ पकड़ लिया और चाहा कि उसे अपने मित्र की गोद से छीन लेंय मगर चिंतामणि जी को

अभी अपने प्रश्न का उत्तर न मिला था। अतएव वे लड़के का हाथ छुड़ा कर उसे लिये हुए अपने घर की ओर भागे। मोटेराम भी यह कहते हुए उनके पीछे दौड़े, उसे क्यों लिये जाते हो? धूर्त कहीं का, दुष्ट! चिंतामणि, मैं कहे देता हूँ, इसका नतीजा अच्छा न होगाय फिर कभी किसी निमंत्रण में न ले जाऊँगा। भला चाहते हो, तो उसे उतार दो...।

मगर चिंतामणि ने एक न सुनी। भागते ही चले गये। उनकी देह अभी सँभाल के बाहर न हुई थीय दौड़ सकते थे, मगर मोटेराम जी को एक-एक पग आगे बढ़ना दुस्तर हो रहा था। भैंसे की भाँति हाँफते थे और नाना प्रकार के विशेषणों का प्रयोग करते दुलकी चाल से चले जाते थे और यद्यपि प्रतिक्षण अंतर बढ़ता जाता

थाय और पीछा न छोड़ते थे। अच्छी घुड़दौड़ थी। नगर के दो महात्मा दौड़ते हुए ऐसे जान पड़ते थे, मानो दो गैंडे चिड़ियाघर से भाग आये हों। सैकड़ों आदमी तमाशा देखने लगे। कितने ही बालक उनके पीछे तालियाँ बजाते हुए दौड़े। कदाचित् यह दौड़ पंडित चिंतामणि के घर पर ही समाप्त होतीय पर पंडित मोटेराम धोती के ढीली हो जाने के कारण उलझ कर गिर पड़े। चिंतामणि ने पीछे फिर कर यह दृश्य देखा, तो रुक गये और फेकूराम से पूछा, क्यों बेटा, कहाँ नेवता है?

फेकू. बता दें, तो हमें मिठाई दोगे न?

चिंता.हाँ, दूँगाय बताओ।

फेकू.रानी के यहाँ।-

चिंता.कहाँ की रानी।

फेकू.यह मैं नहीं जानता। कोई बड़ी रानी है।

नगर में कई बड़ी-बड़ी रानियाँ थीं। पंडित जी ने सोचा, सभी रानियों के द्वार पर चक्कर लगाऊँगा। जहाँ भोज होगा, वहाँ कुछ भीड़-भाड़ होगी ही, पता चल जायगा। यह निश्चय करके वे लौट पड़े। सहानुभूति प्रकट करने

में अब कोई बाधा न थी। मोटेराम जी के पास आये, तो देखा कि वे पड़े कराह रहे हैं। उठने का नाम नहीं लेते। घबरा कर पूछा, गिर कैसे पड़े मित्र, यहाँ कहीं गढ़ा भी तो नहीं है!

मोटेतुमसे क्या मतलब! तुम लड़के को ले जाओ, जो कुछ पूछना चाहो, पूछो।

चिंता.मैं यह कपट-व्यवहार नहीं करता। दिल्लगी की थी, तुम बुरा मान गये। ले उठ तो बैठ राम का नाम लेके। मैं सच कहता हूँ, मैंने कुछ नहीं पूछा।

मोटे.- चल झूठा।

चिंता.जनेऊ हाथ में ले कर कहता हूँ।

मोटेतुम्हारी शपथ का विश्वास नहीं।

चिंता.तुम मुझे इतना धूर्त समझते हो?

मोटेइससे कहीं अधिक। तुम गंगा में डूब कर शपथ खाओ, तो भी मुझे विश्वास न आये।

चिंता.दूसरा यह बात कहता, तो मूँछ उखाड़ लेता।

मोटेतो फिर आ जाओ!

चिंता.पहले पंडिताइन से पूछ आओ।

मोटेराम यह भस्मक व्यंग्य न सह सके। चट उठ बैठे और पंडित चिंतामणि का हाथ पकड़ लिया। दोनों मित्रों में मल्ल-युद्ध होने लगा। दोनों हनुमान जी की स्तुति कर रहे थे और इतने जोर से गरज-गरजकर मानो सिंह

दहाड़ रहे हों। बस ऐसा जान पड़ता था, मानो दो पीपे आपस में टकरा रहे हों।

मोटेमहाबली विक्रम बजरंगी।

चिंता.भूत-पिशाच निकट नहिं आवे।

मोटेजय-जय-जय हनुमान गोसाईं।

चिंता.प्रभु, रखिए लाज हमारी।

मोटे(बिगड़कर) यह हनुमान-चालीसा में नहीं है।

चिंता.यह हमने स्वयं रचा है। क्या तुम्हारी तरह की यह रटंत विद्या है! जितना कहो, उतना रच दें।

मोटेअबे, हम रचने पर आ जाएँ तो एक दिन में एक लाख स्तुतियाँ रच डालेंय किन्तु इतना अवकाश किसे है।

दोनों महात्मा अलग खड़े होकर अपने-अपने रचना-कौशल की डींगें मार रहे थे। मल्ल-युद्ध शास्त्रार्थ का रूप धारण करने लगा, जो विद्वानों के लिए उचित है! इतने में किसी ने चिंतामणि के घर जा कर कह दिया कि पंडित मोटेराम और चिंतामणि जी में बड़ी लड़ाई हो रही है। चिंतामणि जी तीन महिलाओं के स्वामी थे। कुलीन ब्राह्मण थे, पूरे बीस बिस्वे। उस पर विद्वान् भी उच्चकोटि के, दूर-दूर तक यजमानी थी। ऐसे पुरुषों को सब अधिकार है। कन्या के साथ-साथ जब प्रचुर दक्षिणा भी मिलती हो, तब कैसे इनकार किया जाए। इन तीनों महिलाओं का सारे मुहल्ले में आतंक छाया हुआ था। पंडित जी ने उनके नाम बहुत ही रसीले रखे थे।

बड़ी स्त्री को अमिरती, मँझली को गुलाबजामुन और छोटी को मोहनभोग कहते थे, पर मुहल्ले वालों के लिए तीनों महिलाएँ त्रायताप से कम न थीं। घर में नित्य आँसुओं की नदी बहती रहती, खून की नदी तो पंडित जी ने भी कभी नहीं बहायी, अधिक से अधिक शब्दों की ही नदी बहायी थीय पर मजाल न थी कि बाहर का आदमी किसी को कुछ कह जाए। संकट के समय तीनों एक हो जाती थीं। यह पंडित जी के नीति-चातुर्य का सुफल था। ज्यों ही खबर मिली कि पंडित चिंतामणि पर संकट पड़ा हुआ है, तीनों त्रिदोष की भाँति कुपित हो

कर घर से निकलीं और उनमें जो अन्य दोनों-जैसी मोटी नहीं थी, सबसे पहले समरभूमि में जा पहुँची। पंडित मोटेराम जी ने उसे आते देखा, तो समझ गये कि अब कुशल नहीं। अपना हाथ छुड़ा कर बगटुट भागे, पीछे फिर कर भी न देखा। चिंतामणि जी ने बहुत ललकाराय पर मोटेराम के कदम न रुके।

चिंता.अजी, भागे क्यों? ठहरो, कुछ मजा तो चखते जाओ।

मोटेमैं हार गया, भाई, हार गया।

चिंता.अभी, कुछ दक्षिणा तो लेते जाओ।

मोटेराम ने भागते हुए कहा, दश्या करो, भाई, दया करो।

आठ बजते-बजते पंडित मोटेराम ने स्नान और पूजा करके कहा, अब विलम्ब नहीं करना चाहिए, फंकी तैयार है न?

सोनाटफंकी लिये तो कब से बैठी हूँ, तुम्हें तो जैसे किसी बात की सुधि ही नहीं रहती। रात को कौन देखता है कि कितनी देर तक पूजा करते हो।

मोटेमैं तुमसे एक नहीं, हजार बार कह चुका कि मेरे कामों में मत बोला करो। तुम नहीं समझ सकतीं कि मैंने इतना विलम्ब क्यों किया। तुम्हें ईश्वर ने इतनी बुद्धि ही नहीं दी। जल्दी जाने से अपमान होता है। जमान

समझता है, लोभी है, भुक्खड़ है। इसलिए चतुर लोग विलम्ब किया करते हैं, जिसमें यजमान समझे कि पंडित जी को इसकी सुधि ही नहीं है, भूल गये होंगे। बुलाने को आदमी भेजें। इस प्रकार जाने में जो मान-महत्त्व है,

वह मरभुखों की तरह जाने में क्या कभी हो सकता है? मैं बुलाने की प्रतीक्षा कर रहा हूँ। कोई न कोई आता ही होगा। लाओ थोड़ी फंकी। बालकों को खिला दी है न?

सोनाउन्हें तो मैंने साँझ ही को खिला दी थी।

मोटेकोई सोया तो नहीं?

सोनाआज भला कौन सोयेगा? सब भूख-भूख चिल्ला रहे थे, तो मैंने एक पैसे का चबेना मँगवा दिया। सब के सब ऊपर बैठे खा रहे हैं। सुनते नहीं हो, मार-पीट हो रही है।

मोटेराम ने दाँत पीस कर कहा, जी चाहता है कि तुम्हारी गरदन पकड़ कर ऐंठ दूँ। भला, इस बेला चबेना मँगाने का क्या काम था? चबेना खा लेंगे, तो वहाँ क्या तुम्हारा सिर खायेंगे? छिरू छिरू! जरा भी बुद्धि नहीं!

सोना ने अपराध स्वीकार करते हुए कहा, हाँ, भूल तो हुईय पर सब के सब इतना कोलाहल मचाये हुए थे कि सुना नहीं जाता था।

मोटेरोते ही थे न, रोने देती। रोने से उनका पेट न भरताय बल्कि और भूख खुल जाती।

सहसा एक आदमी ने बाहर से आवाज दी, पंडित जी, महारानी बुला रही हैं और लोगों को ले कर जल्दी चलो।

पंडित जी ने पत्नी की ओर गर्व से देख कर कहा, देखा, इसे निमंत्रण कहते हैं। अब तैयारी करनी चाहिए।

बाहर आ कर पंडित जी ने उस आदमी से कहा, तुम एक क्षण और न आते, तो मैं कथा सुनाने चला गया होता। मुझे बिलकुल याद न थी। चलो, हम बहुत शीघ्र आते हैं।

नौ बजते-बजते पंडित मोटेराम बाल-गोपाल सहित रानी साहब के द्वार पर जा पहुँचे। रानी बड़ी विशालकाय एवं तेजस्विनी महिला थीं। इस समय वे कारचोबीदार तकिया लगाये तख्त पर बैठी हुई थीं। दो आदमी हाथ बाँधे

पीछे खड़े थे। बिजली का पंखा चल रहा था। पंडित जी को देखते ही रानी ने तख्त से उठ कर चरण-स्पर्श किया और इस बालक-मंडल को देखकर मुस्कराती हुई बोलीं, इन बच्चों को आप कहाँ से पकड़ लाये?

मोटेकरता क्या? सारा नगर छान माराय किसी पंडित ने आना स्वीकार न किया। कोई किसी के यहाँ निमंत्रित है, कोई किसी के यहाँ। तब तो मैं बहुत चकराया। अंत में मैंने उनसे कहा, अच्छा, आप नहीं चलते तो हरि इच्छाय लेकिन ऐसा कीजिए कि मुझे लज्जित न होना पड़े। तब जबरदस्ती प्रत्येक के घर से जो बालक मिला, उसे पकड़ लाना पड़ा। क्यों फेकूराम, तुम्हारे पिता जी का क्या नाम है?

फेकूराम ने गर्व से कहा, पंडित सेतूराम पाठक।

रानीबालक तो बड़ा होनहार है।

और बालकों को भी उत्कंठा हो रही थी कि हमारी भी परीक्षा ली जाएय लेकिन जब पंडित जी ने उनसे कोई प्रश्न न किया और उधार रानी ने फेकूराम की प्रशंसा कर दी, तब तो वे अधीर हो उठे। भवानी बोला, मेरे पिता का नाम है पंडित गंगू पाँडे।

छेदी बोला, मेरे पिता का नाम है दमड़ी तिवारी!

बेनीराम ने कहा, मेरे पिता का नाम है पंडित मँगरू ओझा।

अलगूराम समझदार था। चुपचाप खड़ा रहा। रानी ने उससे पूछा, तुम्हारे पिता का क्या नाम है, जी?

अलगूराम को इस वक्त पिता का निर्दिष्ट नाम याद न आया। न यही सूझा कि कोई और नाम ले ले। हतबुद्धि-सा खड़ा रहा। पंडित मोटेराम ने जब उसकी ओर दाँत पीस कर देखा, तब रहा-सहा हवास भी गायब हो गया।

फेकूराम ने कहा, हम बता दें। भैया भूल गये।

रानी ने आश्चर्य से पूछा, क्या अपने पिता का नाम भूल गया? यह तो विचित्र बात देखी। मोटेराम ने अलगू के पास जाकर कहा, क से है। अलगूराम बोल उठा, केशव पाँडे।

रानीतो अब तक क्यों चुप था?

मोटेकुछ ऊँचा सुनता है, सरकार।

रानीमैंने सामान तो बहुत-सा मँगवाया है। सब खराब होगा। लड़के क्या खायेंगे!

मोटेसरकार इन्हें बालक न समझें। इनमें जो सबसे छोटा है, यह दो पत्तल खा कर उठेगा।

जब सामने पत्तलें पड़ गयीं और भंडारी चाँदी की थालों में एक से एक उत्तम पदार्थ ला-ला कर परसने लगा, तब पंडित मोटेराम जी की आँखें खुल गयीं। उन्हें आये-दिन निमंत्रण मिलते रहते थे। पर ऐसे अनुपम पदार्थ कभी सामने न आये थे। घी की ऐसी सोंधी सुगन्ध उन्हें कभी न मिली थी। प्रत्येक वस्तु से केवड़े और गुलाब की लपटें उड़ रही थीं। घी टपक रहा था। पंडित जी ने सोचा, ऐसे पदार्थों से कभी पेट भर सकता है! मनों खा जाऊँ, फिर भी और खाने को जी चाहे। देवतागण इनसे उत्तम और कौन-से पदार्थ खाते होंगे? इनसे उत्तम पदार्थों की तो कल्पना भी नहीं हो सकती। पंडित जी को इस वक्त अपने परममित्र पंडित चिंतामणि की याद आयी। अगर वे होते, तो रंग जम जाता। उनके बिना रंग फीका रहेगा। यहाँ दूसरा कौन है जिससे लाग-डॉग करूँ। लड़के दो-दो पत्तालों में चें बोल जाएँगे। सोना कुछ

साथ देगीय मगर कब तब! चिंतामणि के बिना रंग न गठेगा। वे मुझे ललकारेंगे, मैं उन्हें ललकारूँगा। उस उमंग में पत्तलों की कौन गिनती। हमारी देखा-देखी लड़के भी डट जाएँगे। ओह, बड़ी भूल हो गयी। यह खयाल मुझे पहले न आया। रानी साहब से कहूँ, बुरा तो न मानेंगी। उँह! जो कुछ हो, एक बार जोर तो लगाना ही चाहिए। तुरंत खड़े हो कर रानी साहब से बोले, सरकार! आज्ञा हो, तो कुछ कहूँ।

रानीकहिए, कहिए महाराज, क्या किसी वस्तु की कमी है?

मोटेनहीं सरकार, किसी बात की नहीं। ऐसे उत्तम पदार्थ तो मैंने कभी देखे भी न थे। सारे नगर में आपकी कीर्ति फैल जायगी। मेरे एक परममित्र पंडित चिंतामणि जी हैं, आज्ञा हो तो उन्हें भी बुला लूँ। बड़े विद्वान् कर्मनिष्ठ ब्राह्मण हैं। उनके जोड़ का इस नगर में दूसरा नहीं है। मैं उन्हें निमंत्रण देना भूल गया। अभी सुधि आयी।

रानीआपकी इच्छा हो, तो बुला लीजिए, मगर आने-जाने में देर होगी और भोजन परोस दिया गया है।

मोटेमैं अभी आता हूँ, सरकार, दौड़ता हुआ जाऊँगा।

रानीटमेरी मोटर ले लीजिए।

जब पंडितजी चलने को तैयार हुए, तब सोना ने कहा, तुम्हें आज क्या हो गया है,जी! उसे क्यों बुला रहे हो?

मोटेकोई साथ देनेवाला भी तो चाहिए?

सोनामैं क्या तुमसे दब जाती?

पंडित जी ने मुस्करा कर कहा, तुम जानतीं नहीं, घर की बात और है, दंगल की बात और है। पुराना खिलाड़ी मैदान में जा कर जितना नाम करेगा, उतना नया पट्ठा नहीं कर सकता। वहाँ बल का काम नहीं, साहस का काम है। बस, यहाँ भी वही हाल समझो। झंडे गाड़ दूँगा। समझ लेना।

सोनाकहीं लड़के सो जाएँ तो?

मोटेऔर भूख खुल जायगी। जगा तो मैं लूँगा।

सोना- देख लेना, आज वह तुम्हें पछाड़ देगा। उसके पेट में तो शनीचर है।

मोटेबुद्धि की सर्वत्रा प्रधानता रहती है। यह न समझो कि भोजन करने की कोई विद्या ही नहीं। इसका भी एक शास्त्र है, जिसे मथुरा के शनिचरानंद महाराज ने रचा है। चतुर आदमी थोड़ी-सी जगह में गृहस्थी का

सब सामान रख देता है। अनाड़ी बहुत-सी जगह में भी यही सोचता है कि कौन वस्तु कहाँ रखूँ। गँवार आदमी पहले से ही हबक-हबक कर खाने लगता है और

चट एक लोटा पानी पी कर अफर जाता है। चतुर आदमी बड़ी सावधानी से खाता है, उसको कौर नीचे उतारने के लिए पानी की आवश्यकता नहीं पड़ती। देर तक भोजन करते रहने से वह सुपाच्य भी हो जाता है। चिंतामणि मेरे सामने क्या ठहरेगा।

चिंतामणि जी अपने आँगन में उदास बैठे हुए थे। जिस प्राणी को वह अपना परमहितैषी समझते थे, जिसके लिए वे अपने प्राण तक देने को तैयार रहते थे, उसी ने आज उनके साथ बेवफाई की। बेवफाई ही नहीं की, उन्हें उठा कर दे मारा। पंडित मोटेराम के घर से तो कुछ जाता न था। अगर वे चिंतामणि जी को साथ ले जाते, तो क्या रानी साहब उन्हें दुत्कार देतीं? स्वार्थ के आगे कौन किसको पूछता है? उन अमूल्य पदार्थों की कल्पना करके चिंतामणि के मुँह से लार टपकी पड़ती थी। अब सामने पत्तर आ गयी होगी! अब थालों में अमिरतियाँ लिये भंडारी जी आये होंगे! ओहो। कितनी सुन्दर, कोमल, कुरकुरी, रसीली अमिरतियाँ होंगी! अब बेसन के लड्डू आये होंगे। ओहो, कितने सुडौल, मेवों से भरे हुए, घी से तरातर लड्डू होंगे, मुँह में रखते ही

घुल जाते होंगे, जीभ भी न डुलानी पड़ती होगी। अहा! अब मोहनभोग आया होगा! हाय रे दुर्भाग्य! मैं यहाँ पड़ा सड़ रहा हूँ और वहाँ यह बहार! बड़े निर्दयी हो मोटेरामतुमसे इस निष्ठुरता की आशा न थी।

अमिरतीदेवी बोलीं, तुम इतना दिल छोटा क्यों करते हो? पितृपक्ष तो आ ही रहा है, ऐसे-ऐसे न जाने कितने आयेंगे।

चिंतामणिआज किसी अभागे का मुँह देखकर उठा था। लाओ तो पत्र, देखूँ, कैसा मुहूर्त है। अब नहीं रहा जाता। सारा नगर छान डालूँगा, कहीं तो पता चलेगा, नासिका तो दाहिनी चल रही है।

एकाएक मोटर की आवाज आयी। उसके प्रकाश से पंडित जी का सारा घर जगमगा उठा। वे खिड़की से झाँकने लगे, तो मोटेराम को मोटर से उतरते देखा। एक लम्बी साँस लेकर चारपाई पर गिर पड़े। मन में कहा कि दुष्ट

भोजन करके अब यहाँ मुझसे बखान करने आया है। अमिरतीदेवी ने पूछा, कौन है डाढ़ीजार, इतनी रात को जगावत है?

मोटेहम हैं हम! गाली न दो!

अमिरती- अरे दुर मुँहझौंसे, तैं कौन है! कहते हैं, हम हैं हम! को जाने तैं कौन है?

मोटेअरे हमारी बोली नहीं पहचानती हो? खूब पहचान लो। हम हैं, तुम्हारे देवर।

अमिरतीऐे दुर, तोरे मुँह में का लागे। तोर लहास उठे। हमार देवर बनत है, डाढ़ीजार।

मोटेअरे हम हैं मोटेराम शास्त्री। क्या इतना भी नहीं पहचानती? चिंतामणि घर में हैं?

अमिरती ने किवाड़ खोल दिया और तिरस्कार-भाव से बोली, अरे तुम थे, तो नाम क्यों नहीं बताते थे? जब इतनी गालियाँ खा लीं, तो बोल निकला। क्या है, क्या?

मोटेकुछ नहींय चिंतामणि जी को शुभ-संवाद देने आया हूँ। रानी साहब ने उन्हें याद किया है।

अमिरतीभोजन के बाद बुला कर क्या करेंगी?

मोटेअभी भोजन कहाँ हुआ है! मैंने जब इनकी विद्या, कर्मनिष्ठा, सद्विचार की प्रशंसा की, तब मुग्ध हो गयीं। मुझसे कहा कि उन्हें मोटर पर लाओ! क्या सो गये?

चिंतामणि चारपाई पर पड़े-पड़े सुन रहे थे। जी में आता था, चल कर मोटेराम के चरणों पर गिर पड़ूँ। उनके विषय में अब तक जितने कुत्सित विचार उठे थे, सब लुप्त हो गये। ग्लानि का आविर्भाव हुआ। रोने लगे। अरे भाई, आते हो या सोते ही रहोगे!, यह कहते हुए मोटेराम उनके सामने जा कर खड़े हो गये।

चिंतातब क्यों न ले गये? जब इतनी दुर्दशा कर लियेय तब आये। अभी तक पीठ में दर्द हो रहा है।

मोटेअजी, वह तर-माल खिलाऊँगा कि सारा दर्द-वर्द भाग जायगा, तुम्हारे यजमानों को भी ऐसे पदार्थ मयस्सर न हुए होंगे! आज तुम्हें बद कर पछाड़ूँगा?

चिंता.तुम बेचारे मुझे क्या पछाड़ोगे। सारे शहर में तो कोई ऐसा माई का लाल दिखायी नहीं देता। हमें शनीचर का इष्ट है।

मोटेअजी, यहाँ बरसों तपस्या की है। भंडारे का भंडारा साफ कर दें और इच्छा ज्यों की त्यों बनी रहे। बस, यही समझ लो कि भोजन करके हम खड़े नहीं रह सकते। चलना तो दूसरी बात है। गाड़ी पर लद कर आते हैं।

चिंता.तो यह कौन बड़ी बात है। यहाँ तो टिकटी पर उठा कर लाये जाते हैं। ऐसी-ऐसी डकारें लेते हैं कि जान पड़ता है, बम-गोला छूट रहा है। एक बार खोपिया पुलिस ने बम-गोले के संदेह में घर की तलाशी तक ली।

मोटेझूठ बोलते हो। कोई इस तरह नहीं डकार सकता।

चिंता.अच्छा, तो आ कर सुन लेना। डर कर भाग न जाओ, तो सही।

एक क्षण में दोनों मित्र मोटर पर बैठे और मोटर चली। रास्ते में पंडित चिंतामणि को शंका हुई कि कहीं ऐसा न हो कि मैं पंडित मोटेराम का पिछलग्गू समझा जाऊँ और मेरा यथेष्ट सम्मान न हो। उधर पंडित मोटेराम को भी भय हुआ कि कहीं ये महाशय मेरे प्रतिद्वंद्वी न बन जाएँ और रानी साहब पर अपना रंग जमा लें।

दोनों अपने-अपने मंसूबे बाँधाने लगे। ज्यों ही मोटर रानी के भवन में पहुँची दोनों महाशय उतरे। अब मोटेराम चाहते थे कि पहले मैं रानी के पास पहुँच जाऊँ और कह दूँ कि पंडित को ले आया और चिंतामणि चाहते थे

कि पहले मैं रानी के पास पहुँचूँ और अपना रंग जमा दूँ। दोनों कदम बढ़ाने लगे। चिंतामणि हल्के होने के कारण जरा आगे बढ़ गये, तो पंडित मोटेराम दौड़ने लगे। चिंतामणि भी दौड़ पड़े। घुड़दौड़-सी होने लगी। मालूम होता था कि दो गैंडे भागे जा रहे हैं। अंत में मोटेराम ने हाँफते हुए कहा, राजसभा में दौड़ते हुए जाना उचित नहीं।

चिंता.तो तुम धीरे-धीरे आओ न, दौड़ने को कौन कहता है।

मोटेजरा रुक जाओ, मेरे पैर में काँटा गड़ गया है।

चिंता.तो निकाल लो, तब तक मैं चलता हूँ।

मोटेमैं न कहता, तो रानी तुम्हें पूछती भी न!

मोटेराम ने बहुत बहाने किये, पर चिंतामणि ने एक न सुना। भवन में पहुँचे। रानी साहब बैठी कुछ लिख रही थीं और रह-रहकर द्वार की ओर ताक लेती थीं कि सहसा पंडित चिंतामणि उनके सामने आ खड़े हुए और

यों स्तुति करने लगे, हे हे यशोदे, तू बालकेशव, मुरारनामा...श

रानीक्या मतलब? अपना मतलब कहो?

चिंता.सरकार को आशीर्वाद देता हूँ सरकार ने इस दास चिंतामणि को निमंत्रित करके कितना अनुग्रसित (अनुगृहीत) किया है, उसका बखान शेषनाग अपनी सहस्त्र जिह्वा द्वारा भी नहीं कर सकते।

रानीतुम्हारा ही नाम चिंतामणि है? वे कहाँ रह गये, पंडित मोटेराम शास्त्री?

चिंता.पीछे आ रहा है, सरकार। मेरे बराबर आ सकता है, भला! मेरा तो शिष्य है।

रानीअच्छा, तो वे आपके शिष्य हैं!

चिंता.मैं अपने मुँह से अपनी बड़ाई नहीं करना चाहता सरकार! विद्वानों को नम्र होना चाहिएय पर जो यथार्थ है, वह तो संसार जानता है। सरकार, मैं किसी से वाद-विवाद नहीं करताय यह मेरा अनुशीलन (अभीष्ट)

नहीं। मेरे शिष्य भी बहुधा मेरे गुरु बन जाते हैं, पर मैं किसी से कुछ नहीं कहता। जो सत्य है, वह सभी जानते हैं।

इतने में पंडित मोटेराम भी गिरते-पड़ते हाँफते हुए आ पहुँचे और यह देख कर कि चिंतामणि भद्रता और सभ्यता की मूर्ति बने खड़े हैं, वे देवोपम शान्ति के साथ खड़े हो गये।

रानीपंडित चिंतामणि बड़े साधु प्रति एवं विद्वान् हैं। आप उनके शिष्य हैं, फिर भी वे आपको अपना शिष्य नहीं कहते हैं।

मोटेसरकार, मैं इनका दासानुदास हूँ।

चिंता.जगतारिणी, मैं इनका चरण-रज हूँ।

मोटेरिपुदलसंहारिणी, मैं इनके द्वार का कूकर हूँ।

रानीआप दोनों सज्जन पूज्य हैं। एक से एक बढ़े हुए। चलिए, भोजन कीजिए।

सोनारानी बैठी पंडित मोटेराम की राह देख रही थीं। पति की इस मित्र-भक्ति पर उन्हें बड़ा क्रोध आ रहा था। बड़े लड़कों के विषय में तो कोई चिंता न थी, लेकिन छोटे बच्चों के सो जाने का भय था। उन्हें किस्से-कहानियाँ सुना-सुना कर बहला रही थी कि भंडारी ने आकर कहा, महाराज चलो। दोनों पंडित जी आसन पर बैठ गये। फिर क्या था, बच्चे कूद-कूद कर भोजनशाला में जा पहुँचे। देखा, तो दोनों पंडित दो वीरों की भाँति आमने-सामने डटे बैठे हैं। दोनों अपना-अपना पुरुषार्थ दिखाने के लिए अधीर हो रहे थे।

चिंता.भंडारी जी, तुम परोसने में बड़ा विलम्ब करते हो! क्या भीतर जा कर सोने लगते हो?

भंडारी, चुपाई मारे बैठे रहो, जौन कुछ होई, सब आय जाई। घबड़ाये का नहीं होत। तुम्हारे सिवाय और कोई जिवैया नहीं बैठा है।

मोटेभैया, भोजन करने के पहले कुछ देर सुगंध का स्वाद तो लो।

चिंता.अजी, सुगंध गया चूल्हे में, सुगंध देवता लोग लेते हैं। अपने लोग तो भोजन करते हैं।

मोटेअच्छा बताओ, पहले किस चीज पर हाथ फेरोगे?

चिंता.मैं जाता हूँ भीतर से सब चीजें एक साथ लिये आता हूँ।

मोटेधीरज धारो भैया, सब पदार्थों को आ जाने दो। ठाकुर जी का भोग तो लग जाए।

चिंता.तो बैठे क्यों हो, तब तक भोग ही लगाओ। एक बाधा तो मिटे। नहीं तो लाओ, मैं चटपट भोग लगा दूँ। व्यर्थ देर करोगे।

इतने में रानी आ गयीं। चिंतामणि सावधान हो गये। रामायण की चौपाइयों का पाठ करने लगे,

रहा एक दिन अवध अधारा। समुझत मन दुख भयउ अपाराघ
कौशलेश दशरथ के जाऐ। हम पितु बचन मानि बन आयेघ
उलटि पलटि लंका कपि जारी। कूद पड़ा तब सिंधु मझारीघ
जेहि पर जा कर सत्य सनेहू। सो तेहि मिले न कछु संदेहूघ
जामवंत के वचन सुहाये। सुनि हनुमान हृदय अति भायेघ

पंडित मोटेराम ने देखा कि चिंतामणि का रंग जमता जाता है तो वे भी अपनी विद्वत्ता प्रकट करने को व्याकुल हो गये। बहुत दिमाग लड़ाया, पर कोई लोक, कोई मंत्रा, कोई कविता याद न आयी तब उन्होंने सीधे-सीधे राम-नाम का पाठ आरंभ कर दिया, राम भज, राम भज, राम भज रे मन, इन्होंने इतने ऊँचे स्वर से जाप करना शुरू किया कि चिंतामणि को भी अपना स्वर ऊँचा करना पड़ा। मोटेराम और जोर से गरजने लगे। इतने में भंडारी ने कहा, महाराज, अब भोग लगाइये। यह सुन कर उस प्रतिस्पर्धा का अंत हुआ। भोग की तैयारी हुई। बाल-वृंद सजग हो गया। किसी ने घंटा लिया, किसी ने घड़ियाल, किसी ने शंख, किसी ने करताल और चिंतामणि ने आरती उठा ली। मोटेराम मन में ऐंठ कर रह गये। रानी के समीप जाने का यह अवसर उनके हाथ से निकल गया। पर यह किसे मालूम था कि विधि-वाम उधार कुछ और ही कुटिल-क्रीड़ा कर रहा है। आरती समाप्त हो गयी थी, भोजन शुरू होने को ही था कि एक कुत्ता न-जाने किधर से आ निकला। पंडित चिंतामणि के हाथ से लड्डू थाल में गिर पड़ा। पंडित मोटेराम अचकचा कर रह गये। सर्वनाश!

चिंतामणि ने मोटेराम से इशारे में कहा, अब क्या कहते हो, मित्र? कोई उपाय निकालो, यहाँ तो कमर टूट गयी।

मोटेराम ने लम्बी साँस खींचकर कहा, अब क्या हो सकता है? यह ससुर आया किधर से?

रानी पास ही खड़ी थीं, उन्होंने कहा, अरे, कुत्ता किधर से आ गया? यह रोज बँधा रहता था, आज कैसे छूट गया? अब तो रसोई भ्रष्ट हो गयी।

चिंता.सरकार, आचार्यों ने इस विषय में...

मोटेकोई हर्ज नहीं है, सरकार, कोई हर्ज नहीं है!

सोना- भाग्य फूट गया। जोहत-जोहत आधी रात बीत गयी, तब ई विपत्ता फाट परी।

चिंता.सरकार स्वान के मुख में अमृत. ..

मोटेतो अब आज्ञा हो तो चलें।

रानीहाँ और क्या। मुझे बड़ा दुःख है कि इस कुत्ते ने आज इतना बड़ा अनर्थ कर डाला। तुम बड़े गुस्ताख हो गये, टामी। भंडारी, ये पत्तर उठा कर मेहतर को दे दो।

चिंता.(सोना से) छाती फटी जाती है। सोना को बालकों पर दया आयी। बेचारे इतनी देर देवोपम धैर्य के

साथ बैठे थे। बस चलता, तो कुत्तो का गला घोंट देती। बोली, लरकन का तो दोष नहीं परत है। इन्हें काहे नहीं खवाय देत कोऊ।

चिंता.मोटेराम महादुष्ट है। इसकी बुद्धि भ्रष्ट हो गयी है।

सोनाऐसे तो बड़े विद्वान बने रहैं। अब काहे नाहीं बोलत बनत। मुँह में दही जम गया, जीभै नहीं खुलत है।

चिंता.सत्य कहता हूँ, रानी को चकमा दे देता। उस दुष्ट के मारे सब खेल बिगड़ गया। सारी अभिलाषाएँ मन में रह गयीं। ऐसे पदार्थ अब कहाँ मिल सकते हैं?

सोनासारी मनुसई निकल गयी। घर ही में गरजै के सेर हैं।

रानी ने भंडारी को बुला कर कहा, इन छोटे-छोटे तीनों बच्चों को खिला दो। ये बेचारे क्यों भूखों मरें। क्यों फेकूराम, मिठाई खाओगे!

फेकू.इसीलिए तो आये हैं।

रानीकितनी मिठाई खाओगे?

फेकू.बहुत-सी (हाथों से बता कर) इतनी!

रानीअच्छी बात है। जितनी खाओगे उतनी मिलेगीय पर जो बात मैं पूछूँ, वह बतानी पड़ेगी। बताओगे न?

फेकू.हाँ बताऊँगा, पूछिए!

रानीझूठ बोले, तो एक मिठाई न मिलेगी। समझ गये।

फेकू.मत दीजिएगा। मैं झूठ बोलूँगा ही नहीं।

रानीअपने पिता का नाम बताओ।

मोटेबालकों को हरदम सब बातें स्मरण नहीं रहतीं। उसने तो आते ही आते बता दिया था।

रानीमैं फिर पूछती हूँ, इसमें आपकी क्या हानि है?

चिंता.नाम पूछने में कोई हर्ज नहीं।

मोटेतुम चुप रहो चिंतामणि, नहीं तो ठीक न होगा। मेरे क्रोध को अभी तुम नहीं जानते। दबा बैठूँगा, तो रोते भागोगे।

रानीआप तो व्यर्थ इतना क्रोध कर रहे हैं। बोलो फेकूराम, चुप क्यों हो, फिर मिठाई न पाओगे।

चिंता.महारानी की इतनी दया-दृष्टि तुम्हारे ऊपर हैं, बता दो बेटा!

मोटेचिंतामणि जी, मैं देख रहा हूँ, तुम्हारे अदिन आये हैं। वह नहीं बताता, तुम्हारा साझा, आये वहाँ से बड़े खैरख्वाह बन के।

सोनाअरे हाँ, लरकन से ई सब पँवारा से का मतलब। तुमका धरम परे मिठाई देव, न धरम परे न देव। ई का कि बाप का नाम बताओ तब मिठाई देव।

फेकूराम ने धीरे से कोई नाम लिया। इस पर पंडित जी ने उसे इतने जोर से डॉटा कि उसकी आधी बात मुँह में ही रह गयी।

रानीक्यों डॉटते हो, उसे बोलने क्यों नहीं देते? बोलो बेटा!

मोटेआप हमें अपने द्वार पर बुला कर हमारा अपमान कर रही हैं।

चिंता.इसमें अपमान की तो कोई बात नहीं है, भाई!

मोटेअब हम इस द्वार पर कभी न आयेंगे। यहाँ सत्पुरुषों का अपमान किया जाता है।

अलगू, कहिए तो मैं चिंतामणि को एक पटकन दूँ।

मोटेनहीं बेटा, दुष्टों को परमात्मा स्वयं दंड देता है। चलो, यहाँ से चलें। अब भूल कर यहाँ न आयेंगे। खिलाना न पिलाना, द्वार पर बुला कर ब्राह्मणों का अपमान करना। तभी तो देश में आग लगी हुई है।

चिंता.मोटेराम, महारानी के सामने तुम्हें इतनी कटु बातें न करनी चाहिए।

मोटेबस चुप ही रहना, नहीं तो सारा क्रोध तुम्हारे ही सिर जायगा। माता-पिता का पता नहीं, ब्राह्मण बनने चले हैं। तुम्हें कौन कहता है ब्राह्मण?

चिंता.जो कुछ मन चाहे, कह लो। चन्द्रमा पर थूकने से थूक अपने ही मुँह पर पड़ता है। जब तुम धर्म का एक लक्षण नहीं जानते, तब तुमसे क्या बातें करूँ? ब्राह्मण को धैर्य रखना चाहिए।

मोटेपेट के गुलाम हो। ठकुरसोहाती कर रहे हो कि एकाध पत्तल मिल जाए। यहाँ मर्यादा का पालन करते हैं!

चिंताकह तो दिया भाई कि तुम बड़े, मैं छोटा, अब और क्या कहूँ। तुम सत्य कहते होगे, मैं ब्राह्मण नहीं शूद्र हूँ।

रानीऐसा न कहिए चिंतामणि जी।

इसका बदला न लिया तो कहना! यह कहते हुए पंडित मोटेराम बालक-वृंद के साथ बाहर चले आये और भाग्य को कोसते हुए घर को चले। बार-बार पछता रहे थे कि दुष्ट चिंतामणि को क्यों बुला लाया।

सोना ने कहा, भंडा फूटत-फूटत बच गया। फेकुआ नाँव बताय देता। काहे रे, अपने बाप केर नाँव बताय देते!

फेकू.और क्या। वे तो सच-सच पूछती थीं!

मोटेचिंतामणि ने रंग जमा लिया, अब आनंद से भोजन करेगा।

सोनातुम्हार एको विद्या काम न आयी। ऊँ तौन बाजी मार लैगा।

मोटेमैं तो जानता हूँ, रानी ने जान-बूझ कर कुत्ते को बुला लिया।

सोनामैं तो ओकरा मुँह देखत ताड़ गयी कि हमका पहचान गयी।

इधर तो ये लोग पछताते चले जाते थे, उधार चिंतामणि की पाँचों अँगुली घी में थीं। आसन मारे भोजन कर रहे थे। रानी अपने हाथों से मिठाइयाँ परोस रही थींय वार्त्तालाप भी होता जाता था।

रानीबड़ा धूर्त्त है? मैं बालकों को देखते ही समझ गयी। अपनी स्त्री को भेष बदल कर लाते उसे लज्जा न आयी।

चिंता.मुझे कोस रहे होंगे!

रानीमुझसे उड़ने चला था। मैंने भी कहा था, बचा, तुमको ऐसी शिक्षा दूँगी कि उम्र भर याद करोगे। टामी को बुला लिया।

चिंता.सरकार की बुद्धि धन्य है!

21

रामलीला

इधर एक मुद्दत से रामलीला देखने नहीं गया। बंदरों के भद्दे चेहरे लगाये,आधी टाँगों का पाजामा और काले रंग का ऊँचा कुरता पहने आदमियों को दौड़ते, हू-हू करते देख कर अब हँसी आती है, मजा नहीं आता। काशी की लीला जगद्विख्यात है। सुना है, लोग दूर-दूर से देखने आते हैं। मैं भी बड़े शौक से गयाय पर मुझे तो वहाँ की लीला और किसी बज्र देहात की लीला में कोई अंतर न दिखायी दिया। हाँ, रामनगर की लीला में कुछ साज-सामान अच्छे हैं। राक्षसों और बंदरों के चेहरे पीतल के हैं, गदाएँ भी पीतल की हैं, कदाचित् नवासी भ्राताओं के मुकुट सच्चे काम के होंय लेकिन साज-सामान के सिवा वहाँ भी वही हू-हू के सिवा और कुछ नहीं। फिर भी लाखों आदमियों की भीड़ लगी रहती, लेकिन एक जमाना वह था, जब मुझे भी रामलीला में आनंद आता था। आनंद तो बहुत हलका-सा शब्द है। वह आनंद उन्माद से कम न था। संयोगवश उन दिनों मेरे घर से बहुत थोड़ी दूर पर रामलीला का मैदान था और जिस घर में लीला-पात्रों का रूप-रंग भरा जाता था, वह तो मेरे घर से बिलकुल मिला हुआ था। दो बजे दिन से पात्रों की सजावट होने लगती थी। मैं दोपहर ही से वहाँ जा बैठता और जिस उत्साह से दौड़-दौड़ कर छोटे-मोटे काम करता, उस उत्साह से तो आज अपनी पेंशन लेने भी नहीं जाता। एक कोठरी में राजकुमारी का शृंगार होता था। उनकी देह में रामरज पीस कर पोती जातीय मुँह पर पाउडर लगाया जाता और पाउडर के ऊपर लाल, हरे, नीले रंग की बुँदकियाँ लगायी जाती थीं। सारा माथा, भौंहें, गाल, ठोड़ी बुँदकियों से रच उठती थीं। एक ही आदमी इस काम में कुशल था। वही बारी-बारी से तीनों पात्रों का शृंगार करता था। रंग की प्यालियों में

पानी लाना, रामरज पीसना, पंखा झलना मेरा काम था। जब इन तैयारियों के बाद विमान निकलता, तो उस पर रामचन्द्र जी के पीछे बैठ कर मुझे जो उल्लास, जो गर्व, जो रोमांच होता था वह अब लाट साहब के दरबार में कुरसी पर बैठ कर भी नहीं होता। एक बार जब होम-मेम्बर साहब ने व्यवस्थापक-सभा में मेरे लिए एक प्रस्ताव का अनुमोदन किया था, उस वक्त मुझे कुछ उसी तरह का उल्लास, गर्व और रोमांच हुआ था। हाँ, एक बार जब मेरा ज्येष्ठ पुत्र नायब-तहसीलदारी में नामजद हुआ, तब भी ऐसी ही तरंगें मन में उठी थींय पर इनमें और उस बाल-विह्वलता में बड़ा अंतर है। तब ऐसा मालूम होता था कि मैं स्वर्ग में बैठा हूँ।

निषाद-नौका-लीला का दिन था। मैं दो-चार लड़कों के बहकाने में आकर गुल्ली-डंडा खेलने लगा था। आज शृंगार देखने न गया। विमान भी निकलाय पर मैंने खेलना न छोड़ा। मुझे अपना दाँव लेना था। अपना दाँव छोड़ने के लिए उससे कहीं बढ़कर आत्मत्याग की जरूरत थी, जितना मैं कर सकता था। अगर दाँव देना होता तो मैं कब का भाग खड़ा होताय लेकिन पदाने में कुछ और ही बात होती है। खैर, दाँव पूरा हुआ। अगर मैं चाहता, तो धाँधाली करके दस-पाँच मिनट और पदा सकता था, इसकी काफी गुंजाइश थी, लेकिन अब इसका मौका न था। मैं सीधे नाले की तरफ दौड़ा। विमान जलतट पर पहुँच चुका था। मैंने दूर से देखा, मल्लाह किश्ती लिये आ रहा है। दौड़ा, लेकिन आदमियों की भीड़ में दौड़ना कठिन था। आखिर जब मैं भीड़ हटाता, प्राण-पण से आगे बढ़ता घाट पर पहुँचा, तो निषाद अपनी नौका खोल चुका था। रामचन्द्र पर मेरी कितनी श्रृद्धा थी! अपने पाठ की चिंता न करके उन्हें पढ़ा दिया करता था, जिसमें वह फेल न हो जाएँ। मुझसे उम्र ज्यादा होने पर भी वह नीची कक्षा में पढ़ते थे लेकिन वही रामचंद्र नौका पर बैठे इस तरह मुँह फेरे चले जाते थे, मानो मुझसे जान-पहचान ही नहीं। नकल में भी असल की कुछ न कुछ बू आ ही जाती है। भक्तों पर जिनकी निगाह सदा ही तीखी रही है, वह मुझे क्यों उबारते? मैं विकल हो कर उस बछड़े की भाँति कूदने लगा, जिसकी गरदन पर पहली बार जुआ रखा गया हो। कभी लपक कर नाले की ओर जाता, कभी किसी सहायक की खोज में पीछे की तरफ दौड़ता, पर सब के सब अपनी धुन में मस्त थे, मेरी चीख-पुकार किसी के कानों तक न पहुँची। तब से बड़ी-बड़ी विपत्तियाँ झेलींय पर उस समय जितना दुःख हुआ, उतना फिर कभी न हुआ। मैंने निश्चय किया था कि अब रामचंद्र से न कभी बोलूँगा, न कभी खाने की कोई चीज ही दूँगाय लेकिन ज्यों ही नाले को पार करके वह पुल की ओर लौटेय मैं दौड़ कर विमान पर चढ़ गया और ऐसा खुश हुआ, मानो कोई बात ही न हुई थी।

रामलीला समाप्त हो गयी थी। राजगद्दी होनेवाली थीय पर न जाने क्यों देर हो रही थी। शायद चंदा कम वसूल हुआ था। रामचंद्र की इन दिनों कोई बात भी न पूछता था। न घर ही जाने की छुट्टी मिलती थी, न भोजन का ही प्रबंध होता था। चौधरी साहब के यहाँ से एक सीधा कोई तीन बजे दिन को मिलता था। बाकी सारे दिन कोई पानी को नहीं पूछता लेकिन मेरी श्रृद्धा अभी तक ज्यों की त्यों थी। मेरी दृष्टि में अब भी रामचंद्र ही थे। घर पर मुझे खाने को कोई चीज मिलती, वह ले कर रामचंद्र को दे आता। उन्हें खिलाने में मुझे जितना आनंद मिलता था, उतना आप खा जाने में कभी न मिलता। कोई मिठाई या फल पाते ही मैं बेतहाशा चौपाल की ओर दौड़ता। अगर रामचंद्र वहाँ न मिलते तो उन्हें चारों ओर तलाश करता और जब तक वह चीज उन्हें न खिला लेता, मुझे चैन न आता था। खैर, राजगद्दी का दिन आया। रामलीला के मैदान में एक बड़ा-सा शामियाना ताना गया। उसकी खूब सजावट की गयी। वेश्याओं के दल भी आ पहुँचे। शाम को रामचंद्र की सवारी निकली और प्रत्येक द्वार पर उनकी आरती उतारी गयी। श्रृद्धानुसार किसी ने रुपये दिये, किसी ने पैसे। मेरे पिता पुलिस के आदमी थे, इसलिए उन्होंने बिना कुछ दिये ही आरती उतारी। उस वक्त मुझे जितनी लज्जा आयी, उसे बयान नहीं कर सकता। मेरे पास उस वक्त संयोग से एक रुपया था। मेरे मामा जी दशहरे के पहले आये थे और मुझे एक रुपया दे गये थे। उस रुपये को मैंने रख छोड़ा था। दशहरे के दिन भी उसे खर्च न कर सका। मैंने तुरंत वह रुपया ला कर आरती की थाली में डाल दिया। पिता जी मेरी ओर कुपित नेत्रों से देख कर रह गये।

उन्होंने कुछ कहा तो नहींय लेकिन मुँह ऐसा बना लिया, जिससे प्रकट होता था कि मेरी इस धृष्टता से उनके रोब में बट्टा लग गया।

रात के दस बजते-बजते यह परिक्रमा पूरी हुई। आरती की थाली रुपयों और पैसों से भरी हुई थी। ठीक तो नहीं कह सकताय मगर अब ऐसा अनुमान होता है कि चार-पाँच सौ रुपयों से कम न थे। चौधरी साहब इनसे कुछ ज्यादा ही खर्च कर चुके थे। उन्हें इसकी बड़ी फिक्र हुई कि किसी तरह कम से कम दो सौ रुपये और वसूल हो जाएँ और इसकी सबसे अच्छी तरकीब उन्हें यही मालूम हुई कि वेश्याओं द्वारा महफिल में वसूली हो। जब लोग आ कर बैठ जाएँ और महफिल का रंग जम जाए, तो आबादीजान रसिकजनों की कलाइयाँ पकड़-पकड़

कर ऐसे हाव-भाव दिखायें कि लोग शरमाते-शरमाते भी कुछ न कुछ दे ही मरें। आबादीजान और चौधरी साहब में सलाह होने लगी। मैं संयोग से उन दोनों प्राणियों की बातें सुन रहा था। चौधरी साहब ने समझा होगा यह लौंडा क्या मतलब

समझेगा। पर यहाँ ईश्वर की दया से अक्ल के पुतले थे। सारी दास्तान समझ में आती जाती थी।

चौधरीसुनो आबादीजान, यह तुम्हारी ज्यादती है। हमारा और तुम्हारा कोई पहला साबिका तो है नहीं। ईश्वर ने चाहा, तो यहाँ हमेशा तुम्हारा आना-जाना लगा रहेगा। अब की चन्दा बहुत कम आया, नहीं तो मैं तुमसे इतना इसरार न करता।

आबादी.आप मुझसे भी जमींदारी चालें चलते हैं, क्यों, मगर यहाँ हुजूर की दाल न गलेगी। वाह! रुपये तो मैं वसूल करूँ और मूँछों पर ताव आप दें। कमाई का अच्छा ढंग निकाला है। इस कमाई से तो वाकई आप थोड़े दिनों में राजा हो जाऐंगे। उसके सामने जमींदारी झक मारेगी! बस, कल ही से एक चकला खोल दीजिए! खुदा की कसम, मालामाल हो जाइएगा।

चौधरीतुम दिल्लगी करती हो और यहाँ काफिया तंग हो रहा है।

आबादी.तो आप भी तो मुझी से उस्तादी करते हैं। यहाँ आप-जैसे काँइयों को रोज उँगलियों पर नचाती हूँ।

चौधरीआखिर तुम्हारी मंशा क्या है?

आबादी.जो कुछ वसूल करूँ, उसमें आधा मेरा, आधा आपका। लाइए, हाथ मारिए।

चौधरीयही सही।

आबादी.अच्छा, तो पहले मेरे सौ रुपये गिन दीजिए। पीछे से आप अलसेट करने लगेंगे।

चौधरीवाह! वह भी लोगी और यह भी।

आबादी.अच्छा! तो क्या आप समझते थे कि अपनी उजरत छोड़ दूँगी? वाहरी आपकी समझ! खूबय क्यों न हो। दीवाना बकारे दरवेश हुशियार!

चौधरीतो क्या तुमने दोहरी फीस लेने की ठानी है?

आबादी.अगर आपको सौ दफे गरज हो, तो। वरना मेरे सौ रुपये तो कहीं गये ही नहीं। मुझे क्या कुत्तो ने काटा है, जो लोगों की जेब में हाथ डालती फिरूँ?

चौधरी की एक न चली। आबादी के सामने दबना पड़ा। नाच शुरू हुआ। आबादीजान बला की शोख औरत थी। एक तो कमसिन, उस पर हसीन और उसकी अदाएँ तो इस गजब की थीं कि मेरी तबीयत भी मस्त हुई जाती

थी। आदमियों के पहचानने का गुण भी उसमें कुछ कम न था। जिसके सामने बैठ गयी, उससे कुछ न कुछ ले ही लिया। पाँच रुपये से कम तो शायद ही किसी ने दिये हों। पिता जी के सामने भी वह बैठी। मैं मारे शर्म के गड़ गया। जब उसने

उनकी कलाई पकड़ी, तब तो मैं सहम उठा। मुझे यकीन था कि पिता जी उसका हाथ झटक देंगे और शायद दुत्कार भी दें, किंतु यह क्या हो रहा है! ईश्वर! मेरी आँखें धोखा तो नहीं खा रही हैं! पिता जी मूँछों में हँस रहे हैं। ऐसी मृदु-हँसी उनके चेहरे पर मैंने कभी नहीं देखी थी। उनकी आँखों से अनुराग टपका पड़ता था। उनका एक-एक रोम पुलकित हो रहा था, मगर ईश्वर ने मेरी लाज रख ली। वह देखो, उन्होंने धीरे से आबादी के कोमल हाथों से अपनी कलाई छुड़ा ली। अरे! यह फिर क्या हुआ? आबादी तो उनके गले में बाहें डाले देती है। अब पिता जी उसे जरूर पीटेंगे। चुड़ैल को जरा भी शर्म नहीं।

एक महाशय ने मुस्करा कर कहा, यहाँ तुम्हारी दाल न गलेगी, आबादीजान! और दरवाजा देखो।

बात तो इन महाशय ने मेरे मन की कही और बहुत ही उचित कहीय लेकिन न-जाने क्यों पिता जी ने उसकी ओर कुपित नेत्रों से देखा और मूँछों पर ताव दिया। मुँह से तो वह कुछ न बोलेय पर उनके मुख की आति चिल्ला कर सरोष शब्दों में कह रही थी, तू बनिया, मुझे समझता क्या है? यहाँ ऐसे अवसर पर जान तक निसार करने को तैयार हैं। रुपये की हकीकत ही क्या! तेरा जी चाहे, आजमा ले। तुझसे दूनी रकम न दे डालूँ, तो मुँह न दिखाऊँ! महान् आश्चर्य! घोर अनर्थ! अरे, जमीन तू फट क्यों नहीं जाती? आकाश, तू फट क्यों नहीं पड़ता? अरे, मुझे मौत क्यों नहीं आ जाती! पिता जी जेब में हाथ डाल रहे हैं। वह कोई चीज निकाली और सेठ जी को दिखा कर आबादीजान को दे डाली। आह! यह तो अशर्फी है। चारों ओर तालियाँ

बजने लगीं। सेठ जी उल्लू बन गये या पिता जी ने मुँह की खायी, इसका निश्चय मैं नहीं कर सकता। मैंने केवल इतना देखा कि पिता जी ने एक अशर्फी निकाल कर आबादीजान को दी। उनकी आँखों में इस समय इतना गर्वयुक्त उल्लास था मानो उन्होंने हातिम की कब्र पर लात मारी हो।

यही पिता जी हैं, जिन्होंने मुझे आरती में एक रुपया डालते देख कर मेरी ओर इस तरह से देखा था, मानो मुझे फाड़ ही खायेंगे। मेरे उस परमोचित व्यवहार से उनके रोब में फर्क आता था और इस समय इस घृणित, कुत्सित और निंदित व्यापार पर गर्व और आनन्द से फूले न समाते थे। आबादीजान ने एक मनोहर मुस्कान के साथ पिता जी को सलाम किया और आगे बढ़ीय मगर मुझसे वहाँ न बैठा गया। मारे शर्म के मेरा मस्तक झुका जाता था, अगर मेरी आँखों-देखी बात न होती, तो मुझे इस पर कभी एतबार न होता। मैं बाहर जो कुछ देखता-सुनता था, उसकी रिपोर्ट अम्माँ से

जरूर करता था। पर इस मामले को मैंने उनसे छिपा रखा। मैं जानता था, उन्हें यह बात सुन कर बड़ा दुःख होगा। रात भर गाना होता रहा। तबले की धमक मेरे कानों में आ रही थी। जी चाहता था, चल कर देखूँय पर साहस न होता था। मैं किसी को मुँह कैसे दिखाऊँगा? कहीं किसी ने पिता जी का जिक्र छेड़ दिया, तो मैं क्या करूँगा? प्रातरूकाल रामचन्द्र की बिदाई होनेवाली थी। मैं चारपाई से उठते ही आँखें मलता हुआ चौपाल की ओर भागा? डर रहा था कि कहीं रामचन्द्र चले न गये हों। पहुँचा, तो देखा, तवायफों की सवारियाँ जाने को तैयार हैं। बीसों आदमी हसरतनाक मुँह बनाये उन्हें घेरे खड़े हैं। मैंने उनकी ओर आँख तक न उठायी। सीधा रामचन्द्र के पास पहुँचा। लक्ष्मण और सीता बैठे रो रहे थे और रामचन्द्र खड़े काँधो पर लुटिया-डोर डाले उन्हें समझा रहे थे।

मेरे सिवा वहाँ और कोई न था। मैंने कुंठित स्वर से रामचन्द्र से पूछा, क्या तुम्हारी बिदाई हो गयी?

रामचन्द्रहाँ, हो तो गयी। हमारी बिदाई ही क्या? चौधरी साहब ने कह दिया, जाओ, चले जाते हैं।

क्या रुपया और कपड़े नहीं मिले?

अभी नहीं मिले। चौधरी साहब कहते हैं, इस वक्त बचत में रुपये नहीं हैं। फिर आ कर ले जाना।

कुछ नहीं मिला?

एक पैसा भी नहीं। कहते हैं, कुछ बचत नहीं हुई। मैंने सोचा था, कुछ रुपये मिल जाएँगे तो पढ़ने की किताबें ले लूँगा! सो कुछ न मिला। राह-खर्च भी नहीं दिया। कहते हैं, कौन दूर है, पैदल चले जाओ!

मुझे ऐसा क्रोध आया कि चल कर चौधरी को खूब आड़े हाथों लूँ। वेश्याओं के लिए रुपये, सवारियाँ सब कुछय पर बेचारे रामचन्द्र और उनके साथियों के लिए कुछ भी नहीं! जिन लोगों ने रात को आबादीजान पर दस-दस, बीस-बीस रुपये न्योछावर किये थे, उनके पास क्या इनके लिए दो-दो, चार-चार आने पैसे भी नहीं। पिता जी ने भी तो आबादीजान को एक अशर्फी दी थी। देखूँ इनके नाम पर क्या देते हैं! मैं दौड़ा हुआ पिता जी के पास गया। वह कहीं तफतीश पर जाने को तैयार खड़े थे। मुझे देख कर बोले, कहाँ घूम रहे हो? पढ़ने के वक्त तुम्हें घूमने की सूझती है?

मैंने कहा, गया था चौपाल। रामचन्द्र बिदा हो रहे थे। उन्हें चौधरी साहब ने कुछ नहीं दिया।

तो तुम्हें इसकी क्या फिक्र पड़ी है?

वह जाऐंगे कैसे? पास राह-खर्च भी तो नहीं है।

क्या कुछ खर्च भी नहीं दिया? यह चौधरी साहब की बेइंसाफी है।

आप अगर दो रुपया दे दें, तो मैं उन्हें दे आऊँ। इतने में शायद वह घर पहुँच जाएँ।

पिता जी ने तीव्र दृष्टि से देख कर कहा, जाओ, अपनी किताब देखो, मेरे पास रुपये नहीं हैं।

यह कह कर वह घोड़े पर सवार हो गये। उसी दिन से पिता जी पर से मेरी श्रृद्धा उठ गयी। मैंने फिर कभी उनकी डॉट-डपट की परवा नहीं की। मेरा दिल कहता, आपको मुझको उपदेश देने का कोई अधिकार नहीं है। मुझे उनकी सूरत से चिढ़ हो गयी। वह जो कहते, मैं ठीक उसका उल्टा करता। यद्यपि इसमें मेरी हानि हुईय किन मेरा अंतरूकरण उस समय विप्लवकारी विचारों से भरा हुआ था। मेरे पास दो आने पैसे पड़े हुए थे। मैंने पैसे उठा लिये और जा कर शरमाते-शरमाते रामचन्द्र को दे दिये। उन पैसों को देख कर रामचन्द्र को जितना हर्ष हुआ, वह मेरे लिए आशातीत था। टूट पड़े, मानो प्यासे को पानी मिल गया। यही दो आने पैसे ले कर तीनों मूर्तियाँ बिदा हुईं! केवल मैं ही उनके साथ कस्बे के बाहर तक पहुँचाने आया।

उन्हें बिदा करके लौटा, तो मेरी आँखें सजल थींय पर हृदय आनंद से उमड़ा हुआ था।

22

आत्माराम

वेदों-ग्राम में महादेव सोनार एक सुविख्यात आदमी था। वह अपने सायबान में प्रातः से संध्या तक अँगीठी के सामने बैठा हुआ खटखट किया करता था। यह लगातार ध्वनि सुनने के लोग इतने अभ्यस्त हो गये थे कि जब किसी कारण से वह बंद हो जाती, तो जान पड़ता था, कोई चीज गायब हो गयी। वह नित्य-प्रति एक बार प्रातःकाल अपने तोते का पिंजड़ा लिए कोई भजन गाता हुआ तालाब की ओर जाता था। उस धुँधले प्रकाश में उसका जर्जर शरीर, पोपला मुँह और झुकी हुई कमर देख कर किसी अपरिचित मनुष्य को उसके पिशाच होने का भ्रम हो सकता था। ज्यों ही लोगों के कानों में आवाज आती-श्सत्त गुरुदत्त शिवदत्त दाता, लोग समझ जाते कि भोर हो गयी।

महादेव का पारिवारिक जीवन सुखमय न था। उसके तीन पुत्र थे, तीन बहुएँ थीं, दर्जनों नाती-पोते थे, लेकिन उसके बोझ को हलका करनेवाला कोई न था। लड़के कहते-श्जब तक दादा जीते हैं, हम जीवन का आनंद भोग लें, फिर तो यह ढोल गले पड़ेगी ही। बेचारे महादेव को कभी-कभी निराहार ही रहना पड़ता। भोजन के समय उसके घर में साम्यवाद का ऐसा गगनभेदी निर्घोष होता कि वह भूखा ही उठ जाता और नारियल का हुक्का पीता हुआ सो जाता। उसका व्यावसायिक जीवन और भी अशांतिकारक था। यद्यपि वह अपने काम में निपुण था, उसकी खटाई औरों से कहीं ज्यादा शुद्धिकारक और उसकी रासायनिक क्रियाएँ कहीं ज्यादा कष्टसाध्य थीं, तथापि उसे आये दिन शक्की और धैर्य-शून्य प्राणियों के अपशब्द सुनने पड़ते थे। पर महादेव अविचलित गाम्भीर्य से सिर झुकाये सब कुछ सुना करता था। ज्यों ही

यह कलह शांत होता, वह अपने तोते की ओर देख कर पुकार उठता-श्सत्त गुरुदत्त शिवदत्त दाता। इस मंत्र को जपते ही उसके चित्त को पूर्ण शांति प्राप्त हो जाती थी।

2

एक दिन संयोगवश किसी लड़के ने पिंजड़े का द्वार खोल दिया। तोता उड़ गया। महादेव ने सिर उठाकर जो पिंजड़े की ओर देखा, तो उसका कलेजा सन्न-से हो गया। तोता कहाँ गया। उसने फिर पिंजड़े को देखा, तोता गायब था! महादेव घबड़ा कर उठा और इधर-उधर खपरैलों पर निगाह दौड़ाने लगा। उसे संसार में कोई वस्तु अगर प्यारी थी, तो वह यही तोता। लड़के-बालों, नाती-पोतों से उसका जी भर गया था। लड़कों की चुलबुल से उसके काम में विघ्न पड़ता था। बेटों से उसे प्रेम न था, इसलिए नहीं कि वे निकम्मे थे, बल्कि इसलिए कि उनके कारण वह अपने आनंददायी कुल्हड़ों की नियमित संख्या से वंचित रह जाता था। पड़ोसियों से उसे चिढ़ थी, इसलिए कि वे अँगीठी से आग निकाल ले जाते थे। इन समस्त विघ्न-बाधाओं से उसके लिए कोई पनाह थी, तो वह यही तोता था। इससे उसे किसी प्रकार का कष्ट न होता था। वह अब उस अवस्था में था जब मनुष्य को शांति भोग के सिवा और कोई इच्छा नहीं रहती।

तोता एक खपरैल पर बैठा था। महादेव ने पिंजरा उतार लिया और उसे दिखा कर कहने लगा-श्आ-आ सत्त गुरुदत्त शिवदत्त दाता लेकिन गाँव और घर के लड़के एकत्र हो कर चिल्लाने और तालियाँ बजाने लगे। ऊपर से कौओं ने काँव-काँव की रट लगायी? तोता उड़ा और गाँव से बाहर निकल कर एक पेड़ पर जा बैठा। महादेव खाली पिंजड़ा लिये उसके पीछे दौड़ा, सो दौड़ा। लोगों को उसकी द्रुतगामिता पर अचम्भा हो रहा था। मोह की इससे सुंदर, इससे सजीव, इससे भावमय कल्पना नहीं की जा सकती।

दोपहर हो गयी थी। किसान लोग खेतों से चले आ रहे थे। उन्हें विनोद का अच्छा अवसर मिला। महादेव को चिढ़ाने में सभी को मजा आता था। किसी ने कंकड़ फेंके, किसी ने तालियाँ बजायीं। तोता फिर उड़ा और वहाँ से दूर आम के बाग में एक पेड़ की फुनगी पर जा बैठा। महादेव फिर खाली पिंजड़ा लिये मेंढक की भाँति उचकता चला। बाग में पहुँचा तो पैर के तलुओं से आग निकल रही थीय सिर चक्कर खा रहा था। जब जरा सावधान हुआ, तो फिर पिंजड़ा उठा कर कहने लगा-श्सत्त गुरुदत्त शिवदत्त दाता। तोता फुनगी से उतर कर नीचे की एक डाल पर आ बैठा, किन्तु महादेव की ओर सशंक नेत्रों से ताक रहा था। महादेव ने समझा, डर रहा है। वह पिंजड़े को छोड़ कर आप एक दूसरे पेड़ की आड़ में छिप गया। तोते

ने चारों ओर गौर से देखा, निश्शंक हो गया, उतरा और आ कर पिंजड़े के ऊपर बैठ गया। महादेव का हृदय उछलने लगा। सत्त गुरुदत्त शिवदत्त दाता का मंत्र जपता हुआ धीरे-धीरे तोते के समीप आया और लपका कि तोते को पकड़ लेय किन्तु तोता हाथ न आया, फिर पेड़ पर जा बैठा।

शाम तक यही हाल रहा। तोता कभी इस डाल पर जाता, कभी उस डाल पर। कभी पिंजड़े पर आ बैठता, कभी पिंजड़े के द्वार पर बैठ अपने दाना-पानी की प्यालियों को देखता और फिर उड़ जाता। बुड्ढा अगर मूर्तिमान मोह था, तो तोता मूर्तिमयी माया। यहाँ तक कि शाम हो गयी। माया और मोह का यह संग्राम अंधकार में विलीन हो गया।

3

रात हो गयी! चारों ओर निविड़ अंधकार छा गया। तोता न जाने पत्तों में कहाँ छिपा बैठा था। महादेव जानता था कि रात को तोता कहीं उड़ कर नहीं जा सकता और न पिंजड़े ही में आ सकता है, फिर भी वह उस जगह से हिलने का नाम न लेता था। आज उसने दिन भर कुछ नहीं खाया। रात के भोजन का समय भी निकल गया, पानी की बूँद भी उसके कंठ में न गयीय लेकिन उसे न भूख थी, न प्यास! तोते के बिना उसे अपना जीवन निस्सार, शुष्क और सूना जान पड़ता था। वह दिन-रात काम करता था, इसलिए कि यह उसकी अंतःप्रेरणा थीय जीवन के और काम इसलिए करता था कि आदत थी। इन कामों में उसे अपनी सजीवता का लेश-मात्र भी ज्ञान न होता था। तोता ही वह वस्तु था, जो उसे चेतना की याद दिलाता था। उसका हाथ से जाना जीव का देह-त्याग करना था।

महादेव दिन भर का भूखा-प्यासा, थका-माँदा, रह-रह कर झपकियाँ ले लेता था, किन्तु एक क्षण में फिर चौंक कर आँखें खोल देता और उस विस्तृत अंधकार में उसकी आवाज सुनायी देती-श्सत्त गुरुदत्त शिवदत्त दाता।

आधी रात गुजर गयी थी। सहसा वह कोई आहट पा कर चौंका। देखा, एक दूसरे वृक्ष के नीचे एक धुँधला दीपक जल रहा है और कई आदमी बैठे हुए आपस में कुछ बातें कर रहे हैं। वे सब चिलम पी रहे थे। तमाखू की महक ने उसे अधीर कर दिया। उच्च स्वर से बोला-श्सत्त गुरुदत्त शिवदत्त दाता और उन आदमियों की ओर चिलम पीने चला गयाय किंतु जिस प्रकार बंदूक की आवाज सुनते ही हिरन भाग जाते हैं उसी प्रकार उसे आते देख सब-के-सब उठ कर भागे। कोई इधर गया, कोई उधर। महादेव चिल्लाने लगा-ठहरो-ठहरो एकाएक उसे ध्यान आ गया, ये सब चोर हैं। वह जोर से चिल्ला उठा-श्चोर-चोर, पकड़ो-पकड़ो। चोरों ने पीछे फिर कर न देखा।

महादेव दीपक के पास गया, तो उसे एक कलसा रखा हुआ मिला जो मोर्चे से काला हो रहा था। महादेव का हृदय उछलने लगा। उसने कलसे में हाथ डाला, तो मोहरें थीं। उसने एक मोहर बाहर निकाली और दीपक के उजाले में देखा। हाँ, मोहर थी। उसने तुरंत कलसा उठा लिया और दीपक बुझा दिया और पेड़ के नीचे छिप कर बैठ रहा। साह से चोर बन गया।

उसे फिर शंका हुई, ऐसा न हो, चोर लौट आवें और मुझे अकेला देख कर मोहरें छीन लें। उसने कुछ मोहर कमर में बाँधीं, फिर एक सूखी लकड़ी से जमीन की मिट्टी हटा कर कई गड्ढे बनाये, उन्हें मोहरों से भर कर मिट्टी से ढँक दिया।

4

महादेव के अंतर्नेत्रों के सामने अब एक दूसरा जगत् था, चिंताओं और कल्पना से परिपूर्ण। यद्यपि अभी कोष के हाथ से निकल जाने का भय था, पर अभिलाषाओं ने अपना काम शुरू कर दिया। एक पक्का मकान बन गया, सराफे की एक भारी दूकान खुल गयी, निज सम्बन्धियों से फिर नाता जुड़ गया, विलास की सामग्रियाँ एकत्रित हो गयीं। तब तीर्थ-यात्रा करने चले और वहाँ से लौट कर बड़े समारोह से यज्ञ, ब्रह्मभोज हुआ। इसके पश्चात् एक शिवालय और कुआँ बन गया, एक बाग भी लग गया और वह नित्यप्रति कथा-पुराण सुनने लगा। साधु-सन्तों का आदर-सत्कार होने लगा।

अकस्मात् उसे ध्यान आया। कहीं चोर आ जायँ, तो मैं भागूँगा क्योंकर? उसने परीक्षा करने के लिए कलसा उठाया और दो सौ पग तक बेतहाशा भागा हुआ चला गया। जान पड़ता था, उसके पैरों में पर लग गये हैं। चिंता शांत हो गयी। इन्हीं कल्पनाओं में रात व्यतीत हो गयी। उषा का आगमन हुआ, हवा जगी, चिड़ियाँ गाने लगीं। सहसा महादेव के कानों में आवाज आयी-

सत्त गुरुदत्त शिवदत्त दाता,
राम के चरण में चित्त लागा।

यह बोल सदैव महादेव की जिह्वा पर रहता था। दिन में सहस्त्रो ही बार ये शब्द उसके मुँह से निकलते थे, पर उनका धार्मिक भाव कभी भी उसके अंतःकरण को स्पर्श न करता था। जैसे किसी बाजे से राग निकलता है, उसी प्रकार उसके मुँह से यह बोल निकलता था। निरर्थक और प्रभाव-शून्य। तब उसका हृदय-रूपी वृक्ष पत्र-पल्लव विहीन था। यह निर्मल वायु उसे गुंजरित न कर सकती थीय पर अब उस वृक्ष में कोपलें और शाखाएँ निकल आयी थीं। इस वायु-प्रवाह से झूम उठा, गुंजित हो गया।

अरुणोदय का समय था। प्रति एक अनुरागमय प्रकाश में डूबी हुई थी। उसी समय तोता पैरों को जोड़े हुए ऊँची डाल से उतरा, जैसे आकाश से कोई तारा टूटे और आ कर पिंजड़े में बैठ गया। महादेव प्रफुल्लित हो कर दौड़ा और पिंजड़े को उठा कर बोला-श्आओ आत्माराम, तुमने कष्ट तो बहुत दिया, पर मेरा जीवन भी सफल कर दिया। अब तुम्हें चाँदी के पिंजड़े में रखूँगा और सोने से मढ़ दूँगा। उसके रोम-रोम से परमात्मा के गुणानुवाद की ध्वनि निकलने लगी। प्रभु तुम कितने दयावान् हो! यह तुम्हारा असीम वात्सल्य है, नहीं तो मुझ पापी, पतित प्राणी कब इस पा के योग्य था! इन पवित्र भावों से उसकी आत्मा विह्वल हो गयी! वह अनुरक्त हो कर कह उठा-

सत्त गुरुदत्त शिवदत्त दाता,
राम के चरण में चित्त लागा।

उसने एक हाथ में पिंजड़ा लटकाया, बगल में कलसा दबाया और घर चला।

5

महादेव घर पहुँचा, तो अभी कुछ अँधेरा था। रास्ते में एक कुत्ते के सिवा और किसी से भेंट न हुई और कुत्ते को मोहरों से विशेष प्रेम नहीं होता। उसने कलसे को एक नाद में छिपा दिया और उसे कोयले से अच्छी तरह ढँक कर अपनी कोठरी में रख आया। जब दिन निकल आया तो वह सीधे पुरोहित के घर पहुँचा। पुरोहित पूजा पर बैठे सोच रहे थे-कल ही मुकदमे की पेशी है और अभी तक हाथ में कौड़ी भी नहीं-यजमानों में कोई साँस भी नहीं लेता। इतने में महादेव ने पालागन की। पंडित जी ने मुँह फेर लिया। यह अंमगलमूर्ति कहाँ से आ पहुँची, मालूम नहीं, दाना भी मयस्सर होगा या नहीं। रुष्ट हो कर पूछा-क्या है जी, क्या कहते हो। जानते नहीं, हम इस समय पूजा पर रहते हैं।

महादेव ने कहा-महाराज, आज मेरे यहाँ सत्यनारायण की कथा है।

पुरोहित जी विस्मित हो गये। कानों पर विश्वास न हुआ। महादेव के घर कथा का होना उतनी ही असाधारण घटना थी, जितनी अपने घर से किसी भिखारी के लिए भीख निकालना। पूछा-आज क्या है?

महादेव बोला-कुछ नहीं, ऐसी इच्छा हुई कि आज भगवान् की कथा सुन लूँ।

प्रभात ही से तैयारी होने लगी। वेदों के निकटवर्ती गाँवों में सुपारी फिरी। कथा के उपरांत भोज का भी नेवता था। जो सुनता आश्चर्य करता। आज रेत में दूब कैसे जमी।

संध्या समय जब सब लोग जमा हुए और पंडित जी अपने सिंहासन पर विराजमान हुए, तो महादेव खड़ा होकर उच्च स्वर में बोला-भाइयो, मेरी सारी उम्र

छल-कपट में कट गयी। मैंने न जाने कितने आदमियों को दगा दी, कितने खरे को खोटा कियाय पर अब भगवान् ने मुझ पर दया की है, वह मेरे मुँह की कालिख को मिटाना चाहते हैं। मैं आप सब भाइयों से ललकार कर कहता हूँ कि जिसका मेरे जिम्मे जो कुछ निकलता हो, जिसकी जमा मैंने मार ली हो, जिसके चोखे माल को खोटा कर दिया हो, वह आ कर अपनी एक-एक कौड़ी चुका ले, अगर कोई यहाँ न आ सका हो, तो आप लोग उससे जा कर कह दीजिए, कल से एक महीने तक, जब जी चाहे, आये और अपना हिसाब चुकता कर ले। गवाही-साखी का काम नहीं।

सब लोग सन्नाटे में आ गये। कोई मार्मिक भाव से सिर हिला कर बोला-हम कहते न थे। किसी ने अविश्वास से कहा-क्या खा कर भरेगा, हजारों का टोटल हो जायेगा।

एक ठाकुर ने ठठोली की-और जो लोग सुरधाम चले गये।

महादेव ने उत्तर दिया-उसके घर वाले तो होंगे।

किन्तु इस समय लोगों को वसूली की इतनी इच्छा न थी, जितनी यह जानने की कि इसे इतना धन मिल कहाँ से गया। किसी को महादेव के पास आने का साहस न हुआ। देहात के आदमी थे, गड़े मुर्दे उखाड़ना क्या जानें। फिर प्रायः लोगों को याद भी न था कि उन्हें महादेव से क्या पाना है और ऐसे पवित्र अवसर पर भूल-चूक हो जाने का भय उनका मुँह बन्द किये हुए था। सबसे बड़ी बात यह थी कि महादेव की साधुता ने उन्हें वशीभूत कर लिया था।

अचानक पुरोहित जी बोले-तुम्हें याद है, मैंने एक कंठा बनाने के लिए सोना दिया था, तुमने कई माशे तौल में उड़ा दिये थे।

महादेव-हाँ, याद है, आपका कितना नुकसान हुआ होगा?

पुरोहित-पचास रुपये से कम न होगा।

महादेव ने कमर से दो मोहरें निकालीं और पुरोहित जी के सामने रख दीं।

पुरोहित जी की लोलुपता पर टीकाएँ होने लगीं। यह बेईमानी है, बहुत हो, तो दो-चार रुपये का नुकसान हुआ होगा। बेचारे से पचास रुपये ऐंठ लिये। नारायण का भी डर नहीं। बनने को पंडित, पर नीयत ऐसी खराब! राम-राम!!

लोगों को महादेव पर एक श्रद्धा-सी हो गयी। एक घंटा बीत गया पर उन सहस्रों मनुष्यों में से एक भी खड़ा न हुआ। तब महादेव ने फिर कहा-मालूम होता है, आप लोग अपना-अपना हिसाब भूल गये हैं, इसलिए आज कथा होने दीजिए। मैं एक महीने तक आपकी राह देखूँगा। इसके पीछे तीर्थ-यात्रा करने चला जाऊँगा। आप सब भाइयों से मेरी विनती है कि आप मेरा उद्धार करें।

एक महीने तक महादेव लेनदारों की राह देखता रहा। रात को चोरों के भय से नींद न आती। अब वह कोई काम न करता। शराब का चसका भी छूटा। साधु-अभ्यागत जो द्वार पर आ जाते, उनका यथायोग्य सत्कार करता। दूर-दूर उसका सुयश फैल गया। यहाँ तक कि महीना पूरा हो गया और एक आदमी भी हिसाब लेने न आया। अब महादेव को ज्ञान हुआ कि संसार में कितना धर्म, कितना सद्व्यवहार है। अब उसे मालूम हुआ कि संसार बुरों के लिए बुरा है और अच्छों के लिए अच्छा।

6

इस घटना को हुए पचास वर्ष बीत चुके हैं। आप वेदों जाइये, तो दूर ही से एक सुनहला कलश दिखायी देता है। वह ठाकुरद्वारे का कलश है। उससे मिला हुआ एक पक्का तालाब है, जिसमें खूब कमल खिले रहते हैं। उसकी मछलियाँ कोई नहीं पकड़ता, तालाब के किनारे एक विशाल समाधि है। यही आत्माराम का स्मृति-चिह्न है, उसके सम्बन्ध में विभिन्न किंवदंतियाँ प्रचलित हैं। कोई कहता है, वह रत्नजड़ित पिंजड़ा स्वर्ग को चला गया, कोई कहता, वह सत्त गुरुदत्त कहता हुआ अंतर्धान हो गया, पर यथार्थ यह है कि उस पक्षी-रूपी चंद्र को किसी बिल्ली-रूपी राहु ने ग्रस लिया। लोग कहते हैं, आधी रात को अभी तक तालाब के किनारे आवाज आती है

सत्त गुरुदत्त शिवदत्त दाता,
राम के चरण में चित्त लागा।

महादेव के विषय में भी कितनी ही जन-श्रुतियाँ हैं। उनमें सबसे मान्य यह है कि आत्माराम के समाधिस्थ होने के बाद वह कई संन्यासियों के साथ हिमालय चला गया और वहाँ से लौट कर न आया। उसका नाम आत्माराम प्रसिद्ध हो गया।

❑❑❑